LES ÉVASIONS PARTICULIÈRES

Née en 1962, Véronique Olmi est une romancière, comédienne et dramaturge française. Elle est notamment l'autrice de *Bord de mer*, prix Alain-Fournier 2002, *Nous étions faits pour être heureux*, *Le Premier Amour*, *Cet été-là*, prix Maison de la Presse 2011, *La Nuit en vérité* et de *Bakhita*, Prix du roman Fnac 2017. Elle a cofondé le festival théâtral Paris des Femmes en 2012.

Paru au Livre de Poche :

BAKHITA

CET ÉTÉ-LÀ

J'AIMAIS MIEUX QUAND C'ÉTAIT TOI

NOUS ÉTIONS FAITS POUR ÊTRE HEUREUX

LA NUIT EN VÉRITÉ

LA PLUIE NE CHANGE RIEN AU DÉSIR

LE PREMIER AMOUR

LA PROMENADE DES RUSSES

SA PASSION

VÉRONIQUE OLMI

Les Évasions particulières

ROMAN

ALBIN MICHEL

ISBN : 978-2-253-26271-8 – 1re publication LGF

Pour Bonnie

« Rassemblez-vous tous, d'où que vous veniez, admettez que les eaux se sont mises à monter et que vous serez bientôt trempés jusqu'aux os. Si vous pensez que votre vie mérite d'être sauvée, commencez à nager ou vous coulerez comme une pierre, car les temps sont en train de changer. »

Bob DYLAN, *The Times They Are a-Changin'*.

I

TOUS ENSEMBLE
ILS ÉTAIENT QUELQU'UN

Hélène arrivait d'un autre monde. Elle rentrait chez elle avec sa valise et son nouveau ciré rouge, chapeau de pluie assorti, elle était différente et voyante. Elle aimait porter ce ciré, le bruit empesé que faisait le tissu quand elle s'asseyait, son odeur un peu âpre et chimique, son rouge lumineux. Il la protégeait de la pluie quand elle vivait à Neuilly chez son oncle, du mistral lorsqu'elle revenait vivre à Aix-en-Provence chez son père. C'était la fin de l'été 1970, elle faisait ces allers et retours depuis plus de huit ans maintenant, le luxe à Neuilly, la simplicité à Aix, et elle vivait cette situation sans poser de questions. Elle s'adaptait. C'était une enfant de onze ans.

En semaine l'aéroport de Marignane était un hall désert. Son père venait la chercher, et lui qui n'avait jamais pris l'avion l'attendait avec appréhension, la voyait de loin avec son ciré rouge, souvent la seule enfant au milieu de tous ces adultes qui soudain affluaient, des hommes d'affaires pour la plupart. Elle avait autour du cou une étiquette à son nom, « Hélène Malivieri », mais n'avait plus, comme lorsqu'elle était plus jeune, à tenir la main d'hôtesses de l'air qui ressemblaient toutes à Françoise Dorléac et s'avançaient au-devant de son père avec un air affranchi et une sensualité piquante. Il leur montrait sa carte d'identité préparée à l'avance, et embrassait sa fille avec retenue. Il rêvait de la serrer dans ses bras. Il ne le faisait pas. Elle revenait de ce monde dont il se sentait exclu, et dans ce hall, cet espace si vaste, aux publicités de luxe sur lesquelles des couples extatiques vantaient des parfums et des pays qui ne lui faisaient pas envie, il ne s'autorisait aucune marque de tendresse. Il était inquiet. Un peu emprunté. Sa fille, dans ce lieu conçu pour les gens à l'aise, est-ce qu'on allait la lui remettre en main propre, à lui et pas à un autre ? Il s'était offusqué le jour où l'hôtesse de l'air ne lui avait pas demandé ses papiers, cette carte d'identité qui prouvait qu'il était son père.

— Vous laisseriez ma fille partir avec n'importe qui ?

— Mais monsieur, elle vous a sauté au cou !

— Et alors ?

Cette agressivité envers l'hôtesse susceptible de confier sa fille à un inconnu était une des rares fois où Hélène avait vu son père s'emporter contre une femme, mais il n'était pas si surprenant qu'il ait exprimé son anxiété face à cette hôtesse qui, lorsqu'elle lâchait la main d'Hélène, effaçait d'un coup des semaines de séparation. Les deux hommes chez qui Hélène vivait en alternance, l'oncle et le père, n'avaient en commun que d'avoir épousé une fille Richert. Bruno le père d'Hélène, instituteur dans une école privée, était le benjamin d'une famille de deux filles et cinq garçons, qui comme lui prélevaient chaque mois une partie de leur salaire pour éponger les dettes pharaoniques de leur père, François Malivieri, qui avait inventé et commercialisé après-guerre des caravanes pliantes qui hélas ne se dépliaient pas. David, son oncle, avait importé du Japon une grande marque d'appareils photo et descendait du banquier suisse Franz Tavel. C'était un fils de bonne famille, à la carrière fulgurante. Père de deux garçons il aimait Hélène comme la fille qu'il n'avait pas eue, et depuis qu'elle avait trois ans et pouvait voyager seule, il demandait à l'avoir chez lui aux petites vacances et trois mois l'été, parfois plus, quand il décidait qu'elle lui manquait trop et lui faisait rater les derniers jours d'école « qui ne servent de toute façon à rien ». Chaque mois il envoyait à Bruno un chèque, une aide financière que ce dernier acceptait avec une humilité douloureuse, et dont il reversait une partie à son père en faillite.

Dans la Simca 1000 qui les ramenait de l'aéroport, Bruno ne demandait pas à Hélène comment ça s'était passé *là-bas*. Elle revenait de chez les riches, lui vivait à La Petite Chartreuse, à la périphérie du centre-ville, et si la famille ne manquait de rien, il semblait pourtant qu'elle se privait de tout. Dans l'appartement la vie était simple, presque dépouillée, les murs sans tableaux sentaient la colle de la tapisserie et il y avait si peu de meubles que les voix résonnaient comme si la famille venait d'arriver ou se préparait à repartir.

Sur le chemin du retour, son chapeau rouge posé sur ses genoux, Hélène regardait par la fenêtre les paysages qui lui avaient manqué, les pinèdes crues sous un ciel au bleu dévorant, elle laissait ce paysage se superposer à celui qu'elle venait de quitter, elle allait retrouver sa place dans la fratrie, entre Sabine l'aînée et Mariette la benjamine, la place du milieu qui la tenait, comme si elle était couchée entre ses deux sœurs dans un lit étroit, protégée par cette promiscuité.

Quand Hélène arrivait, Sabine ouvrait sa valise. À peine l'avait-elle posée dans leur chambre, qu'elle regardait et touchait ce que sa petite sœur avait rapporté : les habits neufs que personne n'avait portés avant elle et qui avaient été achetés et choisis pour que ça lui aille, et non pour que ça serve à une ribambelle de filles pendant des années. L'ourlet des robes ne se voyait pas, on ne l'avait pas retouché au fil du temps, les manches n'étaient ni trop courtes ni retroussées à la va-vite, et en dépliant les habits neufs, Sabine comprenait l'expression : *Ça tombe parfaitement.* Bien pliés, le col boutonné et les manches dans le dos, le petit revers à plat, on aurait dit des animaux sages attendant qu'on les délivre pour vivre au grand air.

— C'est beau dis donc… Ça se met tous les jours ?
— Ben oui.
— Tu vas en ville avec ?
— En ville ?
— À Paris, je veux dire.
— Oui. À Paris, à Neuilly, en Normandie aussi.
— Tu fais du cheval avec ces vêtements ?
— Je monte à cheval en pantalon, elle m'a pas acheté de nouveaux pantalons.
— Je peux la passer, la robe ?

Sabine passa la robe trop petite pour elle, elle tournait par tout petits pas en se regardant dans la glace de l'armoire, souriant comme si cette robe *tombait parfaitement*, appréciant la tenue de ce tissu neuf, aux couleurs pures comme un matin d'été. À quatorze ans elle avait des formes généreuses, un corps solide et un visage qui avait trop de caractère pour lui plaire. Elle admirait la silhouette menue d'Audrey Hepburn, sa personnalité vive et sans soumission. Elle enviait les filles dont l'allure correspondait à la nature, les filles à qui tout allait, pas seulement les vêtements, mais l'existence aussi, une vie choisie et portée avec grâce. Hélène regardait Sabine avec la peur que les coutures ne craquent mais elle ne disait rien. Elle lui avait tellement manqué qu'elle avait pleuré aux Galeries Lafayette, quand elle avait vu deux sœurs s'amuser en essayant une paire de gants. Les entendre rire lui avait donné le cafard, et elle avait éprouvé confusément ce sentiment d'insignifiance que donne la solitude. Sa tante Michelle l'emmenait souvent dans les grands magasins, journées interminables dans ces écrins débordants de lumières, d'escaliers et d'odeurs factices. Debout derrière leur stand, les vendeuses ressemblaient aux mannequins en vitrine, les yeux exagérément maquillés, figés dans une politesse radieuse, et lorsqu'une fois Hélène avait vu un de ces mannequins à terre, nu et le corps sectionné, elle s'était demandé si les vendeuses garderaient elles aussi, dans la chute, leur regard ravi et aimable.

Quand Sabine s'allongea sur son lit, la robe craqua sous les bras.

— Quand t'étais pas là, Mariette a encore été malade, maman pleurait tout le temps.

— Tu crois que c'est grave ?

— La petite ou maman ?

— Elle est pas à ta taille, la robe…

— Évidemment. Tu crois qu'un jour je pourrai venir avec toi ?

— Où ça ?

— À Paris.

— J'aimerais bien. C'est toujours la nuit que la petite est malade ?

— Oui, c'est toujours quand les parents dorment, heureusement qu'elle est dans leur chambre, maman l'entend tout de suite. Mariette tousse et elle s'étouffe, ça me fout les jetons, mais j'ose pas me lever pour aller voir.

— Je suis là, maintenant.

— Oui, tu es là. C'est bientôt la rentrée.

Il y avait le temps des vacances avec les Tavel, et le temps de l'école avec les Malivieri. Un endroit pour les loisirs et l'ennui aussi – la chambre sans sa sœur, les journées dans les grands magasins, l'interdiction de parler à table, et tous ces adultes, l'oncle, la tante, leurs amis, et leurs fils, deux adolescents qui vivaient leur vie à l'extérieur, et si les robes étaient à sa taille, le monde qui entourait Hélène était hasardeux. Alors elle sortait, allait chez les voisins, même si elle ne les aimait pas beaucoup, se créait des amitiés, souvent éphémères, des amours enfantines. Plus jeune elle avait passé beaucoup de temps avec Dolorès, l'employée de maison d'alors, dont les enfants étaient restés en Espagne. Dolorès s'habillait de noir et lui apprenait à tricoter, dans sa chambre sans fenêtre. Elle l'emmenait avec elle aussi faire les courses du soir, un petit tour chez l'épicier, le boulanger, et lui tenait la main avec une autorité sans appel. Dolorès était partie, et Hélène avait grandi, on ne la confiait plus aux domestiques. Depuis toujours elle avait chez les Tavel un ami plein de foi, qui ne demandait rien et comprenait tout. Caprice était un teckel à poil ras qui nourrissait à son égard une vénération sans bornes. Il suffisait que l'on prononce le nom d'Hélène pour qu'il se mette à pleurer, une joie paniquée le faisait trembler et gémir. Hélène aimait qu'on lui raconte ce manque qu'il avait d'elle, la constance de son attachement. Elle lui avait souvent parlé dans son langage de chien, relevant ses oreilles et aboyant tout bas, modulant les sons pour qu'il en saisisse le sens, et il lui semblait qu'il était d'autant plus attentif qu'il n'y comprenait rien. Elle aboyait mal et finit par ne plus aboyer du tout, pour lui dire en langage humain son cafard quand elle en avait assez d'être au milieu de tous ces adultes, ce cafard quand elle recevait une lettre de sa famille en vacances au camping de Ramatuelle, dans laquelle chacun semblait écrire le plus gros possible pour emplir une page entière de mots convenus et de joies qu'elle ne partageait pas. Elle quittait Caprice dès que les vacances étaient terminées. Ils se disaient au revoir plusieurs jours avant son départ. Et ils passaient leur vie à se quitter.

Elle retrouvait les siens avec une joie un peu forcée, vivant ces retrouvailles avec la peur de ne pas être au diapason. Il fallait s'adapter vite et sans effort apparent, comme si elle était simplement descendue jouer en bas de l'immeuble et était revenue aussitôt. Elle ne parvenait pas à lier ensemble sa tante et sa mère, à faire tenir sous le même nom et dans la même famille ces deux femmes que tout opposait. Michelle, l'aînée des sept enfants, avait eu le droit de faire des études et avait passé un diplôme de bibliothécaire. (Le fils aîné, lui, avait fait médecine.) Mais après avoir eu une fille et surtout un fils, leurs parents avaient estimé que l'essentiel avait été accompli, ils étaient dignement représentés et les enfants suivants avaient grandi comme ils l'avaient pu, dans l'ombre et la débrouille. Agnès était la dernière, elle n'avait pas fait d'études et s'était mariée à dix-huit ans avec un homme dont la profession, instituteur, rabaissait le statut glorieux de chef de famille à celui de garçon sans ambition. En épousant David Tavel, Michelle avait appris les codes de la bourgeoisie, le couple se vouvoyait, tout comme les fils vouvoyaient leurs parents. On se faisait servir à table et on se tenait droit, on était poli avec l'employée de maison, même si on se moquait d'elle et qu'on trouvait qu'elle manquait d'humour si elle ne prenait pas bien la chose. Chez Bruno et Agnès quand il n'y avait pas d'invités on mangeait à la cuisine, meubles en formica et toile cirée, on faisait ensuite la vaisselle à la main et à tour de rôle. La plupart du temps Agnès restait debout, elle disait que c'était pratique et ça lui faisait plaisir de les regarder manger ce qu'elle avait préparé pour eux. Le manque d'argent rendait les liens fragiles, comme si tout pouvait disparaître d'un jour à l'autre, et les parents à force de se priver et de faire attention ressemblaient à deux enfants piétinant au bord de la route sans jamais arriver à traverser. *On ne pouvait pas aller loin.* Quant à Hélène, elle avait déjà un pied ailleurs, et lorsque sa mère présentait ses enfants, elle disait avec un naturel souriant : « Sabine, mon aînée, Mariette, la petite, et la fille Tavel. » Et on répliquait : « Ah oui, la Parisienne ! »

Le soir de l'arrivée d'Hélène, le dîner paraissait toujours singulier, elle retrouvait sa place à table, on était un peu à l'étroit dans la cuisine, mais la famille était enfin au grand complet et Bruno regardait ses filles avec une satisfaction émue.

— La prochaine fois je veux aller à Paris avec Hélène, dit Sabine.

Agnès était en train de servir les artichauts et son geste resta suspendu au-dessus de la Cocotte-minute, la vapeur lui brûla le bras. Elle jura tout bas. Bruno demanda :

— Pourquoi ?

— Elle s'ennuie toute seule. Hein, Hélène, que tu t'ennuies ?

— Tavel ne t'a pas demandée, toi.

Agnès avait dit cela avec une pointe de méchanceté qui ne lui ressemblait pas. C'était une mère bienveillante qui mettait toute son énergie à tenir sa famille, et il semblait qu'elle s'était lancée dans ce travail comme si elle devait prouver sa compétence à quelqu'un.

— Je rêve d'aller à Paris, maman, tu le sais !

— Qu'est-ce qu'il y a de si intéressant là-bas ? Ça ne te suffit pas de regarder *Au théâtre ce soir* ?

Non, regarder *Au théâtre ce soir* ne suffisait pas, même si le goût de Paris venait aussi de là. Sabine avait vu sur l'écran en noir et blanc des pièces de Molière ou d'André Roussin avec la même fascination, plus d'une vingtaine par an, des soirées pour lesquelles toute la famille était à l'heure et parlait bas. Le désir de Paris, où elle était déjà allée quelques fois pour des réunions de famille, était le désir d'une autre vie, l'opportunité d'une transformation, elle n'aurait su dire exactement laquelle, mais il paraissait possible que quelque chose d'inhabituel se réalise, et qu'elle se découvre capable de le vivre.

— Pas à la Toussaint, c'est trop court les vacances de la Toussaint. Et pas à Noël quand même… On verra à Pâques… On verra plus tard…

Partir à Paris. Agnès comprenait. Elle pensa à tout ce qu'elle avait rêvé d'étudier et qu'elle n'avait pas étudié, aux pays qu'elle avait rêvé de découvrir et où elle n'était jamais allée, simplement parce qu'une fille ne risque pas sa virginité dans le monde dangereux des hommes, et que la benjamine d'une famille catholique cherche un bon mari à qui elle fera de bons enfants et le bonheur s'imposera de lui-même. Elle n'avait pas passé le bac, et avait simplement rêvé d'être. Ballerine. Interprète. Pédiatre.

— J'en parlerai à Michelle.

Elle dit cela sans regarder Bruno, les yeux baissés sur l'évier où elle commença à nettoyer les casseroles. Il alluma une cigarette et dit à Sabine :

— Si tu vas à Paris avec Hélène, j'en profiterai pour retapisser votre chambre.

Hélène savait qu'elle, elle retournerait à Paris pour les vacances « trop courtes » de la Toussaint, et si elle passait la veillée de Noël chez ses parents, elle les quittait toujours le lendemain, direction l'aéroport de Marignane, le chien impatient derrière les vitres de la voiture, et ses cadeaux au pied du sapin, qu'elle ouvrait seule puisque le réveillon était passé. Mais à Pâques, Sabine viendrait peut-être avec elle… est-ce qu'elles voyageraient ensemble ? Est-ce qu'elle lui apprendrait la différence entre un Boeing et une Caravelle ? Est-ce qu'à Neuilly elles prendraient des bains dans la grande baignoire que Maria remplissait à ras bord, alors qu'à La Petite Chartreuse on faisait couler pour trois « un fond d'eau » dans le tub posé dans la douche ? Elle montrerait à Sabine un truc incroyable : quand on s'allonge dans une baignoire pleine, on a les jambes qui remontent toutes seules. Elle la préviendrait aussi de deux trois choses : si tu ne te tiens pas droite à table, Michelle te plante un ongle en plein dans la colonne vertébrale, ça ne fait pas mal mais ça vexe. Elle lui dirait aussi de ne pas poser son fromage sur son pain (« Tu te fais un sandwich ? »), elle lui apprendrait à peler une pêche avec une fourchette et un couteau, à ne jamais couper sa salade, à ne pas dire « faire » du cheval mais « monter » à cheval, à ne pas dire « manger » mais « déjeuner » ou « dîner ». Mais surtout elle lui présenterait Baloo, sa ponette Shetland qui portait étrangement un nom masculin et ne faisait pas de poneys mais des grossesses nerveuses à répétition, et elle en profiterait pour demander à Sabine si elle savait ce que c'était.

Chaque soir Sabine rêvait de Paris. Elle avait hâte de se coucher pour continuer l'histoire exaltante qu'elle se racontait, une histoire comme un feuilleton qui la bouleversait, et sur lequel elle finissait par s'endormir. Elle en était la conteuse et l'unique héroïne, et ce qu'elle inventait pour elle-même l'émouvait parfois jusqu'aux larmes. Elle faisait des rencontres, traversait des dangers, attirait et fascinait des êtres imaginaires, sortes de figurants posés à côté de sa vie enivrante. Tout se passait à Paris, et deux soirs sur trois, dans un théâtre. Elle s'était toujours demandé où s'en allaient les spectateurs du théâtre Marigny une fois que le rideau était tombé et que les acteurs avaient été applaudis ainsi que le décorateur Roger Harth et le costumier Donald Cardwell, rituellement nommés. On les voyait se lever et mettre leurs manteaux dans un brouhaha indéchiffrable. Elle avait envie de les suivre. Savoir comment ils rentraient chez eux, Paris la nuit. Certains soirs elle ne les suivait pas sur les boulevards, dans les brasseries, certains soirs elle passait des auditions sur le plateau du théâtre Marigny, les inévitables scènes de ce théâtre bourgeois dans lesquelles on se cocufiait avec bonne humeur, entrant et sortant de scène dans le seul but de compliquer la situation. Elle était choisie. Elle jouait à Paris puis partait en tournée avec la troupe, c'était exaltant, un peu aventureux, une vie différente de toutes les autres, une vie d'artiste avec des succès, des amours, des combats gagnés de haute lutte. Et pourquoi pas ? Tout pouvait arriver. Elle savait qu'elle ne serait pas toujours dans la chambre de La Petite Chartreuse, avec les toux nocturnes de Mariette qui résonnaient contre les cloisons, et quand les voisins tapaient avec leur balai elle recevait la cruauté du monde et se promettait de toujours s'en souvenir. Comme elle se souviendrait de sa mère qui tenait la petite contre elle des nuits entières, debout devant l'eau chaude qu'elle faisait couler du robinet de la salle de bains parce que la vapeur aidait la fillette à respirer, et le lendemain le chauffe-eau était vide.

Sabine venait d'entrer en quatrième, et elle avait décidé de gagner du temps, de penser et agir comme si ses années d'adolescence étaient déjà finies. Elle devait s'affranchir de la famille et du collège, se préparer à la vie qui l'attendait. Elle s'efforçait de prendre de l'assurance, observer le monde et défendre des idées personnelles, mais elle ne trouvait personne avec qui les partager. Ses amies s'inquiétaient de leurs premières règles, faisaient des virées au Prisunic, se racontaient les films du dimanche soir et les boums du jeudi après-midi. Une vie faite de tracas inévitables et de confidences pour lesquelles elles manquaient de mots et empruntaient ceux des autres, des mots définitifs qui rassuraient. Parfois elle achetait le journal, *Le Nouvel Observateur* ou *Le Monde*, qu'elle lisait avec timidité, accablée à la pensée qu'elle devrait sûrement les lire en entier, et n'y arrivant jamais. Elle s'était inscrite à la bibliothèque municipale et découvrait des mondes qu'elle ne comprenait pas toujours, mais au fur et à mesure de ses lectures, sa vie mêlée à celle des héros de roman prenait du souffle, c'étaient des vies immenses, des ailes déployées qui battaient dans le vent, comme si chacune méritait d'être applaudie.

À force de s'imaginer ailleurs, et plus tard, elle vivait dans un temps démultiplié, comme une vie à plusieurs dimensions, avec des lignes de fuite et des extensions. Le cloître du collège des Prêcheurs, les escaliers de pierre grise qui menaient aux classes, la cour de récréation avec les toilettes immondes, elle ne les voyait plus. Les cours de maths avec Mlle Beyer qui triturait sa craie en répétant : « Vous allez dire que je rabâche », et qui de fait rabâchait… mais quoi ? Elle n'y comprenait rien, c'était confus et sans aucune nécessité. La professeure de musique, Mlle Chef, qui terrorisait les élèves de sixième, le son tremblé qui sortait de leurs flûtes en plastique, et cette jouissance quand les filles comprenaient que Mlle Chef n'était qu'une femme stupide à la merci de leur pouvoir commun. La prof d'anglais à l'arrivée de laquelle la classe se levait pour lui souhaiter en chœur *Good morning misses Thomas !* puis s'asseyait en faisant grincer les chaises, avant que commence une heure d'ânonnements résignés. Ces mois, ces années entre filles, sans même un professeur, un pion, un seul élément masculin, les filles dans un établissement, les garçons dans un autre, comme des animaux incompatibles. Pourtant, depuis Mai 68, la proviseure n'inscrivait plus sur le tableau de la salle des pionnes les noms de celles qu'elle avait vues le week-end dans Aix en compagnie d'un garçon, et qu'on allait aussitôt repérer dans la cour, grâce aux étiquettes nominatives sur les blouses. Certaines se cachaient, d'autres s'effondraient. Rares étaient celles qui osaient affronter l'opprobre et la curiosité. Depuis peu on avait le droit d'élire des déléguées de classe. De relever un peu la tête. En gardant les yeux baissés. Le monde demeurait borné, encrassé d'ignorance. Quel sens cela avait-il ? Où était la joie ? Et surtout : quel espace avaient-elles toutes pour vivre et s'émerveiller de vivre ? Les élèves arrivaient en sixième apeurées et cherchant la protection d'une sœur aînée, quatre ans plus tard elles quittaient l'établissement, étonnées d'avoir pris tout cela au sérieux et d'avoir souffert autant dans ce monde hostile et dépassé.

Bruno roulait les fenêtres ouvertes, le bras gauche posé sur la portière, et l'odeur de l'herbe coupée se mêlait à celles de la Simca, du plaid poussiéreux sur les sièges et de la gauloise brune qu'il fumait lentement. Il rentrait de la coopérative d'Éguilles où il achetait le vin en cubi avant de le mettre lui-même en bouteilles, et il sentait encore cette odeur de vinasse de la coopérative, les planchers humides, le liège et la paille, que ne recouvrait pas la présence forte des vignes et des pins alentour. Le ciel s'assombrissait, les insectes heurtaient le pare-brise, le soir montait comme une brume profonde, et soudain il se sentit triste, comme s'il s'était caché cette tristesse et qu'elle jaillissait par surprise. Alors il fredonna une chanson un peu idiote, *Les Trois Cloches*, que ses filles aimaient, mais chanter sans elles était étrange, il avait l'impression de raconter une histoire dans le vide. Il se demanda s'il avait le droit d'empêcher Sabine d'accompagner Hélène à Paris. Qu'est-ce qui l'attirait, là-bas ? La ville ou Tavel ? Il n'avait pas envie de refaire la tapisserie de leur chambre, il était nul en tapisserie, nul en travaux de toutes sortes, ce qu'Agnès prenait comme une offense personnelle. Elle n'avait pas un mari bricoleur. Non. Il n'était pas un mari bricoleur. Et il ne faisait que des filles. Il y avait chez lui quelque chose de manquant, une part virile défaillante, comme une impossibilité à s'imposer. Trois filles et pas d'enfant, disait son père qui lui demandait ce qu'il adviendrait du nom *Malivieri* quand il ne serait plus là. Tracasserie hypocrite puisque les frères de Bruno avaient eu des garçons, eux, des enfants. Son père oubliait ou feignait d'oublier qu'il y avait eu autre chose. Une chose que Bruno chassait de sa mémoire dès qu'elle surgissait.

Il la vit de loin. Sursauta comme s'il l'avait reçue sur son pare-brise, une image inattendue, violente. Il pensa à ses filles, instinctivement, comme à chaque danger il pensait à elles. Il gara la voiture sur le bas-côté, la départementale était étroite et sans éclairage. Il alluma ses feux de détresse et courut vers la petite. Elle était à terre, près de son vélo et consciente, elle répondit lorsqu'il lui demanda son nom, elle s'appelait Rose, et elle dit qu'elle avait mal à la jambe et à l'épaule aussi, elle ne pouvait plus les bouger, et elle éclata en sanglots. Il lui dit qu'il allait regarder si elle saignait, elle enfouit sa tête contre son épaule, elle avait froid, ses dents claquaient en mordant l'intérieur de ses joues. Elle ne saignait apparemment pas. Bruno savait qu'il fallait mettre un blessé en position latérale de sécurité, pourtant il tenait Rose contre lui, comme un bébé, la soustrayant au froid qui venait avec la nuit. Il la porta sur le bas-côté et mit le vélo dans le coffre de la voiture. Le corps de l'enfant était agité de soubresauts, comme un animal à moitié assommé, et elle vomit dans l'herbe, longuement. Les phares de la Simca jetaient sur elle une lumière violente, une torche braquée qui fouille quelque chose. Bruno entendait la circulation au loin, les moteurs des camions ferraillants qui tournaient avant le carrefour et n'apparaissaient jamais, la départementale était déserte et il se sentait abandonné dans un monde mort, un monde vidé par l'accident. Encore une fois il porta la fillette, l'allongea sur la banquette arrière, lui dit des mots réconfortants, ceux qu'il aurait dits à ses filles, mais cette enfant blessée il ne l'aimait pas, il en avait peur, et il avait hâte de la confier à d'autres. Il conduisait lentement, lui parlait pour se rassurer lui-même, l'hôpital n'était pas loin ils y seraient bientôt, il répétait cela, ils seraient bientôt à l'hôpital…

Quand ils arrivèrent devant les urgences, il vit qu'elle s'était endormie. Paniqué il courut à l'accueil, et tout alla très vite. Les infirmiers se précipitèrent avec un brancard, l'un d'eux lui confia le sac de la petite, On emmène votre fille au bloc, et ils disparurent derrière les portes battantes, personne ne lui reprocha de l'avoir transportée, personne ne se souciait de lui, il avait l'impression pourtant d'avoir mal fait, il était presque étonné qu'on ne l'accuse pas. Il avait trouvé dans le sac le nom et le téléphone de la mère de Rose, il fit la monnaie à l'accueil et lui téléphona. Dix minutes plus tard, Laurence arrivait aux urgences. Elle n'avait pas pris le temps de mettre ses chaussures, elle était en chaussons, les cheveux défaits, un gilet mal boutonné passé par-dessus sa robe, Bruno la reconnut aussitôt, une mère qui cherche son enfant. Elle guettait un mot rassurant, une affirmation que tout irait bien, il était gêné qu'elle lui donne ce pouvoir, il avait simplement ramassé une enfant à terre. Il lui souriait avec un calme forcé, puis détournait le regard, évitant une conversation. Il se sentait incapable de l'apaiser, et tentait de cacher son inquiétude, et sa colère aussi, quand il pensait au salaud qui avait renversé la petite et pris la fuite. Ils attendirent en silence, assis derrière les portes à battants qui ouvraient sur un monde *Interdit au public*, et ils vivaient ce temps confus et oppressant, ce temps qu'on ne voudrait jamais vivre et qui pourtant vous signale que la vie, c'est ça. Il est possible que rien ne vous soit épargné.

Laurence supplia la fille à l'accueil de se renseigner et, peu de temps après, ou peut-être des heures plus tard, un interne venait les rassurer, Rose allait bien, elle s'était cassé la jambe, on lui avait posé des broches et un plâtre, elle serait bientôt en salle de réveil. Ces mots-là effaçaient l'ardoise du pire. Laurence prit son visage dans ses mains, cette bonne nouvelle était un choc aussi puissant que l'annonce de l'accident. Bruno se sentit délesté de tout, et il sortit du jeu avec la sensation un peu lâche que la bénignité de la chose lui rendait un fameux service.

Ils sortirent fumer une cigarette. Laurence pleurait en souriant, ses doigts tremblaient, elle était belle, une mère bouleversée dont les larmes éclairaient les yeux sombres, Elle ressemble à une madone, Bruno s'autorisa cette pensée, correcte et renversante, et il était presque irréel de partager l'intensité de ce moment en parfaits inconnus. Très vite, Laurence dit qu'elle devait téléphoner. Il resta seul dans la nuit qui gémissait, le chant insistant des grillons donnait à l'obscurité un relief poignant ; quelque chose guettait, dans ce monde invisible. Il ferma les yeux et offrit son visage à la fraîcheur un peu moite, le dos tourné à l'hôpital. Il sentait lentement son corps se décrisper et sa peau recevoir de nouveau la vie, l'air et les bruits de la vie. Il sortit le vélo de Rose de son coffre, le posa contre le parapet, regarda malgré lui si Laurence ne revenait pas, et décida de ne pas aller lui dire au revoir. Il avait hâte maintenant de retrouver sa femme et ses filles, son monde stable et serein. D'avoir transporté l'enfant blessée dans sa voiture avait été une erreur, il le savait, et l'idée que cela aurait pu mal tourner lui enfonça dans le ventre une douleur de chien. La mort avait rôdé. Une fois de plus. Il se dit qu'il fallait prier, la prière l'apaiserait.

Sabine et Hélène étaient couchées dans leurs lits et chuchotaient des aveux dans la nuit. La chambre de leurs parents dans laquelle dormait Mariette était séparée de la leur par un mur en placo fin comme du carton. Ce qu'elles se disaient était secret, car elles osaient lorsqu'elles étaient seules parler de *là-bas*. Qu'y avait-il de si différent dans l'autre famille, cet oncle et cette tante qui appartenaient plus à Hélène qu'à ses sœurs ? Que pouvait-elle en dire ? C'était quoi au juste, *avoir de l'argent* ? Malheur aux riches. Elles entendaient souvent leurs parents citer cette phrase de l'Évangile dans un soupir qui disait le désaccord et l'envie, et il semblait qu'être riche soit une malédiction pleine de bienfaits. Sabine savait qu'*avoir de l'argent* c'était *être à l'aise*, vivre délesté de tant de soucis qu'on devenait plus insouciant et détendu. Elle n'en revenait pas quand Hélène lui racontait les libertés qui lui étaient accordées chez les Tavel :

— Tu verras, là-bas on est tranquille, Michelle elle se fait jamais de souci. Tu sors, tu dis que tu vas voir des amis, des voisins, que tu veux promener le chien, elle dit d'accord à tout à l'heure.

— Elle s'inquiète pas ?

— Pas beaucoup.

— Tu sors dans Paris toute seule ?

— Non, pas dans Paris. Je reste à Neuilly. Le métro je peux pas le prendre toute seule.

— Avec moi tu pourras.

— J'ai envie de danser.

— Maintenant ?

Hélène se leva et se mit à danser au centre de la petite chambre, entre les lits et la planche qui leur servait de bureau. Sa chemise de nuit blanche faisait une tache mouvante, comme la lumière d'une lune prise par des nuages. Elle répétait, On prendra le métro toutes les deux, le métro sous la terre et le métro dans le ciel de Paris de Paris de Paris…

— Couche-toi Hélène, tu vas réveiller la petite.

Elle s'assit au bord du lit, on entendait son souffle, sa joie la tenait, frémissante comme une petite eau sous la flamme. Elle était mince et grande pour son âge, si dissemblable en cela de Sabine, forte et terrienne, et à onze ans elle se faisait déjà traiter de « planche à repasser » et de « grande tige ». Son visage était pâle, ses cils très fins au-dessus de ses yeux verts, presque translucides ; elle avait l'impression d'être aussi terne qu'un dessin délavé. Et surtout elle ne comprenait pas « de qui elle tenait ». Agnès lui disait qu'elle ressemblait à une de ses grands-tantes, mais ne l'ayant jamais vue, elle ignorait si cela était flatteur ou accablant. C'était surtout terriblement vieux.

— Prendre le métro aérien, ça doit être chouette, dit Sabine.

— Je l'ai pris déjà, avec Vincent.

— Il est gentil, Vincent ?

— C'est mon cousin préféré. Tu sais, quand le métro est au-dessus de l'eau, on est comme sur un pont, et des fois j'ai peur qu'il tombe… Bien sûr il tombe jamais.

— Au théâtre, tu y vas souvent ?

— Oui, souvent.

— Me raconte pas.

— Pourquoi ?

— Parce que. Me raconte pas. Je peux tout imaginer.

— Alors qu'est-ce que je peux te raconter ?

— Je sais pas.

— Ma ponette elle fait des grossesses nerveuses.

— Ah.

— Pourtant elle est pas nerveuse. Tu m'écoutes ?

— Oui mais couche-toi, reste pas pieds nus sur le carrelage tu vas attraper froid.

— C'est quoi, une grossesse nerveuse ?

— C'est quand tu crois que tu attends un bébé mais tu l'attends pas, c'est nerveux.

— Comme quand j'ai envie de faire pipi mais c'est nerveux ?

— Oui.

— On s'en rend compte comment ?

— Ben parce qu'on n'accouche jamais.

— Mais les autres, comment ils font pour le savoir ? Ceux qui disent « elle fait une grossesse nerveuse » ?

— Oh tais-toi maintenant Hélène, tu me fatigues. Tu pleures ?

— Non, je suis enrhumée.

— Arrête !

— Je pleure pour ma ponette.

— C'est ridicule, elle pleure pas elle.

— Qu'est-ce que tu en sais ?

— C'est un animal. Les animaux sont comme les bébés, ils ressentent pas la douleur.

— Pourquoi ?

— C'est comme ça. C'est scientifique, si tu veux.

— Ah… C'est bizarre.

— Pas plus qu'une grossesse nerveuse. Allez, on dort maintenant.

Il y eut ce silence dans lequel chacune repensait à ce qui venait de se dire, et l'imagination se mêlait à l'ignorance, tant d'ignorance qu'il semblait qu'être adulte était un état à part, dans lequel rien de ce que nous étions avant ne subsistait, une mue qui lâcherait l'ancienne peau dans le silence et l'oubli, et on vivrait ainsi, soudain conscients de toute chose, connaissant les codes, les lois, prenant sans hésiter des décisions importantes, connaissant des gens, d'autres adultes avertis avec qui on partagerait ce monde qui accueillait notre participation sans faille. Elles se sentaient fragiles dans leur chemise de nuit en coton, leur lit une place, les cloisons minces de ces appartements empilés où l'on entendait l'interrupteur des voisins, les griffes du chien sur le carrelage, la robinetterie, la chasse d'eau, et aussi le rythme des lits secoués par les corps, avec les cris des femmes et les cris des hommes, cette violence et cette honte d'on ne savait quoi. La nuit était le lieu de ces intimités révélées, mais au matin on se croisait dans la cage d'escalier et on se saluait avec politesse, comme si rien ne s'était passé, comme si les êtres qui vivaient dans la nuit étaient restés dans leur chambre, et que ceux qui se montraient au grand jour étaient leurs doubles civilisés et ordonnés.

Hélène pleurait doucement et se retenait de se moucher, faisait couler sans bruit la morve entre ses doigts. Baloo connaissait la douleur. Elle le savait. Le matin, lorsqu'elle allait la chercher dans son box ou au pré, elle hennissait quand elle la voyait arriver, et ensuite frottait longuement sa tête contre son ventre. C'était de la joie. Hélène imagina que si elle passait devant le box sans y entrer, l'inverse se produirait. Ce serait de la douleur. « Scientifique. » Elle ne connaissait pas ce mot. Lentement, elle cessa de pleurer, revit le ventre si gros de sa ponette, qu'on l'aurait cru rempli de bébés mais qui n'était plein que de boyaux, de fleurs, d'herbes et de ronces. Et puis elle s'endormit, ayant guetté comme chaque soir le moment où elle passerait de la veille au sommeil, et n'y parvenant pas, glissant sans transition de l'émotion à l'oubli. Sabine perçut exactement l'instant où sa petite sœur bascula dans le sommeil, elle reconnaissait à son souffle ce moment où elle ne lui poserait plus de questions et ne ferait plus semblant d'être enrhumée. Elle reprit ses rêveries parisiennes. La ville lointaine était sa deuxième adresse, son rendez-vous vespéral. Et elle ne voulait pas seulement être dans le métro au-dessus du fleuve, elle ne voulait pas seulement être assise dans un fauteuil de velours rouge. Elle voulait marcher seule dans Paris, sans une sœur, une tante, un cousin ou un chien. Elle voulait se lever et partir.

Et puis il y eut dans Aix-en-Provence cette réprobation commune, ce scandale. Et ce fut, dans la petite ville de province, retirée et bourgeoise, une tache impossible à cacher.

Un soir, alors que ses sœurs jouaient encore en bas de l'immeuble et qu'elle était remontée faire ses devoirs, Sabine avait entendu ses parents dans la cuisine. Ils chuchotaient, embarrassés, Agnès tenait son visage dans ses mains, elle paraissait fatiguée et vaguement désorientée.

— Pourquoi tu pleures ? lui demandait Bruno.

— Je ne pleure pas… Je suis émue, c'est tout…

— Tu as déjà pleuré quand elle est morte…

— Mais puisque je te dis que je ne pleure pas ! Simplement ça me… Ça me révolte qu'ils osent sortir ça à Aix, alors que les parents du môme sont si proches… Ça ne te révolte pas, toi ?

Ils semblaient tous deux vouloir arrêter quelque chose, prévenir un danger, sans pouvoir le faire.

— Bruno, cette affiche, ici, c'est tellement choquant… C'est… un scandale, oui, voilà… c'est…

— Mais qu'est-ce que tu fais là, ma Sabine ?

Bien qu'il ait tenté de mettre dans sa question un étonnement léger, la voix de Bruno tremblait, et Sabine était entrée dans la cuisine sur la pointe des pieds, s'accordant à cette ambiance trouble.

— Tu n'es pas en bas avec tes sœurs ? Qui surveille Mariette ?

— Hélène.

— Tu es là depuis longtemps ?

— Oui, depuis longtemps.

Et il avait bien fallu qu'ils s'expliquent. Parce qu'elle le voulait. Parce qu'elle demanda, C'est quoi le scandale ? et que cette question les emplit d'une telle gêne qu'elle pensa un instant que l'un des deux, d'une façon ou d'une autre, y était mêlé. Eux ne savaient pas comment s'y prendre et se renvoyaient la balle : Vas-y toi, Non vas-y toi, et elle vit comme ils étaient jeunes. « Ils vont vivre encore longtemps », et pensant cela elle pensait qu'ils vivraient toujours, alors elle fut impitoyable et exigea qu'ils ne lui cachent rien, sans cela elle se renseignerait par elle-même, et elle avait frappé juste : ni l'un ni l'autre ne voulaient que cette histoire-là soit rapportée à leur fille avec des mots qu'ils n'auraient pas choisis, et toutes les précautions qui vont avec. On aurait dit qu'ils emballaient une grenade dans du papier de soie. C'était une histoire interdite, celle d'une « divorcée », dit son père, et cela faisait d'elle, déjà, une femme souillée. Une divorcée mère de famille. Des mots qui n'allaient pas ensemble. Elle s'était suicidée, à Marseille, elle avait ouvert le gaz et puis elle était morte. Sabine crut que cette femme était proche de ses parents, et que le scandale s'arrêtait là, une divorcée-mère-de-famille-suicidée-à-Marseille, et elle leur demanda s'ils iraient à l'enterrement. Ils la regardèrent comme si elle était atteinte d'une anomalie.

— Il y a longtemps qu'elle est enterrée. Elle s'est tuée en 1969.

— Tu n'as pas vu dans Aix les affiches d'un film avec Annie Girardot ? Une rose rouge posée sur une fiche de renseignements ? Tu n'as pas vu ?

— Non. C'est quoi ?

Sa mère regardait ses mains avec tendresse, les paumes ouvertes vers le plafond de la cuisine, elle dit dans un souffle :

— C'est *Mourir d'aimer.*

— Mourir d'aimer ?

— Oui, c'est comme ça qu'ils appellent l'histoire. Cette femme, Gabrielle Russier, elle était professeure à Marseille et à son âge… trente-deux ans… À son âge elle a… elle a couché avec un de ses élèves, oui, il avait seize ans. Elle a fait de la prison pour ça. Bien sûr. Et les parents de cet élève sont professeurs ici, à la fac d'Aix. Et les affiches du film sont dans toute la ville…

— Je comprends.

Elle dit cela pour qu'ils arrêtent de parler. Mais elle ne comprenait rien, sûrement parce qu'ils ne comprenaient pas eux-mêmes d'où venaient leur peine et tant d'embarras. Ce fait divers bouleversait leurs croyances, troublait le plan intègre et juste qu'ils avaient établi pour leur vie et qu'ils auraient aimé unique et universel. Leur morale chrétienne excluait la désorganisation des sentiments, mais tout près de chez eux une femme de leur âge avait souffert jusqu'à oublier ses enfants, ouvrir le four et plonger la tête dedans. Comment ne pas en être profondément ébranlé ?

Ils interdirent à Sabine d'aller voir le film et elle ne leur désobéit pas. Ne parla pas de ce fait divers à Hélène, ni à aucune de ses amies. Elle resta seule avec cette explosion qui ouvrait tant de brèches. L'amour comme un fleuve sorti de son lit. L'amour qui n'était pas exclusivement conjugal, béni par les prêtres, autorisé par la loi. On était au tout début de l'année 1971, le mois de janvier. Deux mois plus tard, elle lut dans *Le Nouvel Observateur* quelques mots de l'ancien élève de Gabrielle Russier. Il disait : « Ce n'était pas du tout une passion. C'était de l'amour. La passion, ce n'est pas lucide. Or, c'était lucide », et cela ne fit qu'ajouter à l'incompréhension. Elle aurait préféré que *Mourir d'aimer* soit une maladie portée par deux êtres insouciants et égoïstes, loin de tout ce qu'elle connaissait. Mais elle lut dans cet article qu'ils étaient cultivés, engagés politiquement, désobéissants et beaux. Elle lut l'histoire que ne lui avaient pas racontée ses parents, avec les mots de *détournement de mineur*, *hôpital psychiatrique*, *prison des Baumettes*, et même *Pompidou* et les vers d'*Éluard* que le Président avait si étrangement prononcés pour défendre Gabrielle Russier. C'était une danse sauvage, et tout le monde semblait avoir fouillé cette union, la France entière penchée au-dessus de l'amour pour en faire une affaire de mœurs. Après avoir lu cet article, Sabine se cacha pour pleurer. Pleurer l'envie qu'elle avait d'aimer et la honte qu'elle en éprouvait, cette salissure possiblement liée au sentiment, au couple, à la sexualité. L'amour était un scandale. Et elle voulait que cela lui arrive.

Ils découvraient une autre Provence et ils étaient entrés dans le domaine avec le ravissement respectueux de ceux qui n'y ont pas droit. Pourtant on leur ouvrait les grilles, on les accueillait. La longue allée de terre fine comme du sable, bordée de cyprès à l'odeur d'encens et de buis au vert ancien, la beauté solennelle du lieu, tout troublait Bruno et Agnès, et ils avaient pour l'invitation de Laurence la reconnaissance des timides. Ils ne cessaient de remercier, avec des voix fragiles.

— C'est moi qui vous remercie, disait-elle, toute ma vie je vous remercierai, toute ma vie.

C'est Agnès qui avait retrouvé Laurence, sans la connaître, au marché un samedi matin. Elle avait entendu cette femme un peu débraillée (elle disait *excentrique*) et qui parlait fort raconter l'accident de sa fille Rose à une amie. Et parce qu'elle la trouvait excentrique et incroyablement belle, avec des habits qui n'étaient pas de son âge, un peu comme ces hippies, elle avait écouté la conversation et puis elle avait dit, C'est mon mari je crois c'est mon mari qui a amené votre fille à l'hôpital. Et elle n'en revenait pas d'avoir osé les interrompre, elle avait serré Mariette contre elle pour le faire, comme pour asseoir son autorité. Laurence s'était bruyamment exclamée, l'avait embrassée avec la spontanéité des gens sans embarras, avait dit qu'elle avait cherché son mari, elle voulait le remercier, mais il n'avait rempli aucun papier à l'hôpital, elle était si heureuse maintenant de savoir enfin qui était l'homme qui avait sauvé sa fille. Et puis elle avait regardé cette femme si fière de son mari, et qui ressemblait à une enfant épuisée.

— J'aimerais vous inviter à prendre le thé. Vous et votre mari. Et la petite bien sûr.

— J'ai trois filles.

— Déjà ? Mais quel âge avez-vous ?

— Trente-quatre ans.

— Et déjà trois enfants. Et… pas de garçon ?

— Non.

— Et vous en voulez ?

Le visage d'Agnès pâlit un peu. Elle répondit avec ferveur :

— Certainement pas.

Ils s'assirent sur la terrasse, derrière eux la bastide était un trou sombre, protégé du soleil par de grands volets bleus, eux étaient à l'ombre sous le tilleul aux branches basses qui les forçaient quand ils étaient debout à se courber un peu, comme s'ils se cherchaient dans la nuit. On était au début du printemps, la saison la plus tendre du Sud, qui n'avait pas l'engourdissement saisissant des étés. Le grand bassin était vide, Hélène était troublée d'en voir ainsi le fond, dans lequel gisaient des feuilles mortes et des jouets cassés. Elle avait si peur des piscines, et à sec le bassin semblait encore plus insondable. Quelques mois plus tôt une fille du collège était morte noyée à la piscine municipale, en plein cours de natation. Elle y pensait le jour, la nuit, elle y pensait tout le temps, sans en parler jamais. Elle-même avait failli se noyer toute petite, dans la Manche en vacances avec David et Michelle, et depuis il lui était impossible de mettre la tête sous l'eau sans sentir précisément ce qu'était la mort. Elle ne l'avait pas frôlée. Elle l'avait vécue et elle l'avait gardée en elle. David l'avait sauvée, mais la fille du collège on l'avait sortie de l'eau mais pas de la mort. On l'avait posée sur le bord dur et froid de la piscine mais elle était déjà ailleurs. Ou nulle part. Et elle se demandait pourquoi on n'en parlait jamais, comment il était possible qu'une fille arrive vivante dans les vestiaires et ressorte morte de la piscine sans que cela soit le seul sujet de conversation. Elle avait appris que dans l'eau ou hors de l'eau, elle serait morte de toute façon ce matin-là, à la même heure et où qu'elle ait été. Elle avait une malformation cardiaque et cela *devait arriver*. Elle ne la connaissait pas et pourtant elle devint sa compagne, son chagrin, son double non sauvé.

Sabine et Rose promenaient Mariette dans le jardin de la bastide, Hélène les rejoignit, pour chasser ces pensées qui gâchaient tout. Rose marchait avec une béquille, Sabine et Hélène étaient intimidées par elle, qui portait le mystère d'un accident nocturne et d'un sauvetage par leur père. Elles se sentaient les filles du héros, et cette petite supériorité pouvait équilibrer le jeu social. Elles avaient vu l'admiration que Rose portait à leur père, lui semblait distant, se contentant de lui sourire sans évoquer cette nuit-là, un sourire qui signifiait, Restons-en là. Elles savaient aussi que Rose devait le trouver beau puisqu'il l'était, leurs copines le leur disaient, et les voisins, les amis, qui faisaient remarquer qu'il ressemblait à un acteur, mais ne se souvenaient jamais duquel. Elles imaginaient un acteur américain, toujours plus grand, plus héroïque qu'un acteur français, et elles étaient fières de cette beauté paternelle.

— Tu as pu retourner à Cézanne ?

Sabine était à peine plus jeune que Rose et l'année prochaine elle entrerait en seconde, au lycée Cézanne, derrière les collines. Ce ne serait toujours pas mixte, mais on disait qu'on pouvait sortir avec les garçons qui étaient en Maths sup et en Maths spé et dont les classes étaient dans le même établissement, et il y avait tellement peu de filles avec eux que la plupart étaient sûrement libres, mais on disait aussi qu'ils ne se mélangeaient pas, même en récréation, ils étaient toujours groupés, on ne voyait que leurs dos. Ça n'était pas très attirant, mais peut-être que si l'un d'eux se retournait, il montrerait un visage lumineux, délivré des théorèmes. Il le fallait de toute façon, il fallait bien qu'un jour un garçon se retourne et qu'on le voie en face. Ceux des boums le jeudi après-midi étaient si jeunes qu'on aurait dit qu'ils étaient tous des cousins, des garçons inoffensifs et maladroits. Ils s'exerçaient sur les filles consentantes, Sabine les trouvait minables, elle voyait leur souffrance et comme ils se surveillaient les uns les autres. Lequel d'entre eux y arriverait ? Emballer une fille. Ou deux. Ou trois. Et on avait beau fermer les volets et danser des slows dans la pénombre, la maladresse se voyait comme en plein jour.

Rose n'était pas jolie et Sabine et Hélène trouvaient que son prénom ne lui allait pas. Mais elle était d'une gentillesse calme, assurée, et cela les intriguait. Une fille de quinze ans sans complexes. Elle proposa de leur montrer sa chambre que sa mère avait fait installer au rez-de-chaussée. Elles entrèrent dans la maison qui sentait la citronnelle et les figues trop mûres. La poussière flottait dans les rayons obliques échappés des volets clos et tombait sur les tomettes. Il y avait un piano droit, un grand buffet et une table en bois sur laquelle étaient posés des vases aux fleurs fanées et des tasses au fond desquelles bourdonnaient des mouches. L'eau gouttait dans un évier en pierre et rythmait un temps lent et distrait. Tout semblait vivre une vie autonome et désordonnée. Un chat roux était allongé sur la table,

Mariette s'en approcha, Sabine lui prit la main, Tu le caresses pas trop longtemps, Mariette, tu es allergique, et elles caressèrent le chat ensemble, il les regarda avec lassitude puis disparut d'un bond. En s'élançant il fit tomber le journal sur lequel il était allongé, un journal au fond noir, où se détachait le dessin d'un homme au visage bouffi, creusé de rides, et qui regardait le lecteur avec un air aussi fuyant que ses traits. *Charlie Hebdo* titrait : *Qui a engrossé les 343 salopes du manifeste sur l'avortement ?* Sabine reposa aussitôt le journal. Elle n'avait pas reconnu le ministre de l'Intérieur Michel Debré, mais elle avait lu le manifeste dans *Le Nouvel Observateur*, une longue plaidoirie, et elle ne comprit pas l'insulte. *Salopes.* Elle ajoutait de la violence à l'avortement, ce sujet brûlant qui la mettait mal à l'aise et dont elle n'osait parler. Mariette s'était de nouveau approchée du chat, elle était penchée au-dessus de sa gamelle, Sabine la rejoignit. Sa sœur était si petite, on aurait dit qu'elle ne grandissait pas, ses yeux mangeaient son visage menu, comme s'ils suivaient une croissance indépendante, et elle regardait le monde avec une curiosité appliquée et constante.

— Je t'ai déjà dit de ne pas t'approcher d'un animal qui mange.

— Je le touche pas.

— Même. Ne mets pas ton visage à sa hauteur.

— Il m'aime bien.

— Il te connaît pas.

— Alors, vous arrivez ?

Hélène les appelait depuis la chambre de Rose, il lui semblait que ses sœurs étaient loin, qu'elles devaient traverser plus qu'une pièce sombre pour la rejoindre.

— Vous faisiez quoi ?

Elle fut surprise de son agressivité. Elle prit d'autorité Mariette sur ses genoux. La petite se dégagea en se tortillant et s'assit comme les autres, sur le grand lit de Rose couvert d'oreillers défoncés. Elle tentait d'imiter leur maintien et mit son menton dans ses mains, ne tint pas la pose et se renversa sur le dos pour observer le plafond. Hélène demanda encore :

— Hein, vous faisiez quoi ?

— Ben rien, on caressait le chat, ça va !

— Le chat, oui, le chat ! dit Mariette.

— Moi j'ai pas de sœurs, dit Rose avec fierté.

Elles se sentirent misérables. Elles venaient de donner une image fausse d'elles-mêmes. Rose ne pouvait pas comprendre. Elles ne se disputaient pas. Elles s'interpellaient. Elles pouvaient se manquer en une seconde et cette seconde était comme une minuscule goutte d'eau qui contenait tout. Leur différence d'âge les décalait un peu, mais Agnès leur avait dit qu'avec le temps cette différence s'effacerait, Trois ans même pas, ça compte quand on est jeunes, pas quand on est adultes, et Hélène voyait les « trois ans même pas » s'effacer comme un chiffre sur le sable, c'était triste et dérisoire. *I've been followed by a moonshadow*, chantait Cat Stevens. C'était exactement ce qu'elle ressentait. On était suivi par l'ombre de la lune, presque rien. On mourait au fond des piscines municipales. On mourait au fond de la mer. On mourait à vélo sur une route de Provence. On mourait de malformation ou d'inattention. Sous l'ombre de la lune.

Leur mère les appelait, il fallait rentrer, où étaient-elles ? Et son appel était ponctué encore de remerciements, C'est si beau ce jardin, si beau, merci. Venez quand vous voulez, disait Laurence, et lorsque les filles rejoignirent leur mère, elle s'émerveilla, C'est fou, on dirait quatre sœurs ! Agnès sourit, elle était flattée, c'est ce que remarquèrent Hélène et Sabine, cet air flatté de leur mère. Elle dit qu'elle avait eu Sabine à vingt ans. Ce chiffre-là, si dérisoire soit-il, ne s'estomperait pas avec le temps. Ce chiffre-là disait que leur mère n'avait pas traversé sa jeunesse, parce qu'elle n'en avait pas eu.

Tous les cinq ils avaient hâte maintenant de rentrer chez eux, faire couler dans le tub le minibain pour trois, dîner à la cuisine, coucher Mariette et regarder le film du dimanche soir en mangeant des barres de Mars qu'Agnès coupait en petits morceaux, divisant deux barres pour quatre, parce qu'une barre pour chacun aurait coûté trop cher. Ils partageraient l'histoire du film, gênés par les scènes de baisers, émus par la beauté des actrices à qui il arrivait des histoires tristes et compliquées, dans lesquelles chacun reconnaissait un peu de ses désirs et de son désarroi. En regardant le film ils sentaient que leurs places changeraient, tôt ou tard ils se remplaceraient les uns les autres, le temps redistribuerait les rôles. C'est peut-être pour cela qu'ils aimaient ces moments en famille, parce que la situation était fragile et éphémère, et que tous ensemble, ils étaient quelqu'un.

Aux vacances de Pâques, Hélène et Sabine partirent pour Paris en Mistral depuis Marseille. Michelle avait envoyé de l'argent pour les billets de train, pas assez pour l'avion. Agnès prépara les sandwichs en pleurant. Cela devait arriver. Sa sœur ne se contentait pas d'une enfant, elle en voulait deux. Elle avait toujours eu tous les droits. Faire des études, parce qu'elle était l'aînée. (Elle n'avait jamais travaillé et son diplôme de bibliothécaire ne lui avait servi à rien.) Avoir un avis sur tout, parce qu'elle était riche et vivait à Paris. Et depuis l'enfance Agnès restait celle à qui l'on donne des conseils, que l'on aide un peu, et dont on n'attend rien. Chaque mois, après avoir déposé le chèque de Tavel à la banque et versé de l'argent à son père, Bruno lui donnait un peu de liquide pour qu'elle achète de la viande, de la macreuse pour les pot-au-feu et un rôti dans le filet pour les invités du dimanche. L'argent de Tavel remplissait chacun de protéines, il avait l'odeur du beurre brûlé et de la chair cuite.

Sabine mit dans sa valise ses habits usés et mal coupés. Elle avait économisé sur ses heures de baby-sitting, et à Paris elle s'achèterait son premier jean et son premier rimmel. Pour son père, tout maquillage était indécent, il n'aimait pas les artifices, qui faisaient d'une fille correcte une fille vulgaire que les hommes, évidemment, ne respecteraient pas. Une fille facile. Elle se dit que le rimmel elle pourrait le mettre en cachette, et le jean, son père s'y ferait. Elle avait quatorze ans, elle y avait droit, mais toute nouveauté était pour ses parents un danger potentiel, et elle avait l'impression que même les questions qu'elle leur posait étaient inconvenantes, comme si la férocité du monde surgissait dans ce qu'elle ne comprenait pas. Elle aurait aimé parler à sa mère sans qu'aucune de ses paroles ne la gêne, mais toute réflexion semblait une remise en cause de son existence, voire une accusation. Il y avait dans le quotidien d'Agnès un tel engagement et une telle application qu'il était difficile de s'approcher de ce pré carré. L'hiver dernier elle avait accepté que Sabine descende chercher le charbon à la cave, et cela lui avait paru un renoncement. Combien de fois l'hiver Sabine l'avait-elle vue porter ces seaux depuis la cave jusqu'au cinquième étage, et remplir le poêle ? Sa vie tenait dans ce verbe, remplir. Remplir le poêle à charbon, remplir le frigidaire, remplir le tub, remplir leurs estomacs, combler les vides, parer à tous les dangers. Est-ce que cela aurait été plus simple si elle n'avait eu qu'un seul enfant ? Sabine l'avait entendue conseiller à une de ses belles-sœurs enceinte pour la sixième fois de faire plus de Solex et de danser en sautant. Que fallait-il y comprendre ? Quelle était la différence entre une fausse couche souhaitée et un avortement provoqué ? La lecture du manifeste dans *Le Nouvel Observateur*, rebaptisé par *Charlie* des *343 salopes*, avait laissé Sabine si désemparée qu'elle avait caché le numéro, sa une comme un avertissement, des mots colorés sur fond noir. Un faire-part de deuil, gribouillé de vie. Il était signé par Catherine Deneuve, Simone de Beauvoir, Françoise Sagan, Marguerite Duras, Gisèle Halimi, et par tant d'autres femmes célèbres qu'elle ne connaissait pas, et par tant de femmes inconnues qui, paraît-il, payaient cher leur signature. Le manifeste disait que les femmes n'étaient pas libres de leur corps. Comme les esclaves. Que les femmes étaient forcées à la reproduction. Comme le bétail. Et il assimilait les catholiques aux fascistes. La brutalité de cet argument ajoutait au choc de la lecture, qui donnait le compte des femmes qui se faisaient avorter et de celles qui en mouraient. Tout était une question de ventre, il ne s'agissait que de cela, le ventre des femmes. À qui il appartenait. À qui il devait rendre compte et ce qu'elles avaient le droit d'en faire. Et dans ce manifeste aussi, le mot *scandale* était écrit. C'était virulent, dangereux. Et terriblement proche. Quand Sabine avait eu ses premières règles, Agnès lui avait dit, Tu es une femme maintenant, fais attention. Elle avait cru qu'elle devait faire attention à ne pas tacher ses draps ou ses jupes. Et puis elle avait compris qu'il s'agissait d'autre chose. Elle pouvait avoir un enfant. Elle venait de basculer du côté du péril. Mais elle ne savait pas comment faire pour s'en protéger ni même le sentir venir. Les adultes ne parlaient pas de ces choses-là. Ni les parents. Ni les professeurs. Et aucun de leurs livres. Quelque chose venait de prendre fin et une autre, puissante et mauvaise, allait prendre sa place. C'était tout.

Hélène et Sabine ne restèrent à Paris qu'une nuit. Pas même à Paris. À Neuilly. Une nuit durant laquelle Sabine pleura de déception, tandis que sa sœur dormait blottie contre son chien, chacune dans son lit aux oreillers si nombreux que Sabine en avait jeté la moitié par-dessus bord. C'était une chambre comme dans les films, avec des éclairages indirects, des tableaux aux murs, des rideaux et des doubles rideaux, un placard démesuré qui s'éclairait quand on l'ouvrait. Il contenait des étagères remplies de pulls et de chemisiers minutieusement empilés, des cintres serrés les uns contre les autres comme une foule sans têtes, des vestes, des manteaux, des robes, des costumes, et sur les portes, des cravates, des ceintures, des foulards, au sol une exposition de chaussures avec des embauchoirs et des brosses immaculées, et devant tant d'abondance Sabine avait demandé, C'est à qui ? D'un ton qui signifiait, Mais c'est quoi ce bordel ? Et Hélène avait compris que sa sœur n'aurait pas envie cette fois-ci de passer une robe qui n'était pas à elle pour se regarder dans le miroir en tournant doucement.

Sabine connaissait cet appartement, elle y était passée plusieurs fois, avant ou après une réunion de famille, mais elle n'y avait jamais pris de repas servi par Maria qui surgissait dès que Michelle agitait une petite cloche de laiton, elle n'avait jamais posé sa brosse à dents dans une salle de bains réservée aux enfants, ni vu, dans celle réservée aux parents, une baignoire qui se trouvait à la hauteur du sol, elle n'avait jamais vu non plus la buanderie, la chambre des automates, le coffre-fort, n'avait jamais ouvert le placard lumineux ou la baie vitrée de la terrasse, tous les détours et les surprises de ce lieu qui sentait le cuir, l'ambre et la cire d'abeille. Mais surtout elle n'avait jamais vu son oncle retrouver Hélène. Cet homme, que chez elle on nommait par son seul nom, *Tavel*, comme s'il s'était agi d'une marque, cet homme riche et puissant, ce patron, avait besoin de sa petite sœur. Elle n'avait jamais compris ce qu'Hélène avait de plus qu'elle, ni quelles pouvaient être ses propres lacunes, en quoi était-elle moins aimable ? Est-ce que son physique méditerranéen jurait dans cet appartement bourgeois ? Ou bien sa lucidité, elle qui voyait les rouages de cette mécanique, le pouvoir de l'argent, l'éblouissement qu'il suscitait ? Est-ce que Tavel aimait Hélène simplement parce qu'il n'avait pas eu de fille ? Mais alors, elle ou une autre, c'était pareil. C'était une union arrangée, comme celle de ses grands-parents. Un amour venu d'une autre époque. Mais quand Hélène et Tavel s'étaient retrouvés, Sabine avait compris qu'ils s'aimaient. Dès qu'elle les vit ensemble, elle eut en tête les vers de Racine : « Ils s'aiment. (...) Comment se sont-ils vus ? Depuis quand ? Dans quels lieux ? » Il y avait dans cet amour-là quelque chose d'interdit et de puissant, comme dans la tragédie. C'était une trahison du clan Malivieri, et Sabine s'étonnait que sa sœur affiche avec naturel ce lien de dépendance. Elle regarda Tavel lui montrer un moulin à prières rapporté d'un temple japonais. Il le faisait tourner et tous deux souriaient, on aurait dit qu'ils avaient déniché un animal inconnu et s'enchantaient de son allure. Elle regarda Maria dresser le couvert sous l'autorité fatiguée de Michelle. Elle regarda dans les cadres les photos de ses cousins qui n'étaient pas encore rentrés. Le bonheur à cheval, en voiture, en bateau. C'était comme une énorme publicité. La colère l'envahit. Il y avait forcément quelque chose derrière la réclame qu'on lui faisait de la vie, chez elle comme ici, dans les cuisines pauvres ou les cadres photos en argent, derrière les *Moulinex libère la femme*, les injonctions au progrès, au confort, cette poursuite forcenée du bonheur, du luxe ou de la vie de famille, il y avait autre chose. Qui ne s'achetait ni ne se vendait. Elle devait le trouver, elle devait se débrouiller avec ça. Elle ne voulait pas partir le lendemain au bord de la mer. Paris était si proche. En le traversant en voiture depuis la gare de Lyon, elle avait vu le ciel anthracite et les premières lumières de la Concorde, des Champs-Élysées, de l'Étoile. C'était l'heure des théâtres. Des bars nocturnes. Du tragique. Et la ville ouverte attendait qu'on accompagne sa nuit. Mais Sabine n'avait été qu'une touriste assise dans une Mercedes qui filait vers Neuilly.

À Villers la maison était posée sur la falaise et dominait la mer. Le ciel était d'une beauté nette, il s'étirait jusqu'à rejoindre l'horizon et y confondre ses couleurs. Sa lumière qui variait inlassablement provoquait une nostalgie indicible, le regret d'une autre vie. C'était à peine perceptible, mais c'était là, toujours, quand on regardait vraiment les couleurs du ciel sur la mer.

Hélène montait tous les jours sa ponette. Au pré, sur la plage, et dans Villers aussi : Vincent l'attelait à la carriole et ils partaient ensemble faire les courses. Tout le monde les regardait, ils s'en fichaient, l'argent les affranchissait du regard des autres et ils se suffisaient à eux-mêmes. Vincent avait pour Hélène la complicité d'un grand frère, c'était un garçon spontané, volontiers blagueur, et généreux avec sa cousine. Mais dès qu'Hélène repartait pour Aix, ils s'oubliaient tous deux et n'éprouvaient jamais le besoin de s'écrire ni d'avoir des nouvelles l'un de l'autre. C'était une relation de l'instant, qui reprenait là où ils l'avaient laissée et disparaissait sans aucun regret. Sabine trouvait qu'avec leur attelage tous deux ressemblaient à l'illustration de Phaéton conduisant le char d'Hélios dans *La Mythologie grecque illustrée.* Et elle espérait secrètement une chute, minime, sans conséquence autre que de les ramener à terre, avec les mortels. Elle avait l'impression d'être plus loin de sa sœur que lorsqu'elles étaient séparées.

Quand elle rentrait de ses journées d'équitation, Hélène sentait le vieux cuir et la sueur, quelque chose d'acide, de peu aimable. Elle éprouvait une fatigue heureuse, débarrassée des considérations ordinaires, et elle n'était plus ni une fille ni un garçon, ni une Malivieri ni une Tavel, rien d'autre qu'elle-même. Panser Baloo, changer sa paille, nettoyer la selle et le filet la plongeaient dans la partie concrète d'une vie où elle agissait seule, sans le regard ni l'attente de qui que ce soit. Quand elle galopait sur la plage, elle sentait que tout pouvait prendre fin, le privilège était fragile, elle allait grandir, est-ce que David lui offrirait un double poney, un cheval ? Est-ce que tout cela continuerait quand elle serait grande ? David était parti pour Tokyo, Joseph était resté à Neuilly, ils étaient quatre seulement à Villers, leur petite communauté était dominée par un seul garçon qui essayait maladroitement d'occuper la place laissée vacante par son père. Mais Vincent avait une autorité mal assurée et Michelle n'hésitait pas à lui demander de se tenir droit à table, une façon de lui montrer que la domination est affaire de sous-main, et si elle adorait Joseph, son fils aîné, elle avait pour Vincent l'agacement que l'on éprouve pour ceux qui sont toujours, d'une façon ou d'une autre, un peu décevants. Leurs discussions tournaient inévitablement autour des chevaux, les coupes remportées aux concours hippiques, les bons étalons et les meilleurs trotteurs, et la vie s'organisait ainsi, une compétition dans laquelle chacun devait faire ses preuves et inévitablement gagner quelque chose. La victoire était le but.

Sabine avait peur des chevaux et partageait peu ses journées avec Hélène, mais tôt le matin elles marchaient ensemble sur la plage, bavardaient sans rien approfondir, conscientes de ne pas être traitées chez les Tavel de la même façon. Sabine ne devait pas vouvoyer Michelle, comme le faisait Hélène, et ce tutoiement, loin d'être le signe d'une familiarité, était au contraire celui d'un éloignement. On se vouvoyait entre mari et femme, entre fils et parents, et elle ne faisait pas partie du cercle. Les deux sœurs se parlaient aussi le soir, par habitude, dans la chambre mansardée où elles entendaient la mer sans la voir, et la lumière d'une lune phosphorescente tombait sur leurs lits. Il y avait une tension minérale qui empêchait de se détendre et cette tension était renforcée par la hiérarchie établie entre chacun. Elles faisaient ce qu'elles pouvaient pour être bien ensemble, mais se sentaient observées par l'autre, et n'étaient pas à l'aise.

Sabine se réfugiait dans la lecture. Elle avait emporté des livres empruntés à la bibliothèque municipale d'Aix. Elle avait eu un choc quand elle y avait vu les *Lettres de prison* de Gabrielle Russier, la présence du livre dans ce lieu-là signifiait que tout le monde ne réagissait pas comme ses parents. Elle fut déçue par ces lettres, elle en attendait autre chose, plus de détails sur cette histoire d'amour à mourir, mais la préface était plus longue que la correspondance, et Gabrielle Russier écrivait que son histoire faisait «gamberger tout le monde» et qu'il fallait la «démythifier». Depuis sa cellule elle s'inquiétait de problèmes de garde d'enfants, de chat à nourrir, de femme de ménage et de clef chez la concierge. Il s'agissait moins d'amour que de se sortir d'un immense merdier, l'angoisse était permanente. La lecture d'*Autant en emporte le vent* avait été bien plus envoûtante, mais grandir c'était sûrement préférer des lettres de prison à un roman à l'eau de rose. Sabine pensait qu'il fallait choisir son camp, suivre un courant sans dévier. Elle savait si peu de choses. La vie se tenait face à elle, vibrante, insaisissable. Il y avait des découvertes bouleversantes et implicitement interdites, et toute excitation s'accompagnait de remords. La jouissance qu'elle éprouvait en se masturbant le soir, quand Hélène dormait, était une délivrance et un outrage. Elle ne savait à qui. À sa sœur ? À elle-même ?

À tous ceux qui dormaient sous le même toit et qu'elle offensait par cette transgression ? L'Église, elle le savait, considérait la masturbation comme un péché mortel, et si elle mourait un peu à chaque fois, c'était de honte. Elle pensait être la seule à être obsédée par la sensualité, à éprouver le besoin répétitif de se masturber pour apaiser plus que son corps, son esprit. Mais un jour, envoyée aux écuries par Michelle pour aller chercher Hélène, elle avait entendu ce qu'elle avait tout de suite reconnu comme des soupirs de plaisir. Deux personnes faisaient l'amour. Ce bruit l'excita comme si entendre était une façon immédiate et violente d'être impliquée, cela s'adressait directement à une partie d'elle, incontrôlable et consentante. Les corps faisaient du bruit. Les gestes étaient sonores. Autant que les voix. Elle s'approcha, son cœur battait fort, son ventre était douloureux, et elle sentait bien que par cette excitation elle participait au duo. Elle les vit. C'était deux hommes. Elle en resta paralysée de confusion. On aurait pu croire qu'ils se battaient, et si elle n'avait d'abord entendu leurs gémissements, c'est ce qu'elle aurait pensé, deux garçons s'affrontaient. Mais ils se désiraient. Ils se désiraient à se faire mal. Ils se voulaient comme on veut son bien, de toutes ses forces, une autre vie à confondre à la sienne. Elle n'avait pas tout de suite reconnu Vincent. Elle avait vu d'abord sa casquette échouée à côté de son tee-shirt Elvis. Est-ce que cet homme acharné, dont elle voyait le sexe, son premier sexe d'homme, était celui avec qui elle avait pris son petit déjeuner le matin même et qui disait vous à sa mère ? Elle s'enfuit. Elle avait honte de l'avoir vu, et de l'avoir regardé, longtemps.

Elle s'assit sur la dune, face à la mer qui s'était éloignée, on voyait à découvert le varech, des poissons crevés, le sable était sculpté par la marée, d'infimes boursouflures qui se répétaient. C'était un paysage provisoire et menaçant. Sabine respira le vent salé qui tournait en bourrasques, des giclées d'air salé revigorantes. Maintenant elle était bien. Elle savait quelque chose de plus, sur la vie. Bien sûr elle savait que ça existait, beaucoup d'écrivains étaient homosexuels, Verlaine, Rimbaud, André Gide, et même le comédien James Dean, ou le danseur Noureev, mais la plupart de ces hommes étaient morts et il semblait que les vivants ne l'étaient jamais. L'an dernier pourtant, une copine de classe chez qui elle passait l'après-midi lui avait dit qu'elle aimait faire l'amour avec les filles, et lui avait proposé de le faire avec elle. Elle avait été choquée et bouleversée, et avait vivement répondu, J'aime les hommes. Et de s'entendre le dire lui avait donné un coup au cœur, comme si cette affirmation, J'aime les hommes (alors qu'elle n'avait fait jusque-là que flirter), l'obligeait à mettre en pratique et de façon immédiate ce qui maintenant la définissait. À la vérité, elle ne savait pas grand-chose de tout ça, l'homosexualité masculine, féminine. Elle avait entendu ses parents parler d'homosexuels malheureux avec une profonde pitié et elle s'était demandé s'ils auraient été aussi désolés si ces personnes avaient été heureuses.

Le mois dernier elle avait entendu Ménie Grégoire parler sur RTL de *ce douloureux problème*. Elle disait qu'on ne savait pas comment arrivait l'homosexualité, mais que tout être humain pouvait se tromper. Et puis un invité avait pris la parole (elle n'avait pas compris s'il était le curé ou le psychanalyste). Il avait affirmé que tous les homosexuels ne souffraient pas, que certains faisaient même de la propagande, elle se souvenait de ce mot : propagande. Et puis le type avait dit que c'était tout à fait possible à enrayer et qu'on pouvait redevenir normal. Alors le mot « Liberté » avait été hurlé depuis la salle, mais Agnès était entrée dans la chambre pour déposer du linge, et Sabine avait aussitôt éteint le poste, avec le trouble de celle qui vient de désobéir. Mais elle ne savait pas à qui.

Assise face à la mer absente, elle avait envie de courir. Et de rire. De pleurer aussi. Comme les Russes dans les livres de Dostoïevski. Rire et pleurer. Ne rien comprendre à soi-même ni aux autres. Être dépassé par ses émotions, submergé de sentimentalisme et d'idéaux. Vivre, c'était faire du bruit. En jouissant. En riant. En pleurant. Être sonore, incohérent, extravagant. Elle voyait les pêcheurs à pied, les vacanciers avec leurs filets à crevettes. Ils étaient tout petits. Ils étaient heureux. Leurs voix lui parvenaient de loin, des cris de joie très fins qui filaient dans le vent, comme des cheveux lâchés. Elle aussi était heureuse. Elle ne savait pas pourquoi. C'était si étonnant d'avoir vu Vincent faire l'amour avec un homme. Ça allait faire du bruit, un beau ramdam. Est-ce qu'Hélène le savait ? Est-ce qu'elle n'en avait pas parlé à Sabine pour le protéger, défendre sa deuxième famille ? Était-elle dans les secrets des Tavel ? Et lui, le beau patriarche si fier de ses fils ? Eux tous, tenus par le socle de l'héritage, comment pouvaient-ils admettre cela ? Subitement elle comprit qu'elle avait été témoin, dans les écuries, de ce qu'on appelait *un attentat à la pudeur*, et que peut-être Vincent, ce fils à papa, ce cancre qui vouvoyait ses parents, était fiché par la police. À moins que, là aussi, l'argent ne le place hors de danger ? L'argent n'achetait pas seulement les chevaux, les domestiques et les jolies maisons sur la falaise. Il ne permettait pas seulement de se faire réformer et de travailler dans l'usine de papa sans être ouvrier. Il permettait aussi d'avoir un corps et que ce corps soit libre.

Sabine ne demanda plus jamais à aller chez les Tavel et Agnès en fut soulagée. Elle ne savait pas que sa fille rêvait de partir seule et affranchie, et elle prit son silence pour une préférence : Sabine aimait mieux vivre avec elle à Aix, qu'à Neuilly chez sa sœur. Elle éprouva alors envers Hélène une amertume nouvelle, après tout elle n'avait jamais dit qu'elle ne voulait pas y aller, n'avait jamais opposé la moindre résistance, et sûrement elle faisait des comparaisons entre sa mère et sa tante, comme ses propres parents l'avaient fait, comparaisons dans lesquelles Agnès n'était qu'une fille discrète devenue une mère de famille méritante, tandis que Michelle avait, en épousant un homme riche qui faisait son métier d'homme (rapporter de l'argent au foyer), manifesté plus d'ambition. Hélène avait parfois des gestes qui venaient d'ailleurs, sa façon de peler un fruit ou de chercher stupidement un couteau à poisson. Et cette fois où elle l'avait vouvoyée :

— Maman, vous ne savez pas où est mon chandail… pardon ! Pardon…

— Pourquoi tu me vouvoies ?
— C'est l'habitude…
— Tu as l'habitude de me vouvoyer ?
— Non.
— Alors ?

Ce fut la première fois qu'elles se regardèrent avec un chagrin qu'elles n'avoueraient pas.

Est-ce qu'il aurait fallu qu'Hélène n'aime pas aller *là-bas* ? Est-ce qu'il aurait fallu qu'elle en revienne malheureuse ? Est-ce qu'il aurait fallu ne pas porter le ciré rouge, les habits et les souliers neufs ? Et la ponette ? Et le chien ? Le ciré d'Hélène ne lui allait plus et elle devenait trop grande pour monter Baloo, Bientôt tu pourras freiner avec les pieds, avait dit Vincent. Son corps continuait à grandir, elle se sentait pousser au-dehors d'elle-même, seule sa poitrine demeurait minuscule, aussi terne que son regard qu'elle n'aimait pas, le vert de ses yeux, pâle comme une eau sous le soleil. À l'intérieur, elle restait la petite fille sauvée de la noyade par David et il y avait cette ombre, toujours, cette menace : tout peut s'arrêter subitement, tout s'arrêtera inévitablement, ce n'est qu'une question de temps. Alors, insensiblement, au fil des mois, tout commença à s'embrouiller et à devenir difficile. Suivre en classe. Retenir une leçon ou simplement écrire correctement. Elle récoltait des punitions, des heures de colle, des mots à faire signer aux parents. Elle était distraite, on disait, Dès qu'il y a un poteau c'est pour Hélène. Elle rentrait dedans en demandant pardon.

C'était drôle. C'était ridicule. Un matin elle oublia de fermer son chemisier et sortit le torse à l'air, ce dont elle finit par se rendre compte avec une honte telle qu'il lui sembla que tous ceux qu'elle avait croisés ce matin-là s'en souviendraient toute leur vie, qu'elle porterait cette nudité pour toujours, et elle tenta d'être vigilante, de se contrôler, mais elle avait des colères qui la surprenaient elle-même. Quand c'était passé, elle se retrouvait confuse et épuisée. Elle se confessait après la leçon de catéchisme, elle disait à un prêtre invisible, J'ai crié après ma petite sœur je n'ai pas été gentille j'ai répondu au professeur, et le prêtre derrière la grille lui donnait des prières en punition, ce qui changeait un peu des heures de colle. Dans cette église longue et froide, pendant qu'elle purgeait ses péchés, sa ponette lui manquait. Elle aurait aimé entendre dans la travée résonner son pas tranquille et la voir s'avancer vers elle, petit cheval sans malice, et puisqu'elle pouvait maintenant *freiner avec les pieds*, elle aurait simplement marché à ses côtés. Avec Caprice en ami vigilant, trottinant et fier. Elle aimait marcher, recevoir le vent, ses audaces soudaines, marcher longtemps et puis se sentir minuscule presque invisible dans des espaces immenses. Mais Agnès avait toujours peur de la perdre et, même durant leurs pique-niques du dimanche, elle ne devait pas s'éloigner. Agnès était cette mère poule qui aurait voulu ses petits toujours sous son aile, grandir était lui déchirer les ailes et lui brûler le cœur. Est-ce qu'Hélène lui avait brûlé le cœur plus que ses sœurs ? Elle ne se souvenait pas de son premier séjour chez les Tavel, de la première fois qu'elle avait pris l'avion avec une étiquette à son nom. Elle revoit un voyage lorsqu'elle est toute petite, la fierté avec laquelle à trois ans, assise à sa place, elle présente son billet à l'hôtesse qui la félicite de ne pas s'être trompée. Maintenant elle sait que l'hôtesse jouait la comédie, puisqu'elle avait elle-même installé dans l'avion cette enfant non accompagnée. La première fois chez les Tavel est oubliée, comment elle s'installe, comment on lui désigne son lit, sa place à table, à moins que cela n'ait été progressif, elle vient une fois et on la rappelle. Parce que ça se passe bien. Elle correspond en tout point à ce qu'on attend d'elle. Alors on décide de l'accord, peut-être implicite lui aussi, et tout se fait en douceur, il n'y a rien de sordide à cet *arrangement*. Chacun y trouve son compte. Simplement au fil du temps, un écart s'était creusé entre Hélène et ses parents, son adaptation dès son retour à la maison lui demandait une observation rapide des siens. Elle voyait son père qui compensait par la bonté et l'altruisme tout ce dont il ne pouvait être prodigue financièrement. Elle voyait sa mère laborieuse et attentionnée, tenant sa maison avec obstination, et les rares moments où elle semblait s'affranchir de sa condition de femme au foyer, où elle semblait vraiment elle-même, étaient les samedis après-midi passés chez Laurence, à la bastide. Bruno les déposait toutes les quatre avec la voiture et repartait donner ses cours d'alphabétisation dans le vieil Aix ou à la Cité Beisson où vivaient les émigrés. Elles laissaient à l'entrée du domaine une part des soucis et des convenances, comme si elles avaient déposé un petit sac de morosité à la consigne, puis elles longeaient l'allée de cyprès, avec la sensation de faire partie du conte. Quand elle voyait son amie arriver, entourée de ses filles, Laurence disait invariablement, On dirait quatre sœurs. Sabine avait surnommé le lieu « l'ambassade », car c'était un havre de sécurité au milieu des périls, des tracas réels ou fantasmés. Les filles partaient de leur côté, Agnès et Laurence restaient dehors quel que soit le temps, assises sous le tilleul qui faisait office de parasol ou de parapluie, et quand le mistral soufflait elles élevaient la voix et leurs mots se dispersaient dans le vent. De quoi peuvent-elles parler ? se demandaient Sabine et Hélène, et il y avait, derrière le soulagement à ne plus être surveillées par leur mère, un peu de jalousie.

Laurence était une femme libre, désordonnée, joyeuse et affirmée. Elle ne vivait pas avec son mari. Elle n'en était pas divorcée, simplement *séparée*, et la différence était grande car sans cela jamais Bruno n'aurait accepté que sa femme soit amie avec elle. Les liens du mariage sont sacrés, avait-il expliqué à ses filles, ils ne peuvent jamais être rompus, le mariage est indissoluble, comme le métal dans l'eau, c'est in-dis-so-lu-ble, ça ne cesse jamais d'exister, même après un divorce puisqu'un mariage ne peut pas être annulé, donc le divorce est tout simplement impossible. Cela les avait soulagées d'apprendre que jamais leurs parents ne divorceraient, que ce malheur-là *ne pouvait pas* avoir lieu, mais il y avait dans cette indissolubilité une énergie puissante qui donnait au mariage la force d'une condamnation. La fête prenait des allures de servitude placée sous la surveillance d'un dieu veillant au juste respect du contrat. Vu sous cet angle, le mariage leur sembla soudain comme amidonné et surtout terriblement dangereux. L'union se devait d'être heureuse, sans quoi… Mais être une fille-mère ou pratiquer « l'amour libre » revenait à s'exclure du monde des vivants, ou tout au moins de sa famille, ce qui pour elles revenait au même. Elles regardaient Laurence avec perplexité, espérant secrètement qu'elle ne divorcerait jamais de ce mari lointain qui lui avait laissé la bastide et versait chaque mois une pension alimentaire pour Rose, tandis qu'elle rédigeait des articles pour *Le Provençal*, des faits divers dont elle rendait compte avec passion, comme si chaque meurtre, chaque cambriolage, chaque agression contenait tous les hommes.

Sabine pouvait rester des heures dans la chambre de Rose, à chuchoter, assise en tailleur sur son lit. La chambre était mal aérée et toujours dans la pénombre, et il y avait cette odeur épaisse de patchouli. Hélène trouvait que leurs « messes basses » allaient bien avec cette atmosphère un peu sale et douce. Elle partait avec Mariette marcher dans le jardin où elles observaient les lézards, attrapaient des sauterelles qui gigotaient dans leurs mains fermées, et Mariette faisait vivre des personnages imaginaires, il y avait des enfants bleus dans les arbres, des cochons dans les fourrés, et il fallait leur parler à tous, mais doucement avec des sons de gorge, des trilles murmurés. Elle était si petite, on aurait dit un elfe, elle inventait un monde et Hélène se prêtait au jeu, c'était reposant d'entrer dans son univers, de croire à toute chose. Elles regardaient le jardinier avec fascination. Marius était une sorte de gentil géant, taiseux (muet peut-être) et qui hochait constamment la tête. Malgré sa gentillesse apparente, il leur faisait un peu peur. Parfois Mariette s'endormait sur l'herbe, alors Hélène s'allongeait à ses côtés, regardait les arbres, les nuages entre les feuilles agitées, les vols rapides des oiseaux dont elle ne savait pas les noms. Elle regardait cette vie dans le ciel, et elle se demandait où vivaient les morts, avec leur tristesse et leur cœur malformé, est-ce qu'ils respiraient mieux là-haut, est-ce qu'ils avaient retrouvé les morts d'avant, les rendez-vous des disparus ? Elle entendait le raclement du râteau sur le gravier, le sécateur brusque, le jet d'eau, comme si le jardinier avait été le gardien consciencieux du monde des vivants. Elle aimait l'odeur de la terre mouillée et celle des herbes brûlées qui piquait la gorge, elle frottait la menthe et le thym entre ses doigts, mêlés à sa transpiration ils prenaient une odeur encrassée, mélange de sucre amer et de sueur. C'était la vie. Ce qui se mélangeait. Se contredisait. Se dissolvait. À l'inverse du mariage et des lois du mariage, à l'inverse des familles et des lois des familles. Parfois elle fermait les yeux et s'endormait à son tour, tenant la main de Mariette pour ne pas risquer de la perdre et se souvenir toujours de cette douceur potelée et innocente. Elle pensait, Petite sœur, comme cela te va bien : petite toute petite sœur.

Puis il y eut cet après-midi où Mariette avait voulu rester « avec les filles sur le lit tout sale » et où Hélène s'était promenée seule dans le jardin, allant plus loin, au-delà des pelouses entretenues et des massifs ordonnés. C'était moins aimable. Les buissons jaunes, les murets défoncés, les racines des platanes sorties de terre comme des bras morts, et déjà les odeurs étaient différentes, elles étaient sèches, un peu fétides, anciennes. On voyait sur quoi avait été bâti le domaine, ce qu'avait été le lieu avant le travail des hommes, la marque profonde de leur désir de vivre ici. Elle vit le cabanon où logeait le jardinier, et parce que cela l'effrayait un peu elle s'en approcha. La porte était ouverte, l'intérieur était si sombre qu'on aurait dit un terrier, et il lui fallut un peu de temps pour distinguer la pièce. Elle était étroite avec une seule fenêtre, très haute. Une table, un buffet, deux chaises, de longs attrape-mouches tachetés d'insectes et une cheminée si petite qu'elle semblait un simple trou creusé dans la pierre. Du jardinier, elle ne voyait que le dos, et elle ne comprit pas tout de suite ce qu'il faisait. Il ne se retourna pas vers elle, et si elle lui dit bonjour ce fut d'une voix si timide qu'il ne l'entendit peut-être pas. Il avait des gestes répétitifs et appliqués. Accroupi devant un feu minuscule, il prenait avec la pince à cheminée quelque chose à ses pieds, quelque chose de minuscule dans ce qui ressemblait à une boîte à chaussures, et le posait dans le feu. Les flammes étaient basses et fines, on aurait dit que se tordaient des langues malades qu'il nourrissait avec patience. Elle s'assit sur une chaise, parce que ses jambes tremblaient, et parce qu'elle voulait voir. Elle ne sentait pas l'odeur de ce qui brûlait. Et lentement Marius pivota vers elle, la pince tendue, pour lui montrer, puis il se détourna, et la posant dans les flammes il dit, Elles détruisent tout. C'était la première fois qu'elle entendait sa voix. Maintenant qu'elle avait vu, c'était comme si ses sens s'étaient réveillés, elle entendait les piaillements minuscules dans la boîte à chaussures et elle sentait l'odeur de la chair brûlée. Elle se demanda combien il y avait de petits dans une portée de souris. Marius faisait le geste encore et encore, il piochait, il brûlait et il recommençait, et elle avait vu la peau rouge et translucide, la laideur des souriceaux comme de grosses virgules de chair recroquevillée. Elle se leva, par politesse, pour ne pas vomir dans le cabanon mais plus loin, dans le jardin.

Le soir elle demanda à Sabine si elle était sûre que les bébés et les animaux ne ressentaient pas la douleur, et bien qu'elle sache à présent ce que signifiait le mot « scientifique », elle voulait un peu plus d'explications. Mais ce soir-là Sabine n'avait pas envie de parler avec elle, elle lisait avec sa lampe de poche qu'elle éteignait dès qu'elle entendait le pas de ses parents dans le couloir, aussi lui demanda-t-elle avec agacement de réfléchir cinq minutes si les bébés et les animaux avaient une conscience, hein ? Demande-toi cinq minutes si les bébés et les animaux ont des émotions, d'accord ? Qu'est-ce que tu lis ? demanda Hélène, et Sabine se retourna dans son lit en soupirant, Une revue bizarre. Pour clore la discussion elle dit qu'on opérait les bébés sans anesthésie, tellement les scientifiques, encore eux, savaient qu'ils ne souffraient pas, alors elle pouvait dormir en paix et la laisser continuer sa lecture. Mais Hélène ne dormit pas en paix. Elle dormit avec cette boule d'angoisse qui lui serrait la gorge. Sabine s'éloignait d'elle, on aurait dit qu'elle vivait dans la pampa avec une petite machette à la main et qu'elle tentait d'avancer en débroussaillant les herbes hautes, la prof de géo leur avait montré un documentaire, Hélène ne pouvait s'empêcher de voir sa sœur dans ces paysages lointains, perdue et combative, une égoïste ne pensant qu'à sa survie.

Leur chambre d'enfants devenait une chambre d'adolescentes, éclairée en cachette, habitée de questions maladroites et d'émois interdits, mais au-delà de ce qui les mettait mal à l'aise (toutes ces connaissances nouvelles et incomplètes), il y avait ce pressentiment qu'elles n'étaient peut-être pas obligées de vivre comme on leur demandait de vivre. Être la copie exacte de leurs parents. Après le bac elles feraient des études, apprendraient un métier que peut-être elles pourraient exercer, même en ayant des enfants. Bruno disait que les femmes qui travaillaient prenaient la place d'un homme, que le plus beau métier d'une femme était… et avant qu'il ne finisse sa phrase, ses filles et Agnès enchaînaient, Mère de famille !, puis elles éclataient de rire, nerveuses, un peu exaspérées.

Agnès était mieux chez elle qu'avec un patron dans une usine ou un supermarché, bien sûr, et quel métier aurait-elle pu exercer ? Elle n'avait plus le corps d'une ballerine et il était trop tard pour étudier les langues ou la médecine. Ses projets étaient de vieux rêves d'enfant et elle ne saurait jamais ce pour quoi elle était douée, ni quelle place aurait été la sienne dans un monde sans maternité. Ses filles grandissaient, elle disait, Elles ne tiennent plus dans mes bras, et elle levait la tête pour parler à Sabine qui avait tellement grandi. Mariette allait le matin à la maternelle et réclamait d'y retourner l'après-midi, mais Agnès la gardait avec elle, c'était mieux de faire la sieste à la maison. Quant à Hélène, il lui semblait qu'elle passait son temps à descendre et remonter sa valise de la cave, cette mystérieuse valise que Sabine continuait à ouvrir à chaque retour de sa sœur, comme un passage à la douane. Être chez Laurence, oui, c'était avoir enfin la paix, être dans une ambassade, Sabine avait trouvé le mot juste, comme souvent, ça devait être tous ces livres qu'elle lisait, et qu'elle lui cachait la plupart du temps. Elle se disait que lorsque Mariette entrerait au cours préparatoire, elle emprunterait des livres et les lirait. Quand elle avait dit ça à Bruno, il lui avait conseillé de s'inscrire à un cercle de lecture où elle rencontrerait « des jeunes femmes de son âge » et cela lui avait fichu un cafard monstrueux. Rencontrer des « jeunes femmes de son âge », le troupeau des laissées-pour-compte. Sûr que « les jeunes femmes de son âge » parleraient de leurs enfants et des problèmes liés à leurs enfants, sûr qu'elles parleraient de leurs maris et des salaires de leurs maris, avec la fierté d'être bien représentées socialement, et après tout Laurence ne procédait pas autrement, qui revendiquait de vivre en femme indépendante et affranchie. Mais qui payait son loyer ? Qui payait l'éducation de sa fille ? Certainement pas ses articles ici ou là dans *Le Provençal.* C'était un affranchissement de luxe, la bohème de ceux qui en ont les moyens, et si la bastide était une ambassade, ça n'était pas pour ce que croyait Bruno. Sa femme n'y prenait pas le thé avec une amie tandis que ses filles cueillaient des fleurs. Sa femme pouvait enfin dire à quelqu'un qu'elle n'était pas d'accord. Laurence lançait des sujets (la religion, l'éducation, et ce qu'elle appelait « l'émancipation féminine ») sur lesquels elles étaient opposées et elles s'autorisaient une violence verbale qu'Agnès n'avait jamais connue, des affrontements dont elle ressortait perturbée et heureuse. Elle s'étonnait de sa propre virulence. Est-ce parce qu'elle était frustrée, comme le lui avait dit Laurence ? Mais frustrée de quoi ? Elle aimait faire l'amour avec son mari, et il « fait très bien la chose si tu tiens à le savoir ». Elle avait été confuse de cet aveu, parce qu'elle s'était dit que peut-être Laurence aurait envie d'essayer pour voir. Son mari. Cet homme beau, intègre et fidèle. Qui aimait chanter, boire, fumer, et faire l'amour. Un catholique sensuel, avec tout autour de sa sensualité des barrières de sécurité qui, dans certains domaines, leur facilitaient la vie. Ils n'avaient pas le temps et l'énergie pour la suspicion. Ils devaient se faire confiance et ils le faisaient. Ils étaient deux gosses quand ils s'étaient rencontrés au mariage de David et Michelle, et ils avaient suivi tout le protocole : une année chaste de fiançailles, une préparation au mariage avec un prêtre amical et distrait, qui alternait les métaphores champêtres et les injonctions à l'obéissance. Rien de tangible ni de très éclairant. Enfant, Agnès avait compris que ce qu'on lui disait était faux, les bébés ne naissaient pas dans les choux, mais enfin, pour que cela soit si sale et secret, que fallait-il donc faire, de quelle chose répugnante devait-on se charger ? Et elle avait pensé, Boire l'urine de son mari. C'est cela sûrement qu'il fallait faire pour avoir un enfant. Adulte, elle savait évidemment qu'il se passerait autre chose, sans savoir précisément quoi. Elle avait tout appris toute seule. Elle avait appris à faire l'amour avec un homme qui était aussi vierge et innocent qu'elle le soir de leurs noces. Qui n'était allé ni dans les bordels de l'armée, ni dans ceux des villes, parce qu'il s'était « gardé pour elle », la femme qui serait la sienne. Deux gamins pleins de désirs et d'interdits. Deux adultes à la foi ardente, pour qui le Christ et la Vierge étaient des modèles indéfectibles, qui n'avaient jamais cru au Dieu vengeur qu'on leur avait vendu dans leur jeunesse, mais en la bonté du Créateur. Ils respectaient les Dix Commandements et rêvaient d'un monde qui les respecterait, avec l'abolition de la violence et l'éradication du mal, une vie plus égalitaire, avec des pauvres moins pauvres et des riches moins riches, avec la clémence et le pardon aussi. Mais ils ne comprenaient pas toujours ce que l'Église exigeait d'eux, et ils désobéissaient parfois : ils communiaient le dimanche même si la veille ils avaient fait l'amour sans intention de procréer. Ils faisaient des entorses au jeûne du carême et ne se confessaient pas avant chaque communion. Ainsi s'autorisaient-ils des libertés embarrassantes, et au bout du compte, et quoi qu'ils fassent, ils étaient en faute. La faute était partout. Depuis la chambre à coucher jusque dans les films qu'on regardait, les livres et les journaux qu'on lisait, le nombre d'enfants qu'on avait et l'éducation qu'on leur donnait. Personne pour les rassurer jamais, leur dire une simple parole de clémence, poser sur leur vie un peu de mansuétude. Ça n'était jamais assez. Ça n'était toujours pas ça. Et leurs filles grandissaient avec des influences qui leur échappaient. Ils voulaient qu'elles connaissent l'inverse de ce qu'ils avaient connu : l'indifférence de leurs propres parents, cette impression dans leur jeunesse d'être de simples chiffres dans l'ordre de la grande fratrie, même s'ils s'amusaient d'être l'un comme l'autre le « numéro sept » de leur famille, et les derniers aussi. Ils voulaient que leur amour soit une arme pour affronter le monde et ils cherchaient les repères pour être de bons parents. Mai 68 leur avait fait peur. Les étudiants, les féministes, ils s'étaient sentis conspués par eux, ridiculisés et vieillis. Mais il y avait dans ce mouvement une joie qui intriguait, malgré sa radicalité sans concession. Les slogans, les revendications, les pavés lancés et les poings levés, Bruno les avait condamnés, mais Agnès les avait parfois compris. Cette envie de voir plus loin et par soi-même. Elle sentait courir le sang dans ses veines, elle sentait monter jusqu'à sa poitrine ce rythme sourd, cette invitation à se délester de tous ces tabous qui étaient depuis toujours les ornières si lourdes de son existence.

II

DES RÊVES D'AUTRE CHOSE

C'était un soir de mai, dans l'avancée d'une nuit douce, avec une demi-lune qui flottait, timide dans le ciel brun. Bruno était à une réunion à Sainte-Catherine, Hélène dormait chez une amie, Mariette était couchée, et Agnès et Sabine s'étaient offert le luxe d'expédier le repas du soir. Il y avait eu peu de préparation et peu de vaisselle aussi, c'était comme un avant-goût des vacances, une complicité entre filles. Elles s'étaient installées devant la télévision avec l'envie qu'on les divertisse et elles étaient prêtes pour une histoire. Mais dès les premières images elles avaient regretté de regarder ensemble les informations. Le reportage était une plongée dans un monde où personne n'aurait souhaité se trouver. La musique était lugubre, les images désolées, une cité vide, des escaliers déserts, un lieu que l'on aurait évacué en urgence ou au contraire abandonné depuis longtemps. Une voix tragique prévenait : « L'enquête a révélé qu'un véritable réseau fonctionnait à Grenoble depuis plusieurs mois. Voyons d'un peu plus près les faits tels qu'ils ont été constatés.» Elles appréhendaient ce qui allait suivre. Elles ne se regardaient pas. «Les gendarmes ont découvert un centre véritablement organisé d'avortement.» La caméra zoomait sur une affiche pour s'approcher des mots: «Avortement libre et gratuit», et ces mots s'inscrivaient sur la rétine, prenaient tout l'écran. Agnès et Sabine se sentaient visées. Désignées. Toutes ces filles menées par leur mère au pied des autels, le duo de la débrouille, de l'angoisse et de l'humiliation. Une femme parlait maintenant: «Nous avons décidé à Choisir de pratiquer deux espèces d'actions, les actions légales que vous connaissez: un projet de loi, l'action auprès des députés, mais aussi des actions illégales. Nous faisons des avortements de façon exemplaire.» Agnès éteignit le poste avec une autorité fébrile. Sabine avait reconnu l'avocate Halimi, elle se souvenait du procès de Bobigny six mois plus tôt, en novembre, leur professeure de français y avait consacré une heure de cours. Avait-elle le droit de le faire? Elle avait mentionné la présence de Simone de Beauvoir au procès et donné les chiffres des mortes, des mutilées, des stériles à vie, des emprisonnées. Les élèves l'avaient écoutée dans un silence crispé. Après la guerre de 14, en 1920, l'État avait voulu relancer la natalité et réprimer tout acte anticonceptionnel. Est-ce qu'elles comprenaient que ce procès, grâce à Gisèle Halimi, n'était donc pas seulement celui d'une mineure violée ayant avorté, mais celui d'une loi vieille de plus de cinquante ans, qui assimilait l'avortement à un crime passible des assises ? Elles comprenaient mal et demeuraient muettes, presque hostiles. Et puis une fille avait donné le prix exact d'un avortement : plus de quatre mille francs, et toutes s'étaient demandé comment elle le savait. Une autre avait dit qu'on entendait battre le cœur du fœtus, que c'était un crime, une élève lui avait répondu que c'était le procès de la pauvreté, du corps des femmes pauvres. Tout était pénible, vaguement écœurant, ce qui se disait, et ce qui se taisait aussi.

Devant le poste éteint, dans la pénombre du salon que plus rien maintenant n'éclairait, Agnès demanda tout bas :

— Tu me le dirais, hein, s'il t'arrivait quelque chose ?

— Tu irais en prison pour moi ?

— Je suis ta mère.

Elles entendirent Mariette pleurer. Agnès se leva d'un bond, comme toujours. Elle hésita un peu et puis, sans la regarder, dit à Sabine :

— Je voudrais surtout que tu n'aies pas honte.

Et elle partit donner à la petite de la Ventoline, qui remplaçait la vapeur de l'eau chaude.

Sabine sortit sans claquer la porte mais avec l'envie de démolir l'appartement. Comment sa mère osait-elle lui demander de ne pas avoir honte, alors que tout était fait pour que la honte soit une double peau ? Elle courait dans la résidence, ici aussi c'était moche, alors ici aussi il y avait des avortements illégaux, massacres et saccages organisés. Elle courait et elle ne savait pas où aller. Elle s'arrêta après les immeubles, au bord de la route, sous un platane dressé dans la nuit comme un gardien perdu. « Je voudrais surtout que tu n'aies pas honte ! » Et puis quoi encore ? Ah oui, les féministes revendiquaient une sexualité heureuse, une révolution contraceptive, tout ça c'était comme leurs « avortements exemplaires », de la blague. Qui lui prescrirait la pilule ? À qui demanderait-elle l'autorisation ? À son père ou à sa mère ? Avec le prétexte officiel de vouloir « régulariser ses cycles » ! Et auquel des deux demanderait-elle de payer l'addition ? d'accepter d'être fiché dans les carnets à souches du pharmacien ? La colère montait quand elle énonçait ainsi les obstacles qui devaient réglementer sa vie. Elle se sentait piégée, et guettée aussi, comme si elle avait des comptes à rendre à des hommes haut placés, qui ne la connaissaient pas.

Elle était seule sur le bord de cette route, et elle n'était pas tranquille, elle n'avait pas l'habitude de la nuit. Elle venait d'avoir dix-sept ans et ses parents ne la laissaient jamais sortir le soir, seulement l'après-midi car ils n'avaient jamais compris qu'on pouvait faire l'amour l'après-midi. C'est pourtant ce qu'elle faisait et cette vie nouvelle, cette vie avec une sexualité à deux, était la sienne depuis plusieurs mois. Jean-Louis, son ami, était doué pour *ça*, comme d'autres le sont pour les maths ou le football. Il jouait de la guitare à douze cordes et elle disait à ses copines, Il a un très bon doigté. Cela les faisait rire et leur donnait envie de le lui prendre, il fallait juste attendre un peu, les unions ne duraient jamais longtemps, quelques mois et on s'en allait, de peur de former un couple, de s'enfermer dans ce schéma ancien, bon pour les parents. Ce n'était pas l'acte en soi qui donnait du plaisir à Sabine, mais ce qu'on appelait « les préliminaires », elle n'osait pourtant pas le dire parce que dans les livres c'était toujours l'inverse, la fille perdait totalement la tête dès qu'elle sentait en elle le sexe d'un homme, c'était peut-être une autre étape, quelque chose qui lui arriverait avec l'âge. Pour l'heure il n'était pas question d'amour, mais de logistique : l'hygiène, le prix d'un préservatif, où le planquer, comment le mettre et où le jeter, les emplois du temps des parents, les portes qui ne ferment pas, les draps tachés, et toutes les ruses pour cacher qu'*il lui arrivait effectivement quelque chose*. La sexualité était contenue dans des contingences strictes : ne pas faire de bruit, ne pas passer pour une salope (ne pas trop aimer ça, ne pas en redemander), et un contrat implicite : on pouvait avoir besoin de l'autre, mais en aucun cas s'attacher à lui. Et il fallait évidemment démythifier tout cela en le racontant dans la cour de récréation. Le guitariste à douze cordes avait un accent pied-noir à couper au couteau, il appelait Sabine « ma biquette » avec cet accent-là, et pour rire les copines faisaient de même, elles appelaient Sabine de loin « ma biquèèètte ! », comme si elles imitaient une chèvre. On se moquait de tout, on minimisait les déceptions, et on mettait en terre ses rêves d'autre chose.

Sabine rentra chez elle lentement. Elle regrettait qu'Hélène ne soit pas là, elles auraient parlé un peu. Sa sœur grandissait aussi, elle savait des choses que Sabine ignorait. Elle lui parlait de la pollution des rivières, des paysans qui mouraient en touchant des plantes qu'ils avaient soignées, c'était cauchemardesque et confus. Elle la surprenait parfois à lire le journal qu'elle avait elle-même acheté, mais gênée, elle le reposait avec précaution et sans commentaire.

Agnès l'attendait. Elle la rejoignit dès qu'elle entendit la porte d'entrée.

— Ton père est là. Je ne lui ai pas dit que tu étais sortie. J'étais morte d'inquiétude. Tu étais où ?

Elle l'entraîna dans la cuisine. La lumière était jaune et minable. Il sembla à Sabine que sa mère souriait, mais c'était sûrement un effet de l'éclairage. Elle posa sur la table une petite boîte comme on abat une carte.

— Un comprimé chaque soir au coucher à partir du premier jour des règles.

— C'est quoi ce truc ? Comment tu l'as eu ?

— Je suis majeure, imagine-toi.

— Il le sait, papa ?

— Je t'interdis de lui en parler. S'il savait que tu prends ça ! À ton âge.

— Mais maman… c'est interdit…

— Eh bien malgré ce que dit le pape, je prends la pilule mais je reste fidèle à ton père. Va te coucher.

Couchée dans son lit, Sabine touchait la plaquette du bout des doigts, en aveugle. Alors c'était ça. C'était si petit. Concentré d'hormones et fin du calvaire. Est-ce qu'on pouvait mettre sa mère en examen pour ce qu'elle venait de faire ? Sabine n'avait aucune prescription médicale. Est-ce qu'elle y avait droit ? Est-ce qu'elle devrait lui demander chaque mois une plaquette ? Est-ce qu'elle la privait des siennes ? Est-ce que le guitariste à douze cordes la croirait quand elle lui dirait, Je prends la pilule ? Est-ce qu'elle allait avoir une mauvaise réputation ? Elle se leva. La demi-lune, si fine, semblait posée dans le ciel par étourderie. Elle regarda les immeubles d'en face, derrière le grand pin. Des fenêtres étaient éclairées, petits carrés de solitude. Parfois une lumière disparaissait et il était impossible de deviner vers quoi la personne s'en retournait, si déambuler dans le jour artificiel l'avait aidée un peu. Sabine pensa qu'elle allait s'inscrire à un cours de théâtre, ici à Aix-en-Provence, puisque Paris était si loin. Elle sentit que sa vie venait de changer. Sa vie venait de l'inviter. Et elle lui disait oui.

Il était beau, habillé comme Hélène l'aimait, non plus en PDG pressé, mais en homme détendu, sa casquette de marin posée fièrement sur son crâne, son pull mité, son vieux pantalon en toile, et il y avait en lui une joie enfantine, il était heureux, comme s'il leur offrait l'océan, le vent, la brûlure du soleil, et même ce léger mal de mer, ces frayeurs quand ça tanguait, Bois du whisky ! disait-il, et Hélène buvait au goulot, comme un mec, c'était dégueulasse mais c'est vrai que ça faisait du bien, Michelle aussi buvait, ses cheveux s'échappaient de son foulard, elle devait crier pour se faire entendre, sa voix prise entre le vent et le moteur du bateau, elle râlait car il n'y avait personne pour la servir et elle était débordée, inutilement affairée. David riait, sa femme était incapable de rien faire convenablement sans domestique. Il la regardait comme un père qui prendrait conscience d'avoir raté l'éducation de sa fille, en a fait une enfant gâtée. Quand ils sortaient ainsi tous les trois, Hélène devenait une fille unique, et elle sentait bien qu'elle agrémentait la situation, que sans elle son oncle et sa tante auraient eu du mal à se supporter.

David lui avait demandé de tenir la barre, d'être à ses côtés et de laisser Michelle préparer le repas, « s'occuper seule de ces histoires de bonne femme ». Hélène l'avait rejoint à l'arrière du bateau en se tenant à tout ce qu'elle trouvait, la table, les banquettes, les rebords, évitant de poser ses pieds nus sur une corde, un câble, une gaffe, elle s'avançait courbée et maladroite, et malgré son envie de bien faire, son envie que David la considère comme un bon petit matelot, elle n'était pas dégourdie. Elle ne serait jamais quelqu'un dont il aurait besoin pour les traversées et peut-être il se lasserait un jour de ces maladresses qui l'amusaient aujourd'hui. Ils allaient à Jersey et il lui demanda si elle parlait bien l'anglais. Elle hésita à mentir, elle aurait tant aimé qu'il soit fier d'elle, mais aussitôt sur l'île il la démasquerait, aussi avoua-t-elle qu'elle n'était pas très bonne en langues. Elle ne dit rien de ses lacunes dans les autres matières, de sa difficulté à retenir les leçons, à s'adapter au système scolaire.

— Ta mère a dit que tu avais eu une très bonne note au BEPC.

— Non mais vous savez, le BEPC c'est facile.

— Regarde plus loin, fixe un point sur l'horizon… Barre un peu à gauche… doucement, pas de gestes amples, fixe bien ton point… Rectifie… Rectifie toujours un peu… Sans amplitude…

La barre tremblait dans ses mains, elle s'appliquait

et bientôt, à force de se concentrer sur un point lointain, elle fut prise dans une sorte d'hypnose, plus rien ne la détournait de cette attention, elle était comme aspirée par la couleur métallique de la mer, et elle eut la sensation d'être au cœur du monde. Un cœur menacé. Son prof d'histoire-géo leur avait parlé de la catastrophe du *Torrey Canyon*, les cent vingt mille tonnes de pétrole lâchées sur les côtes bretonnes et sur l'île de Guernesey… si proche de Jersey. Pendant combien de temps l'eau pouvait-elle être empoisonnée ? Comment voyait-on l'agonie des fonds marins ? Ici le ciel était pur et l'océan s'accordait à lui, deux magnifiques miroirs superposés. Elle se demanda s'il était possible d'être regardée par le ciel et si elle existait vraiment dans ce paysage.

David alla s'asseoir sur une banquette, pour lui prouver sa confiance, mais malgré cet encouragement elle avait peur de le décevoir. Mal barrer. Parler mal l'anglais. Vomir peut-être, être défaillante. Il leva un pouce en sa direction pour la féliciter, alors elle se détendit et profita mieux de ce qui l'entourait, du privilège de ce qu'elle vivait.

— Attention aux balises ! Barre un peu à gauche !

Elle sursauta et barra brusquement, le bateau tangua et elle entendit la chute d'objets dans la cabine et les cris de Michelle. David rit en la rejoignant, prit sa place à la barre et lui dit qu'elle manquait d'entraînement.

L'arrivée au port de Saint-Hélier fut un cauchemar. David criait des ordres avec une autorité urgente qui la paniqua totalement, et plus elle s'appliquait, plus ses gestes perdaient toute efficacité. Tenant la gaffe à bout de bras, elle repoussa maladroitement les pare-battages des bateaux arrimés, mais ne réussit pas à attraper l'anneau de la bouée de mouillage. Elle essaya encore et encore, les bras douloureux, le corps cassé en deux, et pour finir la gaffe s'échappa de ses mains et tomba à l'eau. « Non mais quelle gourde ! » dit Michelle, tandis qu'un jeune type plongeait d'un voilier un peu plus loin pour amarrer leur bateau. Il semblait tout droit sorti d'une publicité pour *Hollywood chewing-gum*, à l'aise et bronzé il lança quelques mots en anglais et, l'amarrage fait, repartit dans un dos crawlé exemplaire. Hélène était cramoisie, la honte lui cuisait le visage, et le monde alentour était si calme. Les bateaux immobiles sous le soleil, le clapotis de l'eau contre leurs coques en aluminium, l'île dominée par la forteresse, l'endroit était un havre de bien-être et d'indolence. Elle, Michelle l'avait dit, était une gourde. Une bécasse. Bécassine. Des mots sans violence apparente, des injures polies. Gourde. Bécasse. Bécassine. Des mots que sa tante employait de plus en plus souvent, et elle se demandait ce qui avait provoqué ce changement, comment on était passé de la complicité tendre à l'agacement. Michelle la trouvait gourde quand elle jouait mal au Scrabble, quand elle ne savait pas faire un lit au carré, se trompait dans l'ordre des verres à pied, ne mettait pas d'un seul geste le filet à un cheval. Elle se moquait d'elle, puis soudain redevenait affectueuse et lui racontait pour la énième fois des « histoires de quand elle était petite ». Quand Hélène, étourdie, prenait la main d'inconnues dans les grands magasins, quand elle avait confondu un ami chirurgien avec un coursier venu livrer des fleurs et lui avait donné un pourboire, quand, pour épater Michelle, elle avait traversé les Champs-Élysées au moment où les voitures démarraient au feu vert, quand elle avait reproché à sa tante qui se maquillait d'« abîmer le travail de Dieu », toutes ces réflexions qui faisaient la petite Hélène charmante, naïve, et la plupart du temps si décalée. À force de s'entendre répéter les péripéties d'une petite fille de trois ans, de quatre ans, de cinq ans, et rarement au-delà, elle finit par se demander si grandir n'était pas un handicap. L'âge ingrat, la poussée de croissance, l'acné, les changements d'humeur, voilà ce qui caractérisait une fille de treize ans. Voilà ce qu'elle avait dans sa valise avant que Michelle n'y dépose des habits neufs et des bonnes manières. Voilà ce qu'elle importait de sa province. Et aussi, parfois, un peu de couleur locale. Sa tante lui demandait de chanter devant ses amis « et avec l'accent » *La Chanson de Toulon*. Hélène n'avait pas une once d'accent provençal mais elle savait le prendre et elle savait aussi que pour satisfaire les amis de Michelle il fallait grossir le trait et entonner : *Quand l'ennemi a envahi la France, devant Toulon il a dû s'arrêter !* en ajoutant des *e* sonores en fin de mot, en les alourdissant comme si elle mâchait une mélasse gluante, et prendre l'air éberlué de Fernandel regardant le Christ en croix. Les amis riaient, félicitaient Michelle et demandaient parfois un *bis*.

Mais le pire ce n'était pas cela, le pire avait été ce matin à Villers où Michelle avait trouvé dans la chambre de la bonne la moitié de son service à thé, un vase chinois, deux lampes Art déco, des couverts en argent et quelques verres en cristal. La chambre minuscule était au sous-sol, attenante au garage, Michelle avait forcé la fille à étaler son butin sur le lit, et tous ces objets disparates faisaient penser à une brocante. Elle avait fait sa valise et personne ne l'avait accompagnée à la gare, elle était sortie en vitesse, remerciant Madame de ne pas porter plainte. Ce jour-là on avait improvisé le déjeuner et à la fin du repas chacun avait débarrassé son assiette, puis Hélène avait balayé. Michelle prenait le café avec une amie, toutes deux la regardaient et sa tante, désolée, avait chuchoté : « Elle a l'habitude... », et l'amie avait répondu avec une douce pitié : « Elle est gentille. » Hélène avait continué à balayer.

Elle prit une douche dans les sanitaires du port et rejoignit David au bar de la marina. Il s'était lavé et changé lui aussi, pli au pantalon et polo Lacoste, il était assis sur un fauteuil club, un cigare à la main, un verre de whisky dans l'autre, entouré d'hommes satisfaits. Il la présenta comme sa fille, puis lui dit qu'il les rejoindrait plus tard Michelle et elle, qu'elles commencent donc à faire les magasins sans lui.

Elle le laissa à cette intimité virile, ces hommes qui possédaient les mêmes cartes dans les mêmes clubs, une caste à part, isolée du reste du monde à leur service d'une façon ou d'une autre. Ils n'étaient pas des parvenus mais des dominants, loin de la vulgarité des nouveaux riches ils étaient nés dans la place, fils et petits-fils d'hommes doués pour la fortune. C'était une domination sans arrogance et qui allait de soi. Hélène avait été flattée que David la présente comme sa fille, mais à l'image de cet homme puissant s'était superposée celle de son père, l'altruisme patient et l'humilité. Il lui semblait avoir un cœur pour chacun, le côté gauche le côté droit, un rythme régulier et constant. Mais elle ne savait pas lequel elle trahissait en les aimant tous les deux.

L'après-midi fut vaguement ridicule, faire les boutiques au lieu d'aller marcher dans l'île, ne rien voir d'autre que les rues commerçantes et acheter des perles, des pulls shetland et des caramels, c'était une façon frivole de s'en tenir à ce qui leur était le plus familier : dépenser de l'argent. Le soir ils dînèrent sur le pont du bateau, la lampe-tempête suspendue au-dessus de la table tanguait doucement, la lumière dansait sur leurs assiettes en plastique et donnait au repas une simplicité inattendue, presque rustique. On entendait les voix des plaisanciers dans les autres bateaux, le bruit de leur vaisselle, les pas sur le ponton, et Michelle dit, Tu vois, Hélène, c'est aussi bon enfant qu'au camping. C'était sans doute vrai, pourtant la remarque la blessa sans qu'elle sût pourquoi. Après le dîner elle s'assit à l'avant du bateau pour regarder la nuit saisir la mer. L'horizon englouti, les loupiotes des bateaux, les lumières de l'île, les étoiles palpitantes, il y avait une tristesse dans toute cette beauté. David la rejoignit sans faire de bruit, discret comme un chat, et il dit tout bas :

— C'est beau, hein ?

— Oui.

Ils étaient émus tous les deux, et conscients de cette émotion partagée. Ce moment était à eux. Et il scellait quelque chose. Quoi qu'il leur arrive plus tard, il y aurait toujours, et sans qu'ils l'évoquent jamais, cet instant-là. Peut-être n'étaient-ils venus que pour le vivre. Et repartir.

Ils avaient l'habitude, quand ils rentraient d'une traversée, de se faire servir le dîner devant le journal télévisé, comme pour s'immerger en douceur dans le monde réel qu'il leur semblait avoir quitté depuis longtemps. Vaguement dépaysés, ils retrouvaient avec satisfaction le confort habituel et les contingences ordinaires. Hélène se rappelait la phrase de sa mère, Il faut sortir, comme ça on est contents de rentrer. Elle retrouva Caprice, gémissant de bonheur et lui léchant frénétiquement le visage, elle pensa qu'il serait comique que les humains se retrouvent de la même façon, manifestent avec cette sincérité sans pudeur la joie de leurs retrouvailles. Pourtant, face à cette affection démesurée, elle pensait parfois que le chien se trompait de destinataire. L'avait-il réellement choisie ? Percevait-il en elle des qualités que personne d'autre n'avait remarquées ?

Joseph venait d'arriver à Villers, c'était le fils aîné, et le cousin avec lequel elle n'avait aucune complicité et qu'elle craignait un peu. Il était sûr de lui et très beau, elle était intimidée par ce qu'il dégageait, son sex-appeal (elle écrivait « sexe à pile ») et son ironie lointaine. Il avait la réputation d'un don Juan et travaillait dans les bureaux de son père au service de la publicité. On le disait incompétent et dilettante, il avait eu son bac « dans une pochette-surprise » en 68. Michelle et David ne lui parlaient pas comme à un fils, mais comme à un ami que l'on admire et que l'on remercie de sa présence. Hélène sentait que dans ce cercle-là elle n'avait qu'une place lointaine, être « la fille Tavel » n'était qu'une expression, ce nom ne serait jamais noté sur sa carte d'identité. De Joseph, on attendait réellement quelque chose. On attendait la suite de la famille et la fierté du nom. Ses parents plaçaient des espoirs en lui, comme ils plaçaient l'argent sur des comptes, ou des actions.

Ce soir-là le journal télévisé présenté par Alain Duhamel parla du temps exceptionnellement chaud de ce mardi 14 août 1973, on voyait des gens se baigner au soleil, bonne humeur bruyante et groupée, puis sans transition le présentateur annonça : « À Besançon la surprise a été totale. Peu avant six heures ce matin et trois mois jour pour jour après l'occupation de l'usine par le personnel, les forces de l'ordre ont investi l'entreprise et fait évacuer la cinquantaine d'ouvriers… » Au mot de « Besançon », David et Joseph avaient physiquement changé d'attitude et comme deux hommes aux aguets s'étaient tendus vers le poste. Hélène voyait la complicité qu'apportait leur hostilité partagée. La caméra et les micros parisiens s'étaient déplacés jusque dans le Doubs, aux premières heures du jour, et dans la grisaille du matin des ouvriers mal réveillés sortaient de leur usine et leur répondaient avec des accents lourds qui pesaient sur les mots. Il y avait cette jeune femme blonde à qui le journaliste avait demandé : « Qu'est-ce que ça vous fait de quitter l'usine ? » et qui n'avait pas répondu. Elle s'était passé la main dans les cheveux, avait essayé de parler, sans y parvenir. Un ouvrier avait répondu à sa place :

— Ça fait mal au cœur.

— Ça fait combien de jours que vous teniez là-dedans ?

Et comme si elle reprenait ses esprits, la femme avait dit :

— Bientôt quatre mois.

Elle ne semblait pas y croire et s'éloignait d'un pas lent avec le CRS casqué qui était venu la chercher quand elle dormait et la poussait dans le dos. David et Joseph restaient attentifs et silencieux. Puis un ouvrier dénonça le « pouvoir insupportable du patronat » et alors ce fut autre chose. Ils furent instantanément habités par la colère. Leurs mots devinrent sauvages, engagés, ils étaient père et fils, avec une révolte jumelle, ils étaient « Tavel » comme jamais, une famille puissante qui se défendait. Hélène les regardait, qui osaient s'opposer aux informations du journal télévisé, comme si ce qu'on y annonçait s'adressait à eux personnellement. Michelle dit, Ce pays ne s'en sortira jamais, et David, Je rentre demain à Paris. C'était la phrase des grandes urgences.

Sans même finir son repas, il avait téléphoné à son associé, à son comptable ou à son avocat, c'était difficile à comprendre, des coups de fil tendus, dans lesquels il répétait à chaque fois, Je rentre demain à Paris, et puis il avait appelé son père à Genève. Il avait tiré le fil du téléphone et s'était avancé jusqu'à la baie vitrée, et face à la mer, au soleil rouge qui s'y abîmait, il avait dit, Papa, c'est moi, et sa voix, peut-être parce que la Suisse était loin, peut-être parce que son père était âgé, était perchée comme celle d'un gamin indécis. Le fil du téléphone, Hélène le voyait, tremblait comme la laisse d'un chien qui aurait tiré un peu. L'ambiance était électrique. On aurait dit que la grève de Lip concernait directement David, qui ne vendait pourtant pas de montres. Franz Tavel, son père, était ami avec un homme haut placé dans la multinationale suisse qui reprenait l'usine de Besançon, l'un de ces dirigeants qui avaient décidé pour rassurer les actionnaires de licencier et de recentrer l'activité sur les pièces détachées. Hélène regardait David, le front posé contre la baie vitrée, le regard concentré sur le soleil presque disparu, attentif à la voix si forte de son père, qui leur parvenait à tous. Michelle commentait tout bas pour Hélène, Les ouvriers ont séquestré l'administrateur, volé des documents, et des montres aussi, pour les vendre eux-mêmes, se faire un maximum de fric. Elle avait grimacé en le disant, elle était écœurée et solidaire de David, il allait la protéger, car elle avait peur. Alain Duhamel avait dit qu'il y avait depuis le matin des manifestations et des débrayages dans tout le pays : le personnel de Kelton, celui de la Sécurité sociale, des PTT, de la SNCF. Un maximum de fric à se faire…

Cette nuit-là, couchée dans son lit, Caprice en boule à ses pieds, Hélène pensa à Sabine. Elle lui manquait terriblement. Elle n'oserait pas le lendemain aller acheter *Le Monde* au bar-tabac de Villers, ce journal « de gauchistes » interdit chez les Tavel. Sabine avait sûrement suivi cette affaire, elle avait regardé peut-être le journal télévisé, même si elle était partie dans les Landes avec la famille du petit garçon qu'elle gardait durant l'année, un mois de baby-sitting à temps plein. Hélène avait envie de demander à sa sœur si elle savait ce qui les attendait à la sortie de l'enfance. Elle imagina des CRS casqués derrière la porte de leur chambre et les poussant dans le dos vers le monde des adultes. « Ça fait combien de jours que vous teniez là-dedans ? »

Le lendemain, quand elle se réveilla, la maison était calme. David et Joseph étaient rentrés à Paris sans lui dire au revoir. La marée était basse, la plage déserte, le ciel tiré au cordeau et d'un bleu très pâle. On se serait cru en septembre. Michelle lui dit qu'elle venait de l'inscrire au Tennis Club, son premier cours particulier était à quatorze heures. Elle pensa à sa mère, à sa recommandation répétitive, inchangée au fil des années, alors par réflexe, par habitude elle lui obéit. Elle dit merci.

— Tout ça vient de la guerre du Viêt Nam, tu le savais pas ? Cette guerre qu'on voit à la télé, Hélène, et la photo de la petite fille brûlée au napalm par ces impérialistes d'Américains, tu t'en souviens ? « Il faut combattre le communisme, disait papa, mais brûler des enfants, et montrer cette petite fille toute nue, non, non et non, quand je pense à ses parents, oh mon Dieu. » Tu te souviens pas ? Et toi qui t'intéresses à l'écologie, tu connais pas l'agent orange de l'armée américaine ? C'est incroyable que tu connaisses pas ça !

— Pourquoi ?

— Parce qu'il y a plus rien là-bas, au Viêt Nam, plus de forêts, plus de cultures, et cette dioxine sur les Viets et sur les GI, c'est l'horreur. Les cancers, les malformations, tu imagines… Enfin non, tu n'imagines sûrement pas, vaut mieux d'ailleurs…

— Pourquoi tu me parles comme ça, comme si j'étais une idiote ?

— Je t'explique, t'énerve pas. Ce que je veux te dire, c'est que bien avant la photo de la petite fille brûlée, tout le monde s'était révolté contre cette guerre, enfin… quand je dis tout le monde… les étudiants surtout, mais partout, en Amérique, en Australie, en Scandinavie, et à Rome, à Berlin, à Londres et même à Tokyo, il t'a pas dit ça, Tavel ? Il travaille bien en Asie non, il t'a jamais raconté ? Ah… Il te raconte pas, en fait…

Hélène détestait que Sabine se moque de son amour pour David, comme si c'était un sentiment burlesque qui faisait marrer tout le monde. Sur le moment elle ne trouvait jamais les mots pour se défendre et quand les bonnes reparties s'imposaient à elle, la discussion était terminée depuis longtemps. Sabine sentit en elle une autorité nouvelle :

— Mai 68, tu croyais que c'était quoi ? Tu te souviens seulement que maman faisait des réserves de sucre et qu'on trouvait plus d'essence ? Mais le monde se réveille, Hélène ! Je me suis renseignée, j'ai discuté avec des gens géniaux dans les Landes, des gens plus âgés que moi, et j'ai tout compris.

Je suis une gourde, pensait Hélène, et elle sentait la colère monter et se retourner contre elle, déjà elle pinçait ses cuisses par-dessus sa robe, serrait les dents à en écorcher l'émail.

— Mais comment tu vis à Paris, hein ? Tu promènes le clebs et tu te fais servir par la bonne ? Ça va pas plus loin ?

— Tais-toi ! Mais tais-toi ! Tais-toi !

La voix d'Hélène était si puissante que Sabine sursauta, elle n'avait pas vu venir cette peine fruste. Elle en fut un peu bluffée.

— D'abord on dit pas « la bonne », on dit « l'employée de maison », on dit pas « le clebs », on dit « Caprice », et ensuite je sais et je connais beaucoup de choses, oh oui !

— Comme quoi ?

— Comme... comme...

— Vas-y dis-moi ! La politique ? Tu connais la politique ? Est-ce que tu connais la politique, Hélène ? Tu vis avec des gens qui se croient les maîtres du monde, alors que ce monde tourne et tourne et va les larguer en valsant, c'est tout !

— Je vis pas avec eux. Je vis ici aussi, c'est ma chambre ici.

— Oh prends pas ton air boudeur, hein, ça marche pas avec moi ! Tu m'as demandé pourquoi le patronat avait peur des ouvriers de Lip, mais c'est comme si tu me demandais pourquoi la paille a peur du feu ! C'est possible aujourd'hui que des ouvriers produisent eux-mêmes et pour leur survie ce qu'ils produisaient hier pour l'enrichissement des actionnaires, tu comprends ça ? Et c'est possible que d'autres ouvriers soient solidaires. Tu vois pas le rapport entre tous ces débrayages partout en France ? Le rapport, Hélène, c'est le prolétariat, c'est la liberté. Tu m'entends ? La li-ber-té !

Il y avait tellement de rancune dans le regard d'Hélène que Sabine en fut déconcertée, et elle découvrit dans les yeux verts de sa sœur de minuscules pépites d'or.

— Ne me fais pas ce coup-là, Hélène, la petite sœur vexée. Je sais que tu es tout le temps en colère, et tellement que tu te griffes de partout. Je t'ai vue sortir de ton bain, tes cuisses sont toutes griffées et tes fesses aussi. Ça te ferait du bien, tu sais.

— Quoi ?

— De choisir ton camp.

Il n'y avait rien à répondre à cela. Hélène sortit de l'appartement et s'assit en bas de l'immeuble, sur un banc plein de graffitis et de chiures d'oiseaux. Un chagrin brûlant la tenait, elle pensa aux pinces du jardinier tenant les souriceaux. Elle ne voulait plus être considérée comme une sœur privilégiée et inculte. Elle n'était pas un pion. Un objet que l'on veut et que l'on déplace. « Tu promènes le clebs et tu te fais servir par la bonne ? » Si tu savais, Sabine, tout ce que je fais, c'est toi qui n'y comprendrais rien. Parfois je mets une jupette blanche pour jouer au tennis, et puis aussi je vais dans les îles anglo-normandes sur un yacht auquel on ne met jamais les voiles parce que ce serait trop d'efforts et on fait une traversée pour rien, juste pour boire un whisky dans la marina, acheter des caramels et des perles, de vraies perles comme dans le film avec Audrey Hepburn que tu aimes tant. De temps en temps il m'arrive de faire « la jeune fille de la maison ». Tu sais pas ce que c'est ? C'est faire le tour des invités, un plateau de petits-fours à la main, en souriant. Parfois je balaye aussi, mais ça non plus tu pourrais pas comprendre. Je voulais savoir pourquoi la grève de Lip fait peur à David. Je m'inquiète pour lui et il me manque parce que je l'aime, et même s'il envoyait les flics contre ses ouvriers, je l'aimerais encore.

Elle sentit Sabine s'asseoir à côté d'elle sur le banc. Elle sentit son odeur, la forme de son corps, la façon nouvelle qu'elle avait de soupirer en permanence. Elle avait emporté son magnéto, qu'elle tenait sur les genoux. C'était un signe évident de réconciliation. Elle n'était pas sûre d'avoir envie de faire la paix. Sabine lui parla d'un ton plus posé, comme si elle avait de nouveau un peu de considération pour elle :

— Tout ce que je voulais te dire, Hélène, c'est que depuis des années les étudiants du monde entier manifestent et se font tuer en manifestant, et d'autres recommencent, et cette fille qui occupait son usine, là, celle dont tu m'as parlé, elle me fait penser à une autre ouvrière qui avait fait grève elle aussi et qui voulait pas y retourner, elle pleurait et elle gueulait qu'elle y mettrait plus les pieds, que c'était une taule, le bordel, qu'ils étaient tous dégueulasses, ils avaient les bras tout noirs et elle savait que c'était fichu, si elle reprenait le boulot, le patron aurait gagné et rien n'aurait servi à rien, elle continuerait à fabriquer des piles à la chaîne pour un salaire de merde. Et finalement elle avait fait comme les autres. En chialant, elle était retournée dans son usine de merde. Je l'ai vue à la télé. Mais maintenant c'est en train de changer, crois-moi. Et est-ce que c'est pas génial ? Penser que ça bouge ?

Hélène se moucha dans ses doigts. Ses larmes grossissaient les immeubles d'en face, un monde déformé et flottant. Elle demanda :

— Tu es communiste ?

Sabine éclata de rire, flattée.

— Non. J'ai pas le temps.
— T'as pas le temps ?
— J'ai pas le temps de faire de la politique, je veux faire du théâtre.
— Ah oui c'est vrai…
— Je te fais écouter quelque chose.

Elle enclencha le magnétophone, elle avait bien calé sa chanson, bien préparé son coup. Ça commençait par un peu d'harmonica et de guitare et puis un type à la voix lasse chantait en anglais, la bande était distendue et Hélène ne comprenait pas bien les paroles. Elle imaginait le chanteur, il devait être beau, sa voix était sensuelle, un peu dédaigneuse. Sabine lui dit qu'il s'appelait Bob Dylan et que grosso modo sa chanson disait que le monde était en train de changer, il fallait garder les yeux grands ouverts et les parents avaient intérêt à se méfier, leurs filles et leurs garçons étaient devenus grands. C'était une chanson engagée.

— Ça te plaît ?
— Oui, ça me plaît bien.

La pluie commença à tomber, une pluie fine qui donnait au bitume une odeur tendre. Sabine protégea son magnétophone sous son chemisier, puis elle dit avec étonnement :

— Maman m'a donné la pilule. Je prends la pilule.
— T'es plus vierge ?
— Non.
— J'en étais sûre. Ça se voit.
— À quoi ?
— Je sais pas. Ça se voit.

Il n'y avait personne dehors, la pluie fait fuir les gens du Sud et tout le monde était rentré. Elles regardaient ce paysage qui était leur monde et elles ne savaient pas si elles étaient heureuses ou malheureuses, si elles avaient envie de quitter leurs parents ou de redevenir les gamines qui jouaient sur ce terre-plein minuscule et promenaient bébé Mariette avec la fierté de deux petites mamans. Elles avaient l'impression de grandir dans la clandestinité, d'être toujours un peu à côté des autres.

— Je commence les cours de théâtre à la rentrée, les parents sont d'accord, enfin, papa était pas très chaud, c'est maman qui l'a convaincu.

— Elle est de ton côté on dirait…

— Elle a peur que je m'en aille.

— Je peux pas imaginer qu'un jour je lui ressemblerai, à elle, et à nos profs, à Michelle, je peux pas imaginer qu'un jour on sera si vieux, tout le temps, tout le temps vieux.

— On ressemblera pas à nos parents, et on va pas rester longtemps leur ombre, crois-moi.

— Mais on doit bien prendre quelque chose d'eux, non ?

— Des fois je me dis que sans nous ils s'emmerderaient drôlement.

— Tu es devenue si méchante. Tu te moques de moi, mais j'aime sortir le chien. Je l'aime autant que toi, je l'aime comme un frère, enfin une sœur, je sais pas bien le dire. Mais c'est dommage que tu ne comprennes pas.

— Mais si je comprends…

— Oh non.

— Écoute, je comprends que tu adores ce clebs et les chevaux et tout le truc qui va autour, mais pendant ce temps-là tu vois pas ce qui se passe vraiment, le monde change et toi tu es larguée.

— Mais les animaux aussi sont le monde ! Tu m'as toujours dit qu'ils ne souffraient pas, hein ? Eh bien tu te trompes. Tu te goures complètement.

— Je peux pas le croire !

— Quoi ?

— Tu es comme Brigitte Bardot en fait ? Tu penses que les animaux souffrent ?

— Oui, et je trouve qu'elle a raison. Je trouve que c'est horrible ce qui se passe dans les abattoirs. Elle en parle depuis longtemps et personne l'écoute, j'étais même pas née qu'elle en parlait déjà et rien n'a changé, rien du tout !

— C'est bon, moi aussi j'ai vu l'émission, hein.

— Quelle émission ? C'était en 62, tu te fous de moi ?

— C'était au printemps, l'émission où elle dit qu'elle arrête le cinéma pour se consacrer à la défense des animaux, pauvre chouchou !

Hélène la regarda avec une sévérité qui signifiait qu'on y était presque : leurs trois ans de différence s'effaçaient. La pluie tombait plus fort maintenant, régulière et tiède, mais elles ne s'en souciaient pas. Sabine aimait le tour que prenait la conversation. Cet été elle avait pris part aux discussions entre jeunes, elle en gardait ce goût de l'emportement, et la véhémence d'Hélène signifiait que sa petite sœur savait se défendre.

— Non mais attends, en tant qu'actrice je l'aime beaucoup Brigitte Bardot, et je trouve dégueulasse qu'elle soit considérée comme une femme-objet, un sex-symbol. Pour Simone de Beauvoir elle est l'image même de l'émancipation féminine !

— Mais je m'en fous ! Et ne me balance pas tes slogans féministes quand je te parle de l'égorgement des animaux dans les abattoirs ! En France rien n'a changé depuis le Moyen Âge, tu te rends compte de ça ? Rien ! Au centre équestre un moniteur me l'a expliqué. Dans cette émission Bardot dit que ça ne se passe pas comme ça ailleurs, dans les autres pays, et on pourrait très bien faire comme eux, anesthésier les animaux ou les assommer avant de les égorger plutôt que de les laisser agoniser si longtemps, parfois cinq minutes. Est-ce que tu te rends compte ? Cinq minutes à souffrir en se vidant de leur sang ?

— Dommage que tu ne mettes pas autant de passion pour la cause humaine !

— Si tu penses vraiment qu'un animal ou un bébé ne ressent pas la souffrance, je te propose un truc très simple : regarde-le dans les yeux.

Hélène se tut : leur mère était devant elles, avec son parapluie et son air inquiet.

— Vous allez attraper froid sous la pluie, rentrez tout de suite !

Il y avait dans son regard quelque chose d'implorant. Sabine la força à s'asseoir, le banc était trempé, les chiures d'oiseaux s'étalaient en glissant. Elle sortit le magnétophone de sous son chemisier, tandis qu'Hélène tenait le parapluie pour abriter la machine. La voix distendue et prophétique de Bob Dylan se mêla à la pluie, *Come gather around people, wherever you roam*, Agnès écouta avec sérieux la chanson qu'elle ne comprenait pas.

— C'est beau, dit-elle quand ce fut fini, ça donne envie de danser lentement.

Elle reprit son parapluie et se leva. Elles montèrent en silence les cinq étages, la chanson leur trottait dans la tête, elles étaient essoufflées en arrivant à l'appartement. Bruno donnait un cours particulier au fils d'un voisin, il leva un regard tendu.

— Elles étaient où ?

— En bas, dit Agnès.

Il la regarda, troublé, et murmura :

— Tu as l'air si jeune. C'est vrai ce que dit Laurence, on dirait trois sœurs.

— Je ne suis pas leur sœur, Bruno, je suis leur mère.

Elle avait dit cela avec agacement, comme lorsqu'elle se plaignait du désordre de l'appartement et du fait qu'« elle devait toujours passer après eux ». Elle semblait lasse de tout. Ce soir-là pour la première fois elle s'assit à table avec eux et ne se leva pas, ne fit pas la vaisselle, ne passa même pas les plats. Elle avait une autorité que ses filles ne lui avaient jamais soupçonnée, parce qu'elles ne l'avaient jamais regardée autrement que comme une femme qui était là depuis toujours, vigilante, indispensable, et à leur service.

La semaine suivante Bruno rapportait un tourne-disque et un 45-tours de Gilbert Bécaud pour l'étrenner. Il était rare d'avoir un objet neuf à la maison, et la chanson *La solitude ça n'existe pas* passa en boucle et devint la couleur de cet automne 1973, la rentrée des classes pour les trois sœurs. Sabine passerait le bac, Hélène rentrait en seconde, Mariette faisait son entrée en primaire. Acheter les fournitures fut comme tous les ans une angoisse terrible pour Agnès, les listes tremblaient dans sa main quand elle allait à la librairie Makaire, et elle avait beau refaire les comptes, guetter les chèques de Tavel, cuisiner des pâtes et du riz, c'était un mois redoutable, et il était assez incompréhensible que Bruno ait acheté un tourne-disque. Elle lui en voulait d'avoir cédé à son désir lorsqu'elle lui avait dit qu'elle aimerait écouter de la musique quand les filles seraient à l'école, elle lui en voulait de gagner si peu d'argent, elle lui en voulait de rembourser les dettes de son minable de père, elle lui en voulait d'avoir choisi ce 45-tours, *Chez moi il n'y a plus que moi / Et pourtant ça ne me fait pas peur / La radio, la télé sont là / Pour me donner le temps et l'heure*, c'était sinistre, il y avait d'autres chansons de Bécaud, des chansons d'amour, des chansons drôles aussi, poétiques (il les lui chantait souvent, en se tenant l'oreille comme le faisait Bécaud lui-même), mais il avait choisi celle-là, dans sa grande distraction, son désir trop pressé de bien faire. À la difficulté de boucler ce mois de septembre s'ajoutait l'entrée de Mariette dans le cycle scolaire, cette dépossession qui lui signifiait que c'était fini, aucun enfant jamais plus ne s'endormirait dans ses bras, aucune de ses filles jamais plus ne serait son amour muet et sa consolation. Elle s'était émerveillée de voir ses bébés grandir, maintenant elle les voyait simplement partir, et chaque matin après avoir déposé Mariette à l'école et acheté une baguette de pain elle rentrerait chez elle, étonnée d'être la gardienne d'un temple vide.

Oui, les fournitures ruinaient son budget, l'école était gratuite pour ceux qui ne comptaient pas, pour les autres c'était une hantise et une humiliation. La plupart des livres, heureusement, s'achetaient d'occasion au lycée Mignet, des heures d'attente dans la grande cour où les filles et les garçons étaient enfin autorisés à être ensemble, avant de repartir dans leurs établissements respectifs, Cézanne pour les filles, Mignet pour les garçons, leurs livres sous le bras et leur numéro de téléphone inscrit sur la dernière page des *Lagarde et Michard*, avec les heures auxquelles les parents étaient absents et ne risquaient pas de décrocher eux-mêmes. Ça valait le coup de piétiner des heures dans la poussière des feuilles mortes sous les grands platanes, car c'est ici que commençait l'émancipation, un marché derrière l'autre marché. Quelque chose frémissait qui n'avait rien à voir avec l'envie de réussir le bac, il s'agissait de sexe, comment y parvenir, avec qui et dans quelles conditions, l'ambiance dans les files d'attente ressemblait à une conscription, une anticipation des futures mises à nu. Les filles avaient sur leurs tee-shirts le logo du *Make love and no war*, qui annonçait la couleur. La guerre du Viêt Nam avait du bon et Jacques Brel chantait en grimaçant *Je fais glou glou, je fais miam miam, / je défile criant : « Paix au Viêt Nam ! »*. Mais l'ironie des uns n'empêchait pas le combat des autres, cette envie de vivre née sur le sang gelé des guerres, celles de leurs pères et celles de pays vus sous les bombes à la télévision, cette boîte qui apportait dans les salons paisibles le chaos du monde. La révolte s'était infiltrée sous la peau pour réveiller le désir, elle en était la sève et battait dans les corps au rythme vital d'une artère dans le cœur.

Sabine et Hélène se croisaient au lycée Cézanne, comme elles s'étaient croisées au collège des Prêcheurs quelques années plus tôt, mais Sabine ne présentait plus sa « petite sœur » à ses copines avec cette expression d'accablement qu'elle prenait quand elle portait la blouse verte des quatrièmes, tandis qu'Hélène portait l'humiliante blouse rose des petites nouvelles. À Cézanne, plus personne n'avait de blouse, c'était le premier affranchissement. Le second consistait à rejoindre des garçons dans la colline derrière le gymnase, pour faire l'amour au grand air et le raconter après. Alors ? C'était comment ? Vous êtes allés jusqu'où ? Et la curiosité le disputait au dédain, comme si la colline derrière le lycée était le lieu de l'amour au rabais. Faute de mieux on baisait dehors, et ça paraissait minable autant qu'affranchi.

— Ma sœur, Hélène, grande défenseuse de la cause animale ! disait Sabine quand elle la présentait, avec cette pointe d'ironie admirative, mais les autres s'en fichaient, « la cause animale » n'ayant aucun sens pour la plupart, et elles s'en retournaient, avec les classeurs contre leurs poitrines lourdes, leurs jeans pattes d'eph et leurs sabots bruyants.

On dirait des pouliches enfermées, avait dit Hélène, et Sabine avait haussé les épaules, elle ne visualisait pas vraiment, mais enfermées oui elles l'étaient et sur la colline aussi, et plus qu'elles le croyaient car après tout à quoi les destinait-on ? Elle accumulait les rendez-vous avec le conseiller d'orientation du lycée, M. Arnaud, qui lui semblait détenir son avenir mais n'était rien d'autre qu'un gamin de vingt-quatre ans qui n'en savait pas beaucoup plus qu'elle et feuilletait ses fiches dans le grand classeur « Débouchés après le baccalauréat section A ».

— Moi je veux faire du théâtre, mes parents ils veulent que j'apprenne un métier d'abord.

— Ils ont raison.

— Il me faut des études courtes, alors.

— Qu'est-ce qui vous intéresse ?

— Le théâtre, je viens de vous le dire.

— Infirmière c'est bien, c'est court : deux ans et demi d'études.

— Non mais moi j'aime pas les malades, j'aime Racine et Simone de Beauvoir.

— Bibliothécaire. C'est court aussi comme études.

— Ah non merci, pour finir comme ma tante Michelle.

— Institutrice, alors.

— Je vais revenir. Je vais réfléchir et puis je vais revenir.

— Très bien. Je vais réfléchir, moi aussi.

— À la semaine prochaine.

— À la semaine prochaine. L'esthétique, ça vous tente ? Ah non c'est vrai, vous aimez Simone de Beauvoir.

— Je passe un bac littéraire quand même !

— Vous savez bien qu'en dehors du bac C, hein, en dehors des maths…

La vie était cette toute petite proposition, ce quignon de pain tendu derrière les grilles, et la plupart des adultes refusaient de voir que la terre avait tremblé, toutes les jeunes pouliches ne s'en retourneraient pas bêtement brouter un peu d'herbe verte en attendant qu'on les féconde. Les professeurs nouvellement arrivés étaient prêts au débat, certains voyaient leurs élèves en dehors du lycée, chez eux dans leur salon. Sabine pensait à Gabrielle et à Christian, *Mourir d'aimer*, elle était fière maintenant que cela se soit passé à Aix, sa ville n'était pas une ville de province comme les autres, on s'y aimait dangereusement, on y manifestait cours Mirabeau, les facultés étaient pleines de refus et d'idéaux, et elle avait commencé les cours de théâtre. Mme Paillard lui semblait avoir cent ans. Elle devait en avoir tout au plus quarante. On n'aurait su dire si ses cheveux étaient à elle, si elle n'avait pu s'offrir qu'une lamentable perruque ou si elle avait une calvitie précoce, si elle était blonde ou blanche. Elle paraissait fragile et ne l'était pas. Avec sa voix vibrante d'ancienne tragédienne, sa peau translucide, relâchée, ses talons trop hauts et son châle, elle ressemblait à un héron convalescent. Son autorité était incontestable. Aucun élève n'était son ami. Elle enseignait dans une salle minuscule au fond d'une petite cour, seule la scène était allumée et les élèves assis par terre sur une moquette rase et douteuse étaient toujours dans la pénombre, ce qui était troublant. Qui était derrière vous ? Quelles jambes vous frôlaient ? Quels pieds nus touchaient le bas de votre dos ? Sabine suivait les cours la tête renversée en arrière, pour se donner de l'allure et faire croire que ses cheveux étaient bien plus longs qu'ils ne l'étaient en réalité, elle avait envie de s'allonger et qu'on s'allonge sur elle, mais la demi-heure de relaxation par laquelle commençait chaque cours n'avait rien d'excitant sexuellement. C'était bien plus que ça. Les élèves étaient sur le dos, bras le long du corps, la moquette sentait le vieux carton mais Mme Paillard leur demandait d'imaginer qu'ils étaient allongés sur du sable chaud. *Et votre corps est lourd*, et son corps était lourd et se coulait dans la chaleur, elle sentait chaque parcelle de peau, chaque vibration, sa respiration s'accordait à ce soulagement ample, presque aérien, elle comprit que le guitariste à douze cordes ne lui avait pas appris grand-chose, son corps n'avait pas donné tout son talent, c'était certain. Ce fut une découverte magnifique et triste. Elle continua néanmoins à sortir avec le musicien, s'autorisant de simples flirts avec les garçons du cours de théâtre, moins nombreux que les filles qui les partageaient de bonne grâce, une polyandrie de circonstance encouragée par la philosophie hippie. Sabine vivait avec les plus fades, les plus incertains et les plus étonnés d'entre eux des histoires absolument palpitantes, elle était dotée d'une solide imagination, la vie n'étant jamais à la hauteur il fallait bien l'aider un peu.

Elle apprenait des textes de Cocteau, Giraudoux, Sartre, Camus, Anouilh, les disait avec une conviction appuyée et beaucoup de dolorisme, Antigone était son personnage préféré, sa rébellion têtue, son opposition au pouvoir, son courage, elle la jouait mal et y mettait tout son cœur, Mme Paillard n'était pas très exigeante, entendre ces textes semblait suffire à son bonheur. Elle ne leur fit jamais aborder les tragédies de Racine ou celles de Corneille, ni les pièces de Tchekhov ou de Molière, soit parce qu'elle considérait que ses élèves étaient trop mauvais, soit parce qu'elle n'avait elle-même joué que des auteurs contemporains et aimait s'y replonger. Sabine ne sut jamais ce qu'avait été sa carrière, elle n'en parlait pas, n'évoquait aucune de ces éternelles et épuisantes anecdotes de tournée, triomphes, saouleries, tromperies et fumeux scandales qui émaillent les discours des comédiens.

Il y eut cette année-là, 1974, deux morts inattendues. La première fut une mort en soirée, qui interrompit le film du mardi soir, un flash laconique annonçant la mort du président de la République Georges Pompidou. On était le 2 avril. Agnès et Bruno ressentirent un étonnement chagriné à ne pas avoir vu venir cette mort que Pompidou portait sur lui, corps alourdi, visage bouffi, ils avaient voulu croire aux grippes à répétition et aux crises hémorroïdaires qui expliquaient sa démarche embarrassée. Ils avaient été crédules comme des enfants auxquels l'adulte tait la vérité, et toute la France avait fait comme eux. Ils eurent de la peine car ils aimaient ce fils d'enseignants qui les avait protégés du socialisme et des étudiants provocateurs qui avaient tenté de « détruire la nation en 68 ». Avec lui, malgré le premier choc pétrolier, la France semblait prospère, c'était une longue et béate soirée au coin du feu, interrompue de temps à autre par des orages au-dehors, mais le Président était enraciné dans le pays et il avait la discrétion des êtres sans corruption. Il avait lancé un programme de construction de treize centrales nucléaires. Grâce à lui la France deviendrait le pays le plus nucléarisé au monde, l'avenir était assuré, il y avait finalement une solution à tout. Même si le quotidien d'Agnès et Bruno était difficile, ou peut-être à cause de cette difficulté, ils voulaient faire confiance, ils n'avaient pas d'autre choix ; ils se tenaient au bord du dénuement avec la foi des fragiles, l'adhésion raisonnable au progrès.

La deuxième mort de cette année-là, peu après celle de Pompidou, fut tout aussi subite et imprévisible. Elle n'interrompit rien pour autant. Elle fut annoncée l'après-midi où Mariette baptisait son poupon préféré Mehdi (comme l'acteur de *Sébastien et la Mary-Morgane*, ce feuilleton télévisé que Mariette appelait pompeusement « le feuilleton de ma jeunesse »). Ainsi qu'elle l'avait fait pour les poupées des aînées, Agnès avait organisé une petite fête, bonbons colorés dans des coupelles et sirop de grenadine bu à la paille, plus un peu de pain perdu pour égayer le tout. Il n'y avait pas de dragées, pas de prêtre non plus, mais il y avait du sel et de l'eau et Agnès prononça les phrases rituelles sans crainte du blasphème. Sabine avait la chance de faire du baby-sitting chez le voisin du dessous, Hélène avait la malchance d'avoir été désignée marraine de Mehdi et devait faire acte de présence auprès de sa petite sœur et de ses amies, un peu surprises par cette cérémonie qu'on ne pratiquait pas chez elles. Agnès savait que Mariette était mystique, elle lui faisait réciter sa prière chaque soir, un Je vous salue Marie et un Notre-Père, que depuis sa première communion l'an passé elle récitait avec une ferveur outrée, les mains serrées si fort que ses jointures blanchissaient, et elle fermait les yeux jusqu'à plisser les paupières. Elle parlait de Jésus-Christ comme si elle l'avait personnellement connu et racontait ses miracles comme des histoires inédites. Mais cet après-midi-là, l'ambiance paraissait truquée, on ne savait démêler le jeu du sérieux, la blague du sacré. Hélène avait bien l'intention, une fois le saint sacrement donné au poupon de celluloïd, de s'éclipser dans sa chambre pour réviser en écoutant le hit-parade sur RMC.

Ce fut donc lors du baptême de Mehdi dans le petit appartement saturé d'enfants sautillantes, au moment où Hélène nettoyait la robe qu'une petite avait tachée de pain perdu, qu'elle entendit sa mère lui dire qu'elle avait reçu le matin une lettre de Michelle. Il est étonnant comme certains mots nous arrivent avant d'être prononcés. Étonnant le refus immédiat que l'on en a. Avant qu'Hélène ait pu demander à sa mère de se taire, elle l'entendit lui dire ce qu'elle ne voulait pas savoir. Ton chien est mort. Ce fut une déflagration, une chute. Arrête de frotter la robe de cette gamine, tu vas abîmer le tissu. Agnès ne voulait pas de la tristesse de sa fille, pas pour un chien, la vie vous réserve d'autres coups durs elle en savait quelque chose, et elle pensait sincèrement qu'elle devait distraire Hélène, la détourner de cette peine passagère. Elle lui demanda de faire jouer les enfants aux chaises musicales, elle s'occuperait elle-même des chaises et la chargeait de faire démarrer et d'arrêter par surprise le 45-tours de Gilbert Bécaud *La solitude ça n'existe pas.* Hélène préféra mettre le disque de Dalida, *Gigi l'Amoroso.* Elle n'aurait pas dû. Le rythme de la chanson, guitares, piano et mandolines, se prêtait parfaitement au jeu des chaises musicales mais contrastait si violemment avec son chagrin qu'au lieu de le dissiper il l'exacerba. *Je vais vous raconter / Avant de vous quitter / L'histoire d'un p'tit village près de Napoli / Nous étions quatre a…* Hélène souleva le bras du tourne-disque et cinq petites filles se précipitèrent sur les chaises au même instant. Une seule resta debout, elle avait perdu et alla s'asseoir sur le canapé, comme si elle était punie. Agnès ôta une chaise. Hélène reposa le bras. Manqua inévitablement l'endroit exact de l'interruption. Les yeux de Caprice, la patience de son regard, interrogatif, toujours un peu inquiet, désireux d'obéir, de bien faire… *Giorgio à la guitare / Sandro à la mandoline / Moi je dansais en frappant du tambourin…* Ce regard s'éteignait, disparaissait doucement, plus aucune vigilance, plus d'expression, aucune lueur. Une nuit soudaine. Est-ce qu'ils t'ont enterré ? Est-ce qu'ils t'ont pleuré ? *Arriva Gigi l'Amoroso / Croqueur d'amour, / L'œil de velours comme une caresse…* Je viendrai te voir, ne t'inquiète pas… Je ne veux pas que tu t'inquiètes… *Gigi l'Amoroso / Toujours vainqueur, / Parfois sans cœur / Mais jamais sans ten-*

dresse / Partout, c'était la fête quand il chantait / Zuna luna caprese…

— Mais tu fais quoi, Hélène ? Les petites sont épuisées ! Éteins ce disque !

Tu sais bien que je reviens toujours, tu m'attends, et je viens…

— Éteins, je te dis !

Dalida ne chantait plus, elle parlait maintenant : *Gigi Giuseppe, mais tout le monde l'appelait Gigi l'Amour…*

Et quand je viendrai je t'apporterai du bois flotté, des pierres de bord de mer…

— Mais Hélène, tu m'écoutes ?

… et les femmes étaient folles de lui, toutes… Agnès coupa le son brusquement, le silence avait quelque chose de poignant.

Hélène remit le vinyle dans sa pochette, les chaises en place, elle rangea, balaya, passa l'éponge et s'attaqua même aux carreaux de la cuisine, elle nettoyait l'intérieur du frigidaire quand Bruno et Sabine rentrèrent ce soir-là, alors que toutes les amies de Mariette étaient parties sans qu'elle s'en rende compte. *Gigi l'Amoroso* tournait dans sa tête, impossible d'arrêter la chanson cette fois-ci, personne pour soulever le bras du tourne-disque, aucune petite fille boudeuse sur le canapé, juste une petite fille cachée au fond de son ventre, pleurant un chagrin auquel elle n'avait pas droit.

Elle voulut savoir ce que disait la lettre de Michelle, est-ce qu'elle donnait des détails, qu'est-ce qu'il s'était passé exactement ? Elle n'en donnait pas et Hélène resta avec ce trou profond entre elle et le monde, cette couleur nouvelle du deuil qui n'est pas le noir mais le transparent, cette impression de vivre dans un sac plastique et de manquer d'air, la vie masquée par la masse opaque du chagrin, jour et nuit cette envie de s'effondrer, et le sentiment nouveau du manque qui ôte à la vie ses prises et ses rassurances, cet étourdissement à ne penser qu'à ça sans en parler jamais, dans la honte de la violence de cet amour, cet amour pour un chien, qui elle en était sûre n'était pas mort comme un chien, puisqu'il y avait en lui une humanité profonde. Il n'avait pourtant été enterré nulle part. Il avait été simplement mis à la poubelle. Elle apprit trois mois plus tard qu'il était mort de chagrin. Une mort à la hauteur de son âme. La veille, un nouveau teckel avait été offert à Michelle, et Hélène imagina comment elle avait pu délaisser Caprice pour accueillir le nouveau venu. Lui n'avait manifesté ni agressivité ni jalousie, n'avait pas tenté de défendre son territoire ni d'attendrir qui que ce soit. Il s'était couché et il était mort dans la nuit, sa bonne tête de chien posée en dehors de son panier avait basculé quand il avait cessé de respirer, il n'avait dérangé personne. Ce fut le premier et le dernier chien d'Hélène, son premier deuil et le plus profond aussi, une perte irremplaçable qui lui avait planté dans le cœur la connaissance de la souffrance et de l'indifférence des hommes.

— Mariette, finis ton verre, tu n'as pas bu du repas ! Mariette, finis ton verre !

La petite croisa les bras sur sa poitrine, haussa les épaules et les garda bloquées, pinçant ses lèvres et gonflant ses joues.

— Mariette ! cria encore Agnès. Ne recommence pas le coup de l'asphyxie et bois ce verre d'eau !

Mariette se crispa davantage, ses larmes caressaient ses cils. Bruno la chatouilla sous les bras, elle lâcha prise et partit en hurlant dans sa chambre. Sa chaise s'était renversée, il la ramassa avec autant de précaution que si la petite avait été assise dessus. Depuis sa chambre, on l'entendait pleurer avec outrance. Sabine la rejoignit.

— J'y vais avant qu'elle s'étouffe *vraiment*.

Agnès regardait Hélène.

— Alors ? Tu n'as rien à dire ?

— Non.

— Tu te fiches de moi ?

— Non.

— C'est quoi ce livre ?
— C'est pas à cause du livre.
— Donne ce livre, Hélène, dit Bruno pour soutenir sa femme.
— Je l'ai acheté avec mon argent.
— Hélène, donne ce livre à ta mère !
— Les lectures sont censurées, maintenant ? Tu vas m'envoyer au goulag ?

Bruno se leva, alluma une cigarette. La lecture des livres de Soljenitsyne le bouleversait, et ses filles y faisaient régulièrement référence. Cette provocation stupide le blessait.

— Hélène, si ce n'est pas à cause de ce livre que ta sœur refuse de boire, c'est à cause de quoi, tu veux bien me le dire ?
— C'est à cause de ce type que tu n'aimes pas, là, le type qui se présente aux élections, celui dont tu te moques tout le temps.
— Le Pen ? Mitterrand ?
— Mais non, elle veut parler de l'écologique, le gars avec le pull qui dit qu'il faut faire du vélo dans Paris parce que c'est pollué !
— Écologiste. On dit écologiste, maman, pas « écologique ».
— Dumont ? C'est un oiseau de malheur celui-là, pire que Nostradamus.
— Des oiseaux justement, y en aura bientôt plus.
— Et ça, tu vas pas me dire que c'est pas dans ton fichu bouquin !
— En tout cas il a raison et je les ai vus moi il y a

deux ans, tous les jeunes à vélo qui bloquaient Paris ! Ils disaient que si on continuait avec nos voitures, dans dix ans on serait morts ! Morts, oui morts et puis… c'est tout quoi !

Qu'elle ait osé parler de Paris la stupéfia autant que ses parents. Ils n'avaient plus aucune colère. Ils étaient confus. Sabine revint de la chambre de Mariette.

— Elle dit que toute l'eau est empoisonnée, qu'elle ne boira plus jamais, qu'elle se baignera plus, même pas dans le tub, et elle a peur que ses larmes lui tombent dans la bouche. Bref, je l'ai mise au lit et j'ai essayé de la calmer en lui lisant ce stupide conte de *Cendrillon.*

Sabine et Hélène éclatèrent de rire. Bruno les regarda avec un étonnement dégoûté.

— Ça vous fait rire ? Votre mère ça la fatigue, vous savez, ça la fait pas rire.

— Pourquoi toujours moi ? Toi aussi ça te fatigue, Bruno.

— Bon ! Je vais lui apporter son verre d'eau, et toi Hélène, je t'interdis de lui raconter tes histoires atroces.

Il sortit de la cuisine et on l'entendit se parler à lui-même, Comme si moi je lui lisais *L'Archipel du Goulag* pour l'endormir. Dès qu'il fut parti, l'ambiance changea. Hélène sentait qu'en parlant comme elle l'avait fait ce soir-là elle venait de prendre une place. Et elle pouvait s'affirmer :

— Écoute, maman, le type que papa supporte pas, l'écologiste, Mariette l'a vu à la télé, c'est pas ma faute.

Il a pris un verre d'eau et il a dit : « Je bois devant vous un verre d'eau précieuse », et avant de le boire il a expliqué que tout était pollué, les rivières, les mers, que c'était un cimetière, et elle ça lui a fait peur. C'est normal.

— Et c'est vrai ? demanda Sabine.

— Bien sûr que c'est vrai.

— Les filles, vous êtes jeunes, vous verrez, il y aura toujours des vieux pour vous faire croire que vous allez vivre dans un monde atroce et que c'était mieux avant. Ne les croyez pas.

— Vous avez vu, il y a une fille qui se présente aux élections, dit Sabine.

— Arlette Laguiller ? C'est n'importe quoi, dit Hélène, elle sera jamais élue ! « Eh bien oui, je suis une femme et pourtant j'ose me présenter... »

— Pourquoi tu fais ça ? Pourquoi tu te moques d'elle ?

— Je me moque pas, j'imite ! Tu apprends pas ça, au cours de théâtre ?

— C'est parce qu'elle défend la classe ouvrière que tu l'imites ?

— Ça doit être ça, oui. Ce que tu peux être conne des fois, c'est dingue.

— Je vous interdis de parler politique, dit Agnès. Ça commence par des opinions et ça finit toujours en engueulades. Et on devient grossiers en plus !

— Je fais la vaisselle, dit Hélène.

Hélène avait plus envie de briser la vaisselle que de

la laver, envie de dire à sa mère que tous les produits qu'elle utilisait pour nettoyer sa cuisine « du sol au plafond », comme disait la publicité, étaient dangereux, bourrés de pesticides. Elle s'empoisonnait chaque jour en croyant, aidée par tous les Mr. Propre et Chevalier blanc, des hommes forts portés à son secours, « décoller, pulvériser et illuminer » les surfaces qui l'entouraient. Hélène regardait ses mains dans l'eau sale et mousseuse et elle pensait aux poissons des rivières, aux chats des maisons, aux chiens discrets, à sa ponette aussi et à son infertilité, elle pensait à ce livre terrible qu'elle avait découvert alors qu'il était paru plus de dix ans auparavant, *Printemps silencieux*, de Rachel Carson. Elle le lisait le soir, juste quelques pages, pas trop longtemps. Elle lisait puis reposait brusquement le livre, comme si elle sortait la tête de l'eau pour respirer. C'était cela qu'elle retrouvait dans cette lecture : la seconde qu'elle connaissait et dont elle ne parlait pas. Cette seconde qui se tient entre la vie et la mort et qu'elle avait connue en se noyant. Elle y avait été. Elle savait. Était-ce pour cela qu'elle comprenait, qu'elle *ressentait*, ce qui se passait dans la nature ? Partout les « élixirs de la mort », comme disait Carson. Dans les lacs perdus des montagnes, dans les grandes forêts, sur les feuilles et dans l'écorce des arbres, les vers de terre et la terre, les fourmis et les larves, dans le ventre des oiseaux et les œufs des oiseaux, sur les fleurs et dans les abeilles, dans les rivières et les océans où elles se jettent, dans les maisons et leurs jardins, dans les marais, les champs, et tous les habitats des bêtes sauvages, les terriers, les nids, les garrigues, les futaies et les broussailles, dans le corps des gens, dans le lait maternel, dans les tissus des enfants à naître. Le poison invisible. DDT. Aldrine. Dieldrine. Parathion. Heptachlore. Des poisons comme des prénoms d'ailleurs. Une langue qu'on ne connaît pas. Que l'on n'apprendra jamais. Parce que, comme le disait sa mère, il ne fallait pas croire ceux qui parlaient de demain comme d'une catastrophe. Il fallait croire au progrès et à la croissance. Il ne fallait pas lire les livres qui décrivent la mort des oiseaux et des écureuils : paralysie, convulsions, asphyxie. Il ne fallait pas penser aux renards aveugles, aux abeilles désorientées, aux moutons fous, aux alouettes. Aux rouges-gorges. Aux faisans. Aux merles. Aux fauvettes. Aux linottes. Aux grives. Aux roitelets. Aux farfadets. Aux chants que l'on n'entendra plus. Aux vols arrêtés. À leurs noms que l'on oubliera. À leurs migrations disparues. Aux saisons sans boussole. Aux automnes sans voyage. Aux Afriques oubliées.

Mais il fallait se rassurer et rassurer ses petits. Les endormir en leur lisant des fables, confondre leurs frayeurs avec des caprices et leurs questions avec de charmants mots d'enfant. Il fallait contenir les peurs de chacun, garder ses illusions, son besoin de calme et de sécurité.

« La paix et la sécurité. » C'était le slogan présidentiel sur l'affiche où un homme en costume-cravate souriait, le regard clair et assuré. À ses côtés, une adolescente aux cheveux sagement attachés tournait vers lui son visage aimant. Valéry Giscard d'Estaing posait avec sa fille. Bruno et Agnès avaient voté pour lui et furent soulagés de son arrivée au pouvoir, le 19 mai 1974. Ils avaient pour cet ancien ministre des Finances, nobliau libéral, bien marié, père de quatre enfants, un respect heureux. Il avait battu les gauchistes et ils voulaient lui faire confiance, ils étaient prêts à tout croire. Il était à la fois autoritaire et « simple », c'est lui-même qui le disait. Le jour de son investiture, que tous deux avaient regardée à la télévision avec l'espérance timide des honnêtes gens, il avait descendu les Champs-Élysées à pied, on n'en revenait pas, le président de la République marche et salue le peuple qui crie derrière les barrières, agite des drapeaux et applaudit. Parfois, il s'arrête pour serrer quelques mains et les journalistes lui demandent de parler, il parle : « La foule est gaie et sympathique. » Dans cette foule, il y a ses deux filles, elles crient elles aussi à son passage, il s'arrête pour les embrasser et repart pour l'Élysée à pied. C'est incroyable comme il marche, on dirait qu'il vient de loin, que ça fait longtemps qu'il fend la foule pour arriver à son but, diriger la France, prendre la tête du pays et le guider. « Pour moi, la consécration, la prise de fonction, c'était d'arriver à pied ce matin à l'Élysée. » Il est si jeune, le plus jeune président de la Ve République, on pourrait croire que cette entorse au protocole est spontanée, il est jeune, il s'est retenu de courir, et il a marché. Après son passage sur les Champs-Élysées, ses filles ont enfourché leur bicyclette et, poursuivies par une meute de photographes et d'admirateurs, elles ont pédalé pour le rejoindre. C'est une famille dynamique, qui marche et qui pédale, il fait beau, le temps est avec eux. « J'ai eu le sentiment, ce matin, que le peuple de Paris, que le peuple français, avait conscience de ce que c'était que d'élire un nouveau président de la République. » Giscard dit cela et on comprend qu'il va falloir s'habituer à cette voix de roi, à cette prononciation outrée, des mots comme de la mitraille, la bouche en cul-de-poule.

Bruno et Agnès ne furent pas confiants très longtemps. Le 5 juillet la majorité fut abaissée à dix-huit ans et ils en furent effrayés. Ils s'étaient mariés mineurs et pouvaient comprendre le bienfait de cette réforme pour ceux qui n'étaient pas heureux en famille, mais chez eux leurs filles avaient tout. Sabine avait fêté ses dix-huit ans en mars et son bac en juin. Depuis les Landes où elle faisait du baby-sitting, elle avait maintenant le droit de leur téléphoner qu'elle ne rentrerait pas. Qu'elle venait de se marier. D'accepter un travail. Dans les Landes, ou plus loin encore. Elle pouvait monter seule dans un avion, ou conduire jusqu'à son but. Elle pouvait surtout décider de tout cela sans même les prévenir. Mais cela ne se passa pas ainsi.

Sabine n'avait pas appris grand-chose chez Mme Paillard, à part le goût de la polyandrie, et ce constat terrible : ce qu'elle espérait de l'amour n'existait pas chez les jeunes de son âge. Les garçons et les filles se rencontraient dans un élan narcissique et indécis, l'autre n'était que le témoin de votre pouvoir de séduction, il vous était nécessaire mais ne vous intéressait pas vraiment, encombré que vous étiez par vous-même. Sabine avait un corps lourd, méditerranéen, « des hanches larges faites pour avoir des enfants ». Elle n'en voulait pas. On lui disait qu'elle avait une jolie voix, elle ne l'entendait pas. On voyait en elle quelqu'un qu'elle ne connaissait pas, et elle s'étonnait de cette Sabine qui n'était pas elle et qui peut-être valait mieux qu'elle. Elle aurait voulu ressembler à Audrey Hepburn ou à Romy Schneider dans *César et Rosalie*, à sa jeune prof de français qui était si brillante, ou encore à Gisèle Halimi, calme et redoutable. Leur présence s'imposait, sans avoir besoin de séduire. Elles étaient libres. Sabine avait l'impression qu'il y avait quelqu'un derrière elle, et ça n'était ni ses parents, ni sa famille ou ses amis. C'était bien plus que ça. C'était le monde qui la précédait, avec sa loi, sa morale et sa religion, tout ce qui s'était inventé et construit avant elle. Et détruit aussi. Car Hélène avait peut-être raison, une destruction était en cours. On se pensait sauvés par la fulgurance de nos vies, sauvés par la pensée qu'on ne verrait pas le cataclysme, et on le renvoyait à des dates sans réalité, des années qui commençaient par 2000. Une abstraction. Elle savait que son premier pas hors du cercle familial briserait leur vie ensemble, les trois sœurs et leurs parents, ce temps s'effacerait et ne reviendrait pas, et chacun garderait de ces années-là la nostalgie d'une époque où l'on n'abîmait pas ses rêves au contact du réel. Vivre à Paris demeurait son idéal et son seul but. Il lui fallait gagner de l'argent, et vite. Elle ne voulait faire aucune des études courtes que lui avait proposées le conseiller d'orientation avec tant de résignation. Elle avait dix-huit ans et elle était pressée. Elle travaillerait comme serveuse et ferait des études de théâtre en parallèle, c'est ce que faisaient les filles de son âge dans d'autres pays, en Amérique par exemple, où tout n'était pas pourri. Elle passerait des auditions, des castings, trouverait peut-être un agent, ferait des photos, aurait un book, serait sur tous les fronts à la fois. Elle était galvanisée par ce choix radical. Tout donner. Enfin.

Elle attendit le retour d'Hélène à la fin du mois d'août et, dès que sa sœur arriva, l'invita à prendre un verre sur le cours Mirabeau.

— Tu t'es bien amusée chez les capitalistes ?

— J'ai passé mon galop 3.

— Avec ta ponette hystérique ?

— Avec un cheval, qu'est-ce que tu crois ?

— Celui qu'on t'a donné ?

— Non. Le cheval qu'on m'a donné, Everest, je le connais depuis que j'ai trois ans, il est vieux et plus personne ne le monte. Je l'ai sauvé du martyre et de la boucherie.

Elle sortit un carnet à spirale et le posa sur la table, le fit glisser vers sa sœur avec un air qu'elle aurait voulu plus mystérieux. Sabine demanda :

— Tu es arrivée à quelque chose ?

— À toi de voir.

Elle ouvrit le carnet sur lequel Hélène avait noté les noms et les téléphones de possibles logeurs, en échange d'heures de ménage, de baby-sitting en soirée, de services auprès de personnes âgées, ou encore des chambres de bonne louées à bas prix (6e étage sans ascenseur, WC sur le palier). Hélène s'était renseignée tout l'été auprès de ses amis, de ses connaissances, Parisiens en villégiature à Villers, habitués du centre équestre du bois de Boulogne, elle avait demandé et fait passer le mot.

— Je téléphonerai de chez Rose, dit Sabine en regardant la liste, sa mère n'est pas encore rentrée des Baléares, je serai plus tranquille.

— Tu vas vraiment partir, alors ?

— Si je trouve où me loger, oui.

— Ça va faire un drame.

— À partir d'aujourd'hui beaucoup de choses vont faire un drame. À moins que Mariette et toi décidiez de vivre toute votre vie chez les parents.

— Au fait, Vincent quitte Neuilly, il va se fiancer. Il se marie l'été prochain.

— Vincent ?

— Sa fiancée est très jolie et très gentille, je la connais depuis des années, son père a fait fortune dans les conserves de petits pois.

— Ça donne envie.

— Elle est sympa. Pourquoi tu te marres ?

— Je me marre pas, je trouve ça… Enfin, si tout le monde est content.

— Tu m'inviteras ?

— Où ça ?

— Chez toi, quand tu seras à Paris, tu m'inviteras ?

— À boire le thé dans ma chambre de bonne ? Sûrement.

— Oh chouette !

— Et puis ce sera exotique pour toi, tu t'encanailleras un peu.

Comme Hélène ne disait rien, égarée dans la recherche d'une réplique à la hauteur de la pique, Sabine mit le carnet dans sa poche et dit :

— Moi aussi ça me plaira.

Une semaine plus tard, elle partait. C'était un

matin très tôt. Suite à une annonce dans *Libération*, elle avait trouvé une fille qui allait à Paris en 2 CV et souhaitait partager les frais du voyage. Quitter la ville si calme sous un ciel absent, les rues sans circulation, le cours Mirabeau sans un café ouvert donnait l'impression de quitter un lieu qui n'existait déjà plus.

Sabine avait vu juste : Hélène s'était bien amusée « chez les capitalistes ». Elle avait vécu entre sa ponette et les chevaux, ceux qu'elle montait et celui qu'elle avait sauvé, Everest, sur lequel elle était déjà perchée à trois ans. (La photo qui en témoignait montrait une toute petite fille à la main délicatement posée sur l'encolure d'un immense cheval, comme un papillon au sommet d'une montagne.) Elle avait conduit aussi, beaucoup, et sans permis. Depuis deux ans David lui apprenait à conduire, mais ils n'allaient jamais loin. Cet été-là, il avait tenu à ce qu'elle essaye sa nouvelle passion, une Maserati deux places décapotable, si basse que lorsqu'on la conduisait on voyait la route défiler comme une râpe prête à vous laminer la peau si vous vous penchiez un peu. Je ne sais pas conduire ! avait hurlé Hélène, tandis qu'elle démarrait et que le simple frôlement de son pied sur l'accélérateur avait fait bondir la voiture. David lui avait répondu, Avance ! et bien sûr elle avait obéi. La voiture était nerveuse, peu stable, le levier de vitesse et le volant en bois tremblaient sous ses mains crispées. Ils avaient quitté la maison aux heures du soir, les petites routes de campagne autour de Villers étaient désertes et seules les vaches les regardaient passer, avec une indifférence blasée. Après avoir crié, Je vais mourir ! Hélène avait appuyé plus fort sur l'accélérateur. Mais avec David elle ne mourait pas, elle vivait une vie dans laquelle le risque était un défi, jamais un danger.

Ils étaient heureux dans cette voiture dont David se lasserait très vite, ils avaient l'impression d'avoir le même âge. Ils faisaient quelque chose que les autres ne faisaient pas, et cela n'avait rien à voir avec l'argent, c'était un plaisir naïf et partagé. David n'avait pas, comme Michelle, la nostalgie de la petite enfance de celle qu'ils avaient, en quelque sorte, adoptée quand elle avait trois ans. Cette Hélène-là avait bien rempli sa mission : elle les avait divertis et aimés, avait réclamé chaque soir un câlin à David pour retarder l'heure du coucher, l'avait accompagné et soutenu à tous ses concours hippiques, et on racontait encore comment elle était restée assise tout un dimanche sur le capot de la voiture, sous une pluie battante, à lui hurler sans qu'il l'entende : « Allez-y, David ! Sautez la barrette ! » et à l'applaudir parce qu'il avait fait un sans-faute. Une petite fille docile, affectueuse et souvent drôle. Que demander de plus ? Heureusement, David aimait aussi l'adolescente qu'elle était. Tous deux n'étaient pas d'accord sur tout et cela aussi leur plaisait. La rhétorique facile, les bisbilles et les divergences donnaient à leur relation un certain éclat. David provoquait parfois Hélène, lui montrait ce qu'il ramenait de la chasse, et il aurait été déçu qu'elle ne s'en détourne pas en lui reprochant sa cruauté.

— Tu viendras avec moi la prochaine fois ! Tu verras, la chasse c'est plein de vieux messieurs armés.

— Ne comptez pas sur moi pour participer à vos massacres !

— Giscard m'invite à la chasse présidentielle, je te rapporterai des plumes !

— Alors n'oubliez pas le goudron !

Elle l'avait amusé quand ils avaient dîné aux Vapeurs à Trouville et que, se rappelant le film de Brusati *Pain et chocolat*, elle lui avait dit :

— Vous connaissez les conditions de travail des serveurs dans ce genre de restaurant ? Vous savez qu'ils sont le plus souvent exploités ?

— Mange ta sole, ma petite, et ne fais pas chier le patronat.

— La plupart sont des émigrés sous-payés, ils logent tous ensemble dans des…

— Garçon ! Versez un peu de vin à mademoiselle, elle a besoin de se détendre !

Ça n'allait pas plus loin. Hélène ne voulait pas remettre en question des privilèges dont elle-même profitait, ni rappeler à David d'où elle venait, jouer la pauvre de service. Elle s'était habituée à cette vie cloisonnée, mais elle ne s'habituait pas à voir ensemble les deux couples, les Tavel et les Malivieri. Cela arrivait parfois, un mariage, les noces d'or des grands-parents, un enterrement. Quand ils se rencontraient, David proposait systématiquement à Bruno un poste dans son entreprise, une offre qui sous-entendait qu'il pouvait, s'il le voulait *vraiment*, gagner mieux sa vie. Bruno souriait en hochant la tête, son regard cherchait autour de lui un endroit où se poser et ne le trouvait pas. Il y avait du monde autour d'eux, et il n'était pas rare qu'une cousine, un oncle, appuie la proposition généreuse et inespérée de David. Face au silence embarrassé de son beau-frère, ce dernier lui tapait sur l'épaule, Désolé si je t'ai perturbé, et lui offrait un cigare. Hélène voyait la gêne de son père. L'accord qu'il cherchait avec David et qu'il ne trouvait pas, et quoi qu'il fasse ou dise, il ne serait jamais celui qui aurait le dernier mot. Parfois il repartait de ces réunions de famille avec sur le dos une veste que David ne portait plus et lui avait donnée. On le complimentait : il était encore plus beau bien habillé, il était chic. Il disait, C'est une veste de Tavel, il le dirait pendant des années, à chaque fois qu'on le complimenterait, C'est une veste de Tavel, comme s'il se préparait à la rendre un jour.

Dans ces réunions de famille, Hélène côtoyait ses cousins et s'ennuyait à mourir. On avait beau être de la même famille, on ne se reconnaissait pas, chacun trouvait la vie des autres moins attirante que la sienne, on repartait avec soulagement dans sa propre tribu, dont on avait le langage et les codes, et après s'être critiqués mutuellement on s'oubliait. Au rassemblement suivant on s'étonnait que les cousins aient tellement changé, mais que leurs parents ne soient pas plus vieux qu'avant, la vieillesse étant le seul état dans lequel on les avait jamais connus. Selon la période (vacances ou pas), Hélène rentrait avec les Malivieri ou les Tavel. Ses sœurs lui faisaient coucou par la fenêtre de la Simca, sa mère lui recommandait d'être sage et de dire merci, Bruno disait, Je vous la confie, et posait sa main sur sa tête avec une timidité distraite, comme si déjà elle n'était plus là. Hélène montait dans la Mercedes et Caprice se calait sur ses genoux, griffait ses cuisses nues sans le vouloir. En conduisant, David mettait une cassette d'Yves Montand qui chantait Prévert, *Les Feuilles mortes*, *Barbara*, le trajet jusqu'à Paris était bercé par la poésie qui chantait la disparition de ceux qui s'aiment, les souvenirs effacés, la connerie de la guerre. Hélène appuyait son front contre la vitre, le soir descendait sur les champs d'Île-de-France, les blés coupés et les pylônes électriques, et quand la voiture ralentissait elle savait que les embouteillages annonçaient l'arrivée à Paris, elle se demandait si Sabine et Mariette étaient arrivées elles aussi, les distances étaient inégales, mais elle savait que dans la voiture son père chantait les chansons de Gilbert Bécaud et des Compagnons de la chanson de sa belle voix, aussi appliqué que s'il avait été chef de chœur. Dans l'habitacle on ne bronchait pas. On l'écoutait enfin. Et on l'admirait peut-être.

Agnès avait conscience de ce que le départ de Sabine signifiait : ce pour quoi elle avait été élevée, programmée, partait en lambeaux. Elle était une mère dépossédée non seulement de sa fille aînée, mais aussi de ces dix-huit années passées avec elle : la joie, l'inquiétude, la fatigue et la force, tout ce que cette enfant lui avait donné en naissant. Une place en ce monde. Mais c'était fini. Sa fille n'était plus là. Mariette occupait son lit, et dans la chambre conjugale l'absence d'enfant creusait un trou sombre. Elle avait toujours su que la fin de l'enfance arriverait. Mais pas si vite. Sabine partait à dix-huit ans comme elle-même l'avait fait, mais ça n'était pas pour passer d'un père à un mari. Bruno ne la menait devant aucun autel pour la donner à un autre homme dont elle porterait le nom et la descendance. Sabine partait pour « vivre sa vie », comme elle disait. Vivre sa vie… Était-il possible d'entendre cet argument sans en éprouver une jalousie coupable, et que signifiait-il exactement ?

Agnès avait tenté six mois auparavant de parler à

Bruno, elle ne voulait pas lui faire de peine mais elle avait trouvé un travail à mi-temps dans une boutique de vêtements rue des Tanneurs. Bruno avait fait les comptes : la personne qui s'occuperait de Mariette après l'école, les frais de cantine et les transports pour aller de La Petite Chartreuse au centre-ville, le salaire d'Agnès y passerait. Elle comprit que si elle sortait de chez elle, elle coûtait de l'argent. Ne pas bouger était le moyen le plus sûr de faire des économies, et le monde lui parvenait par échos, la journée des autres. Elle n'avait pas quarante ans et il lui semblait en avoir le double. Elle regardait grandir ses filles et vieillir son mari, pendant ce temps les autres femmes sortaient de chez elles, une multitude de femmes qui vivaient hors du foyer conjugal. Il y avait même aujourd'hui une femme ministre, une magistrate très belle, d'allure sage et bourgeoise, qui portait le projet de loi de dépénalisation de l'avortement du gouvernement Chirac. Elle s'appelait Simone Veil, un nom juif que tout le monde ne prononçait pas pareil. En opposition à son projet de loi il y avait des débats acharnés, des disputes et des injures, de la part des hommes, politiques, avocats, journalistes, écrivains, qui dénonçaient les « ovariennes cauchemardesques », les « clitoris monstrueux » de ces femmes « mal baisées et imbaisables ». Ils cherchaient la vraie femme et ne la trouvaient plus. On les avait spoliés. Agnès était choquée que des hommes si importants et haut placés parlent avec tant de vulgarité et l'empêchent ainsi d'être totalement de leur côté. Il y avait dans les rues d'Aix, collées sur les poteaux, agrafées aux platanes, des photos d'embryons ensanglantés gisant dans une poubelle. *Laissez-les vivre !* Agnès était contre l'avortement et elle priait pour tous ces bébés massacrés. Mais elle haïssait ces photos. Elle imaginait la personne qui avait osé, appareil en bandoulière, fouiller dans une poubelle, manipuler l'embryon et prendre plusieurs clichés, espérant le bon, celui que l'on tirerait à des milliers d'exemplaires.

Le 26 novembre 1974, Simone Veil présentait son projet de loi à l'Assemblée nationale. Agnès écouta cette femme avec qui elle n'était pas d'accord, et qui parla une heure, debout, face à des centaines et des centaines d'hommes dont la plupart la haïssaient. Elle enviait son assurance, cette impression qu'elle donnait d'être à sa place. De temps à autre son esprit s'échappait, elle pensait à Sabine qui devait l'appeler dans la soirée, depuis l'appartement du vieux monsieur chez qui elle logeait. Puis elle écoutait de nouveau la ministre infatigable et correcte. Combien de temps lui avait-il fallu pour écrire un si long discours ? Agnès n'avait pas cru Sabine quand elle lui avait dit qu'elle allait vivre à Paris, chez Robert Cousin, un chirurgien à la retraite. Elle n'avait pas compris le sens de la phrase. Sa fille allait vivre avec un chirurgien ? Simone Veil parlait de femmes qui partaient en charter se faire avorter à l'étranger, elle parlait de drame, de honte et de solitude avec une voix égale, et son calme semblait un bouclier posé entre elle et les députés aux aguets. Est-ce qu'une femme, pour se faire entendre, devait porter cette impassibilité-là ? Est-ce qu'une femme devait surtout ne pas crier ? Sabine avait expliqué que Gérald, le fils du chirurgien, ne demandait rien d'autre qu'une présence la nuit auprès de son père, et il suffisait qu'elle rentre dormir chaque soir chez lui pour qu'on lui offre l'hospitalité. Cela avait rassuré Bruno, comme si un vieux monsieur était le gage d'une vie ordonnée, et les nuits chez lui, celui d'une absence de sexualité. On aurait dit qu'il oubliait que sa fille voulait devenir actrice, que c'était ça le plus grave. Mais peut-être n'y croyait-il pas. Et il attendait son retour. Agnès savait qu'on ne quitte pas ses parents pour revenir. Simone Veil parlait toujours, Agnès ne comprenait pas son combat mais l'écouter était comme être convié au respect : « Ce qui importe, c'est de modifier l'image que se font les Français du nombre idéal d'enfants par couple. » Le nombre idéal d'enfants… Elle se souvenait de De Gaulle exhortant les Françaises à faire douze millions de beaux bébés. C'était juste après la guerre et il s'agissait de remplacer les cercueils par des berceaux bien remplis, le cycle des mises au monde en réparation des mises à mort. Le nombre idéal d'enfants… Elle éteignit le poste. Quelque chose en elle venait de se réveiller, qu'elle n'avait plus ressenti depuis son adolescence. Une envie de vivre si violente qu'elle en avait mal au cœur.

Elle n'en dormait plus. Elle mit des jours à oser en parler à Laurence. Et plus longtemps encore à Bruno.

Elle savait qu'il ne comprendrait pas, qu'il penserait à une blague ou une lubie, auxquelles il répondrait d'une façon attentionnée mais sans appel. Elle avait anticipé différentes réactions de son mari. Mais pas sa peur. Elle ne l'aimait donc plus ? Elle n'aimait ni ses enfants ni son foyer ni tout ce qu'il lui offrait, tout ce pour quoi il se battait avec ardeur, et fierté aussi, oui, qu'allait-il faire de sa fierté ? Qu'est-ce qui lui donnerait envie le matin de se lever ?

— Mais… je viens de te le dire… Mariette. Il faudra bien que tu sois là pour elle le matin…

— Tu es sérieuse ? Tu veux me transformer en femmelette ? Déjà que je fais un métier de fille, hein ? C'est bien ce que dit ton cher beau-frère ?

— C'est aussi le tien.

— Tu sais quoi ? Je ne veux même plus en parler. Sujet clos. Terminé.

De fait il n'en parla plus. Ni de cela ni d'autre chose, et le départ de Sabine fut suivi d'un silence qui était le dernier partage. Les repas étaient écourtés. Les soirées devant la télévision, disparues. Les parents ne se touchaient plus, plus de gestes tendres, d'apartés ni de connivence. Ils semblaient vivre en permanence les yeux baissés. Hélène lisait des histoires à Mariette le soir pour qu'elle s'endorme, elle retrouvait avec elle cette complicité quand elles s'allongeaient ensemble dans le jardin de la bastide et s'endormaient sous des arbres pleins de vent. La petite récitait ses prières avec moins d'ostentation et plus de sincérité. Elle avait des dialogues secrets, des questions dont elle se délestait et d'autres qui surgissaient et troublaient la simplicité de sa vie. Quand Hélène partait pour Neuilly, elle vivait une solitude qui, elle le savait, serait bientôt son quotidien. Les grandes sœurs s'en vont. Les petites demeurent avec leurs parents, et elles comprennent bien avant les autres ce que *perdre* veut dire.

Une nuit, la dispute entre Agnès et Bruno éclata. Les deux sœurs debout dans leurs chemises de nuit écoutèrent leurs parents se dire les mots de ceux qui croyaient avoir vécu heureux et s'affrontent soudain avec la rancune des êtres trahis. Leurs voix tremblaient comme deux instruments guerriers en sourdine. Hélène eut du mal à comprendre ce qu'ils se disaient, puis elle eut du mal à y croire. Mariette pleurait et elle la recoucha, lui demanda de respirer calmement pour éviter la crise d'asthme.

— Maman s'en va ?

— Non, maman ne s'en va pas.

— Tu dis les choses en vrai ?

— Oui. Elle va juste passer un concours à Paris, et après vite elle revient.

— Je le déteste.

— Qui ça ?

— Paris.

Ni son mari ni ses filles ne comprirent comment l'idée de devenir factrice, dont le concours s'ouvrait aux femmes, avait pu venir à Agnès. Elle-même n'arrivait pas à le leur expliquer mais elle savait une chose : ça ne pouvait plus continuer comme ça. Ce métier était modeste et mal considéré, mais c'est pourtant celui qu'elle voulait faire. Elle rit lorsque Bruno lui dit qu'il y a dix ans il aurait fait jouer ses droits de mari et le lui aurait interdit, et elle enfonça le clou : elle allait ouvrir un compte en banque à son nom. Il se sentit aussi minable que son père. À Laurence elle dit simplement, J'ai besoin de voir des gens. Et puis elle lui avoua comment ce désir était né en écoutant Simone Veil parler à l'Assemblée nationale, c'était comique peut-être, mais c'était vrai.

— Je regardais Simone Veil, je n'étais pas d'accord avec elle bien sûr, parfois même je m'ennuyais drôlement, et puis peut-être parce que je m'ennuyais, que j'étais dans un état second, enfin je sais pas… ses mots m'ont donné un coup au cœur. C'est bizarre, hein ? La première fois qu'on s'est rencontrées, au marché, tu m'as demandé si je voulais un garçon. Je t'ai dit non. Tu te souviens ? Mais ce petit garçon, je l'ai déjà. J'étais jeune mariée et j'étais enceinte de sept mois quand j'ai vu du sang dans ma culotte. C'était mon premier enfant, j'étais seule, Bruno n'était pas là. Je suis allée à l'hôpital. La toubib s'est moquée de moi, elle a dit à ses étudiants, Les bonnes femmes elles s'inquiètent toujours pour rien, il faut que vous le sachiez. J'ai eu honte et je lui ai obéi, je suis rentrée chez moi. J'ai eu mal toute la nuit, comme quand on a ses règles, je n'osais plus me plaindre, être inquiète comme une bonne femme. Je ne savais pas que c'était des contractions. Le matin mes draps étaient couverts de sang. Je suis retournée à l'hôpital. On m'a dit que le placenta était infecté. Bruno m'a rejointe, les docteurs lui ont demandé s'il choisissait de sauver la mère ou l'enfant. Selon notre religion il aurait dû choisir l'enfant, mais il a dit, La mère. On m'a fait des piqûres pour que j'accouche et j'ai accouché. C'était un garçon. Il a vécu quelques minutes. On ne me l'a pas montré. Et il n'a pas crié. Je ne l'ai ni vu ni entendu. Bruno… Bruno l'a tenu dans ses bras… Et puis les médecins l'ont emporté et je ne sais pas ce qu'ils en ont fait. Je crois qu'ils l'ont brûlé, je crois que c'est comme ça que ça se passe… Dans notre livret de famille, on a inscrit notre premier enfant dans la partie « Décès ». De cela, je n'ai jamais parlé à personne. J'ai tellement envie de sortir, Laurence, j'ai tellement envie de gagner ma vie…

Au lycée Cézanne, Hélène rencontra Éléonore, une de ces matheuses des classes sup que l'on s'étonnait de trouver jolies et surtout de ne pas en profiter. Il se murmurait qu'elle était lesbienne, on disait « gouine » comme une injure, mais Hélène entendait « queen » et la trouvait aussi singulière que fascinante. Éléonore distribuait à la sortie du lycée d'affreux tracts contre la vivisection, avec des photos qui effrayaient tant qu'on s'en détournait, ou que l'on comprenait mal si on avait le courage de les regarder. Chiens dépecés, macaques scalpés et trépanés, oiseaux assoiffés, chats écartelés, souris au ventre fendu, aux yeux crevés... Les cadavres ensanglantés étaient moins insoutenables que les regards des vivants prostrés qui portaient sur leur crâne ouvert d'étranges machines à vis, des aiguilles sur des membres en croix ou d'énormes tumeurs sous la gorge et les aisselles, les forçant à se tenir debout, sur les pattes arrière. Leur résignation était bouleversante. Ils semblaient tous demander : Pourquoi ?

— La vivisection est une torture légale ! La vivisection est un crime ! Signez la pétition !

Devant les grilles du lycée, beaucoup d'élèves regardaient Éléonore puis l'évitaient, elle continuait sur le même ton, avec la même conviction, sourde aux remarques qui fusaient sur sa beauté et le fait qu'elle ferait mieux de leur proposer autre chose si elle voulait qu'on s'approche. Et la première fois, Hélène fit comme les autres, un petit détour. Pour l'éviter. Mais quand elle l'apercevait dans les couloirs ou dans la cour, elle avait envie de lui parler et ne savait comment s'y prendre. Elle n'allait tout de même pas pour l'aborder lui demander un tract ou une pétition à signer, comme on demande une cigarette. Et puis il y avait tous ces sous-entendus sur son homosexualité, elle ne voulait pas avoir l'air de draguer cette fille, cette étrange chimère qui portait sa propre beauté alliée à la laideur de la vivisection.

— T'es pas un peu con ? lui avait demandé Sabine au téléphone. Qu'est-ce que ça peut te faire ce qu'on va penser de toi à Cézanne ? Tout le monde s'en fout de toi, tu le sais, ça ? Tout le monde s'en fout de ce que fait Untel et Untel, on fait des commérages, oui, mais la seule chose qui fonctionne vraiment au lycée, c'est l'indifférence.

Alors Hélène osa aborder Éléonore, brisant pour cela le cercle des matheux agglutinés sous le préau un jour de pluie serrée qui résonnait et faisait monter l'odeur du bitume de la cour, une odeur doucement écœurante. Elle dit simplement, Bonjour, et Éléonore lui donna aussitôt une pétition à signer ainsi que la photo d'un mammifère mutilé flottant dans un liquide visqueux et que plus rien ne permettait d'identifier, puis elle lui demanda si elle voulait adhérer à la Ligue française contre la vivisection, ou bien les soutenir financièrement, ou est-ce qu'elle préférait assister d'abord à une de leurs réunions ? Hélène allait poliment lui répondre oui, puis elle pensa à ce que lui aurait dit Sabine : qu'est-ce qu'elle en avait à foutre de ce que l'on allait penser d'elle ? Elle signa la pétition sans la lire et dit qu'elle ne voulait pas les soutenir, elle voulait juste savoir si les animaux souffraient. Éléonore la regarda avec étonnement et nota son adresse au dos de la photo sanglante.

— Viens chez moi à dix-huit heures ce soir, on parlera.

Et sans attendre la réponse d'Hélène, elle se tourna de nouveau vers le groupe de matheux. Hélène rangea la photo dans son sac avec un léger écœurement, comme si l'animal inidentifiable pouvait saigner ou se vider sur ses classeurs.

Éléonore vivait dans un minuscule studio envahi de livres, polycopiés, photocopies, cahiers et carnets en tout genre, la pièce ressemblait au coin désordonné d'une bibliothèque universitaire, un lieu sans poésie. C'était une fille concrète, une élève de Maths spé accablée de révisions et d'examens, elle n'avait pas de temps à perdre et ce soir-là elle n'y alla pas par quatre chemins :

— Alors c'est très simple : les mammifères et les oiseaux possèdent un système nerveux très semblable au nôtre. Le cortex cérébral humain est plus développé que le leur, certes, mais il s'agit d'une partie du cerveau concernée par les fonctions de pensée plutôt que par les émotions et les sensations, qui, elles, tout comme les pulsions, siègent dans le diencéphale, et le diencéphale chez les mammifères et les oiseaux est très développé. Donc : pourquoi leur douleur serait-elle moins importante que la nôtre ?

— Je… je ne sais pas.

— Ce n'était pas une question.

— Ah…

— Quand un animal souffre, il l'exprime aussi bien que nous : contorsions, gémissements, grimaces, cris, transpiration, augmentation de la fréquence cardiaque, chute de la pression sanguine. Il ressent comme nous la peur et la terreur aiguë, car comme nous il a mal et il a peur de mourir. Mais il ressent aussi le plaisir et le bien-être. Or… ! Or… !

— Oui… ?

— Nos parents ont eu très faim pendant la guerre et depuis, comme tu as dû le remarquer, ils sont obsédés par l'idée de manger de la viande, le plus de viande possible.

Hélène pensa aux chèques de David, aux fameuses protéines qu'ils permettaient de s'offrir chez le boucher.

— Aujourd'hui on produit des animaux à consommer sur des chaînes de montage. D'ailleurs, c'est en regardant le système de l'élevage industriel que Ford a eu l'idée des chaînes pour ses voitures, tu me suis ? Avec leur technique, les Américains nous ont aussi vendu tout l'attirail, herbicides, pesticides et engrais compris. Car dans toute cette affaire, la seule chose qui compte, c'est la rentabilité. Tu n'as pas regardé le tract que je t'ai donné ce matin, je me trompe ? Tu veux savoir, oui, mais pas trop quand même, hein ? *Piano piano*… Eh bien si tu avais lu ce tract tu aurais appris que les tests médicaux pratiqués sur les animaux ne sont pas un bon indicateur de ce qui se passe chez les humains. C'est même parfois l'inverse. Alors plutôt que de les aveugler, les électrocuter, les éventrer, les priver d'oxygène, les droguer, les alcooliser, les noyer, sectionner leurs glandes, leurs organes, pourquoi ne pas faire tout simplement des expérimentations à base de cultures de cellules, de tissus ou d'organes ? La biologie cellulaire est là pour ça, tu ne crois pas ?

Hélène était prise entre l'envie de lui demander de se taire et le désir de se montrer courageuse. Cette fille était excessive, mieux valait ne rien lui objecter, ne rien dire qui pourrait alimenter sa véhémence.

— De quel droit avons-nous décidé que nous pouvions dominer les animaux et les soumettre ? Pourquoi sommes-nous les dominants et eux les dominés ? Parce que nous n'appartenons pas à la même espèce ?

Devant le silence embarrassé d'Hélène, son air à la fois sceptique et désolé, elle changea de pédagogie :

— Je couche avec des femmes. Ça te dérange ?

— Non…

— Tu n'as pas de préjugés concernant ma sexualité ? Il n'y a donc aucune raison d'en avoir au sujet des animaux. Pourquoi libérer la femme, l'homosexuel ou le Noir, mais pas l'animal ? Nous devons préserver les intérêts de tous. Tu me suis toujours ?

On sonna à la porte et le studio était si petit qu'Éléonore n'eut qu'à tendre le bras pour ouvrir. Une fille était sur le seuil, chargée de paquets. Éléonore l'embrassa sur la bouche puis la débarrassa de ses courses. C'était la première fois qu'Hélène voyait une fille en embrasser une autre et elle fut surprise du naturel de la chose. Il lui semblait de manière confuse que cela aurait dû être un peu plus compliqué. Mais elle ne savait pas en quoi. Elle était soulagée que quelqu'un soit venu interrompre la logorrhée d'Éléonore.

— Je te présente Hélène. C'est bien Hélène ?

— Oui.

— Hélène, je te présente Sylvie.

Sylvie lui sourit et s'éclipsa très vite après avoir de nouveau embrassé Éléonore. Hélène avait détourné le regard.

— Je bosse tellement, je n'ai même plus le temps de faire mes courses. Tu fumes ?

Hélène fit non. Éléonore alluma une cigarette, renversa la tête en arrière, ferma les yeux, elle se posait enfin.

— Est-ce que tu vois le livre de Peter Singer, là, dans la bibliothèque, étagère du bas à droite ?

Hélène cherchait le livre avec l'angoisse de celle qui passe un test. Elle avait peur de ne pas le trouver, de paraître décidément très empruntée, elle était comme sur le bateau de David, gourde, bécasse, Bécassine. Enfin elle trouva le livre : *La Libération animale.*

— Lis déjà les premiers chapitres, et reviens dans quinze jours. Même heure.

Éléonore aspira de nouveau une longue bouffée et les yeux toujours fermés elle lui dit qu'elle pouvait claquer la porte en partant.

Hélène était sortie de chez Éléonore avec la sensation d'avoir vu un autre monde, une autre façon de parler, de vivre et de penser, et elle était troublée que cet autre monde soit aussi réel que celui de ses parents, qu'Éléonore n'ait pas moins d'importance qu'eux sur cette terre. Elle crut qu'elle lirait très vite les premiers chapitres du livre de Peter Singer, avec la détermination appliquée de celle qui apprend. Mais elle lut et elle regretta son innocence. Que pouvait-elle faire de cette lecture insoutenable ? Elle hésita entre déposer le livre sur le paillasson d'Éléonore ou l'éviter si elle la croisait au lycée, lui faire croire qu'elle ne l'avait pas lu, pour ne pas avoir à en parler, mais elle se rendit au rendez-vous, quinze jours après sa première visite, et sans préambule elle lui dit qu'elle ne savait pas comment se débrouiller avec ce livre-là. Finalement, à quoi servait de savoir ?

— Savoir sert à savoir, c'est tout. Savoir où on est.

Le calme d'Éléonore, comme si elle n'était pas surprise, comme si elle avait programmé tout cela, heurta Hélène :

— Savoir où on est ? Je suis chez moi, planquée au fond de mon lit, et je pleure de rage. Voilà où je suis.

— C'est faux. Tu es sortie de ta chambre puisque tu es ici.

— Mais à quoi ça me sert de savoir que ce fou de professeur Harlow a élevé des singes pour en faire des psychopathes ? Hein ? Je ne peux rien faire contre ça !

Et comme Éléonore se taisait, elle fut forcée d'argumenter, et sa colère montait, pareille à une envie de vomir :

— Je n'ai pas ouvert les portes des chambres en acier dans lesquelles il avait isolé ces singes depuis leur naissance et je ne le ferai jamais, *parce que je n'y suis pas.* OK, je suis peut-être ici, mais surtout, je suis dans mes cauchemars, Éléonore, et chaque soir j'ai la trouille de m'endormir. L'expérience de ces singes rendus psychopathes, je l'ai lue une fois et imaginée des dizaines de fois ! Ces mères singes robots fabriquées pour rendre fous ces bébés, leurs petites dents qui claquent quand elles les jettent au sol, et eux ils… eux… Oh mon Dieu !

— Eux ils y retournent toujours, dans les bras de celles qui vont les lacérer avec leurs pointes en acier, et ils finiront tous en lambeaux. Tu as raison, Hélène, la vraie question est, À quoi ça sert ? À rien. Comme n'a servi à rien la suite des expériences, ces vraies mères singes programmées pour déchiqueter leur progéniture. Tout cela n'a ni sens ni utilité.

Elles se turent. Il y avait soudain, dans le studio en désordre et sans poésie, un accord, une entente sincère. Hélène dit tout bas :

— Mon chien est mort de chagrin.

Et elle s'étonna de cette confidence, du besoin qu'elle avait de parler de lui à cette fille qu'elle connaissait à peine, qui n'était plus seulement une militante trop brusque, mais une fille de sa génération, de son lycée, quelqu'un de proche. Elle ajouta :

— Je sais que les animaux souffrent. J'étais venue te voir pour que tu me parles de leurs capacités à endurer, de leurs défenses, de leur cerveau… toutes ces choses que tu dois savoir. Je n'avais pas besoin de lire ces histoires de chiens chauffés jusqu'à ce qu'ils meurent, de chiens à qui on a arraché les cordes vocales… Je n'avais pas besoin d'en savoir autant. D'aller jusqu'à l'écœurement et la mauvaise conscience. Alors que je n'y suis pour rien.

Éléonore prit une cigarette dont elle ôta le filtre, sortit une feuille à rouler. Ses gestes étaient lents et posés. Elle dit avec une gentillesse surprenante :

— Alors il ne fallait pas lire autant. Pas lire du tout. C'est simple. Oublie et passe à autre chose. Je me fais un pétard, tu en veux ? Tu vas tirer une ou deux taffes ça ira mieux après.

— Non, ça n'ira pas mieux après.

— Ça ira mieux maintenant. Et maintenant c'est important.

Ce soir-là, Hélène avait fumé son premier joint et elle était rentrée chez elle épuisée et très en retard, avec une résolution qu'elle allait tenir : puisqu'il fallait bien être quelque part, elle serait là où sont les animaux.

III

UN CORTÈGE DE SILENCES

La peur avait saisi le théâtre et pris les spectateurs dans une angoisse à laquelle ils ne s'attendaient pas. Ils étaient venus voir le spectacle dont tout le monde parlait et que quelques privilégiés avaient vu en Pologne ou à Nancy et ils étaient alertés, intellectuellement. Ils ignoraient qu'il ne s'agissait pas de cela. Ils ignoraient que ce serait primitif, répétitif, et qu'il n'y aurait rien à penser. Des petits vieillards gris et silencieux étaient entrés en scène. Costumes noirs et chemises blanches, hommes, femmes, ils marchaient dans une salle de classe, en se suivant. Ils tournaient en rond. Ils s'asseyaient sur des bancs d'écoliers, gris comme eux, vieux comme eux, devant des livres poussiéreux et fermés. L'auteur sur scène les accompagnait de sa présence. Il était grand, penché vers leur cortège, les yeux excavés, les mains, comme celles des chefs d'orchestre, silencieuses et virevoltantes, épuisées aussi. Parfois les vieux élèves essayaient de parler, de répondre à une question du maître. Ils se hissaient péniblement pour lever le doigt et prendre la parole, mais leurs voix étaient brouillées et leur langage incompréhensible. Ils parlaient une langue perdue. Alors ça recommençait. Ils se levaient et marchaient les uns derrière les autres, accablés et avilis. Des musiques anciennes, valse triste, marche militaire, accompagnaient ces chiffonniers, clowns éteints, petits soldats, vieillard au vélo miniature, prostituée somnambule… Ça n'en finissait pas. Chaos. Fatigue. Obéissance. Et si cette parade soumise hypnotisait les spectateurs, c'est que chacun de ces vieillards portait sur lui une poupée de cire. Et ce pantin serré contre le cœur, hissé sur les épaules, qui se balançait au rythme de leurs mouvements, n'était autre qu'eux-mêmes. C'est sa propre enfance que chacun tenait contre soi, son enfance assassinée. Il flottait dans le théâtre une angoisse que l'on aurait pu toucher, et la peur avait l'amplitude de la terreur. Les vieux personnages et leur enfance assassinée se heurtaient, se cachaient derrière des vitres trop petites, agitaient des berceaux muets, parlaient un dialecte fou, tout semblait à la fois ordonné et disloqué. Étaient-ils morts ? Étaient-ils vivants ? Il ne s'agissait pas d'une mémoire fragile, mais d'un futur inévitable. La mort et rien d'autre. La pièce dura, longtemps. Une hantise. Un long malaise révolutionnaire.

Assise au huitième rang, Sabine recevait en plein cœur l'accusation : chacun de nous est coupable d'avoir assassiné son enfance. Et sur scène, le décor n'était plus une classe, c'était une chambre, et cette chambre c'était la sienne, celle de La Petite Chartreuse. Elle reconnaissait le pays de sa jeunesse, ses nuits d'insomnie à s'imaginer ailleurs, et y être. Les ombres de son enfance se superposaient aux âmes errantes des personnages, elle savait qu'elle avait laissé son enfance sur le seuil de la porte et que celle-ci ne s'ouvrirait plus.

Tout au long du spectacle, cet émerveillement terrorisé, elle avait senti la présence du garçon assis à ses côtés, ce qui émanait de lui, et elle avait respiré parfois au rythme de ses émotions. C'était un partage invisible et ardent. Le spectacle terminé, personne n'avait applaudi. Il y avait eu un long temps avant que le public ose briser ce qui venait d'avoir lieu. Puis les applaudissements, une fois déclenchés, avaient été un flot d'énergie, et tous s'étaient levés pour acclamer, les bravos et les sifflets disaient une gratitude bouleversée. Sabine avait vu le visage du garçon à côté d'elle, il n'était pas celui qu'elle s'était imaginé, la beauté qu'elle avait fantasmée durant la pièce. Il était grand, le visage émacié et pâle, ses yeux bleus et bridés avaient une intelligence inquiète.

— C'était… c'était… incroyable, non ?

Il fit oui de la tête, gravement, sans amabilité.

— Vous l'aviez déjà vue ?

— Non. Et vous ?

— C'est la première fois.

Ils étaient sortis ensemble de Chaillot, avaient marché le long des quais, derrière eux la tour Eiffel, placide et enracinée, les protégeait. Ce mois d'octobre était exceptionnellement chaud, un temps de festival, de théâtre et de rencontres. Ils parlèrent de *La Classe morte*, de l'éblouissement face à ce spectacle venu de l'Est, ce théâtre caché dans les caves de Cracovie bombardée. Sabine était submergée de sentiments, la pièce, ce garçon, il lui semblait que sa vie explosait, et Paris était à elle ce soir-là, Paris la reconnaissait comme légitime. Le garçon s'appelait Mathieu, il était professeur d'anglais au lycée Jules-Ferry et il était venu voir la pièce de Kantor sur le conseil d'un copain. Au moment où ils entrèrent dans la station de métro Champs-Élysées, il lui donna son numéro de téléphone, il habitait Porte d'Orléans, elle rue Raymond-Losserand, ils étaient donc presque voisins, ce qui arrivait si rarement à Paris. Sabine lui donna le numéro de téléphone de Robert Cousin, bafouillant que pour l'instant elle vivait chez lui, mais que c'était provisoire. Ils prenaient chacun une ligne différente, et s'éloignèrent sans se retourner. Mais bien après qu'ils se furent quittés, Sabine sentait encore la présence de Mathieu, sentait qu'il pensait à elle, et que pour une fois quelque chose commençait. Elle se rappela son arrivée à Paris, trois ans plus tôt, seize heures de voyage en 2 CV sans emprunter aucune autoroute, le visage de Robert lorsqu'il lui avait ouvert à minuit passé, un visage usé, méfiant, qui disait le vieil homme seul, la proie facile. Elle était entrée dans l'appartement aux odeurs d'antimite et de rose, au bout d'un long couloir mal éclairé il y avait sa chambre. Elle n'avait pas eu l'impression de commencer une nouvelle vie, mais de perpétuer un enfermement. En ouvrant la fenêtre pour allumer une cigarette, elle avait reçu la moiteur lumineuse d'une ville ancrée dans l'histoire et démesurément ouverte, une ville qu'elle allait jouer à pile ou face. Elle avait l'application des élèves devant combler des lacunes et demeurait du matin au soir studieuse et consciencieuse. Elle feuilletait l'épais livre rouge *Paris par arrondissement, Répertoire des rues, Sens uniques, Métro, RER, bus, renseignements divers*, dans l'espoir que certains quartiers lui deviennent familiers. Elle donnait ses rendez-vous devant la fontaine des Saints-Innocents, dînait chez Chartier, achetait ses livres chez les bouquinistes des quais, commençant par le plus connu et le plus évident, pour creuser au fil du temps des repères plus subtils, des lieux où se reposer de tant d'opiniâtreté. Elle voulait avoir ses habitudes, ses bons plans, ses bonnes adresses, avec, déjà, quelques souvenirs. Elle n'avait pas imaginé le manque de sa famille, de cette vie fluide dans laquelle elle avait eu sa place et où tout était stable. Elle n'avait pas imaginé que cela serait difficile de décider de ses jours, de ses soirées, entièrement seule. Personne le matin pour lui demander si elle avait bien dormi, personne le soir pour lui demander comment s'était passée sa journée. L'inquiétude que ses parents se faisaient pour elle était globale, ils ne visualisaient pas où elle vivait, de quel appartement ou de quelle rue elle leur téléphonait, son paysage ne se partageait pas, et elle se rendit compte que les années qui lui avaient paru interminables n'étaient rien. L'enfance si lente était terminée, point final. Il n'y avait aucun recours possible.

Pour subvenir à ses besoins, elle avait été caissière chez Félix Potin, vendeuse chez Tati, elle faisait maintenant des ménages, douze heures par semaine, chez des gens qu'elle ne voyait jamais mais dont elle connaissait tant de choses, rangeant après eux, nettoyant leurs salles de bains et leurs WC. C'était un travail indécent, qui renforçait sa méfiance envers ceux qu'elle nommait indistinctement « les riches ».

Elle avait dompté son caractère solitaire et s'était forcée à parler aux commerçants, aux voisins, à s'adresser à des inconnus au cinéma, à la terrasse d'un café, cherchant à attraper le premier fil qui viendrait, la première main tendue. Elle avait flirté avec des garçons qui ne lui plaisaient pas vraiment, dans le seul but d'inscrire dans Paris une aventure, un visage, un prénom vite oublié. Elle avait eu des copines remplaçables, gentilles et la plupart du temps provinciales comme elle, qui semblaient être venues à Paris sans curiosité, et se contentaient de peu. La vie dont elle avait toujours rêvé semblait inaccessible, comme si ses projets n'avaient été que des fantasmes. Elle s'était demandé s'il était possible de perdre ce que l'on avait au plus profond de soi, les rêves, les lubies, la force, s'il était possible qu'elle se soit trompée. Mais après avoir erré dans des cours de théâtre dont la réputation était le seul talent, après avoir hésité entre revenir souvent à Aix ou s'habituer à l'autonomie, après avoir admis que Robert n'était pas son geôlier mais un hôte charmant, après avoir osé se perdre dans les rues, après avoir flâné, musardé, après avoir de nouveau rêvé, Paris s'était uni à elle. Et ce soir-là, le soir de *La Classe morte*, elle avait partagé l'émotion d'une salle entière et marché dans les rues, en duo, simplement et en bavardant. Elle était enfin arrivée.

Elle suivait les cours de théâtre de Jean-Laurent Cochet. Elle abordait enfin les grands textes, et la technique qu'il faut pour les dire, et dire c'était comprendre. Plus importants que l'émotion il y avait la respiration, le rythme de l'articulation, la tenue qu'exigeaient les alexandrins, et Cochet, que les élèves appelaient Maître, était un formidable enseignant. Mais dur. Cinglant. Partial. Et misogyne. Pas question pour une fille de porter des pantalons. D'être surprise en train de fumer. Pas question d'aimer un autre théâtre que le sien, une autre façon de le faire. Il se moquait souvent de Jean-Louis Barrault, à qui il ne pardonnait pas d'avoir ouvert le théâtre de l'Odéon aux étudiants de 68 qui revendiquaient de devenir tous Jean-Paul Belmondo. Il ne comprenait pas qu'il les ait laissés occuper ce temple appartenant à la nation, cette désacralisation. Il était intarissable sur Arletty, Garbo et Cocteau qu'il avait connus et tant aimés, sur Gérard Depardieu qui avait rencontré sa femme Élisabeth dans son cours et qui était sa plus bouleversante rencontre, comme si ce voyou magnifique était à la fois son contraire et son double, lui, né avant-guerre, ancien de la Comédie-Française, un homme blessé derrière le bourgeois aux allures de notaire, un moraliste aimant les garçons. Son enseignement était nécessaire et brillant, mais le temps était venu de s'en affranchir. Depuis le spectacle de Kantor, Sabine le savait, la classe du Maître était morte. Elle n'avait pas revu Mathieu depuis ce spectacle, une semaine auparavant, ils s'étaient parlé une fois au téléphone, c'était un lien naissant qui la fortifiait, et elle fit avec Jean-Laurent Cochet ce qu'elle n'avait pas osé avec ses parents : elle fit une sortie. Devant tous les copains, élèves studieux qui vivaient la moindre remarque du Maître comme une sanction ou une élévation, élèves portés au pinacle ou condamnés avec une cruauté drôle et rapide, tous attendaient d'être désignés pour passer une scène. Sabine voulait affronter Cochet devant eux, et que tous s'en souviennent. Ce fut très simple. Peut-être trop. Avant le cours elle avait allumé une gauloise blonde qu'elle avait fumée sur le trottoir, et bien sûr elle était en pantalon. Quand le Maître était arrivé, sa petite chienne dans les bras, il n'avait vu qu'elle. Il l'aimait suffisamment pour comprendre au regard qu'elle lui avait lancé qu'il était directement visé. Il n'avait rien dit, il était entré dans la salle de cours où tous l'avaient suivi pour s'asseoir en silence. Puis il avait parlé fort, de sa voix de tête, aiguë et lasse :

— Malivieri, tu peux rentrer chez toi. Allez ouste ! Rentre dans ta province !

Sabine s'était levée. Certains élèves qui l'avaient vue fumer, en pantalon, s'attendaient à une sanction, mais pas à un renvoi. Personne n'osait réagir. La salle s'était chargée d'une émotion un peu lâche. Sabine tentait des gestes sûrs : ramasser son sac, passer entre les travées, se montrer déterminée.

— Dépêche-toi, nous on doit travailler ! Allez ouste ! Rentre chez toi !

À la porte, rassemblant ses forces et se souvenant de son but, elle s'était retournée pour crier :

— Votre théâtre est mort ! Vous ne serez jamais Chéreau, Mnouchkine, Brook, vous ne serez jamais Vitez…

Sur un signe du Maître deux garçons s'étaient levés pour la sortir *manu militari*. Elle ne pouvait rêver mieux.

— Tadeusz Kantor vous a tué, vous n'êtes plus rien ! Rien qu'un petit-bourgeois radotant du Sacha Guitry !

Les deux garçons l'avaient jetée sur le trottoir et la porte avait claqué. On entendait la petite chienne aboyer faiblement.

Sabine était projetée dans le matin clair du mois d'octobre, une luminosité qui donnait au jour l'éclat d'une invitation, tout était assez vaste pour l'accueillir.

Quelques mois plus tôt, le jeudi 10 mars 1977, à la sortie du collège des Prêcheurs, Mariette avait pris le tract qu'on lui avait distribué, l'avait fourré dans sa poche sans le lire et était rentrée chez elle avec son père qui sortait à la même heure de l'école Sainte-Catherine toute proche. Ses sœurs vivant à Paris, Sabine chez le vieux chirurgien et Hélène depuis l'an passé chez les Tavel, elle était devenue une fille unique, couvée avec inquiétude et suspicion : partirait-elle, elle aussi ? Y avait-il une malédiction qui faisait que les trois sœurs abandonneraient Aix et leurs parents pour vivre à Paris ? Qu'est-ce qui leur manquait ici ? De quels dangers avaient-elles donc besoin ? Bruno avait inventé pour elles ce qu'il n'avait jamais connu, une enfance aimée et protégée, et il avait pensé que cela suffirait. Il s'était trompé. Aujourd'hui il était avec Mariette comme un homme cafardeux qui se force à être gai, un père inquiet qui accorde des libertés dont il se sent coupable, comme si, évitant ses responsabilités, il poussait doucement la petite au bord du précipice. Mais Mariette ne demandait pas grand-chose, c'était une enfant sage et douée, qui avait sauté une classe en primaire et se retrouvait en sixième la plus petite, sa place habituelle. Son corps menu s'accordait à cela, elle mesurait à peine un mètre trente et on s'était mis à la surnommer *la souris*. Son visage était le plus souvent baissé, ses grands yeux marron regardaient par en dessous, elle ne dissimulait rien, elle observait.

Le tract qu'elle n'avait pas lu appelait les élèves à *manquer l'école pour apporter leur soutien aux inculpées du MLAC*, le Mouvement pour la libération de l'avortement et de la contraception, et lorsqu'elle arriva le jeudi suivant, à neuf heures, aux abords du collège, qui jouxtait l'église de la Madeleine et le palais de justice, elle eut l'impression brutale d'arriver dans un endroit inconnu. Depuis les rues alentour, devant le collège et au lieu des étals du marché, sur la place du palais, il y avait des cars de CRS pour contenir une foule innombrable. Deux mille personnes. Sous une banderole *La justice est foutue les sorcières sont dans la rue*, des femmes, jeunes pour la plupart, et quelques hommes chantaient inlassablement les mêmes paroles : *Laissez-nous vivre, mais ne nous laissons pas aller, laissez-nous vivre, mais ne nous laissons pas piéger.* Une autre ville avait surgi dans la ville, comme si Mariette avait voyagé sans s'en rendre compte et se réveillait ailleurs. Elle était si captivée par cette foule qu'elle ne songea pas à manquer les cours, son cartable sur le dos, elle fut simplement emportée par ce mouvement, cette vie qui grouillait, rassemblée et chaude comme l'intérieur d'un être. Elle comprit que ces milliers de femmes venaient de partout, Marseille, Grenoble, Toulon, Lille… et Paris. Alors, elle se mit à chercher ses sœurs. Sabine devait être là, parmi ces filles joyeuses et révoltées. Et Hélène devait être là aussi, parce qu'elle lui manquait tant. Alors elle interrogea des femmes, l'une après l'autre, autant qu'elle le pouvait : est-ce qu'elles venaient de Paris ? Et si par bonheur l'une d'elles répondait oui, elle donnait les noms de Sabine et d'Hélène d'une voix tremblante qu'on entendait mal. Elle s'en voulait de sa panique, ses sœurs revenaient régulièrement à la maison, il n'y avait aucune raison d'être fébrile comme si elle les avait perdues à l'instant dans la foule. Mais la possibilité de leur présence ici la mettait dans un état de joie proche de la confusion. *Paris*, c'était elles, alors si *Paris* était ici, elles aussi. Son cartable heurtait les manifestants, on le lui faisait gentiment remarquer, mais elle le gardait sur le dos, malgré son poids, les livres qui lui brisaient les épaules et les reins. Elle voulait appeler ses sœurs mais sentait bien qu'elle n'y arriverait pas, que crier leurs noms la briserait d'émotion et ne servirait à rien, le tumulte autour d'elle ne permettait aucune voix isolée. Elle était proche du passage Agard, d'où arrivaient inlassablement des groupes de femmes décidées, bras dessus bras dessous comme face à des barricades. Elle les évita maladroitement, reçut un coude dans le visage, en ressentit une douleur humiliante : elle était dispensable et sans intérêt. Elle monta sur un plot en béton pour y voir mieux, mais bascula en arrière, une fille qui chantait avec un groupe à la guitare la rattrapa par son cartable.

— Hé ! Reste avec nous, baby !

— Je cherche mes sœurs.

— On est toutes sœurs, non ? À quoi elles ressemblent les tiennes ?

— Elles viennent de Paris.

Sans entendre cette réponse ingénue, la fille avait rejoint les musiciens. Mariette écouta un groupe débattre et elle comprit qu'il s'agissait encore de la loi Veil. Depuis deux ans, elle n'entendait parler que de ça. À la télévision, à la radio, à la sortie de la messe, et à table, les adultes entre eux, qui inévitablement se disputaient ou s'accordaient à dire que « la mère Veil » (et Mariette entendait « la merveille ») ne valait pas mieux qu'Hitler et ses fours crématoires. Elle s'approcha d'un stand marqué *Accueil*, orné de deux drapeaux qu'elle reconnut, celui de la Provence et celui du Languedoc, et elle demanda aux femmes qui le tenaient si les filles qui étaient arrivées de Paris étaient toutes regroupées au même endroit, mais la foule venait d'entonner *L'Internationale* et les femmes levèrent le poing et chantèrent aussi. Le chant montait de toute la place, ceux qui étaient assis, ceux qui débattaient, tractaient, lançaient des slogans, tous chantaient maintenant d'une même voix, obstinée et lente. En regardant comme eux vers le palais de justice, Mariette reconnut des filles de son collège, des grandes de troisième. Elle aurait voulu les rejoindre mais elles étaient loin, certaines déjà sur les marches tentaient d'y entrer. Elle se tenait en équilibre sur la pointe des pieds, on lui marchait dessus, elle était à hauteur de dos, de ventres, bousculée sans cesse, elle essaya de se dégager en demandant pardon mais *L'Internationale* continuait avec toujours plus de force, et personne ne l'entendait ni ne la voyait. Elle éternua. Alors elle comprit qu'elle devait au plus vite s'extraire de la foule, mais la foule semblait n'être qu'une seule personne impossible à diviser, un géant aux membres soudés. Elle éternua encore. Il fallait vraiment qu'on la laisse passer. Mais elle était invisible, légère comme le pollen des platanes. Elle toussa une toux rauque et sèche et son cœur s'emballa, il fallait sortir *maintenant* de la grande vague ondulante. Elle mordit la main d'une fille qui sursauta et s'écarta en gueulant, elle en mordit une autre et là encore la fille eut un mouvement de recul, et puis encore une autre, entre deux quintes de toux, tant qu'elle le pouvait elle mordait les mains à la hauteur de sa bouche, des mains baguées, des mains sales, indifférentes, colorées de henné, tenant des tracts, des sacs, elle les mordait comme on coupe des fils, elle passait ainsi de morsure en morsure, et quand enfin elle fut hors de la foule, elle était à bout de souffle. D'un coup d'épaules elle dégagea le cartable de son dos, le laissa tomber au sol, l'ouvrit en tremblant, attrapa l'aérosol, inhala la Ventoline et s'assit sur le trottoir, le buste en avant, les yeux fermés, pour chercher l'apaisement. La foule applaudissait et sifflait maintenant, mais tout lui parvenait de loin, comme si elle avait été sous l'eau, des résonances confuses venues d'un monde où elle n'était pas. Un haut-parleur scandait *MLAC MLAC MLAC Solidarité !* et la foule reprenait, *MLAC MLAC MLAC Solidarité !* Ça vibrait dans l'air comme une malédiction furieuse. *MLAC MLAC MLAC !* Mariette entendait *CLAQUE CLAQUE CLAQUE !* et se forçait à ne penser qu'à son souffle, à lui donner un rythme souple, une respiration profonde, comme le lui avait appris Hélène, et cela venait, avec la fatigue. Elle respirait mieux, c'était chaud, étroit mais régulier, et elle ne toussait plus. Elle releva lentement le visage. Une femme s'était accroupie à sa hauteur.

— Mais qu'est-ce que tu fais là, la souris ?

Elle reconnut Laurence et tomba dans ses bras.

Couchée dans le grand lit de Rose, dans une pénombre de persiennes, Mariette ne dormait pas. Elle entendait la voix de Laurence et celle de son père, des voix proches qui se voulaient basses mais que la colère amplifiait. Elle regrettait de ne pas pouvoir tenir le vieux chat roux contre elle, ses allergies étaient des frustrations permanentes. Alors elle serrait une peluche qu'elle connaissait bien, celle d'un ours auquel Rose avait mis une cravate qui avait appartenu à son père. La peluche sentait le fruit oublié qui se dessèche doucement, et la chambre gardait cette odeur de patchouli, un peu gâtée. En fermant les yeux Mariette voyait Rose, Sabine et Hélène, elle entendait les confidences, les annonces, les voix affirmées de celles qui ignorent si leurs préoccupations sont signes de maturité ou de lacunes. Elle aimait se concentrer sur les détails, fermer les yeux et entrer dans un lieu du passé, la salle à manger de ses grands-parents, la cour de récréation de l'école maternelle, alors elle retrouvait des choses qu'elle pensait avoir oubliées et qui s'imposaient. C'était irréel et vrai. Plus simple qu'avec les visages. Quand elle convoquait ceux de ses sœurs, elle comprenait qu'elle s'en souvenait mal, peut-être parce qu'ils avaient changé si vite. Lorsqu'elles rentraient de Paris elles avaient un air différent, elles disaient petite mère en parlant à Agnès et demandaient, Ça va papa ? avec des intonations fortes, comme si leur père était devenu sourd. Ou soudain si vieux. Elles étaient maquillées, portaient des anneaux aux oreilles, et Sabine tapotait sa cigarette en demandant, Ça vous dérange pas si je fume ? et sans attendre la réponse elle allumait la cigarette en plissant les yeux. Mais si Mariette avait du mal à retrouver les détails de leurs visages, elle se souvenait de tout ce que ses sœurs lui avaient raconté et le notait dans un cahier appelé « Cahier des bonheurs », au milieu de mille petites choses qui lui avaient fait plaisir, le plus souvent par surprise. Ce soir elle écrirait sa joie quand elle avait retrouvé Laurence à la manifestation. Elle écrirait la douceur du lit défoncé de Rose et comme elle avait aimé tenir la cravate de l'ours dans sa main et la frotter contre ses doigts, et comme cela lui avait donné envie de sucer son pouce, et comme elle l'avait fait sans éprouver aucune honte. Elle n'écrirait pas ce qu'elle entendait dès qu'elle cessait de se concentrer sur ses pensées.

— Je ne veux plus qu'elle te voie, c'est simple, je ne veux plus jamais qu'elle te voie !

— Mais ce n'est pas à toi de décider, Bruno, ça

aussi c'est très simple. Agnès est mon amie, tu ne peux pas empêcher ça. Tu vis où ? À quelle époque ?

— Ça fait longtemps, j'imagine ?

— Quoi ?

— Que tu fais partie de ce mouvement ?

— Le MLAC existe depuis 73, ça fait deux ans que j'attends ce procès et je devais le suivre pour le journal, mais j'ai vu Mariette et je l'ai ramenée chez moi.

Elle avait sauvé sa fille, oui. Elle l'avait amenée chez elle et avait téléphoné à l'école Sainte-Catherine pour qu'on le prévienne. Agnès, elle, faisait sa tournée et était injoignable. C'était le monde à l'envers.

— Je te fais un café ?

— …

— Bon. Je te fais un café.

Il était tourmenté par la question qu'il se devait de lui poser. Si elle répondait oui, comme il le craignait, il prendrait des décisions radicales, il ne pouvait pas aller contre sa conscience. Il se souvenait de la première image qu'il avait eue d'elle le soir de l'accident : une *madone*. S'il avait su…

— Mais il y a la loi Veil, non ? Qu'est-ce qu'il vous faut de plus ?

— Il nous faut, et quand je dis « nous » je devrais dire « elles », les mineures, les étrangères, les pauvres, un avortement remboursé et effectué selon la méthode Karman que peuvent pratiquer des non-médecins…

— Tu l'as fait ! Tu l'as fait, j'en étais sûr !

Laurence le dégoûtait, il lui semblait qu'elle avait

sur les mains le sang et la peau de centaines de bébés aspirés par sonde et jetés à la poubelle, la fameuse méthode Karman ! Il aperçut Mariette, debout dans l'encadrement de la porte.

— Prépare-toi, on rentre à la maison.

— Je suis prête.

Et comme preuve de sa bonne foi elle se retourna lentement : son cartable était sur son dos. Il n'aurait jamais imaginé qu'un jour ils se quittent ainsi. Ils avaient été heureux ici, à l'ambassade. Mais maintenant, oui, la guerre était déclarée, et il demanderait à sa femme de choisir. Elle ou lui. Laurence embrassa Mariette en tenant le visage de la petite dans ses mains, un baiser tendre qui voulait dire « tu n'as rien à voir avec tout ça ». Elle ne les raccompagna pas à la grille, c'était la première fois. Le paysage tant aimé disparaissait, le tilleul aux branches basses, l'odeur tenace des cyprès, la terre fine qui jaillit sous les pas, les pierres aux lézards, Sabine et Hélène entourant leur mère, On dirait quatre sœurs ! On s'efface, pensa Mariette, et elle se retourna pour se souvenir mieux : le bleu écaillé des volets, la cloche rouillée sur le mur, sa longue corde fragile, les sabots devant la porte…

— Je suis un homme bon, tu sais.

Elle leva le visage vers son père. Il regardait droit devant lui avec une concentration bouleversée, et quand il ouvrit la grille, elle grinça, et ce bruit tant aimé devenait soudain mauvais.

Arrivée à l'appartement, elle alla directement se coucher, c'était inévitable après une crise. Bientôt, la porte d'entrée claqua. Elle n'avait pas la force de se lever et d'entendre ses parents se disputer. Elle était trop fatiguée pour se tenir encore une fois derrière la porte. Eux parlèrent bas dans la cuisine, avec lassitude, ils n'avaient pas envie de cette discussion qui venait, la dispute inévitable. Agnès avait des petits rires nerveux que Bruno prenait pour du dédain. Était-il un homme droit ou un homme pitoyable ? Et elle sa femme, éternellement fatiguée, aux horaires à l'inverse des siens, aux vacances courtes, au corps courbatu, qu'est-ce qu'elle voulait au juste ?

— Le problème, disait-elle en remuant inlassablement le sucre dans sa tasse, c'est que tu penses que tout ce que l'on fait, tout ce qui se passe, te concerne directement. Mais nos vies sont nos vies, Bruno, elles vivent toutes seules, nos vies. Tu ne peux pas empêcher ça.

— Est-ce que tu savais que ta meilleure amie pratiquait des avortements clandestins ?

— Je le sais depuis deux ans, depuis l'inculpation des six filles qu'on juge aujourd'hui.

— Elle n'a pas été inculpée, elle, elle a eu de la chance. Ou bien elle est protégée.

— Elle ne pratique plus. Depuis la loi Veil, elle soutient simplement le mouvement.

— Elle organise les voyages en Angleterre ?

— En Angleterre, oui.

— Tu es d'accord avec ça ?

— Non.

Il en avait assez de toutes ces histoires d'avortements et de contraception qui obsédaient les femmes. Pourquoi ne voulaient-elles plus obéir à la nature ? Avoir des enfants n'était pas une malédiction.

— Elles font des accouchements aussi, et elles ont organisé une garderie tu sais à l'usine Thomson, beaucoup viennent de milieux très simples et…

— Je ne sais pas ce qui est pire. Que tu m'aies caché ce que fait Laurence ou que tu continues à être son amie.

Il était assis face à elle et soudain elle prit ses mains dans les siennes. Posa son front sur leurs doigts enlacés. Il comprenait à peine ce qu'elle disait, ses mots tombaient sur la toile cirée :

— Tu ne t'es jamais demandé pourquoi je n'étais plus jamais enceinte ? Je prends la pilule depuis des années.

Elle releva lentement le visage.

— Ou peut-être le savais-tu ?

Il plissa les yeux, comme aveuglé soudain, à moitié éveillé.

— Et évidemment tu savais aussi que c'était grâce à Laurence ?

— …

— Alors tu avais raison.

— Quand ?

— Quand tu disais que c'était des histoires de bonnes femmes.

Elle sortit lentement de la cuisine, attrapa sa veste,

son sac, ouvrit la porte d'entrée et lui dit avec un calme menaçant :

— Ne te mêle plus jamais de mes amitiés.

Et elle referma la porte si doucement qu'on aurait pu croire qu'elle n'avait jamais été là.

Hélène n'aurait pu imaginer que cela lui arriverait un jour, qu'elle se retrouverait dans cette situation grotesque. Mais peut-être parce qu'elle avait appris qu'il ne faut pas gâcher la nourriture, qu'il faut finir son assiette et penser à ceux qui ont faim, elle sonnait chez chaque voisin, un animal mort et décongelé dans les bras : le flanc d'une biche, long et rosé, le ventre d'un sanglier, rouge vif strié de gras, un lièvre avec un seul œil ouvert, et quatre ortolans qu'elle n'osait pas regarder quand elle les proposait, un produit rare, qui pourtant ne trouvait pas preneur parmi les voisins de David. Elle aurait tant voulu qu'on l'en débarrasse en premier. Elle ne pouvait s'empêcher de penser à cette émission télévisée où une cuisinière célèbre un soir de 31 décembre, assise près d'un feu de cheminée, devant un repas aux chandelles, avait expliqué aux téléspectateurs non pas comment il fallait cuisiner un ortolan, mais comment il fallait le manger. Elle avait commencé par la serviette, c'était la serviette qui comptait pour manger le minuscule oiseau, une large serviette en tissu faite pour la pudeur, parce que, expliquait la cuisinière en se caressant la gorge pour illustrer ce qui allait se passer, il fallait se cacher pour manger l'ortolan, l'oiseau est très gras, on aurait la bouche pleine de graisse et toute cette graisse dégoulinerait dans la bouche et le long de la gorge, et l'avantage de se cacher ainsi (là, elle fermait les yeux et sa voix frémissait), l'avantage de se cacher derrière la serviette était que l'on pouvait se concentrer davantage, déguster vraiment, « profiter au maximum » de l'oiseau. Après ce long préambule sur l'importance de la serviette et du chemin graisseux, avec deux doigts elle avait tenu l'ortolan par les pattes et alors il s'était mis à ressembler à une souris, minuscule et grise, seule sa tête qui pendait avec son bec cuit et figé rappelait qu'il avait été un oiseau. Hélène n'avait pas regardé la suite de l'émission. Elle ne sut jamais si la femme avait taché son chemisier.

— Bonsoir, je suis désolée de vous déranger, je suis la nièce de David, David Tavel votre voisin, voilà, il y a un problème avec le congélateur… Ah très bien, merci, pardon, au revoir.

— Bonsoir, désolée de sonner si tard, pardon, je vis chez les Tavel, le congélateur est en panne, ah pardon, pardon bonne soirée.

Personne ne voulut du gibier. L'immeuble n'était pas grand et Hélène se retrouva vite chez les Tavel avec son lot de viande qui pourrirait bientôt.

— Alors ? lui demanda Arthur, allongé sur le canapé, ça a fonctionné ce porte-à-porte ?

— Non. Tout est fichu.

— Normal ! Une végétarienne qui présente du gibier, c'est suspect. Franchement, tu t'y es mal prise, il ne fallait pas essayer de donner cette viande, il fallait tenter de la vendre, même avec une plus-value, les gens d'ici sont des businessmen.

Elle se lova contre lui, il lui fit un peu de place et ils restèrent ainsi, enlacés sur le canapé, essayant de ne pas en tomber, heureux de devoir se serrer si fort.

— Il va t'en vouloir ?

— David ? Je ne sais pas… Je ne crois pas. Ce qui compte surtout pour lui, ce n'est pas de manger le gibier, c'est de le chasser. Des journées partagées entre copains fortunés, tu vois… un sport viril et champêtre…

— Et ta tante ?

— Elle s'en fout.

— Alors ça n'est pas si grave ?

— Je me sens nulle. Je ne comprends pas comment j'ai fait disjoncter les plombs de la cuisine, je la connais par cœur l'alarme de l'appart, je ne pense qu'à ça quand je rentre : éteindre l'alarme.

— Tu veux que je descende le gibier aux poubelles ?

— Maria rentre demain d'Espagne, elle jettera tout.

Elle enfonça son visage contre l'épaule d'Arthur

et rit de découragement, tout cela était absurde, cruel aussi, et elle ne voulait pas y mêler Arthur, pas question qu'il jette les bêtes mortes. Elle avait depuis longtemps intégré les rôles dévolus à chacun, la cuisine était le domaine de Maria, surtout dans ses tâches les plus ingrates. Arthur, lui, était si peu concret, obnubilé comme elle par ses études, vivant au rythme des horaires des cours, des révisions et des examens. C'était un jeune étudiant en médecine, de bonne famille, frais comme un enfant sorti de l'eau, aussi spontané que généreux. Il était facile de voir en lui le gamin qu'il avait été, le visage qui devait être le sien à huit ou neuf ans, le rose aux joues et le regard étonné, sans arrière-pensées ni calcul, bon élève et bon camarade. Hélène l'avait rencontré chez des amis, à peine l'année universitaire commencée, comme s'il avait été posé là pour son arrivée à Paris, et elle n'avait pas été surprise d'être si vite avec lui, rien n'avait été compliqué, ni l'attirance ni son aveu, tout s'était fait très vite, mais leur intimité était un temps volé. Arthur partageait une chambre à la Cité universitaire, Hélène guettait les absences de Michelle et David et appréhendait les indiscrétions de Maria. Ils faisaient l'amour comme deux adolescents, en cachette et discrètement si possible, avec une complicité sans surprise ni accroc. Quand on les voyait on ne leur donnait pas d'âge, ils semblaient avoir grandi ensemble et vivre dans une harmonie établie depuis toujours, et on pensait qu'il ne leur arriverait jamais rien, rien qui puisse donner lieu à de quelconques spéculations.

Hélène avait quitté Aix deux ans après Sabine, sitôt le bac passé elle s'était engouffrée dans le sillage de sa sœur. Elle avait besoin, pour ce qu'elle avait décidé d'entreprendre, de calme et de confort, besoin de s'éloigner de sa mère, de son incapacité à la considérer comme sa fille à part entière, cette hésitation sentimentale. Elle avait surtout besoin d'une chambre à elle, d'un temps limpide dont on ne lui demanderait jamais de rendre compte, et d'une aisance matérielle. Quand elle rentrait à n'importe quelle heure du jour ou de la nuit, elle pouvait ouvrir des placards et un frigidaire toujours pleins, sans penser à ce que cela coûtait. L'argent permettait le renouvellement invisible et constant des privilèges, et dans cette aisance elle s'acharnait depuis un an à étudier la biologie à l'université Pierre-et-Marie-Curie. Malgré son bac littéraire et ses énormes lacunes en maths, elle avait plongé dans cet univers inconnu, cette langue étrangère, s'y était lancée avec une constance et des efforts qui s'apparentaient à une conquête permanente. Elle voulait devenir zoologiste, s'approcher du mystère du monde animal. Grâce à l'évolution des espèces de Darwin, à l'image d'un monde figé s'opposait la théorie d'un monde vivant où tout ne cessait de bouger. La création du monde échappait à Dieu. Les études étaient une rééducation de sa propre structure mentale, de son cerveau a priori si hermétique aux sciences, et après tout pourquoi cela aurait-il dû être facile ? Elle aimait s'acharner, comme si ces efforts étaient le prix à payer pour vivre dans le duplex de Neuilly. David lui avait ouvert un compte sur lequel il avait déposé une somme incroyable et elle n'avait pas besoin de faire des petits boulots pour se payer sa carte Orange ou ses fournitures, elle était une bourgeoise, fille-nièce de bourgeois, et l'erreur n'était pas permise. Ses études étaient un défi. Maths, physique, chimie, histologie, biologie cellulaire, tout se calculait et les théorèmes étaient la clef qui ouvrait un monde fait de chiffres et de formules, de solutions à des problèmes qu'elle refaisait inlassablement et autant de fois qu'il le fallait pour les graver en elle.

— Tu te souviens, Sabine, quand on était petites et que tu me faisais réciter mes tables de multiplication ?

— Je m'en souviens, j'appelais ça « le moment des fourmis rouges », tu trépignais tellement en récitant, on aurait dit que tu avais posé tes fesses sur un nid de nuisibles.

— Arrête de dire « nuisibles » ! En tout cas, à force de les réciter, les tables de multiplication finissaient par rentrer dans mon crâne d'enfant. Eh bien les théorèmes c'est exactement la même chose, je dois les connaître avec le même automatisme, m'en souvenir par réflexe, vite et sans erreur. Je dois me confronter sans cesse aux théorèmes.

— Tu me fatigues, c'est fou ce que tu me fatigues, tiens, fais-moi répéter mon texte.

— Encore *Vania* ? J'en ai marre de faire le vieux.

— Et ne me souffle pas quand je prends des temps.

Elles ne se voyaient jamais à Neuilly, Sabine aurait eu l'impression de trahir les siens et Hélène d'être mise à nu. Elle savait que David n'envoyait plus de chèques à ses parents, comme si avoir sa nièce à domicile signifiait qu'il avait gagné la partie. De son côté, Agnès avait interdit à Hélène de dire aux Tavel qu'elle avait un métier, un métier de pauvre qui aurait pu par un étrange effet de rebond déclasser Michelle et provoquer des remarques humiliantes. Ainsi Paris et Aix devenaient deux petits bouts de terre qui dérivaient, emportant les enfants et tout un cortège de silences. Hélène se disait que ses parents n'avaient maintenant qu'une seule fille à charge et deux payes, aussi modestes soient-elles, et que malgré tout les choses s'amélioraient, mais il lui suffisait d'être chez eux pour comprendre que la seule chose qui progressait, c'était l'amertume. Elle voyait cette lente dislocation de l'union familiale, comme si chacun en faisant un simple pas de côté avait fragilisé la confiance, on donnait de soi des nouvelles prudentes et parcellaires, qui ne disaient jamais ce qui se vivait réellement, et imperceptiblement on s'éloignait du cœur des choses. Hélène y pensait et puis n'y pensait plus, elle se tournait vers sa nouvelle vie et la colère qu'elle avait éprouvée enfant s'était muée en révolte : elle ne pouvait plus ignorer dans quel monde elle vivait, le martyre que les hommes infligeaient aux autres animaux, elle ne pouvait plus se détourner de la réalité, aussi déprimante soit-elle. Il y avait dans ce désir de confrontation et de connaissance un orgueil à « oser y aller », rejoindre le cercle de ceux qui ne vivaient pas en aveugles.

Après son expulsion de chez Cochet, Sabine avait marché un peu, submergée par l'excitation, puis elle était entrée dans un bar pour téléphoner, et l'homme debout au comptoir elle ne l'avait pas vu. Elle était tout entière dans ce qu'elle venait de vivre, un affranchissement brutal, dont elle avait besoin de faire le récit à Hélène. Lui sentit sa présence avant de la voir. Quand elle poussa la porte du bar si fort qu'elle l'envoya cogner contre le mur, il reçut l'air du dehors comme si on le forçait à se réveiller. Il entendit son pas, sec, précis, sa voix émue, Je peux téléphoner ? et ne vit que sa main lorsqu'elle posa en vitesse la monnaie sur le comptoir. Elle sentait le vent. Une odeur d'arbre en automne. Et un peu la sueur. Lui portait son costume sombre et il était venu boire son deuxième café, celui de neuf heures quarante-cinq, comme chaque matin. Il ne sut pourquoi, mais quand cette fille passa derrière lui, le frôla presque pour se saisir du téléphone posé sur le comptoir, il remonta sa cravate, prit le journal et s'aperçut que les pages tremblaient. « C'est Sabine... La sœur d'Hélène oui... Elle n'est pas là ? Non, non pas la peine, je rappellerai. Au revoir, Maria. » Elle avait une voix basse pour son âge, un peu chantante sous l'émotion. Il se tourna vers elle et, oubliant les bonnes manières, la dévisagea, subjugué. En un coup d'œil elle le trouva laid et vieux, et s'éloigna en commandant un café serré. Elle aurait aimé rejoindre Mathieu, mais il était en cours, et elle restait seule avec l'émotion de ce qu'elle avait osé faire chez Cochet. Lui, encombré par son trouble, sourit bêtement au patron. Il était assailli de questions, d'ordres et de contrordres, il devait parler à cette fille, il n'était pas son genre, il allait se ridiculiser, elle avait des problèmes, il fallait peut-être en profiter, il fallait lui fiche la paix, il allait laisser passer la chance de sa vie, il allait être en retard à l'agence, il devait s'en aller, son rendez-vous devait être arrivé, mais oui bien sûr où avait-il la tête, il paya sa consommation et se dirigea vers la sortie, ouvrit la porte et la regarda une dernière fois. Elle avait posé ses coudes sur la table, un foulard en boule tenu contre sa bouche, elle regardait dehors mais il avait envie qu'elle lui offre son visage, son regard, oui, il fallait qu'elle le regarde, au moins une fois, après il s'en irait.

— Je peux ?

Debout face à elle, il tenait le dossier de la chaise vide et, décidant que son absence de réaction était un accord, il s'assit.

— Bonjour...

Il lui sembla qu'elle haussait légèrement les épaules, et aussi que ces épaules portaient une charge trop lourde.

— Bonjour mademoiselle…

Elle tourna le visage vers lui. Elle avait des yeux marron, hautains et juvéniles, il demanda :

— Est-ce que tout va bien ? Est-ce que je peux faire quelque chose pour vous ?

Elle avait toujours rêvé qu'un garçon s'adresse à elle comme ça, qu'un garçon la voie et instantanément succombe, mais celui-là portait un costume, une cravate, du gel dans les cheveux, et rien dans son visage, son allure, ne lui plaisait, elle le dévisagea avec une déception amère, pourquoi lui et pas Mathieu ? Est-ce qu'elle plaisait à Mathieu ? Est-ce qu'il avait succombé ? Est-ce qu'il succomberait un jour ?

— Si je peux faire quelque chose pour vous…

Il posa sa carte de visite sur la table.

— Appelez-moi si… si vous avez besoin… de… je ne sais pas… de tout… Enfin… de rien aussi…

Elle jeta un œil sur la carte, puis le regarda avec tout le dédain dont elle était capable. Il s'empressa de barrer le numéro de téléphone de l'agence et nota son numéro personnel, riant un peu, Je n'avais pas l'intention de vous proposer une assurance ! Il s'amusait de sa distraction. Une fille trop maquillée entra dans le bar et se précipita vers eux.

— Excusez-moi, Paul, votre rendez-vous… Il s'impatiente…

Il la regarda comme s'il cherchait à comprendre qui elle était et puis l'évidence lui tomba dessus :

— J'arrive, Brigitte, j'arrive…

Et comme elle restait plantée là :

— Faites-le patienter.

Mais elle l'attendait toujours, hostile, sûre d'elle, et il se leva à regret. Sabine regardait déjà au-dehors et ne l'entendit pas lui dire au revoir. Elle repensait à l'heure précédente. Son audace et son courage. Vous n'êtes rien ! Rien qu'un petit-bourgeois radotant du Sacha Guitry ! Mais comment avait-elle pu dire ça ? Bien sûr Jean-Laurent – maintenant elle pouvait l'appeler par son prénom, comme le faisaient ses anciens élèves –, Jean-Laurent ne l'avait pas seulement virée pour la cigarette et le jean. Il y avait entre eux un autre contentieux. Elle l'avait supplié l'année précédente de la prendre dans sa mise en scène d'*Amphitryon 38* qu'il avait monté à Édouard-VII avec Jean Desailly et Simone Valère. Il avait donné à quelques élèves des rôles de figurants, sans qu'ils demandent rien. Elle aurait fait n'importe quoi pour en être, et gratuitement s'il l'avait fallu, suivre les répétitions, partager une loge, monter sur le plateau, recevoir un peu de la lumière projetée sur les rôles principaux, et saluer à leurs côtés avant que le rideau ne tombe dans l'élégance de son velours épais, entendre les applaudissements, comme ceux de la télévision dans *Au théâtre ce soir.* Être à l'intérieur du rêve de l'enfance. Mais le Maître avait refusé sa participation d'un simple haussement de sourcils.

Elle sortit du bar en laissant sur la table la carte de visite de Paul. Elle quitta ce quartier des Batignolles qui avait été celui du cours Cochet, l'apprentissage du jeu, la découverte de la technique et de la poésie. Elle marchait au hasard croyait-elle, avant de se rendre compte qu'elle allait vers la place Clichy, le lycée Jules-Ferry où Mathieu donnait ses cours, elle sourit en pensant au culot du petit assureur et se dit qu'il avait raison, il fallait toujours tenter sa chance. Alors elle remonta les rues et les boulevards en pariant sur la joie ou le refus, mais tant pis si Mathieu la trouvait intrusive, tant pis si elle découvrait qu'il était déjà en couple, tant pis si elle ne lui plaisait pas, tant pis pour l'humiliation. Elle l'attendit à la sortie du lycée, juste sur le trottoir en face, exigu et encombré, mais elle savait qu'elle le verrait, il ne pouvait pas lui échapper.

Il ne sembla pas surpris de la trouver là, il avait eu à Chaillot cette intuition que ce serait elle qui ferait le premier pas, et il l'embrassa furtivement sur les lèvres, comme s'ils en avaient l'habitude. C'était la première fois qu'ils se revoyaient et Sabine se sentait comme projetée hors d'elle-même par une énergie brutale, exaspérante mais exaltante aussi.

Chez lui, il la déshabilla lentement, comme on ouvre avec précaution un cadeau dont on a envie depuis longtemps, sûr de lui et sûr d'elle également – il avait su à la façon dont elle marchait qu'elle devait faire l'amour avec une générosité et une sensualité sans calcul. Il avait une odeur de gâteau chaud, quelque chose de familier et de très doux, et ils firent l'amour avec la lenteur et la maladresse de la première fois, cette géographie nouvelle d'un corps que l'on découvre et auquel on se donne avec humilité et un peu d'audace, sachant que ce n'est qu'un début et qu'ensuite viendront l'impudeur, l'ardeur et, si tout se passe bien, la vertigineuse dépendance.

Après, alors qu'il tenait ses cheveux entre deux doigts, comme un enfant, il lui dit qu'il était pour l'amour libre et qu'elle ne devrait pas être jalouse, ni poser de questions. La réalité une fois de plus déviait largement des rêves de Sabine – l'amour absolu, exclusif et incandescent –, mais elle se dit que de la même façon qu'elle l'avait abordé à Chaillot, puis attendu devant son lycée, elle amènerait Mathieu à elle, et à elle seule. Et sa patience fut son nouveau combat.

L'autre combat de Sabine, au fil des mois, ce fut encore et toujours le théâtre. Le théâtre et l'amour avaient la même urgence et le même sens : vivre sa vie en intensifiant les heures et les sentiments. En relisant *Une vie*, de Maupassant, qu'elle avait lu à quinze ans puis un peu oublié, elle avait senti que cette chambre-là, celle de Jeanne la rêveuse, la trop sensible, la naïve, n'était pas si éloignée de la sienne à La Petite Chartreuse, et très vite elle avait travaillé à en faire un monologue. Depuis elle était obsédée, confondue à Jeanne, et c'est ce qu'elle avait toujours voulu : qu'on la fascine sans la laisser jamais en repos. Elle avait retrouvé Simone de Beauvoir dans ce roman qui osait dire la subordination de la femme, le plaisir mais aussi le viol, conjugal ou domestique, la maternité heureuse ou trahie, l'hypocrisie sociale et l'influence de l'Église, comme une nécrose dans le cœur des vivants. Six mois après avoir quitté le cours Cochet, elle jouait chaque soir le monologue d'*Une vie*, dans le sillage éblouissant de Kantor, dans les hautes tours de Bobigny, elle faisait du théâtre d'appartement. Elle se maquillait et se changeait dans sa loge de la Maison de la culture et allait sonner à la porte d'un nouvel appartement. La MC93 était productrice, le régisseur du théâtre rencontrait les habitants qui désiraient accueillir le spectacle et conviaient leurs voisins et leurs amis. Il préparait la soirée, dessinait le plan de chaque domicile et Sabine entrait discrètement sans que les invités la voient arriver, posait son manteau et son matériel dans la cuisine, Éric son partenaire la rejoignait avec les lumières et ses instruments de musique, djembé et harmonica. Elle se plaçait devant la télévision éteinte et jouait à deux mètres du public, tentait de ne pas voir ce qu'il y avait sur le mur face à elle, les photos de famille, les canevas encadrés, les horloges murales, ce décor de l'intime. La pièce commençait par le partage du silence, inattendu et timide, puis Sabine disait, très bas pour qu'on l'écoute mieux :

— Oh… Comme j'ai envie de voir la mer…

Et chacun ressentait à quel point la mer lui manquait, à quel point en être éloigné revenait à vivre seulement la partie superficielle des jours, sans vérité ni poésie.

Les premiers temps il était venu peu de spectateurs, une vingtaine quand tout allait bien, une petite dizaine selon la météo, les matchs de foot, l'actualité… Six mois plus tard, jusqu'à quatre-vingts personnes s'entassaient dans les salons, se tenaient debout dans les couloirs et partageaient avec Sabine et Éric la tarte aux pommes et le mousseux. Chaque représentation se terminait inévitablement par la tarte aux pommes et le mousseux offerts par les hôtes, comme si tout se devait d'être immuable, depuis le silence inaugural de la représentation jusqu'au gâteau dans l'assiette. Rester avec le public après avoir joué faisait partie de la démarche, un engagement politique autant qu'artistique, mais les premiers temps Sabine fit un réel effort pour parler avec les spectateurs, c'était une autre représentation d'elle-même, un rôle après le rôle. Il y avait parfois des enfants parmi le public. Un soir, l'un d'eux avait pincé son bras puis s'était éloigné aussitôt. Pourquoi tu me pinces ? Pour voir si tu es vraie. Elle repensait souvent à cette phrase, tantôt avec attendrissement, tantôt avec angoisse. Au fil des semaines, les critiques étaient venus, curieux de ce théâtre-là ils arrivaient de Paris en voiture et repartaient après la tarte et le faux champagne. Certains étaient comme rafraîchis par la nouveauté, d'autres retrouvaient un peu des salons de leur enfance, et ce temps, et ces lieux où ils avaient laissé la jeunesse de leurs parents bien plus que la leur leur paraissaient heureux, bien qu'ils l'aient rarement été.

C'est en rentrant de Bobigny qu'un soir Sabine avait trouvé le message que Robert avait noté pour elle, un certain Paul lui donnait son numéro de téléphone, elle pouvait l'appeler quand elle le voulait, à n'importe quelle heure, il répondrait. Elle l'avait appelé sur-le-champ, par curiosité et aussi parce que après avoir joué, avant que la fatigue ne la prenne, il y avait ces heures où l'énergie ne retombait pas, où elle était encombrée par une vitalité excessive, mais depuis qu'une fille avait décroché la nuit où elle avait appelé Mathieu, elle ne lui téléphonait plus si tard. Mathieu est sous la douche il y a un message ? C'est Sabine ? Tu joues c'est ça, tu es actrice ? Entendre cette familiarité heureuse était comme se faire enfoncer dans le cœur un couteau émoussé. C'était aussi maladroit que douloureux.

Ce soir-là Paul avait décroché comme s'il était tout à fait naturel de se parler à deux heures du matin, même si on ne se connaît pas, et avec cette voix prudente qui était la sienne il lui avait expliqué qu'il était revenu dans le bar, le matin de leur rencontre boulevard des Batignolles, il avait composé le numéro qu'elle avait appelé trente minutes auparavant, sa sœur avait répondu, il lui avait dit qu'il devait parler à Sabine, le prénom qu'elle avait annoncé quand elle avait téléphoné. Sa sœur avait demandé si c'était pour le théâtre, il avait menti et avait dit oui, et elle lui avait donné le numéro du vieux chirurgien.

— Vous m'en voulez ? J'espère que je ne vous fais pas peur.

— Je n'ai peur que d'une chose : monter sur scène. Le reste je m'en fiche.

— Vous êtes actrice, alors…

— Et vous assureur, c'est ça ?

— C'est ça.

— Et ça vous plaît ?
— Ma foi, oui…

Elle prit cette habitude de lui téléphoner après avoir joué, il était cette oreille attentive, presque neutre, cela encourageait les confidences. C'est à lui qu'elle dit son émotion quand elle avait découvert les critiques du monologue dans le journal. Aussitôt elle avait pensé à son père. Elle savait qu'il attendait qu'elle cesse cette lubie de faire du théâtre et qu'il regrettait qu'elle porte toujours son nom de jeune fille, ne se marie pas, comme si elle se cabrait devant les étapes nécessaires et justes de la vie. Mais aujourd'hui son nom, *Malivieri*, était dans le journal. Pourrait-il en être fier ? Paul lui conseilla de lui montrer les articles, de les lire avec lui. Aussi quand elle partit pour Aix fêter l'anniversaire de sa mère, le premier week-end de juillet, apporta-t-elle les articles parus dans *L'Officiel des spectacles*, *Le Parisien*, et mieux encore dans *Le Figaro*, le papier élogieux de Pierre Marcabru, ce critique redouté.

Mariette avait installé un lit de camp dans ce qu'elle appelait encore « la chambre de ses sœurs ». En arrivant ce samedi-là, Sabine et Hélène avaient posé leurs valises sur la planche-bureau, et il était impossible de faire autre chose dans la pièce minuscule que de se poser sur les lits. Pour se protéger de la chaleur de juillet, les volets restaient fermés jusqu'au soir, la pénombre était toujours le signe que dehors la lumière régnait.

— On va être bien toutes les trois, dit Mariette, assise sur un lit de camp dont la tête se replia et cogna son bras.

— La souris, dit Sabine, arrête de sauter sur ce lit, il est pas solide.

— Je saute pas, je suis assise.

— Tu sautes avec les fesses.

— Mais laisse-la, dit Hélène, elle est contente.

— Replie-le et viens t'asseoir à côté de moi, on le dépliera quand on se couchera.

Ostensiblement, Mariette s'allongea sur le dos, mains derrière la tête, bien décidée à se trouver à l'aise sur ce lit de fortune, que dans son impatience elle avait installé trois jours avant l'arrivée de ses sœurs.

— Ah…, soupira-t-elle, je suis trop bien…

Sabine alluma la radio, « pour pouvoir parler tranquilles sans qu'on nous entende ». Julien Clerc chantait *Ma préférence* en sourdine, c'était toujours un peu cafardant, ces mots d'amour adressés à d'autres.

— Qu'est-ce que vous voulez savoir ? demanda Mariette, les yeux rivés au plafond.

— Dis-nous comment ça se passe avec les parents, demanda Hélène.

— Ils font beaucoup d'efforts.

— Ah tant mieux…

— Mais ça a pas l'air de marcher très bien.

— Qui est invité à l'anniversaire de maman ?

Mariette sauta à bas du lit de camp, qui se plia en deux illico, et alla s'asseoir à côté d'Hélène, pour chuchoter :

— Maman a invité Laurence, oui oui…

— Regarde comme elle dit ça, rit Sabine, c'est pas la souris qu'il faut l'appeler, c'est la commère !

— Et papa ? Il a dit quoi que maman invite Laurence ?

— Je sais pas, j'entendais pas bien…

— T'es pas une très bonne espionne, dis donc.

— Disons qu'ils parlent très bas.

— Ah on s'en fout, va, ils sont deux gosses et puis c'est tout.

— Bon, faut y aller, ils vont se demander ce qu'on fait.

— Ben, on prend nos quartiers ! dit Mariette avec évidence.

Hélène la regarda avec ce sentiment étrange qu'il y avait là, dans cette toute petite personne, un monde à la fois naïf et obstiné. Elle se revit à son âge, rentrant de Neuilly avec sa valise aux habits neufs, et le silence gêné de ses parents qui ne tenaient jamais à savoir comment ça s'était passé *là-bas*. Entre Mariette et ses sœurs les années s'effaceraient, comme disait leur mère, bientôt elles seraient simplement de la même génération et de la même famille. Elles n'auraient pourtant pas partagé grand-chose. Mariette avait onze ans, Sabine le double, et Hélène allait bientôt fêter ses dix-neuf ans. Cette petite fille avait hérité d'un couple de parents de plus en plus mal assortis, d'une mère qui se livrait peu et construisait son indépendance comme s'il s'agissait non pas d'une émancipation mais d'un combat un peu forcé. En étant factrice on aurait dit qu'elle avait rejoint une certaine pauvreté, la majorité de ses collègues venaient du monde agricole, c'était des déracinés qui cherchaient en entrant dans la fonction publique à échapper à ce qu'avaient vécu leurs parents, un travail harassant pour un salaire qui ne couvrirait jamais leurs dettes et les laisserait, la retraite venue, sans leurs bêtes, malades et démunis. Agnès parlait peu de son métier, ne se plaignait ni de ses horaires ni de la fatigue, on aurait dit qu'elle avait pris une place qui devait être la sienne, il n'y avait pas lieu de s'étendre là-dessus. Bruno avait perdu de sa superbe, comme si sa femme avait mordu sur son espace, et la tendresse dont il était autrefois si généreux paraissait aujourd'hui clandestine, elle lui échappait. Il avait des élans émus, disait « mes filles » comme il aurait dit « mes amours mortes », et quand il les regardait on aurait pu croire qu'il contemplait non pas des êtres vivants mais une photo ancienne, émouvante à pleurer.

Les filles furent surprises quand elles sortirent de la chambre de voir que le couvert avait été mis au salon, comme si elles avaient été des invitées. Elles auraient préféré déjeuner dans la cuisine, là où elles avaient leur place, et elles demandèrent poliment où elles devaient s'asseoir. Il y eut un petit flottement.

— Où vous voulez, dit Agnès, avant de demander à Sabine de s'asseoir à côté d'elle.

— Tu as une machine à laver la vaisselle, maintenant ?

— Oui, on l'a achetée à crédit.

— Ah c'est bien…

Sur la table trônait un rôti, viande des grandes occasions.

— J'en mange pas, tu sais bien, dit Hélène.

— Mais c'est pas du cheval, c'est du bœuf, je l'ai pris chez le boucher.

— Je suis végétarienne, tu te souviens ?

— Tu manges quoi, alors ?

— T'inquiète pas pour moi.

— Tu bois du vin quand même ?

— Mais quel rapport ? Oui, je bois du vin.

— Elle est jolie cette nappe, elle est nouvelle ?

— Oui. Non. Je ne sais plus.

Sabine demanda avec un entrain surjoué :

— Il y aura qui à ton anniversaire, petite mère ?

— Des amis, des voisins…

— Des collègues de boulot ?

— Oui, j'ai invité deux filles avec qui je travaille. Il y a beaucoup de femmes seules dans mon métier, vous le saviez ?

— Non, dit Bruno, tu ne nous en parles jamais.

— Ben je vous le dis. Depuis que le concours a été ouvert aux femmes en 75, elles sont très nombreuses. Elle lança un regard à Sabine et Hélène, Beaucoup viennent de Paris, d'ailleurs.

— Pourquoi de Paris ? demanda Mariette avec méfiance.

— Parce qu'il faut d'abord avoir été rouleuse avant d'acheter sa tournée… Il faut être titulaire, quoi, pour demander sa mutation, et les rouleuses elles sont d'abord à Paris.

— Et toi alors ? demanda Hélène.

Agnès rougit à peine. Bruno hocha la tête comme pour l'encourager à parler, puis il détourna le regard. Pour rompre le silence, Mariette annonça :

— Maman a été aidée par Laurence, elle connaît tout le monde, Laurence !

— C'est vrai. Grâce à Laurence… et à vous, mes trois filles, j'ai tout de suite travaillé là où je vivais… Mère de famille nombreuse…

Et elle fut soulagée que cela soit dit, elle avait été

pistonnée. Hélène fit remarquer que l'an passé Agnès n'avait pas voulu fêter ses quarante ans, mais que cette année elle organisait une vraie fête, ce qui paraissait pour le moins illogique.

— La crise de la quarantaine est passée, quoi ! dit Sabine, et Agnès rit de bon cœur.

Bruno, surpris par le rire de sa femme, sourit d'un long sourire forcé qui ne se détendait pas. Sabine relança la conversation et demanda à son père s'il avait lu le livre d'Illich, *Une société sans école.*

— Aucune envie de lire ni les cahiers ni les lettres de ce bolchevique, merci bien.

— Je te parle pas de Lénine, papa ! Je te parle d'IVAN Illich, le philosophe !

Bruno encaissa. Il n'avait jamais entendu parler ni du livre ni de l'homme qui l'avait écrit. Il fit pourtant celui qui connaissait :

— Pourquoi tu me parles de ce type ?

— J'ai pensé à toi en lisant son bouquin. Il dit que l'enfant apprend en dehors de l'école, que l'école nuit à son éducation.

— Ah… Et pourquoi ça, s'il te plaît ?

— Parce que ! C'est évident : l'école telle qu'elle fonctionne aujourd'hui est au service de l'État et du capitalisme, elle aide à formater les individus.

— On ne va pas parler politique ? demanda Agnès. S'il vous plaît, pas de politique à table !

— Maman, lui chuchota Hélène, c'est pas de la politique, c'est de la philosophie, Illich dit que la surabondance détruit l'environnement et qu'on ne va pas pouvoir continuer comme ça, c'est une analyse, pas une ambition.

Agnès se leva pour changer les assiettes, elle les entrechoquait, par nervosité et pour couvrir les conversations, mais Sabine était lancée, et Hélène savait qu'elle avait trop bu :

— Quelle est la différence entre l'Église et l'école, hein papa ? Tu veux bien me le dire ? L'école est une religion. On y apprend à se ressembler et à marcher droit.

— C'est pour ça que tu n'as pas poursuivi tes études ? demanda Bruno. Pour t'émanciper de l'école qui t'a appris à lire et à écrire ?

— Tu ferais mieux de nous parler de ton métier, coupa Agnès. Il paraît qu'ils ont parlé de toi dans le journal.

Hélène vit à quel point son père était blessé et elle ne comprenait pas pourquoi il ne mettait pas en avant les cours d'alphabétisation qu'il donnait depuis tant d'années, et les cours particuliers qu'il faisait si rarement payer. Pourquoi ne se défendait-il pas mieux ? Sabine lui montra les critiques de son spectacle.

— Alors ? Qu'est-ce que ça fait de lire ton nom dans le journal, papa ?

— Je suis fier. Je suis fier de toi.

Il n'y avait aucun enthousiasme dans sa voix. Juste un peu de timidité. Agnès lut par-dessus son épaule les articles sur Sabine *Malivieri*, et ce nom changeait de sens, leur devenait extérieur comme si des inconnus s'en étaient emparés sans précaution. Il faudrait sûrement s'y habituer. Aux réflexions des voisins et de la famille aussi. Leur fille dans le journal. Pour prouver noir sur blanc qu'elle avait eu raison de partir. Et ils virent dans leur aînée une puissance qui les mettait mal à l'aise. Ces articles l'éloignaient un peu d'eux sans qu'ils le veuillent. Sabine trouva soudain déplacé de leur avoir montré ces critiques, qui disaient que « Sabine Malivieri apporte le théâtre chez les gens modestes »... Agnès dit qu'elle était très jolie sur les photos, ça lui allait bien ce costume, est-ce que c'était du sur-mesure ? Hélène revit Sabine essayant ses robes qu'elle faisait craquer sous les bras. *Ça tombe parfaitement.*

— Non, je l'ai chiné aux puces.

— Aux puces ? Le théâtre ne te paye pas un costume neuf ?

— Ils ont payé le costume que j'ai trouvé aux puces.

— Ah...

Sabine reprit les coupures des journaux qu'elle avait achetés en deux exemplaires. Elle comprit que ses parents n'auraient pas envie de les avoir, qu'ils ne les montreraient jamais à personne.

— Hélène a eu vingt à ses examens, la meilleure note ! annonça subitement Mariette.

— À l'écrit, pas à l'oral, rectifia Hélène.

— Oui ! À l'oral tu savais rien !

— Mais comment ça, rien ? demanda Agnès.

— On n'était pas censés avoir ce problème d'analyse combinatoire, la prof nous avait dit qu'on ne l'aurait pas et puis... je l'ai eu quoi.

— Et elle a pas eu zéro parce que l'examinateur l'a un peu… Mariette prit un air coquin et répéta : Enfin un peu…

— Mais un peu quoi ? demanda Bruno.

— Quand il a vu que j'avais eu vingt à l'écrit, il a pensé que si je calais à l'oral c'est que j'étais paralysée par le trac, alors il m'a dit d'aller prendre l'air, je suis sortie, j'ai révisé les analyses combinatoires et quand je suis revenue… il m'a de nouveau interrogée dessus !

— Et là, conclut Mariette, elle savait tout ! Je suis fière de ma sœur !

On rit un peu, comme si elle avait dit un bon mot, et on s'en tint là. Personne ne comprenait vraiment ce qu'Hélène étudiait et personne n'avait envie de lui poser des questions sur Neuilly, sa vie *là-bas*. Tous mangèrent en silence un dessert que de temps en temps quelqu'un qualifiait de délicieux.

Une fois la vaisselle rangée dans le lave-vaisselle, les trois filles et leur mère restèrent un moment dans la cuisine, comme si elles attendaient une détente qui tardait à venir. Sabine alluma une cigarette en plissant les yeux, Mariette imita sa mimique. Sabine lui demanda si son Cahier des bonheurs avançait, si elle avait rempli beaucoup de pages depuis la dernière fois.

— Pas mal…, dit Mariette. Tu voudras que je t'en lise un peu ?

— Non. Il faut garder ses secrets, c'est mieux tu sais.

— Oh non, il vaut mieux dire la vérité.

— Ça n'a pas de rapport, dit Hélène, les secrets et la vérité.

— Dis-moi, petite mère, tu as suivi le procès du viol ?

Sabine avait enfin posé la seule question valable, pensa Hélène.

— Je l'ai suivi… comme tout le monde, quoi. Comme vous…

— Oui, mais tu y étais ? Devant le palais, tu y es allée ? Il y avait un monde fou, on a vu les images à la télé.

— J'aurais bien voulu, seulement, je travaille à ces heures-là…

Sabine et Hélène la regardèrent comme si elle pouvait tout de même leur en dire plus que les journaux, la radio et la télévision ne l'avaient fait. Ça s'était passé à Aix, au mois de mai dernier, et elle avait forcément des informations que les autres n'avaient pas.

— Moi je les ai vues les deux filles, dit Mariette, et même Gisèle Halimi je l'ai vue, en vrai ! Il y avait des gens qui lui gueulaient dessus, qui voulaient la taper, et le flic il voulait pas qu'elle entre dans le palais, il voulait qu'elle fasse la queue comme les autres. Il y avait du monde, et en plus il y avait le marché !

— Vous savez sûrement que depuis qu'elle est à Prêcheurs votre sœur ne rate aucune manifestation ? demanda Agnès.

— Mais maman, je le fais pas exprès, c'est juste que je peux même pas entrer dans le collège ! Les féministes elles manifestent toujours au même endroit !

— Tu ne peux pas passer par la rue Mignet ? Non, il faut que tu passes par la place ! Ne te moque pas de moi, Mariette, et va jouer dans ta chambre, je ne veux pas parler de cette histoire devant toi.

— Pourquoi ? demanda Hélène. C'est bien qu'elle

sache, non ? Vous vous inquiétez tout le temps papa et toi, et tu ne veux pas qu'elle entende ce qu'il s'est passé ?

— Il y a des détails qu'elle n'a pas à savoir à onze ans, c'est tout.

— Mais je la connais très bien cette histoire, dit Mariette, les deux filles elles ont été violées parce qu'elles sont gouines. Et ça, c'est pas légal. C'est hors la loi, même.

— On dit « lesbiennes », dit Hélène.

— Oui, lesbiennes, et devant le palais il y avait des garçons qui les traitaient de putes, ils leur crachaient dessus et…

— Ah ça suffit ! dit Agnès.

La petite baissa la tête.

— Ben c'est vrai…

Bruno venait de les rejoindre. Il alluma une gauloise et, dans ce geste familier, retrouva de son autorité :

— On a déjà parlé de ce procès, Mariette et moi.

Agnès se crispa un peu.

— Tu ne m'avais pas dit.

— Je préférais qu'elle apprenne cette histoire par un adulte que par les ragots d'écolières, et cette foule, là…

Mariette s'était levée sans bruit et était partie dans sa chambre. Sabine et Hélène comprirent qu'elle avait l'habitude, elle savait comment se passaient les disputes, dans quel climat elles naissaient. Agnès demanda à Bruno quels détails il avait donnés, exactement. Il fut vexé qu'elle lui pose la question. Il avait seulement expliqué à Mariette que les filles avaient fait du camping sauvage dans les calanques et que c'était très dangereux. Deux filles seules ne font pas de camping sauvage.

— Et ?

— Et voilà ! Je lui ai dit de faire attention ! Qu'est-ce que tu veux que je lui dise d'autre ?

— Eh bien…, dit Sabine, tu aurais pu lui dire que les trois violeurs avaient d'abord été jugés en correctionnelle, comme s'ils avaient brûlé un feu rouge ou volé un 33-tours, et que, grâce à Halimi, pour la première fois un viol a été jugé aux assises…

Bruno écrasa sa cigarette à moitié consumée et, dans l'application qu'il y mettait, on sentait sa colère.

— Vous venez pas souvent, les filles, hein ? Et quand vous débarquez… c'est comme si… À chaque fois ça me fait penser aux inspecteurs académiques. Dieu sait que je vous aime… oh ça… Mais vous ou un inspecteur… c'est pareil…

Ils se turent. Le bruit du lave-vaisselle prenait soudain toute la place.

— Je vais faire la sieste, dit Hélène, je n'aurais pas dû boire à midi.

Elle sortit lentement, comme prise déjà par la somnolence. Sabine hésitait à s'en aller, mais son orgueil refusait de s'en tenir là. Elle dit :

— Sur ce procès il y avait quand même autre chose à dire à la souris qu'« il ne faut pas camper dans les calanques » !

— Décidément, entre l'école au service du patronat et un père défaillant… ! dit Bruno.

— Tu es très sûre de toi, Sabine, mais quand tu auras des enfants, tu verras… tu n'auras plus autant de certitudes.

Agnès avait dit cela tout bas, et puis elle avait regardé son mari avec une réelle compassion. Elle savait qu'il avait fait ce qu'il avait pu, et elle n'aurait pas aimé qu'il donne des détails à Mariette sur cette histoire atroce. Elle aussi était heureuse quand ses filles aînées rentraient pour quelques jours. Mais quand elles repartaient elle se sentait plus libre. Elle avait l'impression d'avoir toujours vécu sous le jugement des autres. Ses parents. Ses enfants. Ce qu'il fallait faire. Ce qu'il ne fallait pas faire. L'après-midi en rentrant de sa tournée elle écoutait Françoise Dolto sur France Inter. Elle répondait au courrier des auditeurs, des auditrices plutôt, et Agnès repensait à ses conseils jusqu'à l'émission du lendemain. Elle se demandait si elle avait bien agi avec ses filles. Elle avait parlé à Mariette de son petit garçon mort car elle était d'accord avec la psychanalyste : il fallait dire la vérité aux enfants, dire la vérité ôtait les couches de tristesse que les femmes d'une même famille se transmettaient l'une après l'autre, comme un vieux costume. Mais elle avait fait jurer à Mariette de garder le secret et de ne rien dire à ses sœurs. Ne pas l'avouer aux aînées était comme circonscrire sa peine, ne pas la réveiller tout à fait. Et maintenant elle se demandait si elle n'avait pas encore commis une erreur. Dès qu'elle faisait quelque chose de juste, aussitôt après elle trébuchait. Il y avait du ratage dans chacun de ses actes, et elle aussi, comme ses filles, aurait aimé sortir de la cuisine pour faire une sieste. Et que ça dure longtemps.

Ce soir-là, quand Rose entra dans le salon, Sabine et Hélène ne la reconnurent pas. Elles avaient le souvenir d'une adolescente un peu ingrate, volontiers moqueuse, leur mère disait « un peu chipie ». Elles comprirent que c'était Rose, parce qu'elle accompagnait Laurence. Elle avait gardé son aplomb, cette façon d'être sans complexe aucun, mais elle était devenue si jolie qu'un instant elles se demandèrent si elle ne s'était pas fait opérer. Son visage avait une harmonie nouvelle, on aurait dit que tout avait fini par s'ordonner et que la jeune fille s'était modelée pour atteindre sa forme définitive et parfaite. Son regard bleu s'était agrandi et foncé aussi, une couleur presque violette qu'on avait envie de regarder longuement. Elle portait cette beauté avec une joie légère et son rire fusait à tout bout de champ, comme un tic ou un réflexe défensif. Sabine et Hélène ne l'avaient pas revue depuis quatre ans, depuis elle était partie vivre chez son père à Londres pour parfaire son anglais, elle y avait rencontré un banquier de la City aussi riche que beau, d'après les photos qu'elle leur montra avec exaltation. Il s'appelait William, elle l'appelait Will, ils étaient mariés depuis deux ans et vivaient à Kensington.

— Tu t'es mariée à vingt-deux ans…

— Original, n'est-ce pas ?

Sabine et Hélène étaient si surprises qu'elles ne surent comment réagir. Était-ce de l'humour anglais ? Ou bien Rose trouvait-elle réellement original d'être mariée à vingt-deux ans ? Elle ne travaillait pas. Elle composait des bouquets.

— Comment ça, des bouquets ?

— Je jardine, je compose, c'est mon hobby, ma passion…

Mariette s'était approchée du trio et elle dit avec le bon sens qui était le sien que Rose avait obéi à son nom, elle vivait avec les fleurs.

— Heureusement que tu ne t'appelles pas Charlotte, tu aurais fait des gâteaux toute la journée, dit Sabine.

Il y eut un court silence et Rose explosa de rire :

— Ou France ! J'aurais été obligée de rentrer !

Puis, comme si elle redevenait sincère, elle baissa la voix, retrouvant cet air conspirateur qu'elle avait à quinze ans :

— Ma mother a fait un peu la gueule vous vous en doutez. Elle qui me voyait grandir sur les barricades, hurlant des slogans féministes et brûlant mes soutifs !

Elle sentit qu'elle était allée trop loin. Elle savait à quel point la famille Malivieri aimait sa mère, et c'est peut-être ce qui l'avait poussée à se moquer ouvertement d'elle, une jalousie d'enfant unique qui ne partage pas si facilement. Les filles ne savaient plus comment retrouver avec elle leur complicité d'antan, et, au bout de dix minutes de rires fracassants et d'humour brutal, elles furent soulagées que leur père leur fasse signe de le rejoindre dans la cuisine. Il fallait poser les bougies sur le gâteau, fermer les volets, préparer la surprise qui n'en était pas une. Le repas de midi avait laissé son empreinte amère et tous souhaitaient oublier ce qui s'était dit. Sabine prit son père par le cou et lui fit une bise. Ému, il dit :

— Ah là là, mes filles !

Il ébouriffa les cheveux de Mariette et les serra toutes les deux dans ses bras, un bref câlin qui les soulageait. Il s'approcha d'Hélène qui avait commencé à allumer les bougies.

— Quarante et un ans, ça commence à faire, hein ?

Il lui passa furtivement la main dans le dos, Hélène savait qu'il ne serait pas plus démonstratif. Quand ils entrèrent dans le salon tous les quatre, portant le gâteau et chantant à l'unisson, ils avaient conscience de l'image qu'ils offraient et il y avait en eux un orgueil heureux. Ils auraient voulu qu'on les prenne en photo, qu'on encadre cette photo et qu'elle les représente pour de longues années.

Lorsque Agnès souffla ses bougies et que le rituel fut achevé, Bruno se sentait si à l'aise qu'il lui fut facile d'aborder les invités de sa femme. Il s'approcha d'une de ses collègues et lui demanda son prénom. C'était une fille brune aux cheveux courts qui lui faisait penser à Arlette Laguiller, elle avait l'air assuré de celles à qui on ne la fait pas, mais gardait dans le regard une lueur hésitante.

— Je suis Françoise Boussard. Je travaille avec Agnès.

— Oui… Elle m'a parlé de vous.

— Vous êtes instituteur, c'est ça ?

— Oui… Enfin… Ma fille aînée vous dirait que je travaille à stabiliser le capitalisme international…

— Quoi ?

— Rien… Ça fait longtemps que vous travaillez avec ma femme ?

— Un an à peu près. Je suis arrivée en 77. Avant j'étais à Paris. J'ai vécu huit mois dans un foyer PTT pour filles… C'était pas mal, hein, mais ensuite j'ai galéré pour me loger. Paris… c'est cher…

Bruno regardait Agnès et Sabine, qui parlaient avec Laurence. Sûrement leurs éternelles discussions sur l'avortement ou le viol, toutes ces choses dont elles ne se lassaient pas.

— J'ai été drôlement contente quand on m'a mutée ici. J'ai pu récupérer mes filles.

— Mais… qu'est-ce qui vous a attirée dans ce métier ?

— Il n'y avait plus de travail à l'usine à papier où je travaillais. J'avais commencé à quinze ans comme laborantine, pour les pots de yaourt, je suivais l'évolution du papier, mais…

Bruno regrettait la loquacité de Françoise Boussard. Il avait envie de rejoindre le groupe des filles auquel maintenant s'était jointe Hélène, et évidemment toutes les trois écoutaient Laurence comme si elle était le Messie.

— … le problème c'est que l'usine s'est modernisée, ils ont acheté une bobineuse, alors là ils ont commencé à licencier et puis…

— Excusez-moi, je reviens tout de suite…

Il la planta là avec son histoire à laquelle il ne comprenait rien et s'approcha des filles avec une bouteille d'asti spumante. Laurence les faisait rire en imitant un homme à l'accent provençal :

— Mais qu'est-ce que c'est que cette histoire ? Tu fais l'amour à une femme et tu vois ce qu'elle fait ? Elle te traîne devant le tribunal ? Quelle couillonnade !

— Un gendarme ?

— Eh oui !

— C'est fou !

— Mesdames, dit Bruno avec une galanterie appuyée, puis-je vous servir à boire ?

— Papa, dit Sabine, tu savais que Gilbert Collard, l'avocat des violeurs, avait osé parler d'une justice de classe ? Tout ça parce que les trois types étaient des brutes à moitié demeurées ?

— J'étais sûr que vous parliez du procès, j'en aurais mis ma main au feu ! Une coupette ?

Et, face au silence accusateur, il affirma :

— Oui, je le savais, et il a dit qu'avec ce procès la bourgeoisie parisienne était venue donner des leçons dans le Sud.

Elles le regardèrent avec un étonnement admiratif. Il versa de l'asti dans leurs coupes en tenant la bouteille par le cul puis dit simplement en levant son verre :

— Aujourd'hui on fête l'anniversaire de ma femme ! Et j'ai très envie de l'inviter à danser. Ça ne vous gêne pas ?

La question avait été posée directement à Laurence. Elle leva son verre et lui envoya un sourire qui signifiait qu'il avait bien joué. Hélène mit un disque de Nat King Cole et lorsque *Mona Lisa* résonna dans le petit salon, Bruno entraîna Agnès pour danser ce slow sur lequel ils dansaient quand ils étaient fiancés. Les invités les applaudirent et se mirent à danser aussi, les femmes étaient plus nombreuses que les hommes et elles s'enlacèrent en riant. Bruno serrait fort Agnès contre lui, il en avait assez de la perdre, il en avait assez qu'elle préfère passer du temps avec des filles qui fabriquaient des pots de yaourt ou avec des bourgeoises obsédées par le féminisme, plutôt qu'avec lui. Agnès éprouvait un certain trouble à avoir été choisie par lui, devant tout le monde, comme une femme que l'on veut. La musique la ramenait au temps précieux de leur innocence, quand ils mettaient dans leur engagement de futurs mariés une foi honnête et toute la bonne volonté dont ils étaient capables. Ils étaient encore timides l'un envers l'autre, et impatients aussi. Ils n'imaginaient ni la mort de leur premier bébé, ni les difficultés financières, ni l'amertume et l'incompréhension entre eux deux. Agnès posa sa tête contre l'épaule de Bruno, elle pensa que ses quarante et un ans marquaient peut-être le début de sa jeunesse. Elle avait fait tout ce qu'il fallait faire, et dans le bon ordre. Aujourd'hui sa fatigue était grande. Nat King Cole la renvoyait au temps où elle portait des robes au-dessous du genou et se confessait chaque semaine. Elle était jolie et ne le savait pas. Et elle éprouva soudain de la tendresse pour cette jeune fille qu'elle avait été. Bruno posa sa paume sur sa tête blottie contre lui, dégagea les petits cheveux mouillés de sueur et embrassa sa peau salée, là où battait sa veine, doucement, inlassablement. Autour d'eux bruissait un monde lointain et sans vérité. Les voisins, les amis, les enfants… le temps d'un slow, ils s'étaient déréalisés, et leur cédaient enfin la place.

Le lendemain matin Hélène conduisit Sabine à la gare Saint-Charles à Marseille. C'était dimanche et elle avait emprunté la voiture de leur père, une Renault 5 achetée à crédit qui remplaçait la vieille Simca 1000. Le matin se levait, alourdi déjà par la brume de chaleur. Au loin la montagne Sainte-Victoire attirait le regard avec un orgueil éternel, traçant entre la terre et le ciel une forteresse d'ombre et de lumière. Les deux sœurs roulaient dans un silence inhabituel depuis de longues minutes, quand elles osèrent enfin se regarder, et dans ce regard comprirent qu'elles pensaient à la même chose.

— Quelle horreur ces appartements, dit Hélène en riant. Est-ce que les architectes imaginent que les pauvres ne font jamais l'amour ?

— Ils construisent pourtant de sacrées cages à lapins !

— On devrait être contentes pour eux.

— Oh tais-toi, n'en parlons plus, c'est tellement dérangeant. Heureusement que Mariette dormait.

— C'est ce slow qui les a rendus dingues, pourquoi est-ce que tu as mis ce slow ?

— J'aurais mieux fait de mettre Sœur Sourire ou les Compagnons de la chanson, c'est sûr.

— Ils ont essayé d'être discrets, pourtant.

— Ils *étaient* discrets. Mais juste à côté…

Pour ne plus y penser, Hélène se concentra sur sa conduite, les rues étaient presque désertes, quelques piétons se rendaient au marché, lentement, la ville était engourdie, encore pleine de sommeil. Sabine regardait les paysages familiers et elle se revoyait partout, dans chaque rue traversée, chaque petite place, avec sa famille, des amis, des amours, tant d'amours imaginées, pour si peu de vécues. Il y avait le café où elle avait donné rendez-vous à Dieter, un Allemand qui ne parlait pas un mot de français et avec qui, après un simple baiser échangé, elle avait imaginé une relation intense vécue entre Berlin et Aix, ils formeraient un couple soudé par une attirance puissante et une complicité hors du commun, que tous admireraient. Dieter avait quitté Aix quinze jours après leur rencontre et n'avait jamais répondu à ses lettres. Elle revoyait ce garçon efféminé rencontré dans une soirée chez sa prof de philo et qui lui avait fait penser au Tadzio de *Mort à Venise*. Le coup de foudre l'avait saisie comme une averse violente dont elle ne pouvait se protéger. Elle avait passé la soirée à l'aimer, incapable de lui parler. Quand il s'était levé pour partir elle s'était précipitée pour lui dire au revoir, alors qu'elle ne lui avait même pas dit bonjour. Il avait soulevé ses boucles blondes d'une main fatiguée, avait doucement approché son visage pour qu'elle l'embrasse, et son haleine était si épouvantable qu'elle avait gémi de dépit. Elle revoyait les garçons du cours de théâtre de Mme Paillard, leurs longs cheveux fins, leurs poignets aux bracelets de cuir et leurs mains posées sur le cadre de leur mobylette garée dans la cour. L'odeur de l'essence. La fraîcheur du soir. L'envie de flirter, de se goûter doucement, sentir l'odeur du savon sur les joues mal rasées, aimer les voix encore fragiles de ceux qui ne veulent pas ressembler à leur père, leur façon soudaine de renverser la tête pour envoyer leurs cheveux en arrière, dans un geste féminin qui n'appartient qu'à leur génération. Elle les revoyait, ces garçons beaux et maladroits avec qui elle avait partagé les instants cachés des premières jouissances. Et ceux, plus nombreux, qu'elle avait aimés et qui ne l'avaient jamais su, ces amoureux pour qui elle avait pleuré sans qu'ils s'en soucient. Et Jean-Louis, son premier amant… On lui avait dit qu'il travaillait dans une banque sur le cours Mirabeau. Elle imaginait ses longues mains de guitariste triant les relevés bancaires, son doigt mouillé par l'éponge pour compter les liasses de billets. Pensait-il à elle quelquefois ? Avait-il lu son nom dans *Le Figaro* ? Se souvenait-on des uns des autres ? Elle se demandait si elle pouvait nommer tous les êtres avec qui elle avait été liée depuis sa plus tendre enfance, ceux qui étaient entrés dans sa vie par hasard et y avaient laissé des traces qu'elle pensait perdues. Parfois, dans la simple lumière d'un soir à l'odeur fraîche, elle sentait le temps se brouiller et éprouvait des émotions qu'elle croyait disparues, sa vie devenait sans ruptures, et elle avait soudain tous ses âges, l'enfance, l'adolescence… Elle pensa qu'elle dirait cela à Paul ce soir au téléphone, et aussi qu'elle avait suivi son conseil, elle avait lu les critiques d'*Une vie* à son père. Un coup pour rien. Elle se demanda si Mathieu profitait de son absence, s'il donnait des rendez-vous à d'autres filles spécialement quand elle n'était pas là ou bien si cela lui était aussi égal que lorsqu'elle était à Paris, à quelques rues à peine.

Elles étaient maintenant sur l'autoroute et en s'éloignant Aix prenait les dimensions d'une simple ville de province, régulièrement envahie d'avocats célèbres et de journalistes logés au Grand Hôtel du Roi René, en face du lycée Mignet, où les élèves ignoraient comme ça avait été dur, quelques années plus tôt, pour les filles et les garçons de vivre séparés. Mathieu, qui se présentait comme son petit ami, et qu'elle se retenait d'appeler mon grand amour, avait croisé Robert une nuit dans le couloir, elle avait oublié de le prévenir que le vieux chirurgien se relevait pour manger. Robert lui avait dit, Bonsoir mademoiselle, et avait continué son chemin. C'était un gentleman. Et il n'avait sûrement pas parlé à son fils, Gérald, de ce jeune homme sous son toit. Sabine aimait Mathieu d'un amour intense et impatient. Elle se disait qu'un jour il traduirait des pièces anglaises pour elle, peut-être même en écrirait-il, elle les jouerait, les créerait à Paris, en serait la première interprète et l'éternelle référence. Elle l'aimait pour ce qu'il était, intelligent, un peu sauvage et misanthrope, libertaire et sensuel, et aussi pour tout ce qu'il était sans le savoir, ce qu'il allait devenir grâce à leur amour, et qu'elle seule savait. Quand il lui était trop pénible de l'imaginer dans les bras d'une autre, elle pensait à Sartre et à Beauvoir et par un effet de miroir son couple grandissait. Elle voulait s'affranchir de son éducation, vivre avec son temps (bien qu'elle se demandât comment il était possible de vivre hors de son temps), et grâce à Mathieu, à ce qu'elle nommait « ses exigences », elle y parvenait parfois. Elle l'aimait et souffrait de l'aimer. C'était un amour comme une cause à défendre, et elle la défendait.

Après avoir déposé sa sœur à la gare, Hélène apprécia la solitude. Elle roulait les fenêtres ouvertes mais l'air qui venait du dehors était brûlant, le goudron sentait fort, tout semblait prêt à s'embraser, les pinèdes autour, les fermes au terrain coupé par l'A51, les voitures qui se heurteraient et s'enflammeraient, car tout semblait propice à l'accident ; une atmosphère d'irréalité flottait dans cette chaleur sèche et elle avait l'impression de fendre un mur invisible, hostile et brûlant. Elle alluma l'autoradio, une publicité vantait une promotion sur des canapés en vachette, un couple exultait, la femme était naïve et excitée, l'homme, plus responsable parce que c'était lui qui payait, tentait de calmer les ardeurs consuméristes de sa femme, mais devant l'exceptionnalité de la promotion il filait en hurlant vers le magasin de meubles. Hélène s'agaçait de cette frénésie et des jingles atroces de RMC, quand elle fut envahie d'une émotion aussi violente qu'inattendue. Bécaud chantait *Et maintenant*, et elle se mit à pleurer sans pouvoir se retenir, sans même savoir pourquoi, c'était immédiat, comme un réflexe ou une chute. *Tu m'as laissé la terre entière, mais la terre sans toi c'est petit.* Bécaud n'était pas Bécaud, Bécaud était son père et rien que lui, qui chantait dans la voiture avant que les autoradios ne le fassent à sa place, qui ne savait pas qu'il manquait à Hélène même quand il était là, qui n'avait jamais compris que Tavel ne le remplaçait pas et ne l'avait jamais remplacé. Parce qu'il était irremplaçable. Parce qu'il était beau et ringard, fauché et sincère, altruiste et intégriste, mais surtout parce qu'il était tendre, et, à l'heure où tout autour de lui disait qu'il était dépassé et hors jeu, il gardait sans se décourager ce besoin inassouvi d'amour et de famille. Hélène avait parfois envie de lui crier, C'est toi mon père ! C'est toi ! Mais elle craignait qu'il prenne cela pour de l'hystérie, ou pire, pour un reproche. Et sur cette autoroute où les camionneurs qui la doublaient lorgnaient les cuisses de cette fille qui sanglotait effondrée sur son volant, elle se demandait ce qu'elle allait faire. Comment seize années d'aéroport et de chèques pouvaient-elles n'être qu'une simple anecdote ?

Elle arriva chez Éléonore étourdie par ses larmes, ses yeux, pensait-elle, devaient avoir un vert encore plus délavé que d'habitude, comme si son chagrin avait eu un effet concret sur leur couleur. Elle se trouvait toujours aussi insignifiante mais avait fini par s'accommoder de ce physique évanescent. Arthur s'amusait parfois à loucher, à faire semblant de tenir un micro et en imitant la voix de Joe Dassin lui disait, Tu ressembles à une aquarelle de Marie Laurencin. Mais je n'aime pas Marie Laurencin ! criait-elle. Tout ce rose et toutes ces écharpes, c'est tellement… bonne femme ! N'empêche. L'allusion à l'aquarelle lui plaisait bien.

Éléonore vivait dans la résidence Saint-Jérôme, un lieu aux pelouses entretenues, dans lequel les habitants avaient des balcons fleuris et des places de parking à leur nom. On avait envie, pour se conformer au lieu, de parler bas et d'aller bien.

Éléonore gardait un air déterminé et une beauté dont elle ne faisait pas cas, mais elle s'était adoucie, quelque chose de sensuel et de fatigué passait dans son regard. Elle était boursière, allait passer son DEA de mathématiques à la faculté de Marseille et vivait avec Amélie, une physicienne de dix ans son aînée qui semblait passer sa vie en congrès et conférences aux quatre coins du globe. Hélène ne l'avait jamais rencontrée. Sur la photo posée de travers sur le frigidaire, Éléonore et elle posaient devant le Machu Picchu, sac au dos et mains sur les hanches, visiblement épuisées et gênées par le soleil elles grimaçaient d'un air heureux, et cette pose sans afféterie disait une union simple. Évidente.

— Mademoiselle Malivieri ! Mais comment allez-vous ?

Hélène apprécia qu'elle l'accueille avec un peu d'ironie, comme si elle ne remarquait pas son visage défait et ses yeux rougis. Mais dès qu'elles se furent assises, Éléonore coupa le filtre d'une cigarette, attrapa le paquet de papier à rouler. Hélène accepta avec joie de partager le joint. Elles le fumèrent en silence, elles étaient capables de cela, ne se voir que deux ou trois fois par an et se retrouver dans une connivence sans mots. Hélène sentit ses tensions s'apaiser. Elle ne voulait pas penser qu'il lui faudrait bientôt conduire pour rendre la voiture à son père, elle voulait partager cette herbe qui la délivrait du corset d'angoisse dans lequel elle était depuis la veille, son arrivée à Aix. Et puis, inévitablement, elle commença à rire, Éléonore connaissait sa réaction au cannabis :

— Je l'ai pourtant préparé léger léger, hein, vu ta nature délicate.

— Je suis une fille simple, Léo, il m'en faut peu.

— Je le fais pousser sur mon balcon maintenant, je suis tranquille.

— Décidément…, dit Hélène en gloussant un peu.

— Quoi ?

— Tout est illégal ici, ton couple, ton balcon, tes

actions antivivisection. Et son rire s'amplifia. Elle répétait : Ton balcon est illégal.

— Quand on y réfléchit, les lesbiennes sont encore moins considérées que les animaux, dit Éléonore.

— Qu'est-ce que tu racontes ?

— Mais oui ! On a enfin reconnu une sensibilité à l'animal, même si ce droit n'est valable que s'il est domestiqué.

Hélène se renversa en arrière et envoya son rire au plafond. Être chez Éléonore lui rappelait les moments passés à l'ambassade, chez Laurence, un lieu sans politesses superflues. Les volets étaient fermés, et dans la pénombre l'odeur du café se mêlait à celle de l'herbe, Hélène se demanda si les voisins étaient au courant des cultures de cannabis d'Éléonore. Et du couple illégitime qu'elle formait avec Amélie. Elle dit :

— J'ai entendu mes parents faire l'amour.

— Tu as de la chance, moi je les ai toujours entendus faire la gueule.

— Ouais… je suppose que j'ai de la chance…

Elle se redressa et regarda l'appartement si différent du studio qu'Éléonore habitait quand elle l'avait rencontrée. Il y avait là la preuve d'une autre vie, Amélie avait imprimé sa marque, leurs affaires semblaient mêlées, les livres, les disques, elle se demanda si elles échangeaient leurs vêtements, se prêtaient une paire de chaussures ou un sac… Et soudain, elle tressaillit, horrifiée par une photo encadrée qu'Éléonore avait accrochée au mur.

— Comment peux-tu faire ça, Léo ? L'afficher

dans ton salon ? Tu te rends compte à quel point c'est glauque ?

— Pas plus glauque qu'un homme nu et crucifié. Et ça revient au même : se souvenir du mal.

Hélène fixa la photo longuement, puis elle dit :

— On dirait une sculpture de Giacometti. On dirait qu'il est pris dans le bronze, le mazout l'a figé comme du bronze, tu ne trouves pas ?

— Je n'y avais pas pensé, mais… oui.

— Il retournait chez lui, en Écosse… C'est un fou de Bassan.

Elle revoyait les cartons remplis d'oiseaux impossibles à sauver, des milliers et des milliers d'oiseaux marins qui avaient fini à la déchetterie. Plusieurs tonnes.

— C'était en mars dernier, la période de nidification… Il a fallu en piquer beaucoup, ils souffraient trop avant de mourir… En se nettoyant ils s'empoisonnaient, se brûlaient le tube digestif, s'intoxiquaient le foie… Les cormorans qu'on avait soignés et nourris par sonde gastrique avaient la terreur de l'eau parce que leur plumage ne les protégeait plus. On passait de l'huile sur leurs plumes mais ça ne servait à rien. Ils avaient peur et ils avaient froid. Ils cherchaient des endroits secs en poussant des cris terribles. J'avais honte. Je les regardais et je répétais, Pardon, pardon, pardon…

Hélène n'avait jamais parlé si ouvertement de son expérience à la clinique des oiseaux mazoutés qui avait été créée à Brest après le naufrage de l'*Amoco*

Cadiz. Elle gardait pour elle ces quelques jours de confrontation à la souffrance animale. Deux cent vingt-sept mille tonnes de pétrole déversées dans la mer et sur les côtes… Éléonore retourna la photo de l'oiseau contre le mur.

— C'est mieux comme ça ?

Hélène haussa les épaules. Elle était triste, le bénéfice du joint s'était évaporé et elle ressentait déjà ce petit mal de tête habituel. Dans l'appartement la pénombre pesait maintenant, l'odeur du café était aigre, comme si on l'avait mélangé à une eau de vaisselle un peu grasse. Elle avait mal aux yeux, elle avait trop pleuré. Elle passa ses mains à plat dans ses cheveux pour les lisser en arrière, encore et encore, un geste de consolation. Elle se força à penser à des choses ordinaires et demanda :

— Tu pars quand en Italie ?

— La semaine prochaine. Et toi, tes vacances ?

— Je pars en Auvergne avec Arthur et puis : révisions, révisions, révisions. Je veux arriver blindée pour ma deuxième année.

Éléonore la regardait sans rien dire, comme on contemple un tableau, un temps concentré qui vous emmène ailleurs, loin, dans l'intérieur de vous-même. De vos souvenirs. Hélène lui demanda un peu trop brusquement :

— Tu me raconteras ?

— Quoi ?

— Ta mission.

— Oh bien sûr… Je te raconterai. On longera les

côtes italiennes à bord d'une goélette, tous les scientifiques avec palmes et tuba… Ce sera drôle, tu ne crois pas ?

— Je suppose que lorsque vous donnerez les conclusions de vos recherches aux journalistes, ça le sera beaucoup moins…

— Et plus encore quand on rencontrera les politiques. Le monitorage des côtes ne les passionne toujours pas. La chaîne alimentaire perturbée par la pollution accumulée chez les animaux aquatiques… Pas vraiment leur centre d'intérêt… En tout cas je suis contente d'y participer et de quantifier les données, d'analyser le désastre…

Hélène eut envie de demander à Éléonore de l'emmener avec elle, mais elle savait que c'était impossible, Arthur tenait tellement à ce séjour en Auvergne chez ses parents.

— Je ne crois pas que notre équipe soit au complet, dit Éléonore comme si elle avait lu dans ses pensées.

Hélène mit quelques secondes à comprendre l'invitation. Il aurait été tout à fait justifié en tant que jeune étudiante d'apprendre sur le terrain avec des scientifiques professionnels… Elle regardait Éléonore, et il lui semblait que le temps ne passait plus, qu'il s'était arrêté dans son regard.

— Je vous encombrerais tous… et puis… j'ai honte de le dire, Léo, mais j'ai peur de mettre la tête sous l'eau. Je ne peux pas mettre la tête sous l'eau. Ça a toujours été comme ça. Depuis que je suis petite, en fait.

Le voisin du dessus se mit soudain à hurler à la guitare la chanson de Patti Smith, *Gloria*. Un vrai massacre. On aurait dit qu'il attaquait les cloisons à coups de hache. Éléonore dit :

— Il va enchaîner avec *Let It Be*, et ensuite *La Ballade des gens heureux*. Ne me demande pas pourquoi.

Hélène se leva, un peu étourdie.

— Il faut que je rende sa voiture à mon père. Et que je déjeune en famille…

L'air tremblait autour d'Éléonore. Hélène ignorait si cela venait de la pénombre ou si c'était un début de migraine. Dans ce cas, il lui fallait rentrer chez elle au plus vite, avaler une aspirine et se coucher. Elle s'épargnerait le déjeuner dominical, la gêne de voir ses parents, après les avoir entendus faire l'amour la nuit précédente. Elles s'embrassèrent sur la joue en faisant claquer leurs baisers, des baisers de camaraderie, qui résonnèrent dans le hall.

Être dehors était comme plonger la tête dans un four, l'air s'était encore condensé et aridisé. Le chant des cigales était insupportable, et il semblait à Hélène qu'il s'adressait personnellement à elle, à sa migraine. Elle repensa à Fabre qui se plaignait de leurs « rauques symphonies ». L'entomologiste avait raison, il y avait dans leur chant quelque chose de farouche et d'agressif. L'annonce d'un combat. Elle s'assit dans la voiture, atmosphère sans oxygène, bloc de chaleur. En baissant sa vitre elle vit Éléonore. Elle avait ouvert ses volets et lui faisait au revoir depuis son balcon. Elle lui envoya un sourire que son amie ne pouvait pas voir. Puis elle agita la main à son tour, comme une petite fille sur un manège, ou une femme à la fenêtre d'un train, un geste très ancien pour se dire qu'on se quitte. Et qu'on regrette cette défaite.

Mariette partait pour quelques jours. Agnès lui avait préparé une valise conforme à la liste, et elle avait cousu les étiquettes à son nom sur les serviettes et les habits qu'elle comptait et recomptait avec une fébrilité qui disait sa mauvaise conscience. Sa fille n'allait pas en colonie parce qu'elle travaillait, mais parce qu'elle partait avec son mari. Trois jours seule avec lui. Ça n'était pas arrivé depuis vingt-trois ans, et il y avait dans cette escapade quelque chose d'ouvertement sensuel et égoïste qui allait mal à un couple de parents. Bruno lui avait proposé une retraite à Branguier, avec Les Foyers Notre-Dame, ce mouvement de couples chrétiens dans lequel un prêtre et des équipiers accompagnaient les ménages pour « construire une vie de couple en accord avec le sacrement du mariage ». Mais Agnès avait refusé. Ce qu'elle voulait, c'était partir seule avec lui. Il en avait été soulagé. Lui aussi avait envie d'être avec elle « en amoureux », et il se demandait comment ils avaient fait pour tenir si longtemps sans s'autoriser quelques jours ensemble.

M.M. C'était les initiales de Mariette. Sautant sur son lit, elle en testait les sonorités, *M M. Hum. Hum. Aime. Aime. Moi ! Moi ! Moi !* Elle n'était jamais partie sans sa famille. N'avait jamais découvert quelque chose sans le partager avec elle. Elle avait hésité à prendre son Cahier des bonheurs puis avait demandé à sa mère de lui en acheter un neuf, de peur qu'on lise ce qu'elle avait écrit sur sa vie d'avant la colo. Elle partait huit jours, à Saint-Martin-Vésubie, dans le Parc national du Mercantour. Le nom un peu compliqué donnait une beauté mystérieuse au lieu qu'elle ne connaissait pas. Ce serait une colonie catholique, non mixte, et c'était tant mieux. Sans les garçons, les filles feraient moins d'histoires. La plupart se connaîtraient déjà, plusieurs viendraient des mêmes collèges privés, certaines auraient été aux jeannettes ensemble, Bruno l'avait prévenue. À neuf ans elle avait voulu entrer dans ce mouvement scout, elle avait entendu dire que les jeannettes faisaient leur promesse et ce mot l'avait littéralement transportée. Elle se voyait, debout, en uniforme, toute sa famille attendant qu'elle prononce le serment qu'elle réciterait sans se tromper, la main sur le cœur, le regard porté loin devant elle. Son père lui avait dit le texte exact : « Je promets de faire de mon mieux pour être fidèle à Dieu, à la France, à mes parents, à la loi de la ronde, et de faire chaque jour un plaisir à quelqu'un. »

— Pourquoi à la France ?

— Mais ! Pour faire comme Jeanne d'Arc !

Ainsi, les jeannettes étaient de petites Jeanne d'Arc, et cela l'avait émue aux larmes, comme si elle avait pu être la fille de cette sainte dont on lui avait donné une image au catéchisme : sainte Jeanne dans sa robe blanche, debout sur le bûcher, deux nuages de fumée dessinant dans son dos ses ailes d'ange. Elle aimait son visage tendu vers le ciel dans la fumée qui l'étouffait *à petit feu*, comme elle pendant une crise, et elle se flattait de connaître un peu de sa souffrance. Elle voulait entrer aux jeannettes et *faire de son mieux oui mieux mieux mieux !* et franchir les étapes qui la feraient passer de la fleur bleue à la fleur blanche, de la fleur blanche à la fleur or, la magnifique fleur de lys qui se teinterait de progrès en progrès, d'étape en étape, de prière en prière. Mais le prêtre avait refusé son entrée dans le scoutisme, le sport y tenait une place trop importante pour « une petite asthmatique ». Sa passion pour Jeanne d'Arc et sa horde de jeannettes miniatures était morte aussitôt, et elle avait redoublé d'amour pour Jésus-Christ, qui était de toute façon bien plus haut dans la hiérarchie.

Pour une colonie de vacances son asthme posait moins de problèmes que pour le scoutisme, même si son inscription avait été accompagnée d'ordonnances et de recommandations : après avoir pris son traitement et suivi un échauffement progressif, elle pourrait faire du sport, comme les autres. L'équitation lui était toutefois interdite, à cause des allergies. Heureusement, l'été était la saison durant laquelle la maladie semblait en sommeil et elle voulait en profiter pour mettre en pratique ce qu'avait dit le médecin, petit à petit ouvrir ses poumons, les renforcer, et elle pensa que ses bronches et toutes leurs ramifications étaient ses fleurs de lys à elle, alors la main sur le cœur elle dit, Je promets de faire de mon mieux pour respirer et courir comme les autres. Je promets de faire des progrès, pour moi, pour mes parents… Et parce que ça l'exaltait, elle avait ajouté, Et pour la France.

Il était étrange que le bâtiment Les Marmottes qui accueillait la colonie soit si laid, alors qu'alentour le paysage était si beau : des montagnes de lumière, des collines traversées de rivières, des maisons au toit de tuiles rouges serrées les unes contre les autres, une entente entre l'homme et la nature, un orgueil sauvage. Le bâtiment de la colo était une masse de ciment gris percée de fenêtres minuscules. Une pénombre froide s'était installée dans les pièces, semblable à un voile de deuil un peu flou. L'humidité suintait des murs boursouflés de taches, comme si le bâtiment avait été malade. De fait, il s'en dégageait quelque chose de malsain, une aigreur ancienne, qui s'accrochait.

À peine arrivée, Mariette alla s'asseoir sur un rocher face à la montagne. En regardant ce panorama elle sentit comme il était ancien, la naissance du monde, et cela lui fit peur. Elle entendit le long cri d'une buse qui traversait le ciel, porta le regard le plus loin qu'elle put, mais son regard n'arrivait nulle part, rien ne l'arrêtait, et elle fut surprise de penser au bébé mort de ses parents, sa présence avait surgi dans cet espace sans limites, c'était un bébé éternel et son aîné pourtant, son secret. Le frère que ses sœurs n'avaient pas. Elle respira profondément, calmement, avec un petit cafard inavoué et l'envie déjà d'être ailleurs. Loin de tous ces gens qui avaient fait le voyage avec elle, le pique-nique, l'arrivée et l'installation aux Marmottes avec elle, sans la voir. Elle était petite, on devait la prendre pour une fille qui s'était trompée de tranche d'âge, ici c'était pour les onze-douze ans, elle en paraissait deux de moins. Ici, même sans uniforme il fallait se ressembler, ou bien se faire excessivement remarquer, avoir une particularité sans complexe. Elle s'en voulait de ne pas être particulière. Et elle s'en voulait de sa peine.

Tout changea avec l'arrivée du prêtre, le deuxième jour. Le père Lavière était descendu de sa moto en dérapant sur les graviers, et Bénédicte, une monitrice, avait dit dans un rire béat, On ne le changera jamais ! Les moniteurs le regardaient comme un aîné qui vous fait la gentillesse de vous traiter en copain, ils respectaient cependant les limites tacites et semblaient s'adapter à ce qu'autorisait le prêtre, la familiarité ou le respect, la confidence ou la discrétion, des variations subtiles et permanentes. Avec l'arrivée de cet aumônier, au fil des jours l'ambiance se détendit, et il y avait des moments que Mariette attendait avec plaisir. Elle avait fini par être copine avec deux filles qu'elle n'aimait pas beaucoup mais qui lui avaient permis de ne pas paraître isolée. Elles s'appelaient Fabienne et Blandine, sentaient la citronnelle et le petit pois, il y avait en chacune d'elles une balourdise qui les empêtrait et les ralentissait un peu. Dès qu'elle se fut acclimatée au groupe, Mariette tenta de s'en défaire, mais il était trop tard. Comme deux chiens abandonnés, Fabienne et Blandine la suivaient, liées à elle par un attachement encombrant.

Elle aimait marcher dans la montagne, la montagne à vaches, disaient les moniteurs, là où on ne parlait plus, dans l'odeur des pins, de la résine, et toutes ces fleurs inconnues que l'on n'avait pas le droit de cueillir et qui semblaient encore plus rares dans leur beauté fragile. Elle aimait monter lentement, dans la profonde concentration de l'effort, la promesse du point de vue qui l'attendait, la joie d'y arriver, comme les autres. Au retour de ces randonnées elle était toujours déçue que les gens dans la vallée vivent encore les heures de l'après-midi. Était-on partis si tôt que la journée ne soit pas finie ? Elle parlait à ses poumons, leur disait merci, merci pour ces progrès, merci de ne pas m'avoir trahie. Elle guettait l'heure du dîner et la veillée, ce moment qu'elle aimait particulièrement. On se rassemblait autour d'un feu de camp, le père Lavière, de sa voix amicale et chantante, lisait une prière ou un passage de l'Évangile, expliquait qu'il fallait apprendre à craindre Dieu et à aimer Son Fils, puis les moniteurs chantaient à la guitare. Mariette regardait les flammes en rêvant à autre chose. Elle avait tenté de comprendre comment, si Dieu, Son Fils et le Saint-Esprit ne formaient qu'un seul être, on pouvait à la fois Le craindre et L'aimer. Comment ce sentiment-là était-il possible ? Elle avait cherché un équivalent dans sa vie et ne l'avait pas trouvé. Elle ne craignait pas les êtres qu'elle aimait. Malgré l'étrangeté de leurs comportements, elle ne se sentait jamais menacée par eux.

Un soir après la veillée, comme le ciel était sombre, agrandi par les étoiles, le père Lavière proposa une partie de cache-cache dans la nuit. Il y eut instantanément des cris de joie, l'excitation s'empara de la colo. Les filles sautillaient sur place, certaines se tenaient les mains, des rires fusaient, on tira au sort deux moniteurs qui compteraient jusqu'à cent. Des duos se formèrent aussitôt, sans avoir vraiment le temps de se choisir, on s'éloignait en courant. Le père Lavière proposa à Fabienne de se cacher avec lui, Blandine demanda à Mariette de faire équipe, et elles s'éloignèrent prudemment. Elles avaient peur de se perdre et appréhendaient ce qu'elles ne voyaient pas, les animaux nocturnes qu'elles dérangeaient. Elles se baissèrent derrière le premier buisson venu, les voix des autres leur parvenaient avec les bruits furtifs de leurs corps qui se cachaient, les petits cris de douleur se mêlaient aux rires nerveux, chacun parlait bas, pris entre le désir de gagner et celui d'être vu, de sortir de la cachette et d'aller attendre tranquillement contre le mur avec les perdants.

Le lendemain, qui était aussi le dernier jour, pendant le temps libre de l'après-midi, Mariette pensa qu'il était temps d'écrire ses cartes postales. Elle avait toujours repoussé ce moment, voyant ce que les autres filles écrivaient et craignant d'écrire des choses aussi stupides qu'elles, le beau temps, les belles balades, les gentils moniteurs... Des mensonges, avait-elle pensé. Comment pouvait-on mentir à ses parents ? Oui, mais comment pouvait-on leur dire la vérité ? L'humidité des dortoirs. L'ennui. La bêtise de ses copines Blandine et Fabienne, et surtout leur vulgarité (leur mauvais genre, aurait dit son père). Le temps passait, elle n'avait rien écrit, et quand un moniteur siffla le rassemblement du camp, elle déchira chaque carte postale minutieusement, une par une et en tout petits morceaux. T'es pas un peu dingue ? lui demanda une fille, et elle fut surprise de s'entendre lui répondre un méchant, Ta gueule, qui aussitôt prononcé lui donna envie de s'excuser et de pleurer.

Ses poumons étaient fatigués. Leur amplitude respiratoire lui semblait diminuée, comme si après les efforts et l'éveil des premiers jours ils s'étaient soudain recroquevillés, telles deux fleurs déçues, et l'angoisse se mêlait à la fatigue. Pourvu qu'elle n'ait pas de crise. Pourvu que personne ne l'entende siffler et tousser, que personne ne la voie devenir violette, pourvu qu'on ne l'envoie pas à l'infirmerie, ou toute seule dans le dortoir... oh, pourvu qu'on ne la laisse pas seule. Le moniteur avait rassemblé les filles pour une partie d'Épervier part en chasse, il lui faisait signe de les rejoindre par de grands gestes impatients. Le ciel tourna un peu au-dessus de Mariette, au-dessus de la terre lestée de montagnes, de forêts et de collines, il fit plusieurs tours dans un sens puis dans l'autre, mais la terre ne bougeait toujours pas, il y avait du plomb dans le sol, et plus le ciel remuait, plus la terre se figeait, alors il y eut un éclat de colère tout là-haut, le Seigneur qu'il fallait craindre et aimer leur disait qu'Il les voyait, tous, jour et nuit, Il ne les lâchait pas du regard, elle entendit les paroles du Confiteor, *C'est ma faute, c'est ma faute, c'est ma très grande faute.* Et elle tomba.

Longtemps après être rentrée de la colonie de Saint-Martin-Vésubie, il lui arrivait la nuit de se réveiller et de se croire encore là-bas, dans le dortoir des Marmottes. Elle en éprouvait une terreur soudaine, un poids dans le ventre et sur la poitrine, qui ne se dissipait pas quand elle réalisait qu'elle était chez elle. Elle s'asseyait tout doucement dans son lit (les changements de position entraînaient parfois une crise) et pensait à la fille. Au chagrin qui devait être le sien, dans son lit ou ailleurs, dans tous les lits où elle se coucherait, tous les dortoirs et toutes les chambres. Elle n'avait pas cru Fabienne quand celle-ci lui avait raconté ce que le père Lavière lui avait demandé, derrière le grand chêne. Elle avait simplement pensé que, décidément, cette fille était très vulgaire, et pour ne plus entendre ses inventions dégoûtantes, elle s'était endormie en lui tournant le dos. Mais le lendemain, quand le prêtre s'était approché d'elle pour lui demander de l'accompagner aux myrtilles, Mariette avait dit non et il n'avait pas insisté. Elle avait regardé son pantalon, la tache était encore là, et cette tache invisible dans la nuit, Fabienne ne pouvait pas l'avoir inventée. Elle avait dû la sentir, mouillée et gluante sous sa main, quand le prêtre lui commandait de frotter encore et encore, là, juste sous sa ceinture, avec sa main qu'il tenait contre la sienne pour qu'elle aille plus vite et plus fort. Tout ce qu'elle avait raconté et que Mariette avait reçu comme un mensonge horrible, une invention répugnante de petite fille mauvaise, tout était vrai. Parce qu'elle avait juré à Fabienne de n'en parler à personne, parce qu'elle était bien contente de ne pas avoir à le faire, parce que ce silence lui faisait honte, elle ouvrit le cahier que sa mère lui avait acheté pour la colonie et dans lequel elle n'avait rien écrit, colla dessus une étiquette blanche sur laquelle elle inscrivit « Cahier des malheurs », et commença son récit.

IV

DES MENSONGES SINCÈRES

Il pleuvait dans le rêve d'Hélène, une pluie dense et inlassable qui tombait au pied d'un escalier étroit devant lequel passaient des silhouettes furtives. Hélène n'identifiait personne, mais l'ambiance du songe était oppressante, comme si chaque silhouette portait avec elle quelque chose de malade et de rancunier. La pluie qu'elle entendait dans son rêve était celle qui tombait dans le jardin, elle le comprit quand elle se réveilla : elle était dans le lit d'Arthur, dans sa chambre, chez ses parents. La fenêtre était entrouverte et le volet battait doucement, laissant le bruit de l'averse s'immiscer dans la pièce, comme s'il y avait eu un trou par lequel l'eau se déversait directement. L'été était pourri. C'est ce que chacun disait depuis un mois qu'il pleuvait dans toute la France, sauf dans le Sud qui demeurait cette zone libre, jalousée par ceux qui n'y étaient pas.

Chez ses parents Arthur était pris d'une sorte de léthargie, il pouvait rester des jours entiers dans la maison sombre à ne rien faire, à parler avec ceux qui passaient, famille proche ou lointaine, des êtres qu'Hélène confondait tous, étaient-ils des cousins, des amis, des frères ou des sœurs, comment s'appelaient-ils, elle les observait comme les membres d'une espèce inconnue, c'était des dilettantes qui paraissaient amicaux et désœuvrés, se croisaient par hasard, fumaient abondamment et buvaient du café jusqu'aux heures lointaines de la nuit, parfois certains s'attardaient jusqu'au petit matin, à moins que ce ne soient de nouveaux venus, qui s'asseyaient là en attendant de voir passer une personne avec qui ils entameraient une longue discussion sans passion. Quand par hasard la pluie cessait on sortait les chaises longues sur la terrasse, les palabres et l'ennui se partageaient à quelques mètres du salon que l'on rejoignait à la première averse. Arthur avait invité des copains étudiants en médecine comme lui, qui suivait la voie tracée par son père et son grand-père, un professeur que l'on ne voyait pas et que l'on évoquait constamment, chacun s'informait auprès de sa belle-fille, Christine, de comment il avait dormi, comment il se sentait, quand il descendrait enfin, une sorte de dieu sur son Olympe. La maison lui appartenait et révélait dans un désordre innommable l'homme qu'il avait dû être, acheteur de livres de botanique et de bons vins. À moins que ces passions n'aient été celles de sa défunte femme, comment savoir ? La maison semblait prise dans la gangue du passé, trop lourde pour s'éveiller au présent, elle ne vivait pas cet été 1978, elle l'absorbait et l'annihilait. Georges, le père d'Arthur, était un homme que l'on voyait parfois aux repas, le reste du temps il lisait dans son bureau, écrivait quelques articles ou allait sur les marchés, pour ravitailler ses nombreux hôtes à qui il ne demandait aucune participation financière. Il semblait généreux par distraction et dans cette bonté étourdie il était accordé à sa femme. Christine avait une allure chic, un regard étonné, elle avait sacrifié sa carrière de médecin pour élever ses quatre enfants, sans sembler le regretter. Hélène se demandait pourquoi Arthur avait tenu à l'emmener chez ses parents qui n'auraient pas manifesté plus d'intérêt s'il était venu accompagné d'un copain ou même d'un chien. Et comble du malheur, ils ne faisaient pas l'amour. Eux qui d'ordinaire consacraient la majeure partie de leur temps à prévoir ou improviser des lieux pour le faire, ici ils ne s'isolaient même pas pour la sieste.

— Je ne peux pas, Hélène… Mon grand-père dort dans la chambre d'à côté, je ne peux pas…

— Mais c'est une célébration de la vie, un hommage à cette vie que tu lui dois !

— J'ai peur qu'il écoute.

— Tu m'as dit qu'il était sourd.

— Justement. J'ai peur que pour mieux entendre il colle son oreille contre le mur, là, juste au niveau de la tête de lit.

— Moi, ça me rend dingue la chasteté ! Je vais avoir dix-neuf ans et je me sens opprimée. Oppressée.

— Non. Pas ça.

— Pas ça quoi ?

— On dirait ta sœur. Toutes ces revendications… Je t'en supplie. Ma famille m'épuise, j'aurais aimé que tu me soutiennes. S'il te plaît, mon amour…

— Je te laisse. Je vais me masturber.

— Hélène… !

— Et tu n'as pas le droit de regarder.

Cette nuit-là, réveillée par son cauchemar, Hélène écoutait la pluie tomber, comme s'il y avait un mystère à découvrir dans cet acharnement, mais c'était une pluie monotone qui tombait sur l'immensité des champs, les volcans éteints, la nuit sans lune, et tous les animaux nocturnes rendus muets par ce déluge. Il y eut du bruit dans la chambre d'à côté, la chambre du professeur. Il n'était pas seul. À ses côtés un enfant pleurait et gémissait doucement, une plainte timide, effrayante. Hélène posa son oreille contre la cloison, à la tête du lit, comme Arthur craignait que son grand-père ne le fasse. Elle entendait l'écho de gestes désordonnés, quelqu'un marchait dans la chambre, ouvrait une armoire, la refermait avec force. Puis tout cessa. Elle sortit dans le couloir, et doucement, dans un geste lent, presque décomposé, tourna la poignée de la porte du professeur. Il était plus petit qu'elle ne l'avait imaginé. Assis au bord du lit, dans un pyjama rayé, les jambes écartées, il se regardait dans le miroir de l'armoire : un vieillard mal rasé et plein de larmes. Ça n'était pas un enfant qui pleurait. C'était lui. Il se tourna vers Hélène.

— Ah, Christine… Christine…

La chambre sentait le camphre et l'eucalyptus, Hélène s'approcha lentement et prit ses mains dans les siennes, elles étaient sèches et glacées. Elle demanda :

— Un mauvais rêve ?

— Donne-moi à boire.

Elle lui tendit le verre d'eau posé sur la table de nuit.

— Il faut vous recoucher.

— Aide-moi, veux-tu.

Elle l'aida à s'allonger, son corps était petit mais noueux et raide, elle passa ses mains sous ses jambes pour les faire basculer au milieu du lit. Il eut un rire misérable.

— Quelle histoire…

Elle se demandait comment faisait Christine, est-ce qu'elle l'embrassait sur le front, le bordait comme un enfant, comment devait-elle le quitter ? Mais il prit sa main et y déposa un baiser galant.

— Ah ma chère…

Quand elle fut à la porte, alors qu'elle allait sortir, il lui dit :

— Mais tu le sais, toi, que je ne voulais pas.

— Bien sûr.

— C'est ça la guerre.

— Bien sûr…

— C'est ça. Lui ou moi, n'est-ce pas.

— Je sais.

— Pauvre gars…

Elle referma la porte avec la même précaution qu'elle avait eue pour recoucher le vieil homme, et une fois dans son lit s'allongea tout contre Arthur, déboutonna sa veste de pyjama pour poser la tête contre son buste presque imberbe. Elle comprenait maintenant pourquoi il ne pouvait pas faire l'amour ici, derrière cette cloison où un vieux soldat revivait la guerre, le crime qui avait été le sien. *Make love and no war*, pensa-t-elle. *No war nowhere… Make love.*

Le lendemain Christine oublia de préparer le déjeuner, et personne ne le lui fit remarquer. Le temps passant, en début d'après-midi chacun partit fouiller dans les placards, se servit dans le frigidaire, et on s'attabla dans la cuisine autour de l'immense table en chêne. Il avait cessé de pleuvoir et la fenêtre était grande ouverte, la glycine gouttait, secouée par un vent qui portait bien son nom de *vent mouillé.* Hélène pensait au professeur. Allait-il encore une fois manger seul dans sa chambre ? Ne devait-elle pas dire à Christine ce qu'il s'était passé cette nuit ? Elle émergea de ses pensées quand elle comprit qu'on s'adressait à elle depuis un moment :

— Qu'en pense notre biologiste ?

— Hélène ? Hélène ! Hou hou !

— Quoi ?

— Il est né, le premier bébé-éprouvette. En Angleterre.

— Dis donc, elle a un nom, c'est Patricia.

— Mais non, c'est Louise. Louise Brown.

— Mais non, je l'ai lu dans le journal, c'est Patricia.

— Mais moi aussi je l'ai lu dans le journal, elle s'appelle Louise.

— Louise ou Patricia, c'est mieux que « bébé-éprouvette », non ?

— Alors, Hélène, tu en penses quoi ?

— C'est formidable, dit-elle par politesse, et cette réponse suffit à relancer la discussion.

En faisant circuler le pâté et le vin certains évoquèrent l'opposition de l'Église catholique à l'insémination artificielle, puis Arthur dessina sur un papier gras les trompes de Fallope (on rit un peu à l'évocation de ce nom), les ovaires, et comme il n'y avait plus de place sur la feuille il termina par un laconique « etc. » dont on se contenta. Une fille dont Hélène avait oublié le nom (Marianne ? Myriam ?) se mit à jouer du violoncelle, une suite de Bach, et Hélène fut saisie d'un cafard immédiat. Elle eut soudain envie de téléphoner à Éléonore, mais Éléonore naviguait sur les eaux turquoise de l'Italie. Elle avait envie d'entendre sa voix autoritaire assener un avis tranché, elle étouffait dans cette maison où l'on prenait tout avec flegme, et elle eut soudain envie de crier que les bébés-éprouvette étaient une découverte qui allait entraîner un flot de questions indémêlables sur la paternité, lorsque le père ne serait pas le donneur. Le père c'est le père biologique. Personne d'autre. Le père c'est le père biologique c'est la loi et puis c'est tout. Et elle étouffa un sanglot. La petite assemblée se tut par gradation, le violoncelle profitant de ce silence chantait sa nostalgie furieuse enlacée à l'air, à la glycine trempée, à tout ce qui vivait et, parce qu'elle voyait bien que chacun attendait une explication à son chagrin, Hélène dit simplement :

— Arthur ne me fait plus l'amour.

Surprise elle-même par cet aveu, elle cessa d'être triste. Marianne, ou Myriam, cessa de jouer. On n'entendait plus que les piaillements d'oiseaux entêtés et l'écho d'aboiements furieux. La libération sexuelle étant venue jusqu'ici, ou peut-être au contraire parce que personne n'était d'ici, un couple se proposa instantanément de consoler Hélène, ce dont elle fut aussi gênée qu'Arthur, qui restait la tête baissée sur son dessin amputé d'utérus, terrible aveu de son incompétence. Hélène posa sa main sur la sienne, on y vit un signe de réconciliation et on servit le café. La pluie recommença si fort qu'on se précipita pour fermer la fenêtre, puis on resta ainsi, dans cette longue cuisine sombre, à laquelle la fumée des cigarettes donnait des allures de salle de billard, d'arrière-salle de café de campagne un peu paumé. Arthur mordit doucement l'oreille d'Hélène, ce qui signifiait, dans un étrange langage primaire, qu'il lui demandait pardon. Elle pensa que finalement cette maison aurait pu être un bon endroit pour réviser et elle s'en voulut d'avoir laissé ses livres et ses polycopiés à Neuilly. Qu'allait-elle faire seule dans le grand duplex d'une banlieue chic et déserte, alors que vivait ici une petite assemblée désœuvrée mais prévenante ? On se proposait même de lui faire l'amour. Soudain Georges, le père d'Arthur, surgit comme un marin échoué, avec son ciré jaune, ses bottes hautes, il entra dans la cuisine, le visage bouleversé d'un homme qui vient d'apprendre une terrible nouvelle. On lui fit instantanément une place sur le banc.

— Merde alors, dit-il en retirant son chapeau trempé. Merde alors…

Puis il dit en fixant le vide :

— J'ai vu la chose la plus moche de ma vie…

Chacun l'écoutait avec une attention un peu effrayée.

— J'étais sur la route de Saint-Laure et au bout de quelques kilomètres, juste avant l'embranchement avec la départementale, je vois un camion arrêté sur le bas-côté, feux de détresse allumés. Je ralentis, je me gare un peu plus bas, il pleuvait, je vois que le chauffeur essaye de changer une roue, il est là, avec son cric, ses cales, la roue énorme, et je… je sors de la voiture et je lui demande s'il a besoin de quelque chose, et là le type me jette un regard noir, et puis il bafouille que tout va bien, et moi je comprends que tout ne va pas bien, non, tout ne va pas bien du tout… J'entends venant de la remorque un boucan pas possible, ça cognait là-dedans et tellement que le camion tanguait, et le type devient nerveux, il me dit : « Foutez le camp, vous voyez pas qu'il pleut, je sais changer une roue, je vais changer ma roue. »

Christine était entrée et le regardait, alors il continua son histoire pour elle seule, de sa voix assommée de stupeur :

— Ça sentait mauvais près du camion, une

odeur… Pire qu'une décharge au soleil… Et un truc coulait, un liquide sortait de là… ça ne s'arrêtait pas. C'était du sang. Je me suis dit que si je lui posais des questions, le gars allait me foutre son cric sur le crâne, alors j'ai fait celui qui ne remarquait rien, et puis j'ai compris que c'était des chevaux qu'il transportait, je les entendais hennir et ruer… Quand j'ai vu que son camion était immatriculé au Maroc, j'ai compris qu'il les transportait pour l'abattoir. Mais il y avait du grabuge là-dedans, les chevaux se battaient c'est sûr, c'est pour ça qu'il prenait les petites routes, il essayait de passer inaperçu parce que quelque chose n'allait pas. Il s'acharnait toujours sur ses boulons qu'il arrivait pas à dévisser, ses mains glissaient sur le cric, il était tellement nerveux qu'il tremblait. Je ne savais pas quoi faire, comment intervenir, et puis c'est fou, mais j'ai vu arriver une voiture de flics, je me suis mis au milieu de la route pour les arrêter, le type a commencé à m'injurier, et malgré la pluie les flics m'ont vu suffisamment à l'avance pour ralentir et s'arrêter à notre hauteur…

Il baissa les yeux. Laissa passer un long silence avant de continuer :

— J'ai regardé les flics ouvrir le camion… Et j'ai vu les chevaux… Ça faisait plus de quinze jours qu'ils étaient là-dedans et qu'ils n'en étaient pas sortis, tous mélangés, les étalons et les juments… Les étalons s'étaient battus et ils étaient en sang mais le pire… Putain ! Quand les flics ont interrogé le gars… il a dit… Il a dit que quelques jours plus tôt il s'était énervé contre l'un des étalons et qu'il avait voulu le sortir du camion. Alors le cheval avait été pris de panique, il résistait, et le gars lui avait tranché la langue. Le cheval s'était vidé de son sang… Oui, y avait un cheval mort là-dedans. Et depuis longtemps…

La campagne était comme renouvelée, la pluie l'avait lustrée, les champs avaient des courbes creusées par la lumière, il y avait là, sous le soleil nouveau, une humilité et une force. Avant même que son père ait fini son récit, Arthur avait pris la main d'Hélène et l'avait obligée à se lever, et ils étaient sortis au moment où la pluie cessait, mais même s'il avait continué à pleuvoir, Arthur aurait pris la main d'Hélène pour quitter la maison. Il la serrait contre lui en marchant, entravant ses pas sans le vouloir, et ils trébuchaient sur les pierres et dans la boue. Hélène aurait aimé qu'il y ait la mer, s'approcher d'une falaise et se confronter à l'océan, à l'immense océan sauvage et saccagé. Mais il n'y avait rien après les champs que la naissance d'autres champs, avec de temps à autre des clôtures électrifiées derrière lesquelles des vaches écornées roulaient leurs grands yeux souverains. Puis ils entendirent le tonnerre gronder derrière les monts. Une résonance lointaine, comme si la vie était ailleurs.

— On va partir, dit Arthur, on va partir je te le promets.

— Quand ?

— Maintenant.

— Mais où ça ?

— Je ne sais pas, on va… on va aller voir Sabine, tu veux ?

— Oui, je veux voir ma sœur !

Cette phrase lui arracha un sanglot enfantin. De fait elle avait une peine de petite fille, pleine de révolte et d'écœurement. Elle demanda :

— On s'en va tout de suite, alors ?

Il la prit contre elle et la serra à lui faire mal. L'orage se rapprochait et il fallait rentrer, il avait peur de la foudre et il n'avait pas le temps de lui dire tout ce qu'il voulait lui dire, à quel point il l'aimait, à quel point il s'en voulait de ne rien empêcher, de ne pas se mettre entre elle et le monde, avec une grande épée terrasser les dragons, réparer l'injustice, tout ce qu'on attendait d'un homme, ce qu'on lui avait raconté depuis toujours, les princes des contes de fées et les concours de bites dans les vestiaires, lui qui ne pouvait même pas lui faire l'amour si son grand-père dormait dans la chambre d'à côté. Il l'entraîna en gueulant :

— J'ai peur de l'orage ! On s'en va tout de suite ! On se barre de ce bled ! J'ai peur de l'orage !

Ils couraient, le tonnerre qui se rapprochait semblait les courser, le ciel avait viré au noir d'un coup et la pluie tombait de nouveau, des gouttes acérées et froides, et les vaches au poil frissonnant regardaient passer ce couple maladroit et courbé.

Ils firent leurs valises en vitesse et, à la façon dont Arthur dit au revoir aux uns et aux autres, Hélène parvint enfin à les situer, frères et sœurs, simples amis. Quand Christine lui confia un panier de charcuterie « pour la route », elle comprit qu'elles avaient été toutes deux aussi étourdies, car si Christine n'avait pas réalisé qu'Hélène était végétarienne, elle-même n'avait jamais posé de questions sur Arthur à cette femme qui aurait pu lui dire quel enfant il avait été. Lorsqu'elle replaça dans la bibliothèque de Georges un livre de Konrad Lorenz qu'elle avait emprunté, elle croisa pour la deuxième fois le professeur. Il lui dit son enchantement à la rencontrer. Il portait un costume trois-pièces un peu froissé et une lavallière dont la finesse s'accordait à son corps fragile. Georges venait de faire les présentations quand le vieil homme complimenta Hélène :

— Vous avez les yeux de Danielle Darrieux, la même couleur sublime et sans égale.

— Merci…

— Vous avez vu *Battement de cœur* ?

— Non.

— Vous devriez.

— Mais papa, avait dit Georges, *Battement de cœur* c'est un vieux film en noir et blanc, on ne voit pas la couleur des yeux de Darrieux.

— Mon fils est un imbécile, mademoiselle. En noir

et blanc les yeux de Darrieux sont encore plus verts. Je ne vous retarde pas…

Il lui baisa la main et Hélène ne fut plus tout à fait sûre qu'il ait réellement oublié la nuit précédente, ni que les yeux de Darrieux soient verts, mais elle quittait cette maison incertaine avec la consolation qu'il s'y était passé quelque chose ; elle avait rencontré le grand-père d'Arthur comme on remonte une rivière qui rejoignait le même fleuve et se jetait dans la même mer que celle de ses deux grands-pères. 1914. 1915. 1916. 1917. 1918. Le massacre mondial qui les avait précédés et dont la violence vibrait en eux sans qu'ils y prennent garde. Elle était là, la véritable étourderie, dans cette désinvolture à prendre le passé pour une vieille histoire, eux les baby-boomers qui vivaient la fin de ces trente années dites *Glorieuses* et dont la gloire se mesurait à ce qu'ils consommaient. Depuis quelques années, avec le premier choc pétrolier et la montée du chômage, l'image d'un bonheur prospère et d'une satiété éternelle se fissurait lentement. Mais sur les murs des immeubles, du métro, des aéroports et des gares, dans les journaux, au cinéma, à la radio, à la télévision, jour et nuit des mots, des voix, des images leur disaient tout ce qui leur avait manqué. Alors ils achetaient ce dont ils n'avaient jamais eu besoin. Ils se croyaient heureux. Ils étaient simplement obéissants.

Dans la 4L au jaune virulent et à la carrosserie fragile, sur cette route trouée de nids-de-poule et rayée de pluie, Arthur et Hélène vécurent le plus beau moment de leur été. Ils avaient osé partir à l'improviste, s'affranchir de la famille et des amis, et cela leur donnait un statut nouveau, ils formaient un couple. Dans la voiture traversée de courants d'air, secouée par les camions qui la doublaient, ils parlèrent enfin librement. Arthur tentait d'apaiser Hélène à propos des abattoirs, ceux de province et de Paris :

— C'est fini tu le sais, dans quelques jours, les abattoirs de Vaugirard, c'est fini.

— Mais qu'est-ce que ça change ? On déplace le problème. Les abattoirs existeront toujours. Et même plus nombreux. Plus grands. Plus performants.

— Ils vont construire un parc à la place, c'est mieux que d'abattre des chevaux en plein Paris, non ?

— C'est ça, et en sortant du parc on ira à la boucherie chevaline. Au moins là, à Vaugirard, on l'avait sous les yeux le massacre, on entendait les trains, les camions, et les sabots des chevaux le matin, ça les réveillait les gens, ça les faisait cauchemarder.

— Hélène, on n'est pas obligés de tous vivre à ton rythme, avec tes convictions et tes combats à toi.

— Mais on peut au moins savoir, non ? Il faut le dire ça, qu'un cheval mort rapporte plus qu'un cheval vivant, pourquoi tu crois que ton père a croisé ce salaud ce matin ? Pourquoi on ne les abat pas dans leur pays, au Maroc, en Russie, en Pologne ou en Grèce, à ton avis ? Parce que ça crée de l'emploi en France, voilà pourquoi. Beaucoup d'emplois. Une bête qu'on abat, ça fait vivre les tueurs, les pointeurssaigneurs, les coupeurs de queues, les coupeurs de pattes, les découpeurs de cuisses, les désosseurs de côtes, les écorcheurs et les pareurs de têtes, les videurs d'entrailles, les dépeceurs, les équarrisseurs, les…

— Oh là ! Oh là ! J'ai compris l'idée principale, c'est bon.

— L'idée principale, Arthur, c'est qu'on étourdit les chevaux pour les immobiliser, c'est tout, ensuite on les découpe et ils sont conscients ! Tu as vu le film de Franju ?

— Non, mais comme tu me l'as raconté trois fois et en détail, c'est pire que si je l'avais vu, le coup de poignard sur la bouche du cheval tombant à genoux, le sang qui fume, j'ai tout vu, Hélène, merci.

— Saignés vivants… merde !

— J'ai qu'une peur, moi…

— C'est quoi ?

— Qu'ils repassent le film à la Cinémathèque et que tu me forces à y aller.

— Alors là, tu n'y échapperas pas !

— Filmer les abattoirs sans autorisation, c'est vrai que c'était culotté… En 1949. Danielle Darrieux avait encore les yeux en noir et blanc à cette époque. Et verts, de surcroît !

— J'adore ton grand-père.

— Et tes yeux ? Tu les aimes tes yeux ?

— Tu imites Bardot, là ? C'est nul.

— D'accord c'est nul, mais ce qui me plaît…

— Si tu dis encore une connerie…

— Non. Je suis sérieux. Ce qui me plaît, c'est que

tu vas peut-être… je dis bien peut-être, aimer enfin la couleur de tes yeux.

— Oui. Peut-être. En pensant au professeur…

Et ils chantèrent la chanson de Rezvani :

— *J'ai la mémoire qui flanche, j'me souviens plus très bien / De quelle couleur étaient ses yeux, j'crois pas qu'ils étaient bleus / Étaient-ils verts, étaient-ils gris, étaient-ils vert-de-gris…*

Leurs voix épousaient les soubresauts de la route et donnaient à la chanson des hoquets accidentels qui les faisaient rire et amoindrissaient leur émotion.

Cette semaine-là Sabine jouait dans les HLM du quartier du Mirail à Toulouse, où quarante mille personnes logeaient dans des immeubles qui élevaient vers le ciel une prospérité affaiblie et une modernité qui passait déjà. Ils vivaient là depuis les années soixante, des paysans de l'Ariège et des rapatriés d'Afrique du Nord, juifs, chrétiens, musulmans, qui cherchaient dans le soleil du Midi l'écho d'une vie perdue qu'ils n'évoquaient jamais. La première ville nouvelle de France était sans mémoire, les dalles, les coursives, les souterrains, la rocade avaient recouvert la terre, et quand les habitants se promenaient dans le parc de la Reynerie, qui faisait partie du quartier et du patrimoine, ils savaient qu'ils ne faisaient partie, eux, que de pays abandonnés. Les pères se taisaient. Les mères étouffaient leur douleur sous le masque blanc de la neurasthénie. Leurs enfants prenaient l'accent de Toulouse et faisaient profil bas. Il y avait, dans cette cité de béton qui faisait la fierté de ceux qui n'y vivaient pas, une pauvreté qui ne se partageait pas, et déjà on ne parlait plus d'*habitants* mais de *communautés.* Il n'y avait plus ni mélange ni mixité et, pourtant, c'est mêlés ensemble qu'on les entendait vivre. La première fois que Sabine, accompagnée d'Éric et guidée par Bastian, le régisseur, arriva dans ce quartier, elle fut étonnée par l'écho. Le lieu *résonnait.* Entre les tours infinies qui cherchaient le ciel, les voix et les pas vibraient comme une pulsation, la diffraction des corps, leur plus profond rythme vital. Sans distinguer les paroles, elle entendait que *ça* parlait, *ça* s'appelait, mais les mots dans cette immensité s'étaient perdus. Elle avait demandé à Bastian :

— Tu es sûr qu'ils vont venir ?

— Qui ?

— Les gens.

— Quels gens ?

— Mais… les spectateurs !

— Mais puisqu'ils sont inscrits. Je t'ai montré la liste.

Éric avait moins le trac que Sabine qui chaque soir, où qu'elle joue, se persuadait que ça n'aurait pas lieu. Faute de spectateurs, le spectacle serait annulé. Ou bien, si les spectateurs venaient, elle aurait une extinction de voix. Ou elle mourrait avant la représentation. Il s'étonnait toujours qu'entre une extinction de voix et la mort il n'y ait rien, mais il comprenait la peur que ce qui était si exceptionnel n'ait pas lieu. Lui guettait toujours quelque chose et chaque soir pensait, On ne sait jamais qui est dans le public, et il donnait le meilleur de lui-même, pas tant pour ceux qui étaient là, que pour ceux qu'il rêvait d'y voir, un producteur, un directeur de salle, qui le repéreraient et l'engageraient sur-le-champ. Ils ne jouaient pas *Une vie* dans les ruines d'une chapelle ou une usine désaffectée, comme Sabine en avait parfois rêvé, elle était payée pour faire du théâtre d'appartement et c'est là que se trouvait la poésie, dans l'urbanité et le nouvel usage du monde.

Après avoir joué et rencontré le public, Sabine rejoignait son hôtel dans le centre-ville. Avant de partir en tournée elle avait donné à Hélène les dates et les villes où elle jouerait, les téléphones des hôtels où elle logerait. Le soir quand elle rentrait, le veilleur de nuit lui donnait les papiers sur lesquels étaient notés les appels reçus en son absence. Elle les gardait, tout comme elle gardait ceux que griffonnait Mathieu quand il venait la voir chez le vieux chirurgien, des petits mots sur l'oreiller ou la table de nuit, qui racontaient leur intimité sans le vouloir. Mathieu n'avait jamais écrit *Je t'aime*. Ou *À ce soir mon amour*, des déclarations susceptibles de changer le cours des choses. Il écrivait des horaires de cinéma, l'adresse d'un bar ou d'un ami chez qui ils se retrouveraient, le titre d'un livre. C'était leur vie ensemble, la vie avec celui qu'elle appelait en secret *mon grand amour*, et en public, *mon homme*. Lui ne disait pas d'elle *ma femme*, ce qui aurait signifié *mon épouse*, alors que *mon homme* n'évoquait pas le mariage mais le sexe. Il arrivait que Mathieu écrive à même la peau de Sabine, le matin quand il partait et qu'elle faisait semblant de dormir. Elle sentait le stylo dessiner sur son bras le lieu d'un rendez-vous et elle frissonnait de désir. Avant de partir il embrassait l'intérieur de son poignet, doucement, c'était délicieusement frustrant.

À Toulouse, elle avait trouvé à son hôtel ce mot dicté au veilleur de nuit par Hélène : *Sœurette, j'arrive demain avec Arthur. Il restait une chambre dans ton hôtel. On t'y attendra après la représentation. J'ai mille choses à te raconter. Baisers pleins de pluie. Hélène*

Il était difficile d'imaginer Hélène ici, et Arthur, le garçon sage, tous deux habitués au confort discret. L'hôtel, abîmé et triste, était d'une ancienneté sans valeur, c'était cela aussi la tournée, l'austérité du quotidien, l'odeur rouillée des trains, une logistique minutieuse, sans échappée possible. Mathieu lui manquait, injoignable depuis l'Amérique où il passait ses vacances avec un copain qu'elle n'aimait pas, un type qui soufflait par le nez, dans une ironie fatiguée, un ennui des autres et un amour de soi indépassable. Elle n'avait personne à qui parler en dehors d'Éric, mais déjà ils se lassaient l'un de l'autre. Hors de scène il se montrait distrait, toujours plongé dans un livre qu'il rangeait dans la poche arrière de son jean, le même livre depuis un mois, corné et jauni. Elle avait pris l'habitude de parler à Paul, de raconter sa tournée à celui qu'elle surnommait *l'oreille invisible*, ainsi ce qu'elle vivait s'inscrivait quelque part, l'éphémère du théâtre posait ses marques. Le téléphone coûtait cher dans les hôtels, les communications étaient outrageusement surtaxées, alors quand Sabine voulait parler à

Paul elle laissait le téléphone sonner trois fois, et il la rappelait. Depuis dix jours il ne répondait plus. Elle ne s'inquiétait pas, pensait que rien ne pouvait menacer cet homme si peu réel, qui vivait dans les câbles et les ondes, à qui elle parlait encore intérieurement, et qui par ses silences, parfois, lui répondait encore.

Hélène et Arthur arrivèrent à Toulouse comme dans un pays nouveau, il faisait beau, il y avait du monde, des touristes qui marchaient avec des appareils photo sur le ventre et furetaient, déçus de ne pas trouver ce qu'ils cherchaient, l'endroit exact où ils avaient rêvé d'être. Ils se réfugièrent dans leur chambre d'hôtel et, dans le lit au matelas de bosses et de creux, firent l'amour avec le soulagement profond de ceux qui se sont manqué. Ne leur parvenaient ni les odeurs aigres des tuyauteries, ni les voix dans le couloir, ils avaient ramené les draps au-dessus de leurs têtes, à l'abri dans cette lumière pâle, leurs corps se reconnaissaient. Ils dormirent sans plus rien savoir, se réveillèrent et firent l'amour encore, avec un peu de paresse, leurs corps semblaient agir sans eux, comme des animaux que l'on ne retient pas, et la jouissance revenait, évidente et familière.

Quand Sabine et Hélène se retrouvèrent il était tard et leur envie de se voir n'était déjà plus la même.

Hélène était courbatue et lente, Sabine habitée par cette énergie qui ne retombait pas, la jubilation nerveuse de celle qui a joué. Dans ce bar de nuit, elle était avec Éric et Bastian, dans les commentaires incessants de ce qu'ils venaient de vivre. On aurait dit qu'ils rentraient d'un combat. Enfin Sabine demanda à Hélène ce qu'elle avait à lui dire, mais comment parler maintenant du cheval mort ? du professeur et de ses cauchemars ? Comment dire dans ce café enfumé et bruyant qu'en marchant sous la pluie elle avait pleuré à l'idée de la revoir ? Arthur vint à son secours :

— Mon père a dénoncé un salaud qui avait tué un cheval.

— Comment ça, il avait tué un cheval ? demanda Bastian.

— Il transportait des chevaux depuis le Maroc pour l'abattoir et il en avait tué un, un étalon.

— Ah non ! Ne me racontez pas des histoires horribles, dit Sabine, je joue, je dois me protéger.

— Ton père a bien fait de dénoncer ce type, dit Bastian, et il va prendre cher, crois-moi, il va prendre très cher !

Sabine abandonna la posture de comédienne blessée pour annoncer avec une fierté surprenante :

— Bastian vient du Larzac !

Arthur et Hélène étaient perplexes. Depuis plus de sept ans qu'on parlait du Larzac, ils ne savaient pas vraiment ce qu'il s'y passait. Ils se souvenaient qu'il y avait eu des moutons près de la tour Eiffel et que certaines voitures portaient des autocollants *Gardarem lo*

Larzac (qui allaient souvent de pair avec *Nuclear Nein Danke*). Et c'était à peu près tout. Arthur demanda :

— Tu es un activiste ?

— Non. Je suis un paysan.

— Mais tu… tu défends tes terres, face aux expropriations… c'est bien ça ?

— Oui, je défends mes terres, mais je te dis que je suis un paysan, fils et petit-fils de paysans. Et catholique, pas gauchiste. Un indigène pure souche, quoi.

— Mais vous êtes, enfin vous, les paysans, très soutenus par les activistes. C'est bien ça… ?

— C'est vrai… Oui c'est vrai… sans le soutien des gauchistes, des syndicats, des ouvriers… sûrement que notre voix, je veux dire, la voix d'une centaine de paysans, face à Debré, Pompidou, Giscard, tous ces gens-là… qu'est-ce qu'on pourrait faire…

C'était difficile d'en parler. Il n'avait pas envie d'en parler. Comment expliquer à ces gens qui avaient son âge que pour lui et sa famille l'expropriation signifiait que leurs vies, que leurs terres ne valaient rien ? Les paysans avaient fait toutes les guerres et maintenant l'armée les chassait pour l'extension de son camp et c'était la même histoire qui se répétait, ils étaient les culs-terreux de la République et sa chair à canon, et il savait qu'il aurait fallu plus qu'une discussion dans un café pour leur dire pourquoi il était d'un autre pays, d'une autre culture, d'un autre combat qu'eux. Bastian se sentait d'un temps qui ne s'inscrivait pas dans les grandes années du progrès, le secrétaire d'État à la Défense les considérait, lui et les siens, comme « des paysans moyenâgeux élevant vaguement quelques moutons ». En y repensant, sa colère revenait, intacte et tranchante. Il dit :

— Tu sais, Arthur, il n'y a pas de folklore pour nous, sur le plateau. C'est rude là-bas, les hivers durent six mois, tu comprends ? L'été dernier les filles du MLAC sont venues avec leurs caravanes et leurs seins nus… J'étais gêné pour ma grand-mère… Elle garde les brebis depuis qu'elle a neuf ans et elle ne parle que l'occitan. Elle a peur qu'on dynamite sa maison, elle a peur quand elle voit les tanks et les fusils, pour elle c'est comme si la guerre revenait. Chez nous l'été les gens arrivent du Chili, d'Irlande, de Grèce, toute l'Europe, moi quand je peux je me tire, une dizaine de jours, quinze parfois… Je donne un coup de main ici, à la Maison de la culture. Pour les foins, je rentrerai. De toute façon, après l'été ils seront tous repartis.

— J'ai des amis dont les amis ne sont jamais repartis de là-bas, dit Arthur.

Maintenant Hélène aurait voulu qu'il se taise. Sa bonne volonté lui conférait une mollesse pitoyable. Bastian commanda une autre bière, son geste vers la serveuse signifiait l'arrêt de la discussion. Elle repensa aux ouvriers de Lip, à la soirée à Villers devant les infos. Un maximum de fric à se faire, disait Michelle. Et cela lui revenait en mémoire, la solidarité des paysans du Larzac et des ouvriers de Besançon, ces deux noms mêlés. « Des Larzac partout ! », elle se souvenait de ça, d'une façon embrouillée qu'elle ne chercha pas à approfondir.

Avec Arthur elle assista le lendemain soir à la représentation d'*Une vie*, dans un appartement au neuvième étage d'une tour du Mirail. Hélène était toujours bouleversée de voir sa sœur jouer, il lui semblait que les tourments de Jeanne étaient ceux de Sabine, mais elle ne comprenait pas la satisfaction qu'elle éprouvait à être malheureuse sur scène. Elle souffrait tout en se félicitant de souffrir. *Elle y était arrivée.* Ce soir-là, elle avait dit avec une justesse insoutenable le massacre par le curé de la chienne qui met bas. Elle avait choisi d'intégrer dans le monologue cette scène de barbarie et y avait mis une émotion ardente. Pourtant, elle considérait le combat d'Hélène pour la reconnaissance de la souffrance animale comme superflu, presque cocasse. À moins, pensa Hélène, que ce déni ne soit qu'un jeu, celui de deux sœurs qui traînent depuis l'enfance des différences nécessaires pour se distinguer l'une de l'autre. On doit en passer par là, pour dire qui on est… Après la représentation, Sabine l'avait prise dans ses bras et serrée fort, comme le font les comédiens. Elle lui avait chuchoté à l'oreille, J'ai joué pour toi ce soir, tu l'as senti ? Hélène avait dit oui, sachant que ces mots-là, Sabine les dirait aussi à Arthur ou à Bastian, des mensonges sincères.

Avec son cartable trop lourd sur le dos, Mariette avait pris l'habitude de marcher vite dans les rues d'Aix. Son corps menu se faufilait, doublait les passants sans les toucher, puis soudain elle s'asseyait sur un banc, au bord d'une fontaine, attentive et aux aguets. Après les cours il n'était pas rare qu'elle entre dans l'église de la Madeleine et s'assoie sur un prie-Dieu, les yeux clos mais le visage tendu, obstiné, ici comme au-dehors. À l'arrêt du bus elle oubliait parfois de monter et restait assise sous l'abribus, perdue dans ses pensées. La souris ressemblait à un moineau curieux, un oiseau des villes qui survit avec une grâce fragile. Elle rentrait parfois chez elle les genoux écorchés, des bleus sur le front, disait qu'elle était tombée dans la rue, avait manqué une marche des grands escaliers des Prêcheurs. Au début ses parents compatirent, Agnès lui donnait un peu d'arnica, lui faisait des pansements comme lorsqu'elle était petite, mais le soir où Mariette rentra du collège avec une cheville bandée par l'infirmière, elle s'inquiéta :

— Je n'y crois pas, dit-elle à Bruno.

— À quoi ?

— À ses chutes dans les escaliers, les marches qu'elle louperait, tout ça, je n'y crois pas.

Ils envisagèrent le pire : leur fille se faisait battre dans la cour, ou racketter ici, dans cette résidence qui changeait, de familiale devenait divisée, on ne reconnaissait plus chez ces adolescents narquois les petits qu'on avait connus attendrissants et polis. Ces garçons pleins de morgue et d'irrespect attristaient les adultes et faisaient dire à certains qu'il leur faudrait une bonne guerre.

— Je vais prendre rendez-vous avec le docteur Jeanvry.

— Elle a douze ans, Agnès, elle est fragile mais pas idiote, tu ne peux pas l'emmener chez le toubib alors qu'elle n'a plus fait de crise d'asthme depuis la colo. C'est sûrement la croissance.

— Ou une leucémie.

— Mais tu es folle !

— J'en ai parlé avec Françoise…

— Celle des pots de yaourt ? La Françoise que tu avais invitée à ton anniversaire ?

— Oui, je lui en ai parlé, ses filles ont l'âge de Mariette. Elle dit que les bleus, ça peut être la leucémie.

— Elle est dingue cette fille ! Une factrice qui fait des diagnostics à distance, je rêve ! Non, je crois que c'est la croissance, elle est fatiguée alors elle se cogne, elle manque de sommeil.

— Ses sœurs lui manquent, elle s'ennuie avec nous, nos discussions l'ennuient.

— Tu crois ?

— J'en suis sûre. Elle s'ennuie avec nous.

Cette constatation effrayante était peut-être vraie. Sans Sabine et Hélène leur famille semblait disloquée, elle avait perdu son équilibre et son brio. Tout semblait ordinaire, et ils avaient l'impression de ressembler à tout le monde. Ils projetèrent d'inviter des cousins, des voisins, des amis de la petite, de lui acheter peut-être un mange-disque, qu'elle puisse écouter de la musique dans sa chambre, il fallait mettre de la joie, animer tout ça. Dès le lendemain Agnès demanda à la voisine de palier ce qu'était cette musique que son fils mettait si fort, et elle choisit parmi les disques qu'elle lui présenta – John Travolta, Boney M, les Bee Gees – celui de Bonnie Tyler, une fille aux grands yeux bleus dont la chanson s'appelait *It's a Heartache*. Elle pensait que cela voulait dire *C'est un infarctus*, mais la voisine lui dit que c'était *un chagrin d'amour* et lui certifia que malgré le titre, c'était gai.

— C'est un peu rock tu vois… un peu pop. Enfin, disco surtout.

— Tout ça ?

— Enfin c'est très moderne.

— C'est entraînant, tu es sûre ?

— Oui, sûre. Il y a des guitares électriques.

Le soir même, avant le dîner, Bruno mit le disque assez fort pour qu'on l'entende depuis le salon. Ils avaient toujours interdit à leurs filles de faire du bruit, la phrase qui marquait leur vie était, Pense aux voisins, qui au fil du temps s'était raccourcie en : Les voisins, deux mots qui signifiaient, Baisse le son, Retire tes chaussures, Ne tire pas la chasse la nuit, des précautions incessantes et inutiles car les appartements laissaient filtrer les sons aussi sûrement que la lumière sous les portes. Mais ce soir-là, Bruno mit la musique fort et sans préavis. Mariette était assise à sa place habituelle, entre les deux chaises vides de ses sœurs, et quand la guitare résonna dans la pièce, elle regarda sa mère avec suspicion, mais celle-ci lui répondit par un sourire encourageant, alors elle écouta. C'était une voix cassée qui chantait, pleine de rocaille et de regret, et Mariette comprenait la chanson sans en comprendre les paroles, parce que cette fille qui chantait en anglais venait la chercher ici, dans la cuisine de La Petite Chartreuse, aussi sûrement que si elle la connaissait depuis toujours. Sa chanson était une plainte brisée et éclatante, et son tempo étrangement était celui de la vie de Mariette, ses marches dans les rues, ses temps d'arrêt, ce rythme entêté qui la poussait malgré elle. Mais soudain tout disparut. Le téléphone avait sonné, Bruno s'était levé pour répondre et avait arrêté le disque.

— Non mais c'est incroyable ! hurlait-il depuis le salon. Agnès, viens, c'est Sabine au téléphone ! Allume la télé ! Mets la 2 !

Agnès le rejoignit en vitesse. Mariette entendait vaguement la voix du présentateur d'Antenne 2, une voix solennelle et un peu triste, mais elle entendait aussi des cris de joie échappés du poste et percevait l'émotion heureuse de ses parents. Dehors la nuit était tombée, c'était l'heure froide, l'heure des lampes allumées et des odeurs de soupe dans les escaliers. Elle était assise dans la cuisine déserte et ses parents lui semblaient aussi loin que s'ils avaient habité un autre appartement. C'était un moment étrange, en équilibre précaire ; le silence de la pièce contrastait avec le brouhaha des informations aux sons brouillés. Bruno lui cria de les rejoindre car c'était un moment historique, un événement mondial !

Dans le salon, l'écran de télévision diffusait ses lumières agitées. Autour, tout semblait sombre, presque disparu. Sur l'écran, on voyait une place dans la nuit, une foule hurlante y agitait des mouchoirs blancs, sautait et exultait de joie. Bruno et Agnès écoutaient avec respect un vieil homme en aube rouge lisant au micro, depuis un balcon, les mots d'un livre tenu par un homme en aube blanche : « Son éminentissime et révérendissime Karol Charles cardinal Wojtyla. » À ce nom, Bruno eut un rire bouleversé, comme un enfant face à une surprise trop grande et inespérée. Il se pencha vers Mariette et lui chuchota, complice :

— Comment tu écrirais ça toi, hein ?

— Quoi ?

— Voytiwa ? Comment tu l'écrirais ? C'est le nom de notre nouveau pape, Mariette ! Nous avons un pape, enfin ! Et il n'est pas italien, son nom ne s'écrit pas comme il se prononce… Il vient de loin, de l'autre côté du Rideau de fer…

— Comme au théâtre.

— Quoi ?

— Sabine dit qu'au théâtre il y a un rideau de fer.

Bruno et Agnès la regardèrent avec affliction, puis, conciliante, Agnès lui dit :

— Tu ne crois pas si bien dire, c'est un homme de théâtre.

— Le pape ?

— Oui. C'est ce que Sabine a dit au téléphone. Il faisait du sport, et aussi du théâtre là-bas, à Cracovie.

— Le voilà ! dit Bruno.

Et le pape apparut à l'écran, sous les applaudissements de la foule hurlante. Il était petit. Souriant. Ému. Entouré de nombreux hommes. Le présentateur disait qu'il était jeune. À Mariette, il semblait un vieillard. « Jean-Paul II », Bruno répétait ce nom, dans un souffle. Puis il dit, Nous ne sommes plus orphelins, et il faisait plus jeune soudain, il était celui qui avait retrouvé un père. Paul VI était mort le 6 août. Son successeur, Jean-Paul Ier, était mort le 28 septembre, trente-trois jours après son élection, on parlait d'empoisonnement et de complot, mais maintenant c'était fini, ce 16 octobre 1978, le troisième pape de l'année était là. Saint-Père. Évêque de Rome. Chef de l'Église catholique. Roi de l'État du Vatican.

— Il est le représentant de Dieu alors ? et de Jésus, aussi ? demanda Mariette.

— Oui, dit Agnès, et il est infaillible.

— Infaillible ?

— Ça veut dire qu'il ne peut pas se tromper, ni dans la foi ni dans les mœurs, dit Bruno. Tu ne me crois pas ?

— Si, je te crois.

— Alors pourquoi tu souris ?

— Je ne souris pas... Je pense à Jésus... Il marchait pieds nus, non ?

— Mais quel rapport ? De quoi tu parles ? demanda Agnès.

— Tu le saurais ça, l'infaillibilité du pape, si tu étais plus assidue au catéchisme, dit Bruno.

— Écoute, laisse-la avec ça. Elle est croyante, c'est le plus important. Hein, Mariette, tu es croyante ?

— Je suis contente que tu ne sois plus orphelin, papa.

Il la regarda sans savoir comment prendre cette phrase condescendante dite avec tant de tendresse. Il avait retrouvé un père, et maintenant il avait l'impression d'avoir perdu une fille, la dernière. Sa paternité à lui n'était pas infaillible. Il dit, Merci ma chérie, et il se sentit aussi triste que si sa maison avait été vide soudain, la chambre d'enfants abandonnée. Furtivement il se rappela les chansons qu'il chantait à ses filles. Qu'allait-il faire de ses chansons ? Qu'allait-il devenir maintenant qu'elles n'avaient plus besoin de lui ? Il sentit la main d'Agnès se poser sur la sienne, une pression affirmée, un appel. Il la serra en retour, pour lui dire oui. Ils avaient besoin d'un projet. Besoin de décider de choses nouvelles. Ils se tenaient la main en silence, regardant toujours à la télévision la liesse universelle à laquelle il leur semblait enfin participer.

Quelques jours plus tard, au rendez-vous avec la directrice du collège, Agnès sut enfin ce qu'il arrivait à Mariette. La petite ne se faisait pas harceler, et sans doute n'avait-elle aucune maladie du sang. Mais elle n'avait pas menti : elle loupait des marches et elle se cognait. Et ça n'était pas par étourderie.

— Il paraît que tu n'ouvres pas les yeux en cours, Mariette ! Et même pas en récréation ou dans les escaliers. C'est complètement fou !

— Je vais être renvoyée, tu crois ?

— Tu as un an d'avance et tu es première dans toutes les matières, comment veux-tu être renvoyée ? Dis-moi plutôt pourquoi tu fais ça, hein, pourquoi tu fermes les yeux ?

— Pour écouter mieux.

— Tu as du mal à suivre les cours si tu ne fermes pas les yeux ?

— Oh les cours, non ! J'écoute le monde.

— Le quoi ?

— Le monde.

— Mais tu divagues !

Mariette comprit qu'il ne servait à rien d'expliquer à sa mère le bien-fondé de son expérience. Oui, elle écoutait le monde. Les sons infimes qui se superposent, tout ce qui vit ensemble, et elle pensait qu'il était étrange qu'on laisse les sons se mélanger, s'embrouiller et disparaître. Jamais on ne ferait ça avec les images, jamais on ne les poserait les unes au-dessus des autres, la vue ordonnait tout, mais les bruits, il fallait leur porter une attention extrême car ils étaient livrés au hasard et il y avait peu de mots pour les décrire. Elle aimait entrer dans cet univers invisible et elle avait compris que même quand on se tait, quand on dort, le silence n'existe pas. Alors il fallait être vigilante. Tout le temps. Pour comprendre ce qui se passe, quand il ne se passe rien.

Ils étaient tous rentrés chez eux. Chacun avait suivi le rythme des saisons, les départs l'été, les retours aux prémices de l'automne. Sabine vivait en sens inverse et elle aimait cela : jouer le soir, lorsque chacun a fini sa journée, tourner l'été et prendre un peu de vacances après. Son contrat avec la Maison de la culture de Bobigny était terminé. Elle avait joué *Une vie* plus de cent cinquante fois, elle devait proposer un autre spectacle aux producteurs.

Elle retrouva Robert, son vieux chirurgien, avec un attendrissement mêlé d'un peu de lassitude, s'efforça d'écouter le récit de son mois d'août à La Baule chez Gérald, son fils, leurs disputes et leurs parties d'échecs. En l'honneur du retour de Sabine, ils partagèrent un repas que Robert avait acheté chez le traiteur, d'énormes bouchées à la reine tièdes et effondrées. La cuisine était sombre, les pigeons roucoulaient sur le rebord de la fenêtre, le vin était chaud, c'était d'une tristesse sans fond, la province du

XIXe siècle au cœur de Paris. Plus tard, dans la salle de bains, lorsqu'elle vit le savon à barbe non refermé et les petits poils blancs dans le lavabo, Sabine ressortit aussitôt.

Une demi-heure plus tard, elle sonnait chez Mathieu, rue du Père-Corentin, priant pour qu'il soit seul et ne lui en veuille pas d'oser venir sans prévenir. Mais quand il ouvrit la porte, il la regarda avec le même plaisir que si on lui avait livré un repas à domicile.

— Ça c'est une surprise ! Tu arrives de Toulouse ?

— Non. De chez Robert.

— Il s'est passé quelque chose ?

— Non, pourquoi ? Il faudrait un drame pour que je vienne à l'improviste ?

— Oh, oh... serais-tu de mauvaise humeur ?

Il dit cela comme s'il se délectait de l'agressivité de Sabine. Mais elle n'était pas de mauvaise humeur. Elle avait peur d'avoir mal fait, d'avoir enfreint le code en venant chez lui sans prévenir.

— J'ai paumé mes clefs et je n'ai pas osé réveiller Robert, je n'ai pas trouvé de cabine pour te téléphoner... je pensais passer la nuit ici...

Il se mit à déboutonner lentement son chemisier, le visage incliné, il évaluait la situation et lui souriait, de ce sourire qu'elle aimait, sûr de lui, un peu canaille.

— Je t'attendais demain, mais c'est bien... C'est même très bien... Dis donc, tu n'aurais pas un peu grossi, toi, en tournée ? Toutes ces tartes aux pommes...

Elle se recula instantanément.

— Mais tu es belle comme tout ! On dirait Gina Lollobrigida ! J'adore !

Elle avait envie de pleurer. D'agacement et de lassitude. Elle aurait voulu qu'il la rejoigne en tournée, au moins une fois, qu'il écourte son voyage en Amérique sur les traces de Jack Kerouac où, en accord avec la philosophie de l'écrivain, il n'avait pas dû se priver de la tromper, même si ce mot-là ne faisait pas partie de leur vocabulaire, même si la jalousie ne faisait pas partie de leur gamme de sentiments. Elle aurait voulu qu'il l'attende à la gare, qu'ils se retrouvent comme dans les films de Lelouch, en courant l'un vers l'autre. Et maintenant elle n'avait même pas envie de l'embrasser. Elle se sentait moche, déprimée et tellement fatiguée. Mais lui avait très envie d'elle, il était heureux de la retrouver, et face à la douceur de Mathieu, à son regard plein de désir, elle regretta d'avoir été agressive et opta pour la solution de facilité, le truc qu'il aimait et qui lui permettait à elle de s'extraire de tout. S'allongeant sur le lit, bras et jambes écartés elle dit, Fais tout ce que tu veux. Il rit de bonheur, baissa son jean en trébuchant et lui dit qu'elle était extra.

Plus tard, dans la pénombre de l'appartement, son odeur de cendre froide et de café, tandis que Mathieu dormait à ses côtés, tenant ses cheveux comme il le faisait toujours après l'amour, elle pensa à Paul. Il avait disparu comme il était apparu, par surprise, et elle réalisa qu'elle ne savait rien de sa vie, ne s'y était jamais intéressée et peut-être avait-il fini par se lasser de ses monologues, de son égocentrisme. Elle sentait contre elle l'odeur familière de Mathieu, sa peau douce presque féminine, la fragilité apparente de ses épaules, la longue minceur de son corps solide… Il lui avait beaucoup manqué. Elle le ressentait de façon presque douloureuse, maintenant qu'elle était couchée contre lui, dans son lit, et de son côté à elle, cette habitude qui disait l'intimité réelle. Elle pensa qu'elle était la seule à avoir cette place, les autres filles n'avaient sans doute pas leur côté dans ce lit. C'était elle sa préférée, n'est-ce pas ? La favorite. Derrière les rideaux en toile de jute, la lumière qui filtrait du dehors donnait à la pièce une clarté incertaine. Le passage des derniers bus faisait vibrer les vitres, c'était un bruit sourd et coutumier, comme une respiration animale. La reconnaissance de la lumière et des sons, cette répétition, était rassurante. Sabine caressait le dos de Mathieu, inlassablement, comme il aimait qu'elle le fasse, mais il dormait et elle ignorait si ses caresses se mêlaient à son sommeil. Elle pensa qu'il allait reprendre les cours bientôt, il savait exactement ce qu'il allait faire, et aussi combien il allait toucher cette année, son salaire au centime près. C'était peut-être pour cela qu'il était toujours sûr de lui et tranquille. Un travail stable. Et son propre appartement. Il en partait le matin et y rentrait le soir, libre de tout, de ses gestes, de ses heures, à l'abri des regards. Quelle chance il avait. Pourtant, ce studio (où il ne l'avait jamais invitée à vivre) était mal fichu, le couloir était plus grand que la pièce principale, la cuisine était qualifiée de « coin », la salle de bains donnait sur les immeubles d'en face, lorsque les fenêtres étaient ouvertes on entendait les conversations téléphoniques et le bruit des bouchons quand les voisins ouvraient une bouteille. Au-dessus du matelas posé à même le sol, Mathieu avait punaisé le poster d'un bébé joufflu touchant son pénis, « Il s'agit d'affirmer pleinement, d'aider et de protéger les manifestations naturelles de la vie chez le nouveau-né, l'enfant, l'adolescent, la femme et l'homme, d'une façon qui exclut à jamais toute supercherie sociale », disait Wilhelm Reich. Cela remplaçait ce que Sabine avait toujours connu chez elle au-dessus des lits : le crucifix.

Habitant la semaine chez Robert, le week-end chez Mathieu, et n'étant bien nulle part, Sabine ne trouvait aucune pièce à monter, aucun texte à adapter. Elle était rentrée à Paris avec l'envie de se consacrer à ce travail de recherche, un temps personnel exalté par un nouveau projet, mais plus elle le souhaitait, plus elle se sentait vide, aucun sujet ne s'imposait, aucun n'était nécessaire, tout semblait pouvoir attendre. Alors elle décida de passer des castings. Elle piocha dans ses économies pour se faire un book, elle n'avait pas assez pour payer un photographe professionnel et posa pour Gérard, le copain d'un copain qui la photographia pendant cinq heures, chez Mathieu, dans la rue et au parc Montsouris. Elle devait sourire tout le temps, assise sur un canapé, adossée à une table, à moitié allongée dans l'herbe, appuyée contre un mur, un arbre, une porte cochère, mains sur les hanches, visage renversé, un doigt sur la joue, une main sur le col, en se tournant, en se retournant, de profil, de face, paupières baissées, yeux écarquillés, elle devait sourire toujours, encouragée par Gérard, Allez ! Ça pulse ! Ça pulse ! On relâche pas ça pulse ! À la fin de la journée son corps était fourbu, ses mâchoires douloureuses, et elle avait attrapé froid à poser dehors dans des habits légers – le manteau l'engonçait, avait dit Gérard, Un acteur c'est un corps, non ? Il fallait qu'on la voie sensuelle et disponible, Un acteur vit dans le désir du metteur en scène, non ? Elle était saoulée par ces paroles ineptes qu'elle n'avait même pas contredites.

Elle ne se reconnut pas sur les photos, elle était maquillée comme pour se rendre à un mariage, apprêtée et gauche avec ses chaussures dont les talons s'enfonçaient dans la terre, et ce sourire atroce qui lui mangeait le visage, cet air engageant censé lui donner une personnalité, c'était minable. Elle comprit qu'elle n'avait pas les codes. Elle était provinciale et ne venait pas de *là*, la grande famille du cinéma n'était pas la sienne et cela se voyait. Ce n'est pas elle qu'un réalisateur arrêterait dans la rue, Mademoiselle, vous devriez faire du cinéma. Ce n'est pas elle qui accompagnerait une copine à un casting, lui donnerait la réplique et serait choisie *bien malgré elle.*

Elle prit tout de même son book pour démarcher

les maisons de production. *Le Film français* indiquait les films en projet, elle lisait la longue liste de leurs titres, avec le réalisateur et les comédiens principaux, et c'était comme lire une histoire passionnante qui ne serait jamais pour elle. Dans l'espoir d'auditionner pour des rôles secondaires, elle se déplaçait pourtant dans les bureaux de la Gaumont et d'UGC sur les Champs-Élysées, et dans les locaux de la SFP aux Buttes-Chaumont, le temple de la télévision. En plus des fichiers Acteurs, il y avait là des listings de maisons, de voitures, de chevaux, et même de chiens et de chats. Mais elle ne fut inscrite nulle part et jamais on ne l'appela. Parfois en regardant son CV (alimenté des trois fameuses critiques, *Le Parisien*, *L'Officiel des spectacles* et *Le Figaro*), on lui demandait quelle était son *actualité*. Elle ne savait pas ce que cela signifiait. *Actualités*. Un mot de télévision. Puis elle comprit : son *actualité*, c'était ce qu'elle faisait, professionnellement. Alors elle inventa un projet iconoclaste et militant en banlieue, et devant les mines indifférentes elle changea de mensonge : Feydeau revisité, les hommes joueraient les femmes et inversement, la grande tradition du travestissement. Mais ça n'était pas le milieu du théâtre, c'était le cinéma. Elle chercha un agent.

Dans des bureaux cossus du VIIe arrondissement, elle passa avec un ancien copain de cours une scène de *La Leçon*, de Ionesco, devant un agent qui leur tournait le dos pour arranger ses rideaux et qui conclut sans se retourner qu'avec les dents qu'elle avait elle n'arriverait à rien. Elle grimaça devant son miroir et s'aperçut que ses dents du bas étaient déchaussées. Un autre lui dit qu'elle avait un léger strabisme. Elle n'osa plus regarder les gens en face, à cause de ce prétendu strabisme, elle se mit à regarder de côté, à table elle ne parlait jamais aux personnes en face d'elle, toujours à celles qui étaient à sa droite ou à sa gauche. Elle fit même des photos d'identité en regardant le côté de la cabine. On lui reprocha son accent du Sud et c'est vrai que lorsqu'elle était émue ou angoissée, il surgissait comme un traître. Il y avait tant de choses en elle qui déplaisaient ou choquaient, et maintenant qu'elle en avait pris conscience, elle y pensait tout le temps, elle avait honte que cela lui ait échappé, elle s'était en quelque sorte inventée elle-même et leurrée de bout en bout.

Un directeur de casting lui dit qu'il avait quelque chose pour elle, elle pouvait faire un stage et devenir cascadeuse, on manquait de cascadeuses. Un autre lui demanda de rire. Elle rit. De pleurer. Elle pleura. Il frappa dans ses mains, Ris ! Pleure ! Ris ! Pleure ! et quand elle eut fini, il lui dit qu'elle était très ordinaire. Elle patienta dans la salle d'attente d'agences prestigieuses, où les photos d'actrices célèbres prouvaient qu'on pouvait y arriver si on avait le petit truc en plus, la présence foudroyante, comme Isabelle Adjani, Fanny Ardant, Isabelle Huppert, dont on se rendait compte quand elles surgissaient, qu'on n'attendait qu'elles. Elle réalisa qu'elle n'avait jamais rendu fou un homme, n'avait jamais suscité la moindre passion, n'avait jamais été irremplaçable, et se rappela ce metteur en scène qui lui avait dit, Toi, les hommes vont t'aimer. Mais aucun ne sera jamais amoureux de toi.

Par la bande elle apprit qu'un vieux metteur en scène de théâtre qui avait eu son heure de gloire au temps de la décentralisation et à qui on avait donné un local au fin fond de La Villette cherchait une actrice pour une pièce lituanienne. Elle passa l'audition chez lui, dans un appartement saturé de pisse de chat, d'affiches jaunies et de vêtements sales. Il lui dit qu'il lui donnerait la réplique, il jouerait son père, mais d'abord elle devait vomir dans les toilettes, ou faire semblant, c'était le rôle d'une anorexique. Elle fit semblant avec tellement de conviction (les toilettes étaient au bout du couloir et il devait l'entendre depuis sa chambre) que se raccrochant à une étagère elle fit tomber les rouleaux de papier hygiénique dans la cuvette, tenta pour les extirper de gagner du temps en redoublant de vomissements, mais le metteur en scène la rappela auprès de lui. Elle avoua son forfait, il lui dit que ça n'était pas grave, lui prit la main et commença à lui mordiller les doigts. Elle sortit de là avec une nausée qui n'avait rien de feint. Il la convoqua huit jours plus tard, lui annonça qu'elle n'aurait pas le rôle, elle était « trop jolie pour jouer une anorexique ». Mais il prit de nouveau ses doigts dans sa bouche et quand, excédée, elle lui demanda s'il voulait coucher avec elle, il répondit avec une mine écœurée qu'elle faisait partie d'une génération brutale qui n'avait aucun sens du romantisme. En soupirant il ôta tout de même son pull, comme si la question de Sabine avait été une invitation, comme si réellement elle avait envie de coucher avec le vieillard. Elle sortit poliment et se maudit pour sa gentillesse. Quelques mois plus tard les affiches de la pièce étaient sur les murs de Paris, et, au-delà du choc qu'elle en éprouva, elle comprit en lisant le nom de l'actrice qui venait du Conservatoire qu'à elle le metteur en scène n'avait pas mis ses doigts dans la bouche, qu'il ne lui avait jamais dévoilé son buste blanchâtre et ridé, et il y avait là, dans cette évidence, plus qu'une injustice, un monde, éloigné du sien, inatteignable et clos. Parfois elle pensait aux scènes de *Bérénice*, de *La Reine morte*, ou aux fables de La Fontaine, qu'elle répétait chez Jean-Laurent Cochet, à *La Classe morte* de Kantor, *La Cerisaie*, montée par Peter Brook, *Le Misanthrope* par Antoine Vitez, et ces textes, ces personnalités, ce théâtre-là lui semblaient à jamais offerts à d'autres. Elle se tenait entre deux rives, d'un côté la poésie, de l'autre le marché avec ses lois cyniques et patriarcales, et à force de chercher à plaire elle se vidait d'elle-même.

Éric s'était fait engager à Bobigny, il allait travailler avec Peter Stein. Il la poussait à écrire, quelque chose de drôle :

— Et pas un monologue hein, une pièce à plusieurs personnages, on créerait un collectif. Dépêche-toi, Bobigny va pas t'attendre éternellement, il y a plein de comédiens maintenant qui font du théâtre d'appartement.

— C'est dégueulasse.

— Pourquoi dégueulasse ? Tu avais déposé une licence ?

— Ha, ha...

— Tu vois, là, si j'étais un metteur en scène je n'aurais pas envie de t'engager.

— Merci pour tes encouragements.

— Et tu sais pourquoi ?

— Non, et je m'en fous.

— Ben voilà pourquoi : parce que tu es fermée, grise et revêche.

Elle s'était levée doucement et en partant avait laissé sa main traîner sur la table, avait renversé les deux tasses de café sur le pantalon d'Éric, un geste fatigué et facile, même pas une révolte.

Il y avait ce chéquier qu'il avait sorti de sa veste intérieure dans un geste élégant et précis, comme s'il avait été un prolongement de sa main, de son corps. David était propriétaire de dix appartements à Paris et Neuilly mais tous étaient loués, aussi l'agence qui gérait ses biens lui avait-elle proposé pour Hélène un studio meublé rue Jacques-Dulud à Neuilly, dont il avait payé non seulement la caution mais aussi sept mois de loyer à l'avance, ce qui la laisserait tranquille le restant de l'année scolaire. Le studio serait libre dans un mois, après les travaux de rafraîchissement. Une fois les chèques établis et les papiers signés, David avait parlé avec l'agent immobilier des nouveaux territoires à investir, Courbevoie, Levallois, et Hélène pensait à Sabine, à la déception sans surprise dans son regard, quand elle lui avait dit que David lui louait un studio. Sa sœur serait fière d'elle si elle refusait tout, il suffirait de se lever et de sortir de l'agence, rien n'était plus simple, une émancipation sans préavis. Après il faudrait lutter, comme les autres, pour gagner son indépendance, la prouver et l'inscrire dans la liste des actes valeureux. Mais elle restait là, inerte comme ce chéquier à côté duquel était posé un trousseau de clefs, la possibilité d'être chez soi et de préparer ses examens. Ce chéquier payait son avenir, son départ du duplex où revenaient souvent Joseph et Vincent avec leurs femmes et leurs enfants, des bébés qui faisaient la sieste dans sa chambre, la forçant à s'isoler à l'étage pour réviser. Quand David avait eu cette idée du studio, il avait précisé qu'il n'était pas question qu'elle y vive avec son type, là, le puceau, comment il s'appelait déjà ? Ah oui Arthur, il n'était pas fait pour elle, il lui fallait un type solide, pas un étudiant ! Le studio c'était pour elle et pour elle seule. Le contrat était clair et elle n'était pas sûre de désobéir à David, car elle avait envie de vivre seule, pour voir. Avoir pour la première fois un lieu à elle, comme un ventre dans lequel elle entrerait, une protection contre tout ce qui pourrait la divertir de ses révisions pour son passage en troisième année. David avait aperçu Arthur deux ou trois fois, et elle avait pensé que sa politesse de garçon sage avait séduit le grand bourgeois, mais il « ne passait pas la barre », elle ne savait pas pourquoi et ne voulait pas y penser. Maintenant il fallait étudier et réussir, la réussite était le seul remboursement possible.

Quand ils sortirent de l'agence, avenue Charles-de-Gaulle, et que David lui dit, Ferme ton manteau, ne prends pas froid, elle lui dit merci, bien plus pour ces paroles de tendresse inquiète que pour le studio. Il lui montra une maison basse coincée entre deux immeubles, Je suis né ici il y a plus de cinquante ans. La maison était blanche, sobre et solide, résistante face à la folie immobilière, aux immeubles à étages. L'image rapide et claire d'un bébé s'imposa à Hélène et elle dit, Vous non plus, ne prenez pas froid ! Puis chacun partit dans sa journée, deux petits animaux dressés éprouvant sans relâche leur obstination à vivre.

Le soir Hélène retrouva Éléonore chez les amis chez qui elle logeait rue Ordener, le temps de son séjour à Paris. Elle avait obtenu son DEA en juin et venait pour son entretien avec le professeur auprès duquel elle voulait passer sa thèse, à Pasteur. Hélène ne s'attendait pas à ce qu'il y ait du monde chez les amis d'Éléonore et elle fut déçue d'être ainsi confusément mêlée à d'autres. Les éclairages indirects donnaient aux pièces une lumière trouble, il fallait un peu de temps pour s'y habituer, et Hélène chercha Éléonore prudemment. Est-ce que tous ces gens étaient des matheux ? Y avait-il là des anciens élèves de Maths sup et Maths spé, ceux qui bourdonnaient entre eux sous le préau de Cézanne et ne se retournaient jamais ? Des garçons bien habillés se déhanchaient sur des chansons de David Bowie, les lèvres closes, les mains blanches. Est-ce que ces garçons plairaient plus à David qu'Arthur ? Ou bien celui-là, assis sur l'accoudoir d'un fauteuil club, qui parlait en regardant son verre de whisky et de temps à autre remettait en place les lunettes sur son nez, il avait l'air concentré de celui qui avance une hypothèse, et la fille en bottes et minijupe assise dans le fauteuil le fixait avec un air de contestation rentrée et se préparait sûrement à le contredire. Hélène avait posé son sac et son manteau sur le lit dans la chambre du fond, comme le lui avait indiqué la personne qui lui avait ouvert sans même lui demander qui elle était, maintenant elle avançait dans le salon avec un air faussement détendu, et elle connaissait cette gêne. Elle redevenait la dernière de la classe, l'élève maladroite qu'elle avait été à Aix. Elle sentit une main sur sa nuque, une main précise et chaude, inévitable. Elle s'immobilisa sous la chaleur de cette main et son cœur se mit à battre et son ventre aussi, sans qu'elle sache pourquoi. La main bougea un peu, entraînant des petits cheveux, les tirant doucement, et Éléonore lui fit face. Elle souriait comme elle savait le faire, un sourire immense, presque ironique, la joie toujours un peu provocante qui était la sienne.

— Merci d'être venue.

Elle ôta la main de sa nuque, et Hélène eut l'impression qu'elle allait tomber. Elle sourit bêtement, se gratta le coude, comme le font les embarrassés, ceux qui ont du mal à parler clairement.

— Tu lui as plu ?

— À qui ?

— Mais… au professeur… !

— C'est demain. Je le vois demain.

— Oh !

— Ben oui ! J'ai décidé de me bourrer la gueule la veille de l'entretien le plus important de ma vie, voilà ! C'est comme ça, mademoiselle Malivieri, voyez-vous !

Avec l'alcool, sa voix retrouvait son accent provençal, et quel plaisir c'était d'entendre cet accent et d'être appelée mademoiselle Malivieri ! Éléonore quitta brusquement Hélène, monta le son de la musique et revint vers elle. Bowie chantait *Heroes* si fort que la musique devenait la seule réalité possible. Éléonore dansait face à Hélène, l'ivresse donnait à son regard un affranchissement brutal, son corps bougeait par petites saccades, il y avait une application tendue dans cette liberté-là et Hélène comprit qu'elle n'avait pas le choix, elle devait rejoindre Léo, son énergie aimantée, sa sensualité. Elle eut l'impression de plonger dans une eau glacée, la piscine municipale à Aix où était morte noyée la petite fille de son enfance, sa terreur familière. Pour passer du monde terrestre à l'aquatique, il fallait simplement sauter. Elle s'entendit gueuler, en suspension dans l'espace aérien où se préparent la descente et la chute des corps dans le fracas de l'eau. Éléonore rit d'un rire qu'elle n'entendait pas, puis une fille se glissa entre elles, hurla quelque chose à l'oreille de Léo et elles disparurent. Hélène resta sans plus personne à qui s'accorder, alors elle ferma les yeux et, plongée ainsi dans le noir et prise par la musique, elle se sentit disparaître, ses pensées, son corps, tout se disloquait et s'évaporait, sauf sa bouche, qui devenait un monde. C'était onirique et précis, elle ressentait avec une acuité irréelle le goût d'Éléonore, la texture de sa salive, la douceur de ses lèvres, sa langue sur la sienne, ses dents, son odeur, son souffle, la pression de ses doigts humides sur son visage, elle n'avait jamais prolongé ainsi un baiser, jamais exploré ce qui n'était habituellement qu'un préambule. Ce baiser la projetait dans un plaisir concentré, généreux et osé, qui existait en dehors de tout et faisait de tout ce qui n'était pas lui un paysage éteint. La chanson se termina brutalement, les danseurs s'éparpillaient en bavardant. Léo était sur le balcon et parlait avec des amis, une bouteille de bière à la main, engagée dans une conversation virulente qui la faisait bouger sur place avec de grands gestes des bras. Était-elle jamais revenue sur la piste ? Hélène se sentait trahie. Elle prit son manteau et son sac dans la chambre du fond et sortit sans que personne le remarque.

Les rues étaient jonchées de silhouettes au sol et d'ombres qui n'appartenaient à personne. Les lumières du métro étaient d'une intensité crue, tout semblait sur le point de basculer dans une ambiance sans stabilité. À la sortie du métro Sablons, dans le calme de Neuilly, la dangerosité de la nuit baissa de plusieurs degrés.

Quand elle fut couchée, Hélène repensa au baiser d'Éléonore, et, dans la remémoration de ce qui avait peut-être eu lieu, une honte chaude et fourmillante l'envahit par vagues, les orteils, les cuisses, le ventre, le crâne, tout son corps endolori par cette sensation de culpabilité et de plaisir. Elle alluma la lumière, regarda cette chambre qui déjà ne lui appartenait plus, où des jouets remplissaient le grand placard lumineux, où l'ancien panier de Caprice était devenu un lit pour poupée, et toutes ces photos dans les cadres qui représentaient les porteurs du nom, les héritiers. Elle réalisa que c'était sa dernière chambre d'enfant, le lit une place, les adultes derrière la cloison et ses cours sur le petit bureau. Sabine, est-ce que les animaux souffrent ? Quoi ? Je te demande si les animaux souffrent. Dors, Hélène, dors…

Dans l'affection que lui avait donnée son chien, il y avait ce qu'elle n'avait jamais retrouvé depuis, la promesse d'une infaillibilité. Elle comprit que la dernière nuit de Caprice avait eu lieu dans cette chambre, son panier n'avait pas bougé depuis, il avait voulu mourir là où il avait été tenu contre elle, là où il sentait sa trace, ses atomes, son odeur, cet amour qui les liait comme une corde. Enfant, se dit-elle, je savais déjà. Grâce à lui, je savais. Les animaux souffrent. Puisqu'ils aiment.

Mariette avait fini par découvrir où se cachait le silence. Étonnamment, c'est en cherchant l'inverse qu'elle le trouva. Ses parents lui avaient offert un tourne-disque et depuis quelques mois lui donnaient un peu d'argent de poche qu'elle dépensait entièrement dans la musique. Elle avait bien sûr commencé par acheter le 45-tours de Bonnie Tyler, *It's a Heartache*, dont elle connaissait les paroles par cœur, des mots poignants qui, sitôt traduits en français, devenaient stupides. Les sons étaient donc plus puissants que les mots, la musique avait besoin d'eux comme on a besoin de souffle, et l'anglais permettait cela. Mais lorsqu'elle avança cette théorie à Joël, l'employé du disquaire du cours Mirabeau qui la conseillait, il lui dit qu'elle devrait écouter Colette Magny ou Jean-Roger Caussimon, elle verrait la puissance de la poésie, même en français. C'était aussi beau que Bob Dylan.

— Oh, je connais très bien Bob Dylan, lui dit-elle, il a bercé mon enfance.

Il sourit à cette réflexion. Il avait pour Mariette

une tendresse presque fraternelle. Il vivait à Aix depuis quelques mois seulement, depuis son retour du service militaire dans la Marine. Orphelin, il avait grandi en Lozère en famille d'accueil, et Mariette ignorait s'il était sérieux quand il disait que la fanfare municipale de Langogne avait été son initiation à la musique, mais il ne semblait vivre que pour cela, et il apprenait sans cesse, avec cet acharnement des autodidactes qui se sentent toujours, d'une façon ou d'une autre, en retard sur les autres. Il avait vingt ans, un visage d'adolescent, une peau marquée par les cicatrices de la varicelle, et il dissimulait ce visage derrière de longs cheveux bruns. Ses yeux étrécis, d'un noir presque mauve, semblaient toujours guetter quelque chose.

— Oh… Bob Dylan a bercé ton enfance, Mariette… Tu es née dans une communauté soixante-huitarde ?

— Hum… On écoutait *Times Are a-Changin'* à tout bout de champ. Et Cat Stevens aussi, Joan Baez, toute la bande.

— Oui, mais aujourd'hui Dylan s'est converti au catholicisme, son dernier album n'est vraiment pas le meilleur, et Cat Stevens s'appelle Yusuf Islam et il a tout arrêté.

— Et Joan Baez ?

— Oh elle ! Toujours la Joan of Arc, comme disait Dylan !

— La Jeanne d'Arc ? Celle-là je la connais très bien… Oui, mes parents passent de Dylan à Jeanne d'Arc, comme ça…

Il lui dit d'aller s'asseoir en cabine, aujourd'hui il allait lui faire une surprise. Un poème, mis en musique.

Elle aimait la cabine. Elle s'y sentait à l'abri. Depuis le magasin Joël mettait un disque et elle seule l'entendait, une dédicace personnelle. Comme chaque fois, quand elle fut assise sur la banquette, elle sortit de son sac un tube de lait concentré sucré, qu'elle téterait tout en écoutant le disque. Mais un client avait dû entrer dans la boutique et Joël tardait à lui envoyer la musique. Elle attendit un peu, dans cette odeur de cuir et de liège, cette odeur électrique comme celle d'un tout petit feu, elle se renversa sur la banquette et commença son tube de lait, ferma les yeux de bonheur, et c'est là qu'elle l'entendit pour la première fois. Il emplissait la cabine capitonnée et bourdonnait presque, tellement vivant qu'il occupait l'espace, et son cerveau aussi, tout son être. C'était le silence. Elle pensa que peut-être Hélène aurait su lui dire de quoi il était fait, ce qui flottait dans l'atmosphère et se mêlait à lui. Était-il le même au fond des océans, au fond d'un puits, dans nos sommeils profonds ? Existait-il plusieurs sortes de silences, liés à l'eau, à la terre ou à la mort ? Dans le silence de la cabine, elle essaya un son. Dit simplement, Oui. Et elle entendit comme sa voix était claire, et agréable à son oreille, plus enfantine qu'elle ne l'aurait cru. Elle répéta un peu plus fort, Oui. Il n'y eut ni écho, ni interférence, son oui était pur dans le silence, et puis elle reconnut le grésillement dans les enceintes, quelques minuscules secondes qui annonçaient une atmosphère nouvelle. Il y eut d'abord des violons, comme pour un film tragique, ensuite les cordes fragiles d'une guitare, et enfin, la voix d'un homme, vibrant d'une colère triste. Ce que cet homme chantait, Mariette le reçut directement, comme un ballon dans le ventre, des phrases qui disaient le désespoir, sa couleur, sa texture, le désespoir comme un animal vivant, qui se tient à vos côtés, monte sur vous et se couche. Le chant avait une douceur menaçante, presque mystique, et lui envoyait les images exactes de tout ce qu'elle n'avait jamais osé dire, tout ce qu'elle ressentait de façon violente et confuse, comme si parfois une autre Mariette vivait en elle, plus âgée et avertie. À la fin de la chanson, l'homme se tut et les violons continuèrent sans lui, mais même sans l'entendre elle sentait encore sa présence. Et avant que tout s'arrête, il revint chanter un peu, avec un accent du Sud qui ajoutait des notes aux notes.

Quand Mariette sortit de la cabine, il y avait des clients à la caisse, elle se tint toute droite derrière eux, attendant son tour, maîtrisant son émotion. Lorsqu'elle arriva devant Joël, elle tenta un sourire un peu blasé.

— Tu connaissais ?

— Quoi ?

— Léo Ferré ?

— Bof…

— Et Baudelaire ?
— Ben oui. Forcément.
— Je suis désolé, tu as l'air bouleversée… J'aurais dû te prévenir…
— Mais non.
— Ce n'était pas une bonne idée, te faire une surprise avec *Spleen*…
— Au contraire. Je vais l'acheter.
— Tu es sûre ?
— Oui, j'en ai ma claque des chansons en anglais.

Il hésita à lui faire la réduction habituelle, puis finalement lui offrit le disque. Il le mettrait sur son compte. Il était si heureux de lui faire découvrir Léo Ferré. Cet homme-là l'avait sauvé de la solitude, et de tant de découragements. Mariette lui demanda s'il était mort depuis longtemps. Il pensa que sa famille n'était pas aussi libérée qu'elle le disait, et il lui parla de la Toscane, des vignes, des oliviers, du chimpanzé Pépé, il avait hâte de lui faire écouter les propres chansons de Ferré, *Avec le temps*, *C'est extra*… À moins que pour celles-là ce ne soit encore trop tôt. Il lui promit de l'avertir des prochaines tournées du chanteur, il ne manquait aucun de ses concerts. Elle le regarda en silence avant de murmurer, Ça alors, c'est tout un monde… Et elle sortit de la boutique, le vinyle serré contre son cœur.

Les premiers vers de Baudelaire chantaient en boucle dans sa tête *Quand le ciel bas et lourd pèse comme un couvercle / Sur l'esprit gémissant*… et puis elle ne se souvenait plus. Alors ça recommençait. *Quand le ciel bas et lourd pèse comme un couvercle / Sur l'esprit gémissant…* Il lui semblait qu'elle pleurait mais elle ne savait si c'était de chagrin ou de plaisir, car il y avait un plaisir à savoir qu'une autre voix que la vôtre pouvait dire votre peine la plus haute. Elle ferma les yeux comme elle aimait le faire. Elle n'entendait plus les gens autour, ni la circulation, elle pensait au poème, à ce qu'il révélait, ces sentiments obscurs qui, dits par d'autres, donnaient à sa confusion un peu d'air et de vérité. Elle n'entendit pas la moto, son klaxon, ses freins quand elle dérapa. Elle sentit qu'elle s'envolait et qu'elle tombait, c'était très long, une chute qui n'en finissait pas, à laquelle elle assistait sans avoir aucune prise, elle changeait simplement de réalité. Elle ne lâcha pas le disque dans cette danse fracassante, pensa que le cadeau de Joël allait se briser, pensa à Hélène à qui elle n'avait pas demandé la composition du silence, pensa au souci que se feraient ses parents, tous ces désagréments qu'elle allait leur causer, eux qui avaient déjà perdu un enfant.

C'est un univers blanc et inconnu. C'est l'attente. La longue patience. Le temps sans limites. Le corps traversé de douleur. C'est le désir de vivre aussi, comme elle ne l'a jamais connu, comme une vérité cachée et soudain délivrée. C'est la voix de sa mère contre son oreille qui dit des mots inlassables de tendresse, et son père, qui chante à voix basse *C'est moi l'coco du Colorado / L'as du Browning et du couteau.* Il est fou, son père, elle entend sa mère le lui dire, Tu es fou, ne chante pas ça, cette chanson idiote, mais lui il continue, *À ch'val tout' la nuit sur le tiroir d'la table de nuit / Sans pousser un cri / Dans l'hôtel garni*, il a raison, elle a envie d'une chanson qui fait rire, elle aime qu'il ait ce culot, chanter ça dans une chambre d'hôpital, et puis elle est fatiguée, c'est vrai, et elle part ailleurs, elle s'évanouit, et c'est infiniment doux, elle parle au ciel, elle demande, Est-ce que j'ai un ange gardien ? elle demande, Est-ce qu'il m'a protégée, car elle n'est pas morte, elle le sait, puisqu'elle a tellement envie de vivre. Elle sent le froid dans ses veines, un nouveau produit, celui qui combat la douleur, l'infection, celui qui lui fait aimer la chanson de son père et parler avec le ciel. Elle a envie de vomir, le vertige la soulève, elle tourne immobile dans son lit, elle voudrait dormir. Vivre, mais dormir d'abord. Elle est si fatiguée.

Se remettre de l'accident fut un combat et une exaltation. Mariette était blessée et vivante et chaque jour elle se reconstituait, comme s'il fallait patiemment réunir et souder ensemble des parcelles d'elle-même.

— Cette fois-ci, lui dit Sabine au téléphone, tu comprends qu'il faut ouvrir les yeux ?

— Oui, je comprends.

— Il paraît que tu es couverte de bleus, comme la Schtroumpfette.

— Et j'ai deux pansements sur la jambe. À l'intérieur aussi ça fait mal, j'ai une côte fêlée.

— Je sais, maman m'a dit. Les crises d'asthme sont interdites !

— Arrête ! Me fais pas rire, ça fait mal.

— Tu as reçu ma cassette ?

— C'est beau *Une vie*. Ça m'a fait pleurer.

— C'est parce que je suis une bonne actrice, ça.

— Tu l'as enregistré juste pour moi ?

— Oui, mon monologue juste pour toi, ma petite sœur cassée.

— Maman veut te parler.

— Je t'embrasse la souris.

— Moi aussi, et merci encore pour Jeanne, je l'aime beaucoup.

— Moi aussi je l'aime beaucoup, et elle me manque.

Elle resta huit jours à l'hôpital. Le matin elle était fière de collaborer avec les aides-soignantes et les infirmières, se lever, faire sa toilette, regarder la cicatrisation de ses plaies, un acte ritualisé dans lequel elle montrait sa bonne volonté. Les gestes les plus anodins, les besoins les plus élémentaires paraissaient soudain d'un héroïsme étriqué et pourtant admirable. Le découragement venait avec le soir, quand un silence désolé flottait dans les couloirs éteints, et les minuscules veilleuses de secours lui faisaient penser à la petite lampe rouge qui brûle suspendue près du tabernacle des églises. Elle avait huit ans lorsque son père lui avait dit que cette lampe, c'était Jésus-Christ, il était là, dans cette lumière rouge, sa présence était réelle, il était juste *devant ses yeux*. Cela l'avait stupéfaite. Et dire qu'elle n'y avait pas fait attention ! Dire qu'elle se tenait à côté de Jésus-Christ sans le savoir ! Elle avait eu honte et elle avait eu peur, et sans le lâcher du regard elle était sortie de l'église à reculons, non par respect mais par crainte, elle ne voulait pas quitter des yeux le Fils de Dieu transformé en ampoule, car si elle se retournait, que se passerait-il, ne se vengerait-Il pas de son étourderie ? Elle avait peur de cette couleur rouge toujours liée à Lui, l'homme qui aime et qui saigne, l'homme qu'on tue et qui revient, l'homme qui est à la fois le Fils de Dieu *et* Dieu, l'homme qui devient son propre père, *Il est Dieu Fils de Dieu, lumière née de la lumière, vrai Dieu né du vrai Dieu*, les prières demandaient un abandon total, il fallait les apprendre et les réciter en y mettant tout son cœur, un cœur innocent ouvert à toutes les énigmes. Elle retrouvait, le soir à l'hôpital, ce mystère des églises à l'atmosphère menaçante, mais où l'espoir pouvait être une option. Ici, toute présence semblait une injustice, un mauvais coup du sort. Elle partageait sa chambre avec deux autres filles. Il y avait Lorena, qui avait son âge et avait été opérée de l'appendicite. Elle était née au Chili et était arrivée à Aix quatre ans plus tôt, après le coup d'État. Un soir, elle lui raconta qu'à Santiago sa mère avait perdu son frère, il avait disparu, sa grand-mère le cherchait tout le temps, elle ne faisait plus que ça. Mais elle ne le retrouvait pas. Son père avait été torturé par la police secrète de Pinochet. Ils l'ont plongé dans la glace et aussi dans la merde, ils lui ont brûlé le ventre avec des cigarettes, et ils lui ont envoyé des décharges électriques dans les testicules. Mariette appréhendait qu'il rende visite à sa fille, elle ne pouvait imaginer qu'il ressemble aux autres pères, avec un attaché-case et un paquet de gauloises dans la poche, elle ne pouvait imaginer qu'il chante des chansons idiotes ou danse sur Nat King Cole. Lorena quitta l'hôpital avant elle et ses parents vinrent la chercher. À la grande surprise de Mariette, ils avaient l'air tout à fait normaux. Son père était souriant et costaud, sa mère une petite femme vive et efficace. Elle ne comprenait pas ce qu'ils se disaient et elle ne comprenait pas comment après ce qui leur était arrivé ils pouvaient se préoccuper avec autant de naturel du sac de leur fille, de son manteau et de ses chaussures. Le lit de Lorena resta vide et sa blancheur spectrale la nuit lui faisait peur, comme s'il avait abrité tous les fantômes du Chili.

Il y avait Fatia, qui semblait avoir sept ans mais en avait le double. Elle avait la maladie de verre, ses os se cassaient les uns après les autres et ses dents étaient presque noires. La kiné venait tous les matins et avec des gestes très doux faisait bouger ses chevilles, pliait ses jambes, massait son dos. Mariette aimait parler avec Fatia. Elles s'asseyaient dans la salle de télévision et se sentaient dans un monde à part, important et grave. Ceux qui vivaient au-dehors, les garçons et les filles de leur âge, leur paraissaient futiles, ils ignoraient la partie la plus vraie de la vie, celle de la souffrance. La première fois qu'elles parlèrent de leurs maladies, Fatia dit, avec le soulagement de celle qui a échappé au pire :

— Moi, j'ai un stade modéré, mais si tu voyais les autres…

— Quels autres ?

— Ceux du stade sévère. Ils sont tout déformés. On dirait qu'ils ont grandi dans un vase, tu sais, comme les enfants au Moyen Âge, pour qu'ils deviennent des monstres de foire.

— Ah oui… Moi aussi, je suis à un stade modéré. Pour l'asthme, je veux dire.

— Tu es là pour ton asthme, aussi ?

— Non. Je suis là parce que, tu vois, j'aime trop fermer les yeux. Pourquoi tu ris ?

— Ben c'est rare ça, aimer fermer les yeux, alors on est pareilles toutes les deux, puisque moi aussi j'ai une maladie rare !

Mariette quitta Fatia avec l'impression un peu lâche de l'abandonner. Elle savait qu'elle reviendrait souvent ici, c'était le deuxième lieu de son enfance. Elle rapportait chez elle des heures d'enregistrement. La nuit, en secret, elle avait posé son micro près de ses camarades endormies, pour enregistrer leur souffle, leurs petits bruits de gorge et le mouvement des draps rêches. Elle avait enregistré aussi le silence hostile des couloirs, les ampoules de secours qui grésillent et les sonnettes qui clignotent d'un rouge affolé. Elle ne voulait rien oublier. Ni ce qu'elle avait appris, ni ce qui lui était apparu obscur, après tout la vie c'était ça, il y avait ce qu'elle comprenait, et ce qui était ailleurs, dans les poèmes, les prières et les silences. Et tant pis si c'était compliqué, l'essentiel, se disait-elle, c'est de le savoir.

Maintenant Sabine voulait le voir. Qu'avait-elle d'autre à faire, de toute façon ? Où devait-elle aller ? Qui l'attendait ? Elle en avait assez de se préparer pour des castings où on la trouvait immanquablement défaillante, sa taille, son âge, la couleur de ses yeux, elle était une apparence qui changeait au fil des regards mais n'inspirait jamais personne. Maintenant elle allait voir Paul, lui demander pourquoi il ne répondait plus, elle voulait passer sa colère sur une personne assez conciliante pour la recevoir sans broncher.

Elle était émue de retourner dans le quartier du cours Cochet, vers les Batignolles. C'était le début d'un après-midi très froid et les rues semblaient décolorées. Elle réalisa que cela faisait un an maintenant qu'elle avait été… qu'elle avait voulu être chassée du cours. Les copains avaient donc fini leur dernière année, ils devaient être comme elle à présent, loin des belles tirades de *Bérénice* ou d'*Oncle Vania*, avec un book minable, des photos pas chères faites par des gens sans talent pour des castings inutiles. Mais elle avait joué Jeanne, tout de même. Elle avait fait ça. Elle se le répétait, ça avait marché, elle avait fait ça. D'autres maintenant, moins « gris et revêches » qu'elle, avaient pris le créneau, et finalement Éric avait raison de s'être fait remarquer et embaucher par la Maison de la culture de Bobigny, c'était ça aussi le métier, être là au bon moment, saisir sa chance, à moins que ce ne soit ce qu'on appelait le Destin, cette chose qui surgit d'un coup et fait prendre à votre vie un virage inattendu, atroce ou magnifique, c'est inéluctable et vous n'avez pas le choix. Elle, n'avait pas su mettre à profit sa création d'*Une vie*, et au lieu d'aller de rencontre en rencontre elle allait de défaite en défaite. Si elle avait gardé les doigts du metteur en scène dans sa bouche, si elle avait couché avec ce vieillard jaune, est-ce que les choses auraient tourné autrement ? Et Mathieu… Mathieu aussi commençait à douter d'elle, à l'admirer un peu moins, et ils n'étaient pas devenus ce couple inspiré dont elle avait rêvé. Elle aurait voulu qu'il traduise une pièce anglaise pour elle, c'était stupide, les pièces étaient déjà traduites et elle n'avait pas l'argent pour aller en découvrir une à Londres, ni même pour en acheter les droits. Paul représentait le dernier stade de son dépit, l'homme subjugué qui s'était détourné d'un coup, et la colère montait en elle au rythme de ses pas, comme une musique qui l'accompagnait. Elle trouva facilement l'agence où il travaillait, presque en face du fameux bar. En vitrine une affiche montrait la photo d'un vélo renversé dans un fossé : *L'assurance ne paraît chère qu'avant l'accident.* Elle revit son père, le vélo de Rose dans le coffre, le courage de celui qu'à l'époque elle avait trouvé héroïque et qui n'était qu'un jeune adulte engagé déjà dans un processus de responsabilités et de charges, le casting du chef de famille, qu'il passait et repassait chaque jour, avec toute sa bonne volonté. Depuis le trottoir elle regarda Paul sans qu'il la voie. Il était seul dans l'agence. Assis derrière un petit bureau en métal et une énorme machine à écrire, il glissait avec application du papier carbone entre deux feuilles bien superposées. Quand elle poussa la porte, il leva instantanément le visage, la regarda s'avancer et s'asseoir face à lui et alors elle sentit qu'elle avait une présence. Pourquoi aucun casting, aucun agent, aucun metteur en scène ne l'avait remarqué ?

— Dites donc, vous étiez où ?

— Sabine…

— Hein ? Vous étiez où ?

— Mais quand ?

— Quand vous avez décidé de ne plus me répondre au téléphone, comme ça, d'un coup !

Il sourit.

— Je vous offre un verre ? On va au café ?

— Vous avez du carbone, là, sur la joue. C'est vos doigts… vous vous êtes taché.

Il observait Sabine comme on regarde un chef-d'œuvre, avec une admiration timide. Soudain, il dit avec étonnement :

— Il pleuvait beaucoup à l'enterrement, nous

étions dix à tout casser et tout cela semblait presque clandestin. C'était très étrange.

Un demeuré, voilà ce qu'il était, elle s'était confiée pendant des mois à un idiot total, un égaré.

— L'enterrement ?

— Mon père.

Il sortit de sa poche un mouchoir à carreaux en tissu, comme seules en ont les personnes très âgées, et essuya au hasard les traces du carbone sur ses joues.

— Ah bien sûr… l'enterrement de votre père… Pardon… Je suis désolée, vraiment.

— Ne soyez pas désolée, Sabine, vous ne pouviez pas deviner.

— Ah ! Vous ne me l'aviez pas dit ?

— Mais… non…

— Je préfère ça ! Non, parce que… j'écoute pas beaucoup mais quand même…

— Oui, quand même.

— Maintenant je veux bien.

— Quoi ?

— Prendre un café.

Ils s'assirent à la même table que la première fois, aux mêmes places exactement. Tout de suite elle voulut savoir ce qu'il s'était passé, pourquoi il ne lui avait pas parlé de la mort de son père, pourquoi il avait cessé de lui répondre au téléphone, pourquoi il n'avait plus eu besoin d'elle, pourquoi il l'avait laissée tomber, pourquoi on ne pouvait pas compter sur lui, pourquoi on ne pouvait compter sur personne dans cette ville trop grande où on ne rencontrait jamais les gens qu'on connaissait, où on ne sonnait jamais à l'improviste chez ses amis, cette ville pleine de castes et de mondes inatteignables, et puis elle s'aperçut qu'elle n'avait fait que parler d'elle, une fois encore, elle éclata en sanglots et quand il lui tendit son mouchoir à carreaux elle cessa tout à fait de pleurer et fit comme Hélène, elle se moucha dans ses doigts, mais en le regardant bien en face, pour éprouver son dégoût. Il lui sourit, puis essuya consciencieusement ses doigts morveux avec son mouchoir.

— C'est dégueulasse !

— Mais non Sabine, je le change chaque jour, il est propre croyez-moi.

— Oh mon Dieu ! Il a une collection de mouchoirs en tissu ! Comme mon grand-père ! Vous avez fait la guerre aussi ?

C'est là qu'il cessa d'être aux petits soins pour elle, pour dériver en silence dans ses pensées sombres, alors, comprenant qu'il ne parlerait pas sans être étourdi, elle commanda deux cognacs. Il dit :

— J'ai rencontré mon père à la gare de Lyon, j'avais deux ans. Il rentrait d'Algérie... les événements, vous savez... Sur les photos de l'époque je ressemble à un gros poupon à bouclettes sur les genoux d'un homme costaud et souriant. J'ai toujours vu mon père souriant. Je crois que son suicide était programmé, je crois qu'il a tenu longtemps avec ce désir-là... Il faut du temps pour accepter la douleur. Vous allez jouer de mieux en mieux, Sabine, ça va être tellement beau.

Sûrement il ne faut pas avoir l'âge de Bérénice pour jouer Bérénice. Il faut du temps pour laisser la place aux blessures.

Il baissa la voix, regardant dehors, comme s'il parlait à la rue :

— Mon père avait été affecté à la surveillance du barrage électrifié de la frontière avec la Tunisie. Il a vu la mort de près et elle ne l'a jamais quitté. C'est difficile de voir, concrètement, ce qui nous attend. C'est difficile de faire connaissance avec la mort, de… de la provoquer aussi… Vous savez, Sabine, je ne vous répondais pas au téléphone mais j'aimais bien quand il sonnait trois fois, je savais que c'était vous, ça me faisait plaisir. Après vous n'avez plus appelé et moi je n'ai pas osé, je me disais, c'est trop tard, je pensais que vous étiez déçue, en colère peut-être… Je n'avais pas tort. Tiens ! Voilà Brigitte !

La secrétaire s'approcha d'eux, fantôme sans conviction, et dit que l'inspecteur des impôts était là. Elle parlait comme quelqu'un qui a mal aux dents. Paul l'arrêta d'un geste de la main.

— Donnez-lui les registres, tout ce qu'il veut, donnez-lui tout ce qu'il veut. Je suis avec Sabine, vous le voyez ? Je parle avec Sabine.

Brigitte lança un regard suppliant à Sabine. En imagination elle lui répondit par un doigt d'honneur, bien dessiné et insistant. Brigitte repartit aussitôt.

— Vous savez, Paul, il y a eu plus de morts après la guerre au Viêt Nam que pendant les combats. Avant le Viêt Nam, on pensait que la fin de la guerre signifiait l'oubli de la guerre. Maintenant on parle de stress post-traumatique, c'est assez moche comme nom, d'ailleurs...

— Vous vous intéressez à ça, vous ?

— Oui, j'ai gardé une petite place pour les autres, mais petite, hein, toute toute petite.

Cela les fit rire. Paul mima avec deux doigts la petitesse de la dose et répéta, Toute petite place, hein. Et Sabine renchérit, Encore moins que ça, Paul. Ils burent encore et eurent envie de s'amuser un peu. Paul proposa une partie de flipper. Il jouait mal, luttait contre la machine au lieu de faire corps avec elle et de renvoyer la bille au tout dernier moment, avec une impulsion calculée, cette légère avancée du bassin qui accompagne le coup d'épaule, serré et précis. Le type le plus maladroit que j'aie jamais vu, lui disait Sabine, cela le faisait rire, et c'était étrange, le rire de Paul mêlé aux sons du flipper, à la musique électronique et aux bruits du score dans l'éclat du plateau, ce rire étonné d'homme heureux. Il faisait nuit quand ils se quittèrent, la nuit précoce et froide de novembre, et sur le trottoir leur complicité disparut instantanément, ils ne savaient plus comment se comporter, alors ils répétèrent, On s'appelle mais oui bien sûr on s'appelle, non mais cette fois vous décrocherez hein, je vous le promets rentrez bien, on s'appelle au revoir alors au revoir rentrez bien. Sabine marcha longtemps, les mains dans les poches, le corps engourdi, le visage offert à l'air glacial qui la revigorait comme une eau éclaboussée, la nuit s'installait, les lumières urbaines, l'éclat des appartements derrière les rideaux, les tout-petits dans les bras d'un parent, ceux qui avaient acheté le pain, ceux qui entraient chez Nicolas, ceux qui flânaient. On devinait un peu de l'intimité de chacun. Elle s'arrêta à une cabine pour téléphoner à Hélène, Michelle décrocha, lui demanda ce qu'elle faisait en ce moment, alors elle inventa un mensonge, elle venait d'adapter un roman et elle allait le jouer.

— Et ce sera drôle cette fois-ci ?

— Très.

— Ah tant mieux, parce que la dernière fois, ton programme, j'ai cru que c'était un tract d'Amnesty International.

Le lendemain elle dîna avec Hélène dans un petit restaurant de la rue Campagne-Première qui résistait au temps, c'était là qu'étaient venus plus de cinquante ans auparavant Modigliani, Soutine et les autres, il y avait encore un poêle à charbon, les nappes étaient à carreaux, les deux sœurs adoraient l'endroit même si la patronne ne les reconnaissait jamais, ce qui les peinait un peu. C'était un Paris petit et chaud, l'intérieur de la bête qui se rendait vraiment.

Elles avaient tant de choses à se raconter qu'elles se coupaient la parole, leurs mots rebondissaient, en entraînant d'autres, plus urgents, plus nécessaires, et elles retrouvaient la joie d'être ensemble, une joie excitée, un peu emphatique. Sabine raconta en riant ses déboires professionnels, faisant de ses humiliations des histoires drôles, comme arrivées à une autre. Elle touchait un peu d'argent de l'intermittence, pas de quoi frapper à la porte d'une agence immobilière, mais ça allait. Hélène craignit qu'elle lui reparle de son studio loué par Tavel mais elle n'y fit pas allusion et lui avoua avec un emballement un peu honteux qu'elle était allée voir une voyante, comme ça pour rigoler, et la fille lui avait dit qu'elle allait rencontrer un réalisateur et qu'elle ferait du cinéma, un grand rôle.

— Ça t'a donné la pêche c'est déjà ça, lui dit Hélène.

— Oui j'ai la pêche ça va marcher j'y crois, il faut y croire, je suis dans une bonne énergie.

Elles parlèrent des lettres que leur écrivait Mariette, des petits mots qu'elles ne comprenaient pas toujours, l'exaltation de l'adolescence sûrement. Elles avaient été inquiètes quand elle avait été hospitalisée et avaient déjà oublié cette inquiétude. Elles projetèrent d'aller voir ensemble *Intérieurs*, le dernier Woody Allen, l'histoire de cet homme qui quitte sa femme, avec laquelle il a eu trois filles. Woody Allen ne jouait pas dans son film, c'était la première fois.

— Tu te souviens quand papa nous expliquait que le mariage était in-dis-so-lu-ble ? demanda Hélène.

— Ça faisait peur, putain, ça foutait drôlement les jetons !

— Oh oui ça faisait peur…

Leurs parents y avaient cru, à l'indissolubilité du mariage et de la famille, mais aujourd'hui ils paraissaient plus heureux sans leurs filles aînées, et un peu insaisissables aussi, et il leur semblait qu'il y avait plus qu'une génération entre eux et elles. Qu'ils aient connu la Seconde Guerre mondiale les plaçait dans une zone lointaine, celle des films d'époque et des livres d'histoire, leur religion aussi les éloignait. Aujourd'hui l'amour avait pris une autre tournure, il s'était affranchi de la morale chrétienne, même s'il en avait inventé une autre, celle d'une liberté sans limites qui incluait les enfants, que beaucoup d'intellectuels s'accordaient à considérer comme consentants et parfois même provocants. Françoise Dolto, Sartre et Simone de Beauvoir avaient signé une lettre ouverte à la commission de révision du code pénal, il fallait abroger ou modifier la loi sur le détournement de mineur et « reconnaître le droit de l'enfant à entretenir des relations avec des personnes de son choix ». On refusait l'expression « attentat à la pudeur sur mineur » si l'enfant était considéré consentant, s'il n'y avait pas de signes de violence, et on signait inlassablement des pétitions. « Si une fille de treize ans a droit à la pilule, c'est pour quoi faire ? » Sabine et Hélène avançaient avec une bonne volonté étonnée dans ce monde émancipé, où il était interdit d'interdire.

— On est marquées par notre éducation, dit Sabine, on le sait pas mais elle est là, toujours, elle pèse, elle nous recouvre comme une peau, et regarde comme on est sages. On va en crever.

— Moi j'aime bien être sage… Ça me plaît…

— Pourquoi tu rougis, Hélène ?

— Qui ? Moi ?

— Ben oui toi, qui d'autre ?

— Je sais pas…

— Tu es sage ou tu es pas sage ?

— Je suis sage.

— Ah… Tu as l'esprit pratique, c'est ça ?

— Qu'est-ce que ça veut dire ?

— Ça veut dire que ça t'arrange, tu es fidèle à Arthur pour simplifier les choses. Et tout ça pour quoi ?

— Oui, pourquoi ?

— Pour réussir tes examens. C'est tout. Ta sagesse est un calcul.

— C'est cynique.

— Non, c'est un calcul inconscient.

— Et toi, tu es fidèle à Mathieu ?

— Oui... Pourtant il me laisse libre. Mais je n'en profite pas... Oh de toute façon je n'y comprends rien.

— Tu sais, en travaux pratiques, on a étudié le fonctionnement du cœur. C'était atroce.

— Bien sûr, le cœur c'est atroce !

— Sabine ! On a *vraiment* étudié le fonctionnement du cœur. Comment le muscle cardiaque pompe le sang dans le système circulatoire. On a *vu* le cœur.

— Comment ça, *vu* le cœur ? On vous a passé un film ?

— La prof de physio est arrivée un matin avec un bocal plein de grenouilles vivantes...

— C'est bon, j'ai compris ! Stop !

Hélène regarda dehors la lumière blanche des réverbères, et les passants, toujours les passants, cette ville qui ne s'arrêtait jamais. Où allaient-ils tous ?

— Tu l'as fait, toi aussi Hélène ? Tu as disséqué une grenouille vivante ?

— À ton avis ?

— Non. Bien sûr que non... Excuse-moi.

— J'ai été la seule à refuser. Il fallait crucifier les grenouilles. Regarder leur cœur battre et puis l'arracher pour le mettre dans une solution physiologique. Et continuer à l'observer.

— Tout se paye, nos rêves, nos projets, tout...

La porte ne cessait de s'ouvrir et elles recevaient les courants d'air glacés, alors elles se raidissaient, bougeaient un peu sur les chaises en bois, et l'inconfort était comme un léger malaise. Hélène dit tout bas :

— Le mois dernier, quand je vivais encore chez David, il y a eu une fête chez eux l'après-midi, une petite réception organisée par Michelle avec les gens du club d'équitation. Michelle avait fait venir un extra pour aider Maria.

— Qu'est-ce que c'est que ça, un extra ?

— Une aide supplémentaire, de l'extérieur.

— Et alors ? Qu'est-ce qu'il s'est passé à cette petite sauterie ?

— Rien. Il ne s'est rien passé. Sauf que l'extra, c'était une factrice.

— Qu'est-ce qu'elle faisait là ?

— Ce que beaucoup d'entre elles font, des petits boulots à droite à gauche après leur tournée. Du travail au noir...

— Tu l'as vue ?

— Oui... Elle avait au moins cinquante balais, elle était épuisée... Maria l'a accueillie comme un chien dans un jeu de quilles et Michelle a dit que c'était incroyable ça, on payait des fonctionnaires qui passé quatorze heures ne fichaient plus rien. J'ai dit qu'elle avait sûrement commencé sa journée à six heures et qu'elle avait son compte. Elle a rien répondu, je crois qu'elle ne m'a pas écoutée.

— C'est vraiment des chiens, ces patrons, je sais pas comment tu fais pour les supporter.

— Tu sais, avec David il nous arrive d'avoir des désaccords, sur la politique, l'écologie.

— Waouh !

Malgré l'ironie de Sabine, Hélène continua, plus pour se placer sur un pied d'égalité que pour convaincre sa sœur de quoi que ce soit :

— Je lui ai dit que le deuxième plan acier de Giscard était une trahison.

— Et alors ? Qu'est-ce qu'il a répondu ?

— Il a dit qu'il fallait bien fermer les usines puisqu'il n'y avait plus de commandes, qu'on en était à je ne sais plus combien de milliards de dettes et que l'État ne pouvait pas aider éternellement le secteur de la sidérurgie…

— Il y a deux ans Giscard disait que la Lorraine devait être la façade exemplaire de la France en Europe, tu lui as dit ça quand même ? Tu t'es mouillée un peu ?

— Non. Je lui ai pas dit. Et arrête de boire, tu deviens méchante.

— Tu m'accompagnes à la manif le 2 décembre ?

— C'est quoi encore ?

— Mais Hélène ! C'est la marche des paysans du Larzac ! Bastian, tu te souviens ? Ils sont en banlieue maintenant, le préfet de police leur interdit Paris, mais Sartre a dit que c'était une des plus belles luttes du siècle, tu te rends compte ?

— Je suis à fond sur mes révisions, là, les divergences de caractère dans la sélection naturelle, les variations héréditaires et les modifications de…

— Ah ! Les variations héréditaires ! Ça me plairait, tiens, d'étudier ça ! dit Sabine en souriant.

Hélène la raccompagna jusqu'à chez Robert, la rue Raymond-Losserand n'était pas loin. Elles passèrent devant le squat au bout de la rue, On pourrait vivre ici, dit l'une, Ouais, beaucoup de défonce et pas de loyer ! Elles avaient un peu peur de ce lieu mais ne voulaient pas l'éviter. Elles voulaient s'affranchir des peurs et de la prudence, mais les frayeurs les suivaient, depuis Aix, pareilles à ces silhouettes droguées et tenaces qui pouvaient tenir des heures devant le squat sans sentir le froid. Il soufflait par rafales un vent mauvais, elles marchaient bras dessus bras dessous pour se tenir chaud, et ainsi enlacées elles formaient une seule et même personne, puissante, posée sur le même socle. Quand elles se séparèrent devant le 121, la jolie porte cochère, elles n'étaient plus que deux filles frigorifiées.

— La vache, on caille. Bon courage pour rentrer jusqu'à Neuilly…

— Je t'appelle pour qu'on aille voir le Woody Allen.

— Ça doit être bien d'avoir le téléphone chez soi.

— Oui c'est vrai… c'est drôlement bien…

Hélène marcha jusqu'à Châtelet, pour être sur la ligne directe, mais surtout pour se fondre dans le froid des rues, ce monde vulnérable de la nuit. Elle ressentait parfois ce besoin d'être minuscule, presque invisible, comme lorsqu'elle était enfant. Être au milieu des autres, dans leur indifférence et leur folie, leur dangerosité, leur perdition. Elle n'en revenait pas de tous ces gens qui dormaient dehors à Paris, sur les bouches du métro, dans les tunnels, les cabines téléphoniques. Elle avait vécu dans la chaleur profonde du duplex de Neuilly où tout était opulent, les tapis épais, les oreillers énormes, les édredons ventrus, un univers arrondi, fait pour vous amollir et lentement vous couper du reste des vivants, les pas aimables et les cabossés, les facteurs, les sidérurgistes, les chômeurs, ceux qui faisaient deux journées de boulot en une et ceux qui n'en faisaient plus du tout, les petites dames des Postes, les petites gens, les petits épargnants, les petites grenouilles au cœur arraché. Mais c'est là pourtant, dans le salon luxueux de Neuilly, qu'elle avait partagé avec David la gêne de tant de privilèges. La veille de son départ ils avaient vu à la télévision les images de ces hommes, de ces femmes et de leurs enfants entassés sur le cargo *Hai Hong Panama*, comme les habitants d'une ville détachée de la terre, un cargo recouvert de bâches pour protéger de la pluie, du soleil, de l'air, et de la peur peut-être. Deux mille cinq cents personnes, plus de mille enfants, et des femmes qui accouchaient sans pouvoir allaiter ni protéger leurs petits. C'était un bateau rempli de misère, immobile en mer de Chine. Refoulé par les gardes-côtes indonésiens, malaisiens, il n'allait nulle part. Sur les draps tendus, accrochés aux flancs du bateau, ces migrants illégaux avaient écrit : *Please RESCUE us*, et ils attendaient, dans le grand cercueil des mers. Leurs enfants se couvraient d'eczéma, leurs grands-mères ne parlaient plus, quelques femmes avaient encore la force de sangloter. Ils avaient soif et ils avaient faim. Ils avaient dérivé loin du Viêt Nam. Hélène avait appris le mot *boat people*. David et elle avaient pensé à Jersey, le mal de mer et le whisky, le petit matin sur la mer d'huile et leurs rires par-dessus le bruit du moteur. Ni l'un ni l'autre n'avait fait de commentaire, car il n'y avait rien à dire devant cette humanité interdite, mais tous deux savaient qu'ils avaient partagé une peine lourde comme la honte. Pourtant, de ce moment-là Hélène ne parlerait ni à Sabine ni à ses parents, car il était tellement plus simple pour tous de considérer David étranger à la compassion et au chagrin, tellement plus simple aussi de continuer à l'appeler *Tavel*.

C'était un silence que l'on entendait à Paris pour la première fois, un silence heurté par les bâtons frappés sur le sol, cette menace qui avançait avec « les vingt-deux » du Larzac, des hommes des femmes des enfants, qui avaient marché vingt-quatre jours, plus de sept cents kilomètres. En silence. Depuis son palais, le président Giscard d'Estaing avait dit : « Grâce à Dieu, il y a en France des institutions. » Les institutions s'occuperaient d'eux, et lui ne les recevrait pas. Chirac leur avait interdit sa ville, et les vingt-deux restaient aux portes de Paris, sur les boulevards extérieurs de la plus belle ville du monde dont ils voyaient de hautes barres d'immeubles, des feux rouges qui clignotaient pour rien, et où des milliers de manifestants les avaient rejoints. Depuis plus de huit ans ils résistaient dans la non-violence à une occupation qui ne disait pas son nom, une colonisation de l'intérieur. Aujourd'hui ils ressentaient la grande fatigue de ces jours de marche, de ces nuits hors de chez eux, ils avaient traversé et découvert la France, ils étaient passés devant des usines immenses menacées de fermeture, des tours de béton brut, des pavillons de banlieue aux jardins de gravier, avaient salué les travailleurs étrangers d'un foyer Sonacotra qui étaient en grève, et maintenant, ils avaient hâte de rentrer dans le Causse, la nostalgie du pays les prenait.

Laissez passer la manifestation et rejoignez le comité derrière le cortège s'il vous plaît ! gueulait, bien plus loin, un haut-parleur. Sabine voulait atteindre la tête du cortège où marchaient les paysans du Larzac, elle voulait voir si Bastian était parmi eux, mais elle n'arrivait pas à avancer, ils étaient quatre-vingt mille à manifester et le service d'ordre était efficace, les Larzaciens demeuraient groupés et muets, loin de la foule qui les suivait comme un corps disloqué. Sur les épaules de leurs pères les enfants tenaient des banderoles, des fanfares isolées accompagnaient la manifestation, les partis de gauche, les écologistes et les syndicats criaient des slogans, *La terre aux paysans*, *La terre à ceux qui la cultivent*, et ces mots ramenaient chacun à cette France défigurée par la guerre, les reconstructions, l'industrialisation, la mort d'un monde rural dont la plupart étaient issus.

Sabine avançait en jouant des coudes. *Faites labours pas la guerre*, une fille tenait cette pancarte, il faisait froid et quand elle riait une petite fumée s'échappait de sa bouche, elle marchait main dans la main avec son copain, Sabine leur donnait seize ans tout au plus, comment s'étaient-ils trouvés, ils avaient l'air si sûrs d'eux, si accordés, elle pensa à Mathieu qui était à l'anniversaire de son père, elle aurait tant aimé partager avec lui ces instants de convictions et d'exaltation. Il lui avait simplement demandé de bien regarder si Sartre serait là, et Mitterrand, même si de toute façon ils achèteraient *Libé* et ils sauraient tout. Dans la grisaille de ce samedi au ciel pâle, on longeait maintenant les grilles du parc Montsouris, sur le boulevard Jourdan. Sabine remontait toujours le cortège, et c'était étrange de se sentir liée à ces inconnus qui, croisés les jours ordinaires, lui étaient indifférents. Anonymes et braillards, c'est ainsi que le Président en son palais devait les considérer, mais ici, ces milliers de gens qui défendaient les moutons contre les canons, le blé contre les armes, avaient tous le même âge, celui de vivre, et ils venaient du même endroit, la terre, celle des champs et celle des villes. Sabine sentait l'énergie que diffusait chaque corps, cette alliance spontanée, cette solidarité, ces milliers de Parisiens, et aussi de provinciaux descendus des trains le matin même. Un week-end de décembre sans courses de Noël, sans repas de famille, un week-end de décembre pas comme les autres. Elle ne comprit pas tout de suite ce qui se passait. Il y eut dans la foule un frisson commun, une décharge sèche et fulgurante, tous se dispersèrent et se mirent à courir, courbés, rapides, sous le choc des gaz lacrymogènes, des cocktails Molotov. Sabine pensa immédiatement au parc Montsouris, elle savait qu'une entrée n'était pas loin, elle courut en se protégeant le visage, les détonations brisaient les cris de la foule, quelqu'un hurlait, Les enfants ! Il y a des enfants putain ! Elle se mit à tousser et à pleurer, son écharpe sur le visage, aveuglée, elle avançait vers le parc, remontait les grilles, une pierre la toucha dans le dos, elle pensa, C'est ça la guerre, et sa gorge lui semblait ouverte, arrachée par le feu, elle n'y voyait pas à deux mètres, mais en se retournant elle devina les CRS au loin, comme des scorpions géants, face à eux les casseurs lançaient des grilles arrachées aux arbres, des pierres, des bouteilles, du feu, Les salauds, les salauds les salauds, cette pensée lui donna la force d'avancer, malgré l'étranglement, la douleur dans ses poumons, et elle arriva au portillon latéral du parc, pleurant des larmes acides et vomissant sur son écharpe, ses pieds, son pantalon, c'était un temps irréel, amplifié par la violence, les hurlements de la foule mêlés aux cris des sirènes, au fracas des hélicoptères, la peur nouvelle qu'elle ressentait était tendue au-dessus d'elle, c'était la sensation précise et fulgurante de la mort.

Elle eut honte. Elle était telle qu'elle n'aurait jamais voulu être, telle qu'elle ne s'était jamais montrée, puante, minable, étourdie par la peur. Alors comment cela avait-il été possible ? Que ce garçon s'approche d'elle sans dégoût, qu'il lui parle, l'aide à se relever, la soutienne, elle si défaite qu'elle n'avait même pas la force de lui dire de la laisser tranquille. Elle tentait de le repousser avec de petits gestes aléatoires et maladroits, mais il l'aida à s'asseoir sur un banc pour attendre, dit-il, qu'elle aille mieux. Elle regardait ses chaussures souillées et sentait sa gorge criblée d'épines, sa poitrine oppressée. La manifestation avait repris, on entendait par échos la musique et les slogans, les sirènes des ambulances et des voitures de police s'éloignaient dans un Paris abstrait, Bastian s'il était là n'avait peut-être pas su ce qu'il s'était passé, les casseurs étaient en fin de cortège, loin derrière les vingt-deux, et Sabine savait que c'était fini maintenant, elle n'avait plus qu'à rentrer chez Robert, à prendre une douche et à attendre l'heure du journal télévisé, spectatrice dépossédée. Le garçon attendait toujours, posté à ses côtés comme un chien buté, elle ne comprenait pas ce qu'il voulait et pensa aux éternelles recommandations de ses parents, se méfier des « étrangers », autrement dit de tous ces gens qu'on ne connaît pas et à qui adresser la parole revient à être une proie. Elle sentait bien que le garçon l'observait, jetait sur elle des coups d'œil rapides. Elle se força à se redresser, à respirer en affrontant la douleur, et d'une voix brouillée elle lui dit :

— Je viens d'Aix-en-Provence.

Il la regarda comme quelqu'un dont la patience vient d'être récompensée.

— Et tu es venue à Paris pour soutenir les Larzac ?

— Non, je suis venue pour être actrice.

Le sourire qu'il eut alors, Sabine ne l'oublierait jamais, c'était un sourire empli de surprise et de satisfaction, un sourire parfait. Il sortit de son sac à dos une petite caméra.

— J'ai fini l'IDHEC il y a trois ans. Je suis venu pour filmer la manif.

Alors, se dit Sabine, si le destin existe, le mien n'est pas de faire du cinéma. Dans ce parc où elle avait posé pour son book, maquillée, coiffée, souriante, elle rencontrait, maintenant qu'elle ressemblait à un chiffon puant, un réalisateur ! Et quand il lui dit qu'il s'appelait François, elle pensa à Truffaut et baissa la tête, humiliée et confuse, pourtant elle avait presque envie de rire, d'ailleurs elle rirait sûrement, quand elle raconterait ça à Hélène, elles en auraient pour des années à rire de cette scène-là, c'était sûr.

— Je n'ai jamais vu quelqu'un d'aussi désespéré, dit François avec une satisfaction étonnante.

Elle lui lança un regard gracieusement ironique, à la Audrey Hepburn espérait-elle, se leva et dit qu'elle allait rentrer chez elle. À la façon dont il accompagna son mouvement, elle comprit qu'elle n'était pas encore débarrassée de lui, mais elle s'en souciait moins, le ridicule ayant déjà atteint un point de non-retour. Il faisait presque nuit et un calme étrange planait tout autour, comme si avec la nuit était descendu du ciel un voile fragile, recouvrant un fracas prêt à renaître. Le parc Montsouris se vidait dans une atmosphère de désolation, la tristesse qui suit les fêtes ratées que l'on quitte en silence. Le métro Porte d'Orléans était fermé. Sur le boulevard du Général-Leclerc la circulation reprenait doucement et les rues paraissaient perdues, Paris flottait dans des habits trop grands. François regardait toujours Sabine, et il finit par lui dire qu'aujourd'hui il avait filmé la manifestation mais qu'il ne faisait pas uniquement des documentaires, il préparait son premier long métrage. Elle reçut le mot comme s'il la percutait et instantanément pensa à la voyante, on y était, elle avait bien vu, le cinéaste, la rencontre… Il lui sembla alors qu'elle se désengourdissait, éprouvait de nouveau quelque chose, ces sentiments qu'elle aimait tant, l'impatience et le trac. Elle demanda d'un ton aussi détaché que possible :

— Et c'est quoi le sujet ?

— Je ne peux pas t'en parler comme ça…

— Je comprends.

Le salaud, pensa-t-elle, il me tient, il est content de lui, il joue au petit maître. Elle garda pour elle ses questions. Ils descendaient la rue d'Alésia aux boutiques fermées, aux réverbères faiblards, comme si après la virulence de la manifestation tout avait perdu de sa conviction. François finit par demander :

— Tu as déjà fait du cinéma ?

— Pas encore, j'étais trop absorbée par le théâtre, j'ai créé un nouveau concept, à Bobigny. Enfin, je peux pas t'en parler comme ça.

Sous l'impulsion de la curiosité il se mit à accélérer le pas, se dissociant d'elle pour la première fois.

— Ça faisait un petit moment que je te suivais dans la manif.

— Tu me filmais ?

— Je voulais voir comment tu bougeais.

— On a le droit de faire ça ?

— Tu veux que je te parle de mon prochain film ? On peut se revoir ?

Elle leva le visage pour le regarder bien en face, et dans ce mouvement son corps se redressa, la rue mal éclairée et triste lui parut aussi poétique qu'un décor de Marcel Carné, puis, sortant du noir et blanc tragique, elle retrouva ses couleurs contemporaines, les enseignes des pharmacies, les abribus comme des cabanes lumineuses, les phares des voitures lentes, et au-dessus des réverbères penchés, le ciel éclaboussé d'étoiles.

C'était une grossesse qu'Agnès n'annonçait pas encore, et l'enfant était gardé comme un secret. Elle dormait longtemps au retour de ses tournées, un sommeil oublieux de tout ce qu'avait été sa vie avant, les difficultés, les chagrins, les fautes, il n'y avait plus que ce plaisir de l'attente, cette fatigue douce, l'éloignement des autres. Elle dormait en plein après-midi, et leurs bruits lui parvenaient à peine, Qu'ils vivent sans moi, elle pensait, qu'ils aillent et viennent je m'en fiche, et elle aimait jusqu'à ce mal au cœur qui lui signifiait le laborieux travail de son corps, ce qui se mettait en place sans faillir. Elle se déplaçait avec une lenteur qui n'était pas de mise, elle était enceinte d'à peine six semaines mais elle habitait un corps imaginaire, démultiplié, elle se lestait d'une fatigue autorisée, un besoin de paresse. Elle ne s'étonnait pas que cela ait été si simple à son âge, d'être à nouveau enceinte. Le soir de l'élection de Jean-Paul II elle avait parlé de ce désir à Bruno et ils s'en étaient réjouis tous deux avec une émotion oubliée. Étrangement, avoir un autre enfant les affranchissait de leurs trois filles, ce regard trop adulte qu'elles posaient sur eux, cette famille banale qu'ils étaient à leurs yeux. C'était sûrement cela qu'on appelait « un nouveau départ », cette impression qu'après tout la vie vous doit encore de jolies choses, elle ne s'est pas refermée sur vous, vous êtes libres. La grossesse était arrivée très vite, comme si l'enfant avait attendu l'autorisation dans une patience éthérée, la longue patience de ceux qui veulent venir au monde. C'est à la huitième semaine qu'Agnès l'annonça à Bruno. Sa joie de futur père fut immédiate, et elle redevenait la huitième merveille du monde, la mère idéale, la femme magique. Il posa la main sur son ventre comme s'il en voyait la lumière. Il n'avait pas eu ce geste-là pour ses trois filles, il ne l'avait plus osé depuis le premier enfant, l'absent. Sa main était plus grande que l'enfant lui-même, chaude et paternelle, vingt-trois ans après c'était la même attitude. Agnès commença à avoir des nausées, des migraines, puis des cauchemars, dans lesquels les deux enfants se rejoignaient, l'aîné et le benjamin. Dans certains ils se connaissaient depuis longtemps, comme s'ils étaient de vieux bébés, des âmes anciennes, dans d'autres ils se confondaient, devenaient siamois, inséparables. Indécollables. Fossilisés. Elle ne se réveillait jamais vraiment de ces rêves, elle les portait en elle comme une charge. Bruno tentait de la rassurer, lui lisait parfois un poème, un passage de l'Évangile, le Cantique des cantiques, elle demeurait pleine de hantises et de pressentiments, son corps et son esprit traversés par les mêmes courants glacés. Puis elle osa l'affirmer : quelque chose n'allait pas avec le bébé. Ils consultèrent un gynécologue, il y avait sûrement aujourd'hui un moyen de s'assurer que tout allait bien, la médecine, comme tout le reste, avait fait de tels progrès, le progrès était l'air nouveau qu'on respirait, la rampe de sécurité, le dieu profane. Agnès passa une échographie. L'écran noir aux images neigeuses indiquait la date de l'accouchement et la présence mouvante d'un embryon. La pièce résonnait des bruits du ventre d'Agnès et de son cœur qui battait si fort qu'elle se croyait sous l'eau, dans une amplification trafiquée de son rythme cardiaque. Le cœur du bébé semblait courir après le sien.

Bruno fut rassuré et pensa qu'elle le serait aussi. Il n'en fut rien. Elle ne sentait pas en elle la présence d'un enfant, mais de plusieurs. Des enfants malades dont les maladies et les tares se confondaient. Nuit et jour elle sentait grossir en elle ce trouble ; elle était oppressée, hantée par sa menace. Bruno perdit patience :

— Soit ! Le bébé est malade ! Les médecins sont des ânes. On n'a pas vu à l'échographie de monstre à deux têtes, pourtant tout va mal. Et après ?

— Après quoi ?

— Qu'est-ce qu'on fait ?

Elle savait parfaitement ce qu'il voulait dire. Même si le bouleversement hormonal modifiait son caractère, elle devait se raisonner et admettre que, quoi qu'il arrive, ils étaient responsables de cet enfant et de son âme. L'autorité nouvelle de Bruno ridiculisait ses intuitions et la remettait dans le droit chemin, elle cessa d'être cette femme qui veut un enfant et puis n'en veut plus, cette mère fantasque dansant d'un pied sur l'autre. Elle lui demanda cependant une chose : ne parler à personne de cette grossesse, sauf à Mariette, comment la lui cacher, mais si les aînées ne venaient pas, il ne faudrait rien leur dire, elle continuerait à porter des vêtements amples et même au travail personne ne remarquerait rien, ainsi il n'y aurait personne pour les forcer à jouer les heureux, ils attendraient la délivrance avec prudence. Il accepta cette dernière lubie, une concession faite à son état, et prit son mal en patience. Agnès ne vivait plus dans le monde de la paresse heureuse des premières semaines, elle était comme une femme que l'on réveille au milieu de son sommeil, consciente qu'il lui faut revenir mais n'y parvenant pas, et il demeurait entre elle et les autres un espace infranchissable. Elle était seule avec elle-même et l'enfant malade.

Un matin, alors qu'elle attendait à la maternité pour la consultation du sixième mois, elle eut l'impression que toutes les femmes autour d'elle, dans les salles d'attente, de consultation, de travail, toutes les femmes portaient une promesse et une angoisse. Elles étaient enceintes, et coupables. Coupables de vouloir ou de ne pas vouloir. Coupables de leur peur. Coupables de leur détresse. Coupables de leur puissance. Elle attendait et elle se disait, Si le toubib ne m'appelle pas maintenant, je vais partir, je vais m'enfuir, je ne ferai pas partie du troupeau. Mais la salle d'attente était plongée dans une immobilité qui paraissait éternelle. Personne ne se parlait ni ne se regardait, c'était un temps empli de solitude. Enfin la porte s'était ouverte, l'assistante du docteur avait lancé un nom, et une femme s'était levée, le respect et la timidité dans ses yeux. Pourquoi sommes-nous timides ? s'était demandé Agnès. Elle pensa aux filles-mères, à leurs bâtards, à leur bannissement, elle pensa à l'attente suspicieuse de sa belle-mère dès qu'elle fut mariée, Alors ? Enceinte ou pas enceinte ? Ça traîne, ça traîne ! Elle pensa à ce qu'on lui avait dit après la mort de son petit garçon, il fallait vite en faire un autre, Remettre le couvert, avait dit son frère Thomas, et ses belles-sœurs, si nombreuses et tellement enceintes, tricotaient devant elle des layettes roses et bleues, une avait demandé si son bébé avait bien été baptisé par un prêtre et pas seulement ondoyé par la sage-femme, sinon il allait errer pour toujours dans les limbes, aux portes de l'enfer, et maintenant, dans l'odeur d'éther et de sang, l'odeur tranchante du froid et du fer, le bébé sans nom revenait et réclamait sa part. Agnès se leva et sortit de l'hôpital, s'assit sur un banc du parking, sous un arbre sec arrêté par l'hiver. Elle était semblable à cet arbre. Elle n'avait plus rien à donner. Il était impossible que cet enfant naisse, c'était une honte de penser ça, un crime, mais la honte, la volonté, la raison, l'amour n'avaient rien à voir avec ce qu'elle ressentait. *Elle ne pouvait tout simplement pas.* Cet enfant, elle le savait, nageait en elle comme un poisson toxique, il allait mal, il souffrait, il gémissait et l'appelait à l'aide, pourtant jamais il ne serait le sien. Tandis qu'il souffrait et grandissait en elle, elle disparaissait dans un lieu diffus et gris traversé de courants d'air malsains, ça devait être ça qu'on appelait les limbes, et ça n'était pas si mal après tout. Un lieu sans morale ni sentiments.

V

UNE PUISSANCE SINGULIÈRE

Hélène descendit du car et elles se regardèrent un peu surprises, est-ce que tant de temps était passé ? Mariette avait grandi, elle était fine, ses grands yeux s'étaient adoucis, ses cheveux courts, sa peau hâlée, en short et tennis, il y avait en elle quelque chose de délié et de libre, elle venait d'avoir treize ans et semblait une adolescente déjà, pourtant quand elle enlaça Hélène, les bras passés autour de sa taille, Hélène sentit qu'elle était encore si jeune. Elle s'en voulut de ne pas être venue plus tôt, d'avoir privilégié son année universitaire, ses examens et ses articles, elle avait fait un détour pour éviter sa famille et avoir un peu de tranquillité, mais maintenant qu'elle était à Aix elle ressentait qu'il n'était pas possible de se passer d'elle trop longtemps. La famille lui avait manqué sans qu'elle le sache, comme un paysage, une odeur que l'on a aimés et dont on s'est détourné par étourderie, inconscient du vide laissé en soi par leur absence. Mariette proposa d'aller au parc Jourdan se délasser un peu avant de rentrer à l'appartement.

C'était l'heure où les enfants quittaient les bacs à sable, où, assis sur le dossier des bancs, des adolescents ouvraient leurs premières bières, l'heure apaisée d'une fin d'après-midi de septembre. Mariette marchait vite, des petits pas brefs comme si le sol avait été brûlant, et souriait à Hélène quand leurs regards se croisaient.

— Tu ne ressembles plus du tout à une souris, tu sais.

— Non ? À quoi est-ce que je ressemble alors ?

— Tu ressembles à un écureuil, ou à un petit chat sauvage.

L'odeur douce et cruelle de l'herbe coupée donnait envie de se reposer. Elles s'allongèrent sous un tilleul aux feuilles pâlies entre lesquelles glissait un soleil blanc. Le parc était cet espace où le corps existait, en quête de quelque chose. Les petits y apprenaient à marcher et à tomber, des couples s'y enlaçaient, d'autres se cherchaient sans se connaître, seuls ou en groupe souvent, on s'y enivrait, on perdait la tête.

— Maman nous interdisait toujours de venir ici, dit Hélène. Avec Sabine on croyait tout ce qu'elle disait : ici chaque type que l'on croiserait ouvrirait son imper pour nous montrer son sexe, chaque type était un satyre qui voulait nous kidnapper pour nous emmener à Marseille ou à Tanger.

— Ah oui, la traite des Blanches… Moi c'est papa qui m'interdit d'entrer dans une cabine d'essayage, il paraît qu'en dessous il y a une trappe qui t'emmène directement en Afrique.

— C'est pas trop difficile d'être seule avec eux ?

— Ils ont changé.

Mariette avait dit cela avec prudence, et un peu de solennité. Elles regardèrent le ciel et les feuilles mêlés dans une perspective étrange, c'était à la fois très loin et très proche. Hélène sentait la présence opiniâtre de sa sœur, comme lorsqu'elle était petite.

— Tu t'en es bien remise, Mariette ?

— De quoi ?

— Comment ça de quoi ? Mais de ton accident.

— Oh, mon accident ! C'est loin.

— Huit mois seulement… Ça sent l'herbe, dis donc, enfin…

— Tu veux dire la beuh. Oui, c'est l'heure sucrée.

— Oh… tu es très au courant…

— Je viens souvent ici.

— Les parents ne se font pas de souci ?

— Ils savent pas.

— C'est vrai que c'est plus simple de leur mentir, quand ils demandent où on était, avec qui, toutes ces obsessions…

— Ils demandent pas.

— Eh bien ! C'est la révolution ! J'aurais pensé que depuis ton accident ils étaient encore plus inquiets qu'avant.

— C'est loin, je te dis. Et je vais tout à fait bien.

Mariette se redressa, ébouriffa ses cheveux et regarda devant elle, comme si elle fixait un horizon plus vaste que celui du parc.

— Tu sais, j'aurais préféré t'attendre à la gare Saint-

Charles plutôt qu'à la gare routière, mais je devais faire les courses avec maman.

— Tu serais venue à Marseille toute seule ?

— Je l'ai déjà fait.

— Et ça non plus, j'imagine que les parents ne le savent pas ?

Mariette la regarda avec une douce indulgence, et Hélène comprit que quelque chose avait changé de façon inattendue, que les règles n'étaient plus les mêmes. Depuis un an elle ne parlait à ses parents qu'au téléphone, et elle avait senti que quelque chose se perdait, perdait de sa substance et de sa vérité. Ils avaient donné d'eux des nouvelles banales qu'elle n'avait pas vraiment écoutées. Ou bien ils avaient dit des choses importantes qui ne l'avaient pas vraiment intéressée.

L'odeur de la cage d'escalier était la même qu'un an auparavant, la même que vingt ans auparavant, c'était l'odeur froide du carrelage, des escaliers de pierre grise sur lesquels se projetait la lumière floue des impostes incrustées dans le mur. Beaucoup de voisins avaient changé, mais pas la fragilité de leurs portes d'entrée qui tremblaient un peu quand on passait devant, et l'odeur de l'ail avait une aigreur familière. Il semblait à Hélène qu'elle avait passé sa vie à revenir chez elle, à monter ces escaliers, dans cette lumière immuable et insistante.

Sur le seuil Mariette voulut dire quelque chose, et

puis ne le dit pas et l'inspiration profonde qu'elle avait prise s'échappa dans un soupir sans mot. Hélène entra avec au creux du ventre de fines aiguilles qui s'enfonçaient. Ses parents étaient assis sur le canapé devant la télévision, *Des chiffres et des lettres*. Ils la regardèrent comme s'ils avaient oublié qu'elle devait venir, sa vue sembla leur causer un choc. Bruno la prit dans ses bras si maladroitement qu'on aurait dit qu'il ne savait plus comment le faire.

— Tu as fait bon voyage ? lui demanda sa mère, puis aussitôt elle lui dit ce qu'elle avait cuisiné : Pas de viande, rassure-toi, un peu de charcuterie quand même, ah non ? Eh bien…

Et ils passèrent sans transition à la cuisine. Hélène se sentit précipitée là comme une invitée dont on ne sait trop quoi faire. Sa valise resta posée dans l'entrée. Elle se lava les mains à l'évier et s'assit à sa place habituelle. Pendant le repas Agnès parla du prix des légumes, de Simone Veil à la présidence du Parlement européen, des études du fils des voisins, de Bernard Kouchner, de la dernière panne de la R5, de l'avantage du savon de Marseille sur la lessive en poudre, du nombre incalculable de Hollandais qui rachetaient des fermes en Provence, et enfin de son impossibilité à boire du café soluble. Bruno faisait le service, approuvait en silence, tentait avec conviction de faire de ce dérèglement verbal un moment tout à fait ordinaire. Mariette faisait de temps à autre du pied à Hélène et lui adressait des sourires qui se voulaient apaisants. Et puis Agnès se tut tout à fait. Elle regarda Hélène avec un peu d'embarras, on aurait dit que soudain elle se rendait compte de ce monologue interminable qui l'épuisait elle-même. Bruno sortit de la cuisine et Mariette le suivit après avoir passé la main sur le dos de sa sœur.

— Et voilà…, dit Agnès.

— Voilà.

— Tu m'as manqué…

— Pardon.

Agnès secoua la tête, mordit ses lèvres, tapota la main de sa fille.

— C'est pas grave.

Hélène était bouleversée, peut-être parce que sa mère avait tellement changé, semblait perdue, et qu'elle ignorait pourquoi. Peut-être parce qu'elle venait d'entendre, à vingt ans, la phrase qu'elle avait guettée toute son enfance, la phrase essentielle qui arrivait un peu tard. Tu m'as manqué. Qu'elle entendait aussi comme, Tu m'as ratée. Et puis Agnès sortit de la cuisine, comme si cet aveu, loin d'ouvrir une discussion, coupait court au contraire à tout échange. Alors Hélène calcula combien de temps elle avait dit qu'elle resterait, combien de nuits et combien de repas, et elle pensa que de toute façon ses parents étaient tellement désorientés qu'elle pourrait abréger son séjour sans même qu'ils s'en aperçoivent. Elle aurait voulu téléphoner à Sabine, lui dire de venir, mais Sabine finissait son tournage et lui avait demandé de ne la joindre qu'en cas de force majeure, sous-entendu enterrement d'un très très proche, et en

Île-de-France si possible. Les grillons chantaient déjà dans le pin qui cachait l'immeuble d'en face, les gens étaient sortis sur les balcons, Hélène entendait des bribes de conversations, des mots grossiers dits sans conviction et des expressions qu'elle n'entendait pas à Paris, elle douta un instant d'être née ici, elle se sentait spectatrice, et déçue de l'être.

Elle n'était pas revenue depuis plus d'un an, mais rien dans sa chambre n'avait bougé, à part le tourne-disque et les nombreux 33-tours et cassettes enregistrées de Mariette, et toujours cette odeur âcre de Ventoline qui semblait être son parfum.

— Dis donc… elle est un peu bizarre maman. Au téléphone déjà elle me semblait fatiguée, mais là…

— Oh, elle est très fatiguée.

— Mais pourquoi ?

— Elle est toujours en congé maladie, c'est pour ça. Et je ne sais pas quand elle reprendra le travail.

— Mais le congé maladie c'est la conséquence, Mariette, pas la cause.

Mariette la regarda avec l'étonnement d'être encore considérée comme la petite, celle à qui il faut expliquer le sens des choses, et elle se demanda s'il en serait toujours ainsi, si quand elle aurait l'âge de ses sœurs aujourd'hui, sa vie semblerait toujours moins informée que la leur, et plus hasardeuse.

Elles se couchèrent et il était bon que cette journée soit terminée, qu'on n'ait plus à la vivre ensemble. Le voisin du dessous prenait une douche, on entendait l'eau couler, et des pas, des portes, la vie des autres dans ce qu'elle a de plus intime et trivial. Hélène espérait que les voisins ne feraient pas l'amour, elle aurait été gênée de les entendre avec Mariette. Ou peut-être pas. Peut-être qu'elles auraient ri, comme avec Sabine. Elle se leva et la rejoignit dans son lit. Mariette sursauta un peu.

— Tu dors en chaussettes ?

— Été comme hiver, quand je ne suis pas avec Arthur, j'adore ça. Pousse-toi un peu, je vais tomber.

— Je peux pas me pousser plus, je suis contre le mur, c'est un lit une place, tu te souviens ?

— Bon. Alors maintenant dis-moi : qu'est-ce qui se passe ici ?

Mariette se leva et alla se coucher dans l'autre lit. Elle murmura :

— Tu lui demanderas.

— À qui ?

— À maman.

— Mais toi, tu le sais ?

— …

— Putain, ça suffit ces mystères ! Elle a tué quelqu'un ou quoi ?

— Laisse-moi dormir…

— OK, je voulais pas t'embêter, excuse-moi, la souris. Tu peux retourner dans ton lit maintenant, je vais retourner dans le mien.

— J'ai l'habitude de dormir dans les deux, j'en

change presque chaque soir. Ils sont tous les deux mon lit.

— Dans ce cas…

Hélène avait tellement manqué à Mariette. Elle lui avait parlé chaque soir depuis des mois, dans sa tête, elle lui avait raconté Fabienne et le père Lavière, Joël et Léo Ferré, Fatia et les lumières rouges de l'hôpital. Et puis Agnès, bien sûr. Agnès surtout. Elle lui demanda :

— Hélène, c'est vrai que tu as passé le mois d'août avec des cochons ?

— Pas tout le mois d'août, non. J'ai simplement fait un reportage sur les fermes industrielles, pour la revue. Ça sortira dans un mois.

— Mais pourquoi les cochons ?

— Parce que ce sont des animaux doux et très intelligents, de merveilleux compagnons. Et aussi parce que je voulais comprendre leurs conditions de vie… ou plutôt, d'enfermement, toutes les tortures qu'on leur fait subir. Mais je ne te raconterai pas ça ce soir, tu ferais des cauchemars.

— Je ne crois pas que je ferais des cauchemars pour des cochons.

— Je crois que si. Pour eux tu sais, comme pour tous les animaux en élevage industriel, mourir c'est moins atroce que vivre. Je t'enverrai l'article si tu veux.

— Tu signes comment ?

— C'est-à-dire ?

— Pour signer les articles, tu écris *Hélène Tavel* ?

— Ben non, pourquoi j'écrirais ça ?

— Pour qu'on ne te confonde pas avec Sabine. Ça fait deux Malivieri célèbres, maintenant.

— Je ne suis pas célèbre !

— Quand même… ça commence.

— Dis-moi, la souris… comment tu vas ? En vrai, comment tu te sens ?

— Tu penses que ma vie est triste, hein ? Je sais que tu le penses, mais tu te trompes.

— Tant mieux, alors. Il faut sortir, voir des amis, il ne faut pas trop rester ici, dans cet appart je veux dire.

Mariette ne répondit rien. Elle avait remarqué que ses sœurs, lorsqu'elles revenaient, auraient voulu que tout soit à la même place, la place que chaque chose avait dans leurs souvenirs. C'était sans doute rassurant de penser que le passé les attendait quelque part, comme un cornichon dans un bocal. Mais ici on continuait à vivre, et elle avait vécu des choses si tristes qu'elle s'était dit, Il n'est pas possible que cela arrive. Et plus tard elle avait simplement pensé, Eh bien, cela est arrivé.

Car c'était arrivé. Et jamais elle n'oublierait cet après-midi de juillet à la maternité de l'hôpital, quelques mois plus tôt. C'était un jour qui faisait suite à tant d'autres, porteurs de chagrin, et elle avait l'impression de vivre dans le *Miserere* de Mozart, qu'elle regrettait d'avoir découvert dans la cabine de Joël, et tant écouté.

Quand elle avait demandé la chambre d'Agnès Malivieri, l'infirmier la lui avait indiquée à voix basse, comme s'il s'excusait de devoir la diriger vers cette chambre-là. Il aurait pu lui en interdire l'accès, Les enfants en dessous de quinze ans ne sont pas autorisés dans le service, c'est marqué à l'entrée, mais il lui avait donné le numéro de la chambre, avec un peu de confusion. Dans le couloir où elle croisait de jeunes mères qui marchaient en canard et des berceaux transparents poussés sans précaution par des élèves puéricultrices, elle n'entendait pas les pleurs des nouveau-nés qui traversaient l'espace comme des âmes flottantes, elle entendait ce foutu *Miserere*, dont le chœur l'enveloppait de désolation et de détresse aérienne. Elle avait frappé doucement à la porte et elle était entrée dans la chambre de sa mère. Une chambre particulière pour un événement particulier. Elle avait pensé, Elle aussi elle entend Mozart, car son visage portait cet étonnement fracassé, la grande incompréhension de ceux qui vivent une tragédie et sont encore un tout petit peu protégés par la sidération. Elle l'avait embrassée sur le front et s'était étonnée de le faire, elle n'avait jamais embrassé personne sur le front, et puis elle s'était efforcée de la regarder, elle et rien d'autre, pour ne pas être tentée de voir la chambre. Le grand vide tout autour.

— Ça va ? elle avait demandé.

Sa mère lui avait répondu en lui envoyant par le regard un peu de cette musique implorante qui montait vers un dieu indifférent. Alors Mariette avait fait cette chose interdite, elle s'était allongée dans le lit, Agnès s'était blottie contre elle puis elle avait murmuré d'une voix pâteuse :

— Tu ne dis rien à ton père.

— Non.

— Il ne sait pas que tu es là ?

— Non.

— Tu ne lui diras jamais, tu me le promets ?

— Oui.

— Je ne m'étais pas trompée… sur le bébé. Je le savais. Je savais tout.

— Oui…

— J'ai senti que ça venait, à la cinquième grossesse ça ne trompe pas. Et ça va vite.

Mariette avait reçu ces mots-là comme un coup. *Ça va vite.* Oui. Pourtant ça n'était pas près de finir, elle le savait, ça ne finirait jamais, et elle pensait qu'on ne devrait pas avoir le droit d'avoir tant de chagrin, de devoir décider de choses si terribles. Elle descendit lentement du lit, elle glissait, comme un poisson le long d'une roche.

— C'était une fille.

Agnès avait dit cela avec évidence, et pour la première fois Mariette avait eu envie de la contredire : elle n'était pas obligée d'en parler au passé, elle aurait pu dire, C'est une fille, et elle pensa que cela ne tenait pas à grand-chose, car si ça avait été un garçon, trisomique ou pas, sa mère ne l'aurait peut-être pas abandonné. Mais c'était une fille. Et c'était arrivé. Un secret rien que pour elle. Mariette imaginait un bébé né sous X, cet X énorme qui l'écrasait, et elle qui avait si longtemps cherché à entendre le silence eut l'impression d'être devenue ce silence, car ce malheur-là ne se partageait pas, c'était un espace clos et parfaitement délimité. À Bruno, Agnès dirait qu'une fois encore l'enfant n'avait pas vécu.

Mariette ne dit rien à Hélène, qui s'était endormie à côté d'elle avec le sentiment désagréable qu'il se passait chez les Malivieri quelque chose de bizarre. Le lendemain elle montra à Mariette son walkman, lui mit le casque sur les oreilles, la chanson de Bruce

Springsteen *Born to Run*, la voix, les guitares, les basses, injectées directement comme un fluide, et puis elle était partie courir avec la musique qu'elle seule entendait. Mariette s'était mise sur le balcon pour la regarder, filant comme une danseuse sans partenaire, poussée et soutenue par la chanson. Elle l'enviait, mais elle savait que pour elle ce walkman aurait été dangereux, la fureur et la poésie comme un shoot, peut-être qu'elle n'en serait jamais revenue, ou bien aurait été moins attentive au monde, or le monde la fascinait, il l'attirait et il l'écœurait. Sauvage, il filait au-devant d'elle pour qu'elle le poursuive. Et elle le poursuivait.

En faisant son jogging ce matin-là, Hélène eut une idée qui lui parut aussi simple qu'évidente, mais quand elle fut face à sa mère, elle hésita un peu. Agnès avait fait les courses et préparait déjà le repas, inlassablement ça revenait, le cœur de la journée, l'obsession rituelle comme lorsqu'elles étaient petites, Maman qu'est-ce qu'on mange quand est-ce qu'on mange ? Hélène pensa qu'elle refuserait, ne voudrait pas laisser Mariette seule (Bruno était parti pour la journée à Sainte-Catherine, où la rentrée se préparait entre enseignants), mais elle dit, Oui, oui, on y va, c'est toi qui m'invites ? C'est gentil. Mariette se mit sur le balcon encore, pour les regarder partir, elles allaient dans le centre à pied, malgré la chaleur. Hélène était plus grande que sa mère, mais on aurait pu croire qu'elles avaient le même âge, deux amies, les mains dans les poches, leurs silhouettes qui s'éloignaient derrière les arbres, les voitures garées, les toits rouges des villas retranchées, la brutalité du soleil, et puis plus rien. Et si elles n'existaient pas ? se demanda Mariette. Oui, ce serait bien. Je n'aurais pas de chagrin à manger toute seule pendant qu'elles sont au restaurant, je n'aurais pas peur de ce qu'elles vont se dire, ni de ce que je dois cacher. Elles n'existent pas. Ah ! Je suis bien… Je suis vraiment bien.

Tout le long du trajet, et malgré le soleil épuisant de midi, Agnès parla, comme la veille, passant d'un sujet à l'autre, on aurait dit qu'elle attrapait des mots et les lançait au hasard, regardant sans surprise la façon dont ils retombaient pour former une apparence de discours. Hélène comprit qu'elle prenait des médicaments, des antidépresseurs peut-être, ce qui lui fut confirmé quand au restaurant elle refusa le rosé et demanda une carafe d'eau. Elle ne cessait de remuer sur sa chaise, comme si chaque position était inconfortable ou légèrement douloureuse, puis subitement, elle sembla sincère :

— J'ai toujours peur que l'inspecteur du travail vienne à la maison quand je n'y suis pas. Bien sûr il y a des heures de sortie, mais quand même, je me sens… je me sens toujours un peu surveillée, comme si j'avais pas le droit.

— Ça dépend pour quoi le docteur t'a arrêtée, non ?

— Alors, Mariette m'a dit que tu te passionnais pour les cochons maintenant ? Mais quel rapport avec tes études si compliquées ?

— Tu as raison, ça ne devrait avoir aucun rapport, sauf que ça en a et que ça en aura de plus en plus. On est en 79 et ça fait treize ans qu'on mange de la viande génétiquement modifiée, depuis la loi de 1966 tout est extrêmement organisé et c'est terrible tu sais, tout ça au nom du progrès…

— Ah non ! Ne fais pas comme tous ces gens qui critiquent le progrès ! Tu as eu faim pendant la guerre ? Tu as eu faim une fois dans ta vie ? Non ? Alors !

Le couple à la table d'à côté s'était retourné avec un étonnement outré, et Hélène pensa qu'elle n'aurait pas dû inviter sa mère au restaurant, il faut être en pleine forme pour se montrer en société.

— Tu reprends quand le travail, maman ?

— Jamais. Je ne l'ai pas encore dit à ton père, mais jamais.

— Alors ce n'est pas si grave si l'inspecteur du travail passe quand tu n'es pas là.

— Peut-être, mais ça n'empêche pas ce sentiment, tu sais, cette impression qu'on me surveille. Tout le temps. Mais je suis pas, comme ils ont dit là, au Parlement, une « malade imaginaire »… Soi-disant que les gens comme moi creusent le déficit de la Sécurité sociale. Ça alors…

— Si tu arrêtes de travailler, tes copines de boulot ne vont pas te manquer ? Maman ? Tu m'entends ? Elles étaient sympas les filles qui étaient là à ton anniversaire.

— On a un nouveau chef, il vient de Paris, il y

comprend rien. Je ne sais pas comment il pense, il y comprend rien. Il calcule des temps qui n'existent pas.

— Comment ça ?

— Ben… par exemple, il dit, Vous commencez à distribuer à sept heures, mais le courrier est pas encore complètement trié et après il faut le charger, ça fait qu'il est bien sept heures trente, donc pour lui on a déjà une demi-heure de retard, et après il dit qu'il a calculé les trajets à vélo, il dit qu'il les a faits à vélo, peut-être, moi je veux bien, mais il a pas chargé son vélo, alors évidemment les côtes, il les fait plus vite, et puis c'est un garçon, et il est jeune, le mistral, la pluie, tout ça il s'en fiche lui, il travaille dans les bureaux, il organise, enfin bref, il n'y connaît rien et lui aussi tu vois, il surveille, tout, tout le temps, et puis c'est bête, je sais, mais maintenant mes chaussures me font mal, ça c'est bizarre, parce que c'est des bonnes chaussures de marche, tu te rappelles mes chaussures ? Eh bien, elles me font un mal de chien et à propos de chien, eh bien depuis que j'ai été mordue maintenant j'ai peur, ah tu savais pas que j'avais été mordue, mais si et par un tout petit en plus du genre dont on ne se méfie pas, mais j'ai eu des points, attention c'était pas rien, des fois je sens encore la cicatrice ça me tire, et mon dos il me fait mal mais mal, et quand j'avais mes règles… non… pas mes règles… quand j'avais… pardon. Je sais pas pourquoi je te dis tout ça.

— Non mais… c'est intéressant…

— Si on veut.

Elles rentrèrent en bus. Hélène voyait sa mère, assise au fond, qui regardait par la fenêtre, les mains sur son sac posé sur les genoux. Elle ressemblait à une femme sans rêves ni curiosité, une femme dont la fatigue invisible s'était accumulée depuis plus de quarante ans, pour surgir d'un coup, comme une attaque, un jet d'acide. Elle avait posé le front contre la vitre et fermé les yeux. Les façades des immeubles se reflétaient sur son visage qui tremblait sous les secousses du bus. Hélène pensa, C'est ma mère. Et soudain elle vit dans son visage fermé une puissance singulière.

En fin de journée elle fit la surprise à son père de l'attendre à la sortie de Sainte-Catherine. Il était avec un collègue et quand il la vit, il la présenta avec emphase, Ma fille, étudiante en biologie à PARIS ! Cette année, c'est la licence ! L'autre haussa les sourcils en signe d'incompréhension, ou d'admiration polie, impossible de savoir, mais Bruno s'en contenta, il semblait à présent un homme qui se contentait de peu. Ils rentrèrent en voiture, la chaleur synthétique dans la R5 chauffée au soleil, et le fracas de la circulation quand on baissait les vitres, Hélène ne comprenait pas l'amour de son père pour la voiture, Mon deuxième chez-moi, comme il disait.

— J'ai invité maman à déjeuner à La Rotonde à midi.

— Et Mariette ?

— J'avais envie d'être seule avec maman, je la

trouve pas très bien. Je voulais qu'on parle un peu, comprendre ce qui la tracasse.

— Et alors ? Vous avez parlé ?

— Oui.

— Et qu'est-ce qu'elle t'a dit ?

— Pas grand-chose.

— Pas grand-chose, mais quoi ?

— Mais rien, elle m'a dit qu'elle était fatiguée… mais ça tu le sais. Toi aussi d'ailleurs, tu as l'air fatigué.

— Qu'est-ce que tu cherches à savoir ?

— Pardon ?

— Tu disparais un an et puis tu t'étonnes de… de nous trouver… Enfin on a changé, c'est normal.

— Je regrette de ne pas être venue plus tôt… Je n'ai pas vu le temps passer.

— C'est pas bon pour ta mère de rester à la maison. Sans compter que c'est bientôt la rentrée des classes, je ne sais pas ce qu'elle va faire toute la journée sans Mariette.

— Oui, mais elle a besoin de se reposer. Son métier est très fatigant.

— Ça l'a toujours été. Factrice ! Je ne comprendrai jamais pourquoi elle a eu cette lubie…

— Au début, elle aimait bien.

— Et donc vous avez parlé… de tout et de rien ?

— Si on veut.

— C'est bien… C'est bien… C'est bien ça…

— Papa ?

— C'est bien ça, c'est bien, c'est bien…

— Papa, fais attention, tu roules à gauche… Papa ?

Ils étaient à la hauteur du supermarché Casino et il bifurqua brutalement sur le parking. Ses mains tremblaient, il avait du mal à tenir le volant. Il coupa le moteur et regarda devant lui comme s'il y avait quelque chose de fascinant sur le parking, quelque chose qu'il avait envie de respirer.

— Tu veux que je conduise ? Papa ? Je peux conduire.

Il sortit de la voiture. Les mains sur les hanches il tournait sur lui-même comme s'il cherchait de l'aide entre les rangées de caddies et les voitures. Hélène le rejoignit, sans oser l'approcher, elle le regardait s'agiter sur place. Il prit une cigarette, ses mains tremblaient, les allumettes se brisaient sans s'enflammer et il resta avec sa cigarette éteinte à la bouche, soudain il tomba à genoux en sanglotant.

— Papa… Fais pas ça, papa… Mais papa, relève-toi, relève-toi, il y a du monde, relève-toi s'il te plaît.

Elle le releva très vite, personne ne semblait les avoir vus et elle s'en fichait, c'était *elle* qui ne voulait pas voir ça, elle qui assit son père dans la voiture, côté passager, ferma la portière et remonta la vitre. Il cessa aussitôt de pleurer, comme étouffé par la chaleur. Hélène prit le volant et roula en silence, cinq petites minutes de trajet, qui semblèrent si longues. Maintenant c'était elle qui ramenait son père à la maison, une inversion du passé et une anticipation de ce que seraient la vieillesse et la redistribution des rôles. On naît, on change deux trois fois de place, et on disparaît. À quoi bon avoir pris tant de choses à cœur, se demanda Hélène, à quoi bon tous ces tracas puisque aujourd'hui tout était oublié ? Chacun avait tenté d'occuper au mieux le rôle qui lui avait été assigné. Le chef de famille. La mère au foyer. La sœur aînée. La petite sœur. Mais avec le temps il était facile de s'apercevoir que tout cela n'avait été qu'une vaste prison solitaire.

— Mais tu n'as pas l'air de comprendre ce que je te dis, Sabine ! Il s'est réellement agenouillé, là, sur le parking du supermarché, et il sanglotait ! Et elle, elle est à l'ouest, complètement, arrêt maladie, antidépresseurs, elle parle sans s'arrêter, il faut que tu y ailles, quand tu as un jour off il faut que tu ailles les voir. Je suis inquiète, très…

— Écoute, je n'ai vraiment pas la force d'affronter leur crise et c'est pas à nous de faire ça. Désolée mais je n'irai pas.

— Essaie au moins de téléphoner à maman quand papa n'est pas là, à toi elle parlera.

— Mais je n'ai pas envie qu'elle me parle ! Il y a des conseillers conjugaux pour ça, et leur truc, là, comment ça s'appelait ?

— Les Foyers Notre-Dame ?

— Voilà ! Les Foyers Notre-Dame, eh bien qu'ils y aillent. C'est fait pour ça, non ? Pour supporter son mariage, son indissoluble mariage !

Elles étaient assises dans le jardin du Luxembourg

au bord de la fontaine Médicis, cette partie du jardin protégée du soleil et des touristes, gênées de parler trop fort dans ce recoin silencieux, elles grondaient en sourdine, comme deux femmes butées. Autour d'elles les gens lisaient, flirtaient, dormaient, c'était des habitués pour qui le « Luco » le dimanche était un lieu familier, on ne s'y gênait pas, mais on avait l'œil et dès qu'un fauteuil se libérait on l'échangeait en vitesse contre sa chaise avec une satisfaction mesquine. On était chez soi.

— Et tu as fait quoi, toi ? À part écourter ton séjour et rentrer fissa, hein ? Alors que tu as presque quatre mois de vacances !

— Je n'ai pas quatre mois de vacances ! Et à moi ils ne parlent pas ! J'ai essayé, ils ne parlent pas. Sans ça je serais restée.

— Vraiment ? Je crois plutôt que tu es venue te réfugier à la bibliothèque universitaire. Ton projet de mémoire et tes articles révolutionnaires sur la machination de l'élevage porcin !

— L'industrialisation.

— Quoi ?

— C'est pas la machination, c'est l'industrialisation de l'élevage porcin. Tu me reproches d'écrire des articles pour la jeunesse et de gagner un peu ma vie ?

— Oh ça va… !

Sentant qu'elles étaient sur le point de se disputer vraiment, elles se turent, cherchant alentour ce qui pourrait les divertir de leur agacement, mais le calme de ceux qui étaient là ne faisait que renforcer leur sentiment de défaite. L'ombre des platanes projetait sur le bassin des formes longues qui vibraient dans l'eau en se distordant, c'était d'une grâce un peu triste. Hélène ne savait plus comment transmettre à Sabine son angoisse, ce sentiment d'urgence. Elle murmura :

— Le monde s'écroule et toi tu le vois pas.

— Mais à chaque fois que je te vois, le monde s'écroule ! Et quand c'est pas les parents, c'est la planète !

— Quoi, la planète ? Qu'est-ce que ça vient faire là ?

— Tu passes ton temps à t'agiter… En permanence tu… tu es là à… à courir après des moulins à vent, à voter pour des écolos qui font même pas 5 % aux européennes et qui disparaissent comme ils sont apparus !

— Mais Sabine, tu ne peux pas être contre le capitalisme et te foutre de l'écologie, c'est pas possible ! Tu ne peux pas défiler avec les Larzaciens et ne pas voir ce qui se passe !

— J'ai voté Mitterrand je te rappelle, et le PS a obtenu vingt-deux sièges à Bruxelles, alors ça va ! Mais c'est vrai que toi et la conscience de classe… !

— La conscience de classe, c'est pas seulement les communistes et les socialistes, pour qui vous vous prenez tous ? Au G7 de Tokyo, si les sept ont signé une déclaration pour réduire les émissions carbone, c'est bien grâce aux alertes des scientifiques…

— Ah ! Il y avait longtemps qu'on n'avait pas entendu parler des scientifiques ! Hélène, je te préviens, si tu me parles de l'effet de serre, je me tire et tu ne me revois plus !

Cette fois-ci elles avaient vraiment parlé trop fort et les regards qu'on leur lança signifiaient clairement qu'elles déparaient dans le lieu.

— Je vais retourner réviser, dit Hélène.

— C'est ça, retourne réviser.

Elles savaient qu'elles ne pouvaient pas se quitter ainsi, mais quelles paroles, quel geste auraient pu changer soudain le cours des choses ? Elles marchèrent jusqu'aux grilles du jardin, comme si elles se raccompagnaient mutuellement, et sur le trottoir s'embrassèrent sans un mot et prirent des directions opposées. Hors de la fontaine Médicis le soleil était généreux, il ouvrait les perspectives et offrait un si beau dimanche de fin d'été. Mais Hélène allait rentrer chez elle et réviser, exclue une fois de plus de la douceur des jours de farniente. Elle rentrait à Neuilly en s'efforçant de ne penser ni à Sabine, ni à ses parents, ni à Mariette, après tout la vie, SA vie, était ailleurs.

Sabine savait qu'elle avait été injuste, mais Hélène n'avait aucune idée de ce qu'elle vivait ni de ce qu'était son métier. Elle ne pouvait pas tourner ET s'occuper de ses parents. Qui pouvait comprendre ? Elle-même ne l'aurait jamais cru, car après tout que faisait-elle à part *jouer* ? Son métier était un jeu, rien de plus, tandis que sa sœur, une scientifique immergée dans des découvertes effroyables, penchée au-dessus de la vie des animaux comme si elle les avait créés elle-même ! N'empêche qu'à part annoncer des catastrophes, que faisait-elle ? Quand ça n'était pas le réchauffement climatique, les algues vertes ou les nitrates, les antibiotiques, la castration, les claustrations et toute la gamme, c'était ses parents qui allaient mal… Mais est-ce que vraiment son père avait sangloté, à genoux sur le parking du Casino ? L'instituteur catholique de Sainte-Catherine ? Il avait fait ça ? Elle eut soudain l'image réelle devant les yeux. Son père. À genoux. Son père… À genoux…

Elle se retint d'appeler Mathieu, mais ils avaient un pacte : ils ne se reverraient pas avant mi-septembre, une fois le tournage terminé, et d'ici là ils ne se donneraient aucune nouvelle. Ils se retrouveraient à Trouville et ce serait comme se revoir après une longue séparation. Ils ne prendraient pas le train ensemble, ils se croiseraient sur la plage, comme si c'était un hasard, ils hésiteraient à s'embrasser, flirteraient un peu puis prendraient une chambre d'hôtel, et tout serait oublié, la séparation, ces semaines de tournage épuisant, que Sabine n'avait pas imaginé ainsi, mais qu'avait-elle imaginé ? Elle qui voulait tout donner ne savait pas qu'il s'agissait surtout de tout retenir, et d'attendre, au milieu de la multitude des figurants et de l'équipe technique, ce monde affairé qui faisait moins cas d'elle que de la lumière et des angles de vue, pour qui elle était un simple élément du décor à qui de temps à autre on demandait de s'animer un peu. Quand elle avait lu le scénario elle avait passionnément aimé Olga, son personnage, et elle tentait de préserver ce sentiment d'admiration, mais au fil des jours il lui semblait que tout s'émiettait dans les moments épars du tournage, et à la vérité elle s'ennuyait ferme.

En décembre dernier, au lendemain de la manifestation du Larzac, elle avait retrouvé François au bar du cinéma l'Entrepôt, tout à côté de chez elle, rue Pernety. C'était le lieu idéal pour donner rendez-vous à un réalisateur (elle se forçait à dire *réal*). Frédéric Mitterrand avait ouvert quatre ans plus tôt ce cinéma d'art et d'essai, avec restaurant sous les bambous, tables en bois et perroquet fidèle. Tout de suite, au premier regard, le *réal* avait été déçu. Il lui avait reproché son maquillage, ses cheveux bien peignés, son air lisse, et lui avait tendu un kleenex pour qu'elle efface son rouge à lèvres. Elle avait hésité à le faire, elle revoyait cette fille à Prêcheurs que la prof de couture avait obligée à se démaquiller devant toute la classe. Mais elle avait fini par obéir elle aussi, elle avait essuyé son rouge à lèvres, et elle s'était sentie si terne qu'elle avait eu peur de perdre cette foutue lumière qu'il fallait trimbaler avec soi comme la preuve irréfutable que l'on est un acteur que « la caméra va aimer ». François l'observait, un regard méfiant et impatient. Sabine pouvait-elle mériter sa confiance ? Il avait semblé hésiter, puis lui avait résumé son film, un film engagé, il disait, un uppercut, et il s'était mis à parler avec une fougue presque politique, comme s'il menait un combat moral. Il lui demanda si elle avait lu *La Dérobade*, le livre de Jeanne Cordelier, l'autobiographie de sa vie de pute… enfin de prostituée ? Daniel Duval l'avait adapté pour le cinéma et le tournait avec Miou-Miou et Maria Schneider. Je pense que tu es de la trempe de Miou-Miou et de Maria Schneider, quand je t'ai vue au parc Montsouris, tellement défaite, misérable, c'était ça, c'était tout à fait ça, cette féminité animale et cette décrépitude. Je te propose de passer des essais. Pour le premier rôle. Elle avait pensé qu'il bluffait, c'était trop, le premier rôle, elle traversait le miroir, elle basculait dans le conte. Il lui expliqua qu'il voulait faire l'anti-*Dérobade*, le versant opposé, raconter la prostitution autrement. Son film partait d'un événement réel, la soixantaine de prostituées qui avaient occupé une semaine durant en 1975 l'église Saint-Nizier à Lyon, pour dénoncer le harcèlement et la répression policiers. Il avait imaginé leur rencontre avec le prêtre qui les avait accueillies et les Lyonnais venus les soutenir, tout se passerait à l'intérieur de l'église et sur le parvis, et il avait précisé, Il n'y a aucune scène de sexe. Elle avait dit, Ça ne m'aurait pas gênée, je suis prête à tout donner, alors dans le regard de François elle avait vu passer une lueur dubitative, les paupières qui se ferment à demi, l'ironie discrète et l'envie.

Après des nuits d'insomnie, prise dans l'angoisse d'une joie oppressante, Sabine était arrivée au studio « défaite et misérable » à souhait, pour passer les essais. François n'était pas là. Si les essais étaient bons, on les lui montrerait. Elle était seule avec l'assistant qui enchaînait nerveusement les cigarettes et semblait n'avoir pas de temps à perdre. Elle avait dit à une petite caméra le texte qu'elle avait appris, une harangue face aux habitants de Lyon, Je suis une prostituée et une mère de famille, comme vous ! Je paie des impôts, comme vous ! Et pourtant, la police me harcèle ! Les flics me… L'assistant l'avait arrêtée, ça n'était pas ça du tout, et elle avait recommencé plusieurs fois la scène, avec cette impression que quelque chose de poisseux était accroché à elle, une erreur fondamentale et déplacée. Un rouge à lèvres qui ne s'efface pas.

Elle n'avait pas obtenu le premier rôle, elle n'était finalement pas de la trempe de Miou-Miou et de Maria Schneider, mais elle avait eu le second rôle et le scénario était formidable, un uppercut oui, François n'avait pas menti. Alors elle n'avait plus vécu que pour ce projet, comme un projecteur braqué sur sa vie.

À présent, et dix mois plus tard, il restait cinq jours de tournage, et elle en connaissait le poids. Ce seraient cinq jours hors du monde, qui absorberaient non seulement son énergie mais aussi sa capacité à percevoir une autre réalité que celle du plateau. Il y aurait dans chaque heure, même dans celles qui n'étaient faites que d'attente, cette coupure étanche avec tout ce qui n'était pas le film, et il lui semblait étrange que des gens vivent autre chose et mènent une vie ordinaire. Sur le tournage elle restait parfois des journées entières à ne rien faire, maquillée, habillée, coiffée, prête. Les heures passaient, au milieu de tous ces garçons affairés qui se faufilaient entre les câbles, les projecteurs, les rails, les grues, les échelles, les chariots, ce monde en apparence disparate mais uni, un déménagement incessant, rapide, terriblement efficace. Elle disait et redisait ses répliques sous un angle et sous un autre, les mêmes phrases répétées inlassablement avec toute la conviction, le naturel et le courage dont elle était encore capable. Elle savait qu'elle en redirait la plupart en post-synchro, et Olga devenait un personnage à éclipses dont elle perdait le goût et évaluait mal l'importance, de fait il lui apparut assez tôt qu'elle n'était pas le second rôle, mais plutôt un rôle secondaire, comme un accessoire pour le premier rôle, celui d'Ulla, qui avait été donné à Gisèle Pirlès, une fille à l'apparence fragile, au corps maigre, au regard perdu et à la voix pleine de vibratos. Il n'avait pas fallu longtemps à Sabine pour se rendre compte de sa puissance de jeu et de sa volonté poignante de résister à tout, tous les ordres et toutes les contraintes, la bêtise de François, l'à-peu-près du scénario, le froid et la fatigue. La tension qui l'habitait lui donnait une présence unique qui semblait destinée à autre chose qu'au film, une mission plus haute. Elles étaient nombreuses à avoir comme Sabine des rôles secondaires, des petites scènes de groupe et d'apartés censées faire avancer l'intrigue. Sabine apprenait en regardant les autres, ce qu'elles rataient, ce qu'elles réussissaient, elle aimait regarder Charlène, une comédienne de son âge qui avait commencé très jeune en tournant une publicité pour le savon et avait enchaîné avec des petits rôles dans des feuilletons et des émissions télévisées pour la jeunesse, *L'Île aux enfants* et *Récré A2*. Elle était fascinante de beauté discrète et de sensualité, mince comme Sabine ne le serait jamais, avec une voix rauque et basse, une liberté de jeu qui donnait à ses répliques une tonalité unique et surprenante. Et tout comme Gisèle Pirlès, elle aussi on sentait qu'*elle ne s'en tiendrait pas là*. C'était une intuition troublante, qui disait l'aléatoire de ce métier, ses injustices et sa beauté.

Ce dimanche-là après avoir quitté Hélène devant les grilles du Luxembourg, Sabine décida, puisqu'elle ne pouvait pas aller chez Mathieu, d'aller chez Paul. Il habitait une maison jaune dans la Cité Debergue, la plupart de ses voisins étaient des artisans et la ruelle sentait le lilas et le bois, les égouts aussi, quand il pleuvait beaucoup. La maison de Paul était basse, faite de petites pièces mal fichues, il était souvent en train d'y rafistoler quelque chose, un volet à l'encoche déplâtrée, une poutre rongée par les vrillettes, des plaques d'humidité au bas d'un mur, et il en parlait comme d'une gamine un peu facétieuse à qui il devait régulièrement faire des remontrances. C'était là que Sabine et lui se voyaient, car il n'était plus question de se retrouver à l'agence ni dans ce bar minable où sa secrétaire venait le chercher comme un élève ayant fugué. Quand elle arriva ce dimanche-là, elle entendit depuis la cour le tango de Piazzolla, le long arrachement de l'accordéon qui, même rattrapé par les autres instruments, disait la solitude, la voix profonde de ce qui ne se partage pas. Elle entrouvrit la porte que Paul ne fermait jamais à clef, il dansait les yeux fermés et le moins que l'on puisse dire est qu'il n'était pas doué, mais il y avait dans la façon dont il se laissait aller, à contretemps et en trébuchant, quelque chose d'infiniment libre et d'infiniment doux, peut-être parce qu'il n'avait aucune conscience de ses maladresses, ou bien qu'il s'en fichait. Sabine frappa et dit :

— Toc toc !

Paul dansait en enlaçant sa partenaire imaginaire, le buste droit, les genoux fléchis, huit pas en avant, huit pas en arrière, qu'il comptait tout haut, et Piazzolla semblait avoir pitié de lui, son accordéon diffusait une plainte sombre et lente. Sabine répéta :

— Toc toc !

Dans un petit saut incontrôlé, il se tourna vers elle et instantanément lui sourit, éteignit la musique, il transpirait et sortit de sa poche un mouchoir à carreaux pour s'en tapoter le front.

— Quel plaisir de vous voir, Sabine ! Asseyez-vous, je vous fais un thé.

Elle ne s'assit pas, elle s'allongea sur le canapé. De mauvaise grâce le chat lui fit un peu de place, elle se lova sur le côté et regarda Paul s'affairer dans la minuscule cuisine. Il n'avait pas mis de gel dans ses cheveux, ou bien celui-ci n'avait pas résisté au tango, et il soufflait sur une mèche trop longue qui lui tombait devant les yeux. Elle lui cria :

— Pourquoi tu ne te laisses pas pousser les cheveux, c'est joli !

— Quoi ?

— Je te dis que j'aime mieux quand tu n'as pas de gel dans les cheveux !

Il se regarda dans la vitre de la fenêtre, passa ses doigts dans ses cheveux, étonné et se parlant à lui-même. Il y avait en lui quelque chose de tellement lunaire qu'on avait envie de l'attraper pour tester sa réalité. À quoi était-il rattaché ? Comment tenait-il les deux pieds au sol, lui qui semblait intemporel, perdu dans une poésie ancienne ? Sabine se leva et s'approcha de lui. Il lui sourit, un peu gêné. Elle le laissa préparer le thé et se tint derrière lui. Ses cheveux trop longs bouclaient dans son cou et sur le col de sa chemise si bien repassée, elle posa doucement un doigt sur son épaule, puis sa paume, ouverte, hésitante, il baissa la nuque, elle aimait ne pas savoir ce qu'il ressentait, c'était la première fois qu'il y avait entre eux autre chose qu'une camaraderie enjouée, mais aujourd'hui elle avait envie d'être égoïste, de tenter quelque chose qui peut-être lui ferait du bien ou au moins la surprendrait. Depuis combien de temps n'avait-elle pas été surprise ? Sa main caressait doucement le dos de Paul, ses reins frémirent, elle les sentit se creuser, il ne préparait plus le thé, l'eau pleurait pour rien dans la bouilloire et la vapeur envahissait la minuscule cuisine, elle posa sa joue contre son dos, elle ne savait pas quel sang elle entendait battre et c'est ce qu'elle avait toujours aimé, mêler les rythmes et les affoler, partir à deux. Elle pensa qu'il allait se passer quelque chose et aussi que Mathieu la laissait libre et qu'elle n'en avait jamais profité, elle ne savait même pas s'il était jaloux, si elle pouvait le rendre malheureux. Ses bras enlacèrent la taille de Paul, il posa ses mains sur les siennes et se retourna, elle reçut son regard, étonné et franc, qui demandait, Pourquoi ? Elle posa ses lèvres sur les siennes, elles étaient douces un peu salées, elle sourit de bonheur, il allait se passer quelque chose de nouveau qu'on n'attendait pas. Paul répondait à ses baisers avec un savoir-faire qu'elle ne lui aurait jamais soupçonné, elle aurait voulu que cela reste ludique, mais il prenait cela au sérieux, l'emmena dans sa chambre, sans cesser de l'embrasser la fit s'allonger sur son lit, releva doucement sa jupe et posa son visage entre ses cuisses.

Quand elle rentra chez Robert le jour avait décliné, et elle avait le cafard. Elle aurait préféré que les choses se passent autrement, mais c'était trop tard. Comment Paul connaissait-il si bien la sexualité des femmes ? Quand elle lui avait posé la question il avait répondu qu'il avait été initié très jeune, par une fille bien plus âgée que lui.

— Vous voyez, Sabine, c'était des sortes de cours particuliers. Elle m'a montré, physiquement, concrètement, où naissait votre plaisir, ce qu'il fallait faire pour votre jouissance, c'était très précis, et très joli aussi, j'avais l'impression d'ouvrir une boîte à musique.

Maintenant Sabine se demandait comment elle la refermerait, cette boîte, car Paul lui avait donné un plaisir d'une intensité qu'elle n'avait encore jamais éprouvée, elle ne savait pas qu'un orgasme pouvait durer si longtemps, elle s'était entendue crier sans pouvoir s'arrêter ni se contenir, cela l'avait terriblement gênée, surtout quand elle s'était rendu compte que la chambre de Paul était attenante à la maison voisine, mais lui avait simplement dit, Eh bien maintenant tout le monde sait que vous êtes arrivée.

Robert parlait au téléphone en caressant distraitement l'aréca du salon, qui placé devant la fenêtre ne laissait filtrer qu'une pénombre maladive. Sabine se tint sur le seuil pour l'écouter, les éternels monologues à sa femme, mais il y avait une émotion nouvelle dans sa voix, on aurait dit que cette fois-ci il attendait vraiment qu'elle lui réponde :

— … les rêves… les rêves on le sait, ce qui se passe dans ce monde-là, c'est la vérité on le sait… Tu le ressens aussi ? Les rêves ne mentent pas, tu es d'accord ? On peut se rencontrer dans les rêves, ça je l'ai toujours su…

Il sentit la présence de Sabine.

— À demain ma douce. Ne prends pas froid, hein, il fait presque nuit. Mademoiselle ? Vous pouvez raccrocher… Couvrez-la bien, elle est frileuse, oui, même en été.

Il dit à Sabine, comme s'il y réfléchissait encore :

— Au club de bridge un type m'a dit que les personnes démentes ne l'étaient pas tout à fait. Enfin pas toujours, je veux dire pas tout le temps. Ma femme est là après tout… elle est là, on est bien d'accord ? C'est un être spirituel, n'est-ce pas ?

— Je ne sais pas, Robert… Je ne sais pas du tout.

— Depuis quelque temps je rêve d'elle presque chaque nuit, c'est comme si elle rentrait à la maison… Il y a en elle une part… intacte. Cachée, mais intacte, je vous jure, Sabine. Je descends acheter des bouchées à la reine, vous dînez avec moi ?

— Je pars à six heures demain matin, je vais me coucher, je suis fatiguée.

— C'est la dernière semaine, n'est-ce pas ? Après vous vous reposerez.

— Le producteur a vu les rushs… et il a dit que ça n'allait pas. Pas ce que je faisais, le film…

— Ne vous tracassez pas.

— On va tourner une nouvelle scène demain, une scène qui n'est pas dans le scénario et que je découvrirai au maquillage…

— Ça sera peut-être bien ?

— Le producteur trouve que le film manque de rugueux.

— Ah…

— Et de peau, aussi, il a dit que ça manquait de peau.

— Eh bien je descends… Vous êtes sûre de ne pas vouloir une bouchée à la reine ?

Mariette ne savait plus quelle musique écouter et elle s'ennuyait partout. Il lui semblait que rien n'était authentique, ni vraiment sincère. La vie était faite d'arrangements et de petits pactes. Elle fit sa rentrée à Prêcheurs et ce fut comme elle s'y attendait, interminable. Les professeurs étaient accablés et ne les aimaient pas, mais qu'y avait-il d'aimable dans ces classes où une trentaine d'élèves apprenaient la vie en groupe et la pensée commune ? Quand elle prenait la parole, les élèves murmuraient en chœur, *Petit génie petit génie petit génie*, et parfois elle enviait les cancres et appréhendait qu'on l'interroge car elle répondait juste à tous les coups, *Petit génie petit génie petit génie*, quelle fatigue. Elle s'en reposait parfois dans l'église de la Madeleine où elle aimait allumer une bougie et puis s'asseoir. Elle aimait les églises vides, la cabine de Joël avant la musique, les pages blanches de son cahier, et toujours le vent dans les arbres, quand elle était couchée dessous. Le ciel absorbait tout et l'apesanteur disait clairement que tout cela passerait, une dispersion du souffle et de tous les organes vitaux, en attendant on était cloué au sol et il n'y avait pas grand-chose à comprendre, hormis la confusion et la peur. La peur était partout, elle prenait des formes surprenantes et de drôles de détours. Avant de l'abandonner, sa mère avait demandé qu'on baptise sa petite fille. Elle avait peur qu'elle aille en enfer. Cela ne cessait d'étonner Mariette. Le péché originel. Les âmes du purgatoire qu'il fallait racheter, leur tronc posé à l'entrée des églises. Ainsi, l'homme prêchant l'amour avait engendré une religion menaçante. Elle se souvenait de cette leçon de catéchisme, deux ans auparavant, lorsque le prêtre leur avait expliqué qu'une personne non baptisée allait directement en enfer et que si l'un d'eux était un jour témoin d'un accident, si la personne dans la voiture lui paraissait gravement blessée, il devait la baptiser sur-le-champ, il suffisait pour cela de dire, Je te baptise au nom du Père, du Fils et du Saint-Esprit, de faire un signe de croix et surtout, et c'était là le plus important, de faire couler un peu d'eau sur son front. Les élèves avaient posé des questions concrètes, où trouver l'eau si on n'en avait pas sur soi, s'il n'y en avait pas dans la voiture, s'il n'y avait ni supérette ni station d'essence à proximité ? Eh bien, avait répondu le prêtre, il suffit d'ouvrir le capot de la voiture pour prendre l'eau du moteur. Un garçon avait fait remarquer que l'eau serait sûrement bouillante, et le prêtre avait perdu patience. Vous avez peur de vous brûler les mains alors que vous pouvez sauver une âme de l'enfer ?

Je ne peux pas y croire ! Moi non plus, avait pensé Mariette, je ne peux pas y croire.

Dans la rue maintenant, elle ouvrait les yeux. Allongée sous les arbres, elle les fermait. Écoutant le bruit du vent dans les feuilles, cette respiration souple dans laquelle dansait la lumière, elle mettait un peu d'ordre. C'est ainsi qu'elle avait donné un nom à sa petite sœur, elle l'appelait Xmas, le *X* remplaçait le *Christ* (qui la protégeait de toute façon, elle le savait), et le X avait son importance, car il était le début de l'histoire, la marque de sa naissance. C'est sous les arbres d'automne aux branches vulnérables qu'elle avait décidé d'aller la voir. Je ne lâcherai jamais Xmas, je m'occuperai toujours d'elle, à ma majorité je l'adopterai, je la présenterai à mes sœurs. Cette décision l'avait exaltée un après-midi entier et s'était un peu dissipée le soir venant, quand elle avait quitté le parc Jourdan pour rentrer chez elle dans le froid de l'automne qui rappelait les automnes d'avant, une saison qui semblait toujours marcher à reculons, vers vos souvenirs les plus moroses. Au lieu de rentrer chez elle, elle était allée sur le cours Mirabeau et avait attendu que Joël ferme le magasin. Sa journée terminée il n'était pas rare qu'il la trouve ainsi, l'attendant sans entrer dans la boutique, comme si elle passait par hasard à l'heure à laquelle il fermait. Il préférait quand elle venait découvrir un compositeur, quand il pouvait, d'une façon ou d'une autre, faire quelque chose pour elle. Mais depuis son accident l'année passée, il évitait de lui faire écouter des artistes qui l'auraient bouleversée autant que les poèmes de Baudelaire chantés par Ferré. Ce soir-là, sans même lui dire bonsoir, elle lança :

— J'ai un secret à te confier.

Pour la première fois, il l'invita chez lui. Il habitait rue Boulegon, en face d'une boulangerie dont les odeurs anisées s'échappaient par vagues. L'entrée du vieil immeuble suintait d'humidité, les murs de salpêtre étaient lézardés, des WC sur le palier émanaient des relents infects qui prenaient à la gorge. L'appartement de Joël, au dernier étage, donnait sur les toits rouges de la vieille ville, et le ciel accompagnant leurs formes anciennes donnait à cet horizon limité une poésie intime. Depuis les fenêtres ouvertes, l'air vif sentait le jardin, et aussi quelque chose d'un peu flétri. L'appartement avait deux petites pièces, une cuisine sommaire et une salle de bains sans fenêtre. Les meubles avaient été récupérés dans des brocantes, et bien que l'ensemble soit disparate, il se dégageait du lieu une unité et même un certain confort. Mariette était troublée d'être chez Joël, aussi surprise que lorsque enfant elle croisait sa maîtresse dans la rue, le déplacement incongru des êtres à qui l'on a assigné une fonction et un lieu uniques. Il y avait au mur un poster en noir et blanc de Brel, Brassens et Ferré, et dans un cadre la photo d'un homme en uniforme, casquette blanche galonnée, costume bleu recouvert de médailles, son regard était empreint d'une sévérité bienveillante.

— C'est ton père adoptif ? demanda Mariette.

— C'est mon amiral. Je lui dois beaucoup.

— Ah…

— J'ai fait mon service militaire dans la Marine, tu sais.

— Ah oui…

Elle n'était pas venue pour entendre l'histoire de Joël. Elle s'assit et sans préambule lui parla de Xmas. Il l'écouta avec une émotion qui semblait monter par petites bouffées, le visage penché, comme s'il avait réellement voulu disparaître derrière ses cheveux noirs. Elle n'en revenait pas de parler de cette histoire à quelqu'un, c'était facile, un simple constat.

— Voilà ce qui est arrivé. Et maintenant je voudrais la retrouver. Je veux savoir comment elle va.

Il était embarrassé, et il lui sembla qu'il cherchait les mots de quelqu'un d'autre, un chanteur, un poète, pour parler à sa place, mais rien ne venait. Et comme il l'aimait trop pour lui mentir, il dit :

— Tu n'as pas le droit de la voir.

— Mais je ne dirai pas qui je suis. J'ai sa date de naissance, hein, et le nom de l'hôpital… Ça compte, pour la retrouver, je sais que ça compte… Et je ne demanderai rien, je la regarderai c'est tout. Je lui parlerai pas, je la regarderai.

— Mariette… En France les bébés abandonnés sont adoptés très vite… Ta petite sœur a déjà trouvé une famille, crois-moi.

Et il lui avait raconté l'histoire, la possible histoire. Xmas avait été gardée dix jours à la maternité de l'hôpital, dans une chambre secrète dans laquelle on entrait avec un code et où une puéricultrice s'était occupée d'elle nuit et jour, puis elle avait été accueillie à la pouponnière de Marseille, le temps du délai de rétractation, Si ta maman avait voulu la reprendre. Et puis à deux mois elle avait été adoptée.

— Mais Joël, quelle famille voudrait d'une petite fille comme elle ?

Il avait hésité un peu avant de lui répondre :

— Une famille catholique.

Elle avait pleuré pour la première fois depuis la naissance de Xmas, des larmes furtives qu'elle avait essuyées avec sa manche. Joël lui avait expliqué qu'il y avait beaucoup de familles catholiques qui postulaient pour… il allait dire Sauver. Il allait dire Aimer. Il dit Prendre. Un petit enfant trisomique. Alors de ce rêve-là aussi, elle dut se défaire, Xmas ne serait jamais sa petite sœur, et elle n'aurait jamais besoin d'elle.

Ils se quittèrent presque aussitôt. Qu'y avait-il à ajouter ? Elle rentra chez elle à pied, marchant dans la nuit urbaine zébrée de lumières artificielles et d'oiseaux nocturnes, et la vie lui parut longue, une terre enclavée bordée d'interdits. Jusqu'à quand ? Jusqu'où ?

Petit génie petit génie petit génie… Mariette commença à faire l'école buissonnière, une expression qui lui plaisait, les buissons étant bien plus attrayants que les bancs sur lesquels Sabine et Hélène s'étaient assises avant elle. Ah ! la troisième sœur Malivieri ! disaient certains professeurs, qui s'étonnaient du parcours d'Hélène et déploraient celui de Sabine, personne ne correspondait jamais à ce qu'on avait imaginé. Il était facile de ne pas aller en classe, il suffisait à Mariette, quand elle revenait, de passer par le bureau des pionnes et de présenter son carnet de correspondance où étaient préparés à l'avance les mots d'absence. Les remplir et imiter la signature de ses parents étaient un jeu d'enfant. Le collège était ce sablier dans lequel les années s'écoulaient l'une après l'autre, régulières et insipides, des fournées d'élèves qui passaient ensuite au lycée ou étaient envoyées en apprentissage avec le soulagement de se débarrasser de ceux dont on n'espérait rien et à qui de toute façon on n'avait jamais rien promis.

Un jour elle pensa qu'il était temps d'avoir un peu d'indépendance, pour cela il n'y avait qu'un seul moyen, il lui fallait gagner de l'argent. Faire du baby-sitting était inenvisageable, elle évitait les enfants. Faire des ménages était trop ennuyeux. Le patron de Joël n'avait besoin de personne au magasin et elle n'avait pas l'âge légal pour travailler. Et puis un jour elle croisa Laurence qui sortait de chez Béchard, la prestigieuse pâtisserie du cours Mirabeau. Comme d'habitude Laurence était chargée de paquets, mal habillée et joyeuse, elle semblait toujours avoir un trop-plein d'énergie, et la croiser donnait envie de fêter quelque chose. Elle demanda des nouvelles d'Agnès, dit que si elle ne venait pas la voir, elle viendrait elle-même la chercher, Mariette pouvait faire la commission. Puis elle annonça que Marius, son jardinier, était mort le mois dernier de la maladie de Parkinson. Il ne faisait plus grand-chose depuis plusieurs mois mais elle n'avait pas voulu le renvoyer et il était resté à la bastide jusqu'à la fin, dans son petit cabanon. Mariette proposa de le remplacer et bien qu'elle ne connaisse rien au jardinage, Laurence accepta et proposa cinq francs de l'heure. Elles se tapèrent dans la main puis s'embrassèrent en riant. Mariette rentra chez elle en vitesse pour écrire cette nouvelle incroyable à Hélène.

Sabine avait dit, Je suis prête à tout donner, et jusque-là elle n'avait pas donné grand-chose à part sa présence, sa fatigue, ses heures d'attente. Aujourd'hui la maquilleuse passait l'éponge sur son cou, ses épaules, ses seins, son ventre, ses cuisses, ses fesses, elle allait lentement, méticuleuse, et Sabine voyait dans la glace ce corps robuste que le fond de teint rendait étrangement exsangue, et qu'il protégeait aussi, le maquillage formant une deuxième peau par-dessus la sienne. La maquilleuse lui dit :

— Il ne faudra pas t'asseoir, ça ferait des marques.

— Je sais.

— Si tu as envie de faire pipi, c'est maintenant.

— Non.

— Tu n'as pas froid ?

— J'étouffe.

— Tu veux un ventilo ?

— Non.

— Un peu d'eau ?

— Non merci.

La maquilleuse était maintenant à ses pieds et tamponnait chaque orteil avec son éponge, elle avait envie de dire des paroles rassurantes mais ne les disait pas. Elle voulait lui dire qu'elle était jolie, que tout se passerait bien, que l'équipe technique serait réduite, que son partenaire était gentil et qu'on viendrait la chercher bientôt, elle n'attendrait pas beaucoup cette fois-ci. Mais elle savait qu'il faut parfois laisser les acteurs à leur solitude. Elle faisait ce métier depuis vingt ans et elle devinait quand il fallait leur parler et quand il fallait se taire. Quand il fallait être maternelle, discrète, efficace, avant qu'ils n'entrent dans la lumière et qu'elle les prenne toute. Qu'elle ne leur pardonne rien. Elle sentait le corps de Sabine frissonner et les efforts qu'elle faisait pour respirer comme on le lui avait appris pour se détendre, par le ventre comme les bébés.

— Vous n'avez que de l'eau ?

Elle sortit illico de sa blouse deux petites flasques, Whisky ou rhum ? Sabine choisit le rhum et dit :

— J'ai fait le cours Cochet.

La maquilleuse savait ce qui se passait, la peur qui s'invitait comme partenaire.

— J'ai des grosses cuisses…

— Tu es très belle, ta peau prend très bien la lumière et le directeur de la photo est un des plus grands, tu verras le résultat sera très beau.

La litanie.

— Voilà j'ai fini. Je te laisse un peu, je reviens dans cinq minutes.

Elle sortit et Sabine resta debout dans cette minuscule pièce du presbytère où on venait d'aménager une salle de maquillage pour elle seule, mais bientôt tous la verraient et ça aurait été peut-être mieux d'être nue au milieu des autres acteurs, de rire et de faire comme si tout cela était naturel. Et tellement indispensable au rôle, avait dit François en se grattant le cou.

— C'est une histoire de corps, la prostitution, le producteur a raison c'est une histoire de corps.

— Et… je suis la seule à avoir ce… genre de scène ? Charlène, elle en a une aussi ?

Il rougit subitement.

— Charlène ? Bien sûr que non ! Il n'y a que toi. On compte sur toi. Le producteur a rallongé un peu le budget mais j'ai dû retirer deux séquences du scénario. Avec une scène comme celle-là tu vas te faire remarquer par les plus grands, on en parlera, si elle est réussie on en parlera.

L'accueil fait à *La Dérobade*, « ce marécage de lieux communs », comme disait *Le Monde*, son interdiction aux moins de seize ans et les blessures des actrices aux tympans crevés, au coccyx brisé, au corps couvert d'ecchymoses, faisant un peu jaser, François se posait en activiste de la cause féministe et anticipait les critiques.

— Tu le sais, Sabine, c'est un film engagé. Pour les femmes, je veux dire.

— Un uppercut.

— Exactement !

Elle pensa à Racine, à ce vers d'*Iphigénie* qui surgissait soudain, *Ma gloire vous serait moins chère que ma vie ?*. Ce besoin d'absolu, ce don total et cet excessif sens de l'honneur qui élève l'amour au rang de sacrifice. Où étaient les héroïnes fracassantes, les folles en Dieu, folles en serments, folles en immortalité ? Les tragédiennes et les amazones, les cloîtrées et les sauvages, toutes celles qui osent et résistent ? Lui revinrent ces images vues à la télévision de ces Iraniennes manifestant contre le port du voile obligatoire. Voilà, se dit-elle, je vais arracher le voile, l'obéissance au voile, je vais faire ce que j'attends depuis vingt-trois ans, tout donner, et ce sera comme s'envoler, se libérer de l'obéissance… Mais soudain elle eut une crampe au pied et la douleur lui coupa le souffle, merde, pensa-t-elle en tenant son pied pour étirer sa jambe, merde, voilà qu'en plus je pleure, le maquillage est foutu, foutu…

La maquilleuse lui mit un peignoir sur le dos et l'accompagna sur le plateau, un matelas était posé au sol, recouvert d'un drap clair, la lumière était déjà en place, projecteurs, écrans, miroirs, cadres, toiles, tissus et panneaux, et la caméra si près du lit avait la présence d'un ogre technologique, Sabine sut que rien ne lui échapperait. Son partenaire était allongé nu sur le matelas, ils se saluèrent d'un mouvement de tête, François tenait à parler à Sabine, il avait un ton protecteur et intransigeant mais elle ne l'écouta pas et s'allongea auprès du garçon qui lui chuchota qu'il avait mangé de l'ail afin de mettre de la distance entre eux, et aussi qu'il s'excusait par avance au cas où il banderait et qu'il s'excusait aussi par avance au cas où il ne banderait pas. Elle aurait voulu lui dire que dans un cas comme dans l'autre elle n'y verrait aucune offense, mais elle hocha simplement la tête, l'odeur de l'ail donnait à ses paroles une pesanteur malade, et son sexe, scotché à la cuisse, lui faisait un peu pitié. François s'assit à leurs côtés pour leur dire ce qu'il voulait exactement, il tenait à ce qu'il appelait sa « chorégraphie », et Sabine se demandait pourquoi soudain il avait un point de vue alors que depuis plus de trois semaines régnait sur le plateau un flou certain, entrecoupé des disputes entre lui et son chef opérateur qui le remettait sans ménagement à sa place et posait la caméra là où il le voulait « pour le bien du film » et de sa réputation.

— Ce n'est pas une scène d'amour, chuchota François, c'est une scène de lutte, c'est le corps de la prostituée pris par un homme qui ne la paiera pas, c'est un journaliste, il est dans l'église, il fait son reportage, et il la veut, mais sans la payer, ce qui est le point principal, vous comprenez l'humiliation ? Mais elle… elle, et c'est ça qui est intéressant… l'ambiguïté… elle participe à la scène, je pense même qu'elle jouit. Je veux qu'on ne sache pas vraiment. Je veux du mystère. Mais il la prend égoïstement. Elle est là et il se sert.

— C'est-à-dire ? demanda timidement l'acteur.

— Ça n'est pas tendre.

— Pourquoi ils sont nus sur un matelas s'il la prend sans ménagement ?

— On fera la prise de… la prise… demain… le déshabillage, la première pénétration, le début de la séquence, on le fera demain. Là c'est plus confort, pour une première scène entre vous. Je préfère vous ménager pour vous emmener loin…

Sabine avait envie d'appeler Paul, qu'est-ce qu'il dirait à ce connard ?

— Pousse-toi, dit-elle.

— Pardon ?

— T'es sur notre matelas là, on va la faire ta scène, vire !

Il la regarda avec un respect vexé et quitta le lit.

— Quel connard, murmura l'acteur en regardant Sabine dans les yeux.

Leurs visages se faisaient face, et malgré l'odeur de l'ail qui planait avec vigueur ils rirent comme deux gamins.

— Le roi des cons tu veux dire, répondit Sabine.

Ils étaient d'accord. Et déjà ils se sentaient mieux.

François hurla :

— Tous ceux qui n'ont rien à faire sur le plateau sortent !

Et à eux :

— Bon mes enfants, on y va là hein, on donne tout, on joue la situation, la pute et le journaliste.

— Ta mère la pute, murmura Sabine.

— Non mais arrêtez de rire tous les deux ! Gaspard…

— Tu t'appelles Gaspard ?

— … tu te mets sur elle s'il te plaît, on filme au plus près de la peau, ne vous cachez pas, soyez généreux mes enfants, offrez-vous, je veux voir ton visage, Sabine, bon on y va. Voilà… Gaspard, mets-toi bien sur elle… Non mais arrêtez de rire ! Allonge-toi bien de tout ton long, elle est plantureuse elle peut supporter ton poids. Allez, on arrête les chichis, là ? Parfait ! On est avec vous. On est avec vous… Vous êtes formidables. On se concentre, mes enfants.

Ce soir-là quand elle quitta les studios de Bry-sur-Marne, la fausse église, les fausses rues, la lumière artificielle et la scène de sexe simulée, Sabine ne ressentit qu'une immense envie de dormir, mais elle savait qu'à peine arrivée dans sa chambre, à peine allongée sur son lit, son esprit se mettrait à ressasser et à tenter de comprendre ce qui venait de se passer. Elle demanda à l'assistante qui la ramenait à Paris de la déposer au métro Picpus. Elle ne voulait pas donner l'adresse exacte de Paul, elle voulait mettre une séparation nette entre le tournage et sa vie privée, si possible. Elle avait envie de s'échapper de cette équipe avec laquelle elle vivait en permanence et où plus personne n'avait vraiment de secrets pour personne, les sales têtes du matin, la fatigue de chaque soir, les potins à la cantine, les aventures, les inimitiés et les attirances, on finissait par se connaître par cœur sans se lier vraiment, puisque de toute façon on se quitterait bientôt et qu'il faudrait s'oublier, rentrer chez soi et redevenir le mari, la femme, la fille, le parent, et rien ne serait communicable de ces moments de fracas émotionnel que tous avaient vécus, comme projetés constamment les uns contre les autres.

— Il avait une haleine de boule puante, les pieds glacés, le sexe scotché à la cuisse, la peau couverte de plaques rouges dues au stress (on a dû interrompre plusieurs fois la scène pour que la maquilleuse les cache), il remuait sur moi en gémissant et je n'entendais que sa douleur, alors au bout de la huitième prise j'en ai eu assez de supporter sa souffrance, j'ai fermé les yeux, j'ai renversé la tête en arrière, j'avais mes mains sur ses reins qui ondulaient et je me répétais, J'aime ça, J'aime ça je l'aime oh mon Dieu, J'aime ça, je gémissais, j'envoyais la tête à droite à gauche, j'imaginais des choses, je me rappelais mes fantasmes, bref je me faisais un film… (Ah, c'est drôle vraiment !) Et… et c'est là que c'est arrivé. Merde !

— Quoi ?

— Ah ne me fais pas croire que tu ne devines pas, Paul ! Pas toi !

— Non, Sabine… Je suis désolé…

— Vraiment ?

— Oh… oh, pardon ! Je viens de comprendre.

Elle avait une envie nerveuse de pleurer et une envie sincère de lui taper dessus, comment avait-elle pu jouir durant cette scène, comment avait-elle pu jouir à son insu et devant tant de monde, comment avait-elle pu les oublier au point de croire à ce qu'elle se disait intérieurement pour mimer cette foutue scène ?

— J'ai honte, mais j'ai tellement honte, je ne pensais pas que ça pouvait arriver.

— Mais Sabine… vous en faites des histoires.

— Pardon ?

— Est-ce que c'est si grave que ça ?

Elle le regarda comme s'il était le pire des idiots, ce qui était peut-être vrai, mais il lui avait donné, le dimanche précédent, une telle jouissance qu'elle ne pouvait pas le traiter en innocent.

— Mais tu sais bien que tout ça c'est de ta faute !

— À… à moi ?

— Oh ça va, tes petits airs effarouchés, vraiment ! Tu m'as… tu m'as… Ah !

— Allez-y Sabine, soyez vulgaire ça vous fera du bien, et on est entre nous.

— Mais tu es quoi en fait ? Un grand pervers ? Un salaud ?

— Soyez vulgaire, ce sera plus sincère, et je peux tout entendre, allez-y…

— Tu m'as… tu m'as… tu m'as explosé la chatte, voilà ce que tu as fait ! Avec ton cunnilingus de « spécialiste » !

— Eh bien voilà, c'est tellement plus simple.

— J'ai pensé à toi pendant cette scène de merde !

— Et… elle était bien, non ? Je veux dire, elle était réussie ?

— Très.

— Et tout le monde a pensé que vous simuliez ?

— Évidemment !

— Parfait. Ça vous dit si j'ouvre un brouilly ?

— Je n'en ai rien à foutre de ton pinard, absolument rien !

— Brouilly spaghettis ! C'est parti ! Un peu de musique ?

— Non, je déteste ce que tu écoutes, c'est tellement… dégoulinant !

— Dégoulinant ? Piazzolla… ? Eh bien…

Il prépara le repas, conscient qu'il devait profiter de cette soirée avec elle, elle repartirait le soir et elle ne reviendrait pas, elle ne lui pardonnerait jamais ce qu'il s'était passé, dans sa chambre et sur le tournage, et bientôt elle retrouverait Mathieu, l'homme qui lui échappait mais avec qui elle formait ce qu'on appelait un beau couple, et pour lequel elle avait besoin de se battre car elle avait le sens de la conquête et ne s'avouerait jamais vaincue. Est-ce qu'il ne devrait pas lui dire, avant qu'elle parte, qu'il l'aimait ? Je vous aime, Je vous aime Sabine, Je vous aime… Mais s'il faisait cela elle partirait avant le premier verre de vin, et ce serait terriblement égoïste de sa part, il fallait qu'elle boive un peu et surtout qu'elle dîne. Il la regarda, qui avait viré le chat sans ménagement et se reposait maintenant, recroquevillée sur le canapé. N'oublie pas cela, se dit-il, n'oublie jamais qu'elle s'est allongée sur ce canapé, n'oublie jamais que cette fille-là un jour a été dans tes bras, que cette fille-là un jour a eu besoin de toi. Il la regarda longuement et murmura, Je vous remercie, Sabine, je vous remercierai toute ma vie.

Agnès se mit à espérer que l'inspecteur du travail la trouve et la dénonce. Qu'il vienne et constate qu'elle n'était pas malade mais creusait consciencieusement le trou de la Sécurité sociale, alors sans même passer par le blâme il la ferait renvoyer de la fonction publique et ce serait une délivrance. Elle en avait assez de sentir sa présence invisible et méticuleuse, elle était incapable de retourner au travail, de dire la vérité à Bruno, elle était incapable d'à peu près tout. On était à la fin du mois de novembre et il faisait froid le matin où elle décida de ne plus attendre l'inspecteur, le ciel était d'une pureté laiteuse écœurante, elle était seule dans l'appartement et dans l'immeuble aussi peut-être, car tout était silencieux, elle passa d'une pièce à l'autre et se dit qu'il fallait faire le ménage. Et les courses. Et le repas. Elle fit sa valise, prit le car jusqu'à Marseille et puis le Mistral jusqu'à Paris, le métro pour passer de la gare de Lyon à la gare Montparnasse, où elle attrapa un train jusqu'à Rennes. Elle dormit quelques heures dans un hôtel infect et le lendemain monta dans le premier train pour Laval, d'où elle prit le car pour Entrammes.

Elle arriva en fin de matinée à l'abbaye Notre-Dame-du-Port-du-Salut, se présenta au moine hôtelier qui tenait la minuscule boutique faisant office d'accueil, elle avait réservé par téléphone, elle était attendue. Le moine lui demanda si elle avait apporté ses draps et du linge de toilette, elle lui dit que non, il les lui fournit en indiquant un prix dérisoire, attrapa une clef, puis la conduisit à sa chambre. Ils passèrent sous le porche de pierre, et bien qu'il fût très haut, Agnès baissa instinctivement la tête, ses pas sur le gravier faisaient un bruit timide, recouvert par le claquement solide des sandales du moine, qui allait à grandes enjambées.

La chambre était une pièce minuscule sans WC ni salle de bains. (Les WC étaient au bout du couloir et les douches au sous-sol.) Elle était sombre et simple. Un lit une place contre le mur. Un évier, un miroir au-dessus. Un bureau et une chaise face à la fenêtre qui donnait sur un jardinet ceint d'un mur de pierres. On entendait le bruit de l'eau, la Mayenne coulait juste derrière et se fracassait contre les écluses. Avant de la laisser seule, le moine lui indiqua la liturgie des heures, matines, laudes, tierce, sexte, none, vêpres, complies et vigiles, et devant son air concentré et perdu il lui dit que chaque horaire était noté sur une feuille posée sur le bureau, elle pouvait assister si elle le voulait à ces offices, elle pouvait prendre part aux repas pris entre retraitants, elle pouvait rester tant qu'elle le voulait, et sans attendre de réponse il sortit de la chambre, sa longue silhouette penchée dans sa tunique blanche sous laquelle il avait passé un pull-over épais.

Elle alluma le petit chauffage, fit son lit, mit son pyjama sous son oreiller, comme une enfant, ôta sa montre et la rangea dans son sac à main, elle était fatiguée mais trop désorientée pour se reposer, aussi sortit-elle de la chambre, MA chambre, pensa-t-elle, et aussi, Ma première chambre, car toujours elle avait partagé les siennes : enfant, avec les deux frères nés juste avant elle, et qui s'amusaient la nuit à s'approcher de son lit pour la réveiller en sursaut (elle n'avait jamais compris pourquoi cela les faisait tant rire), c'étaient deux garçons plutôt naïfs et gentils, André et Benoît, rendus à moitié fous par la chasteté imposée à leurs corps submergés d'hormones, deux garçons frustrés et sympathiques. Ils n'avaient pas quitté la maison beaucoup plus tôt qu'elle, ils avaient donc cohabité longtemps tous les trois dans cette grande pièce à la fenêtre étrangement haute, un ancien débarras aménagé en chambre. Agnès se changeait derrière un paravent, eux presque toutes les nuits, après s'être rejoints dans le lit de l'un ou de l'autre, se masturbaient en silence dans des serviettes de bain qu'ils lavaient en vitesse le matin et mettaient à sécher sur le radiateur à eau, bruyant et plutôt inefficace. Elle ne sut jamais si cette pratique était consentie, si l'un des deux avait le pouvoir sur l'autre, elle était simplement heureuse d'y échapper. Après leurs départs successifs pour le service militaire, on avait installé dans la chambre deux petits lits pour les enfants des aînés qui naissaient les uns après les autres sans discontinuer et dormaient là, à côté de cette tante à qui très vite on avait reproché de les prendre dans son lit quand ils pleuraient, et qu'ils connurent à peine. À dix-huit ans Agnès épousait Bruno, un mariage d'amour et d'évasion qui permettait de quitter la chambre commune pour entrer dans celle qui devait demeurer, jusqu'à ce que la mort les sépare, leur chambre conjugale.

En face du bâtiment où logeaient les retraitants, elle vit la porte en bois de l'église, et les murs de l'abbaye, qui lui était interdite. Les cisterciens vivaient de prières, de travail et de silence, et il se dégageait du lieu un calme très inhabituel, le calme intransigeant de ceux dont les gestes, répétitifs et concrets, servent une humilité radicale. Elle eut brièvement la sensation d'être dans un lieu qu'elle avait déjà connu en rêve, un de ces rêves doux et brumeux qui ne vous mènent nulle part, mais vous laissent la sensation d'avoir connu un ailleurs qui pourrait ressembler à la mort si la mort était bienfaisante.

Elle découvrit le chemin de halage qui suivait la Mayenne et menait vers un horizon qui s'ouvrait sur des champs couverts de neige et bordés de sous-bois, les branches nues des marronniers et des chênes se perdaient dans la brume qui montait de la rivière, c'était une nature gorgée d'eau, à l'odeur d'humus et de bruyère, le ciel était obscurci de nuages aux ombres lourdes, la maison des éclusiers ressemblait à une maquette, elle était petite et coquette, bordée de rosiers qui en cette saison ne portaient pas de fleurs, mais qu'on pouvait facilement imaginer aux beaux jours, colorés et fiers, en accord avec le caractère de ceux qui vivaient là, ouvraient et refermaient les écluses, et offraient aux mariniers un peu de bière et de palabres. La cloche de l'abbaye sonna, Agnès compta les coups pour savoir l'heure, mais quand la cloche se tut elle réalisa qu'elle n'avait pas compté jusqu'au bout, elle était distraite, vaguement étourdie, elle renonça à sa promenade. Elle n'en pouvait plus.

La chambre était chaude déjà, elle ôta son pantalon et garda son pull pour se coucher, il était bon de sentir la fraîcheur des draps, ses yeux lui brûlaient, elle s'endormit aussitôt, un passage sans transition d'un monde à l'autre, elle eut juste le temps d'en saisir la délicatesse, avant de plonger dans un long sommeil que rien ne dérangea, elle dormit jusqu'au lendemain midi, réveillée par la faim et l'envie de faire pipi. Elle sortit dans le couloir désert, sautilla sur le carrelage gelé jusqu'aux toilettes, retourna se coucher et très vite se rendormit, avec la conscience cette fois-ci qu'elle pénétrait dans un univers infiniment paisible où, elle le savait, elle pourrait se défaire de tout.

Bruno avait trouvé posé sur le lit ce simple mot, *Ne m'en veux pas.* Ça n'était pas signé, mais ça n'avait pas besoin de l'être. Il avait reposé le papier sur l'oreiller, était sorti de l'appartement, était monté dans sa voiture et avait roulé longtemps, jusqu'à la tombée de la nuit, en fumant gauloise sur gauloise et en se demandant ce que ce mot signifiait. Il comprenait qu'Agnès ait eu besoin de partir, il comprenait même qu'elle ait besoin d'être sans lui, il savait que le malheur ne rapproche pas les êtres mais les éloigne au contraire, car à moins de faire étalage de sa douleur on avait généralement ce réflexe de dignité, et mieux valait disparaître que pleurer à genoux sur le parking d'un supermarché. Ce besoin de solitude tenait de l'élégance. Mais c'était la première fois qu'il ne savait pas où était sa femme.

Il avait toujours aimé rouler la nuit, dans la suite des heures qui s'enchaînent sans aucun des repères que donne la lumière, il aimait ce temps sombre et plein, en éprouvait un sentiment de liberté et, même, de privilège. Il aimait aussi conduire pieds nus, sentir le frémissement des pédales sur sa peau, il pouvait se détendre et se laisser aller malgré la vitesse, ses pieds doucement agacés par les pédales le maintenaient vigilant. Il ne comprenait pas qu'Agnès soit partie en cachette, comme si elle avait été captive, mais peut-être avait-elle besoin de cela aussi, ce sentiment d'évasion, il ne savait pas, il savait peu de chose, à la vérité, et il avait la sensation d'être un peu à la traîne et de ne rien voir venir, il demeurait cet homme décalé et qu'on aimait pourtant, il ne savait pas vraiment pourquoi. La mort de la petite fille, Agnès refusait d'en parler et cette mort l'obsédait comme une faute inexcusable, la douleur était physique. Il n'osait dire que l'enfant lui manquait et qu'il l'avait aimée, lui aussi, même s'il ne l'avait pas portée. La grossesse, cet état qu'il ne vivrait jamais, était sa défaillance, il était spectateur d'un mystère puissant et menaçant. Il avait l'impression d'avoir toujours vécu avec Agnès et il pensait rarement à sa vie d'avant, son enfance au fil du temps était devenue une zone un peu floue, appartenant à un petit garçon aux cheveux rasés et au sourire rêveur, ainsi que les photos le représentaient au milieu de garçons en short et de filles aux nattes brunes, ses frères et sœurs. C'était loin, des années sans tendresse dont il aurait préféré se passer. Agnès n'était pas la deuxième partie de sa vie, elle était toute sa vie, une vie prise à présent entre deux enfants perdus, l'effroyable chagrin sans souvenirs.

Après avoir roulé dans la nuit, il était rentré et avait trouvé Mariette assise près du téléphone, rongée d'inquiétude. Évidemment elle avait vu le mot de sa mère dans la chambre, et elle comprenait que son père était parti à sa recherche, mais combien de temps cela lui prendrait-il, elle n'en savait rien, et elle fut soulagée de le voir revenir, même s'il revenait sans elle. Ces heures seule dans l'appartement avaient ressemblé à ce que pourrait être sa vie après une catastrophe, une guerre, elle se retrouverait dans cet appartement comme dans un cratère immense, une terre explosée et amnésique. La famille Malivieri avait-elle vécu un jour ici, des filles y étaient-elles nées les unes après les autres, apportant à chaque fois un changement radical qui plaçait dans un passé révolu tout ce qui avait été avant elles ?

Ce soir-là ils ne commentèrent pas le départ d'Agnès, chacun avait ses raisons de le comprendre ou de le déplorer, là n'était pas la question. Il s'agissait maintenant de vivre ensemble, pour la première fois vivre sans elle. Mariette proposa à son père un peu de riz au curry qu'elle avait préparé, il l'accepta et elle resta à ses côtés tandis qu'il mangeait dans la cuisine qui paraissait étrangement vide, et dans ce calme artificiel leur nouveau mode de vie s'installa de lui-même, ils vivraient en attendant qu'elle revienne, comme disent les chansons sincères, et quand elle reviendrait, eh bien, la vie reprendrait tout simplement, car c'était son principe même et le seul espoir que l'on pouvait placer en elle.

Le lendemain matin de leur première scène ensemble sur le matelas (« cette fusion violente », disait François sans rire), Sabine et Gaspard se retrouvèrent sur le plateau. Encore une fois on fit sortir « tous ceux qui n'ont rien à y faire », et François leur chuchota son point de vue artistique avec un air de conspirateur fâché. Ce qu'ils allaient tourner était en fait le début de la séquence de la veille, Entre cette scène debout dans le couloir et celle sur le matelas, ce sera cut. Brutal. À l'image de votre duo. Mais c'est dans la continuité. Il s'agissait d'une chorégraphie réglée mais libre, il s'agissait de lui obéir mais de se lâcher, d'être précis mais surprenants, d'aller loin mais de rester dans les marques.

Debout dans le couloir étroit, Gaspard devait déshabiller Sabine brutalement sans déchirer ses vêtements ni lui cogner trop fort la tête contre le mur, puis mimer une pénétration expéditive, pleine de soubresauts, hoquets et halètements. Il avait si peur de lui faire mal qu'il n'y arrivait pas. Ils avaient beau recommencer la scène, il ne pouvait pas. C'était tout simplement des gestes qu'il ne connaissait pas, une agressivité qui le tétanisait. Sabine décida de l'aider, agrippée à lui, debout sur un carton qui la faisait un peu plus haute que lui, elle l'attirait à elle tout en faisant mine de s'échapper, elle trouvait sa bouche tout en faisant mine de l'éviter, et bientôt son corps ne fut plus qu'un ensemble d'éléments à contrôler, aider Gaspard, le guider, lever haut la cuisse, baisser son épaule afin de ne pas masquer son visage, rester dans le cadre, faire attention à ne pas glisser, elle était aux commandes d'un corps-robot, prise entre le fou rire et la fatigue extrême. Cela dura la journée entière, quinze prises dont il resterait quinze secondes, si tout allait bien.

François s'exaltait et parlait des *Valseuses*, des *Contes immoraux*, et même d'*Emmanuelle*, son cinéma participait, disait-il, à la fin de la grande hypocrisie bourgeoise d'avant 68. Sabine avait le corps couvert de bleus, les épaules et les fesses écorchées par le frottement contre le mur, et une migraine ophtalmique, des flashs s'agitaient frénétiquement devant ses yeux, des filets de lumière qui battaient au rythme de son sang, elle aurait voulu s'allonger dans le noir, seule, longtemps. Herbert, le directeur de la photographie, vint la voir dans sa loge. C'était un homme d'un certain âge, inventif, discret et efficace, il avait frappé mais elle ne l'avait pas entendu et quand il entra elle était encore nue. Il se détourna aussitôt et sans la regarder murmura qu'elle prenait très bien la lumière et qu'elle pouvait être certaine que la scène serait belle. Il sortit en lui faisant un signe timide de la main. Il ne venait pas seulement de la rassurer sur son travail, il venait de lui signifier qu'il ne l'avait jamais vue nue, Olga l'avait été à sa place. C'était un compliment d'une grande élégance. Le seul que Sabine reçut. Son corps était fourbu, vieilli, elle ne savait pas si elle en voulait à Gaspard d'avoir été si incompétent ou si elle le trouvait touchant. Cela n'avait plus aucune importance.

Le tournage se termina, la traditionnelle fête de fin de tournage les rendit tous à une sorte d'état laïque, sans costumes ni maquillage, sans rôles ni compétences particuliers, ils se retrouvaient naturels, un peu démunis. La soirée signifiait une rupture, un nouvel éclatement dans cette vie de troupe, ces semaines harassantes dont soudain on ne gardait que le meilleur. Certains enchaînaient immédiatement avec un autre tournage, d'autres demeuraient dans l'incertitude des projets, ils étaient tous, d'une façon ou d'une autre, à vendre.

Et puis cela devint concret. Retrouver Mathieu après ce mois de séparation vécu dans l'incertitude et le silence, le manque douloureux et rassurant de l'autre et l'appréhension des retrouvailles. Depuis le tournage Sabine ne se maquillait plus, elle avait découvert qu'elle préférait son visage nu, qu'il était plus clair ainsi, son regard plus vrai, son corps lui semblait lourd encore, même si depuis Paul elle savait qu'elle avait entre les jambes un organe prodigieux capable des plus hauts emportements, mais cette jouissance brute pourrait-elle revenir, ce plaisir, presque écœurant dans sa puissance, pourrait-il lui devenir familier ?

Il lui plaisait vraiment. Il lui plaisait tellement qu'elle était envahie d'un trouble qui la rendait timide, comme si tout s'effaçait devant lui, les mots, l'enchaînement logique des paroles et des gestes, elle regardait Mathieu et elle se disait, Putain c'est mon homme ! et cette pensée la rendait malade, c'était son homme, ce garçon qui ne savait pas qu'elle l'observait, elle n'était pas face à lui pour courir sur la plage de Trouville, mais quelques mètres derrière, sur les planches. Il avait cette façon de marcher un peu dégingandée et hautaine, les mains dans les poches, face au vent qui secouait ses cheveux, et on aurait dit qu'il voyageait, qu'il était parti depuis longtemps, il n'était pas un passant mais un élément du paysage, une fraction de sa lumière déliée. Sabine retardait le moment de le rejoindre, et puis elle se dit qu'il fallait être à la hauteur de ce qu'ils avaient projeté et imaginé si souvent, alors elle courut sur la plage pour le dépasser et se retrouver face à lui, elle ne savait plus qui elle rejoignait vraiment, Mathieu ou l'amour pour Mathieu, qu'importe, elle *vivait* un de ses feuilletons imaginaires, et elle aurait pu s'envoler ou s'effondrer de bonheur.

Il sursauta quand elle se planta devant lui, essoufflée, débordant d'une joie exaltée, quelque chose qui s'imposait, il rit de cette surprise, elle était si jolie, décoiffée et sans maquillage, on aurait dit qu'elle venait de se lever, se lever pour venir le chercher. Ils décidèrent d'aller à l'hôtel tout de suite, et ils trouvèrent que tout y était propice à l'amour, on y entendait la mer.

— C'est quoi ?

Mathieu avait regardé le corps de Sabine et il avait eu ce mouvement de recul, cette suspicion écœurée.

— C'est quoi, bordel, c'est quoi ces bleus ?

Il était sorti du lit et lui avait demandé des comptes, inlassablement, jusqu'au soir, jusqu'à la nuit profonde, et au petit matin ils s'étaient endormis en se tournant le dos. Il lui avait répété qu'il n'était pas jaloux, il ne l'avait jamais été, il ne lui avait jamais rien demandé, mais là. Là était précisément la limite. Son corps outragé, marqué. Comment pouvait-il aimer un corps qu'elle-même avait malmené ? Comment pouvait-il respecter une femme qui se souciait si peu de son intégrité ? Elle lui avait dit que ces bleus venaient du tournage, mais pour lui ces blessures n'étaient pas « un jeu ». Elle l'avait floué.

À midi le téléphone la réveilla brutalement, elle devait libérer la chambre, son mari avait payé en sortant. Elle mit un peu de temps à reconnaître la pièce, ce qui s'y était passé, ce qui s'y était dit, c'était une réalité embrouillée qui lui paraissait lointaine, Mathieu était déjà parti… Mathieu l'avait quittée ? La chambre était claire, il devait faire beau dehors. Elle était étonnée, comme on l'est après l'annonce d'une mort brutale, quelque chose de si difficile à croire que l'on n'en éprouve aucun chagrin, c'est une chose nouvelle et dégoûtante, à laquelle il va falloir s'habituer. Elle devait s'habiller et partir. Ses habits étaient sur la chaise mais la chaise était loin, elle ne pourrait jamais aller jusqu'à elle, et il faisait froid, un froid injuste, dirigé contre elle. Elle prit le téléphone et composa le numéro d'Hélène, elle priait pour qu'elle soit là, qu'elle décroche. Elle ne se souvenait plus si on était en semaine ou le week-end, le téléphone sonna longtemps dans le vide, elle finit par raccrocher. On n'était pas dimanche et Hélène était à la fac. Elle en fut déçue, soulagée aussi : elle n'avait appelé personne à l'aide. Il lui fallut beaucoup de volonté pour aller jusqu'à la chaise et s'habiller, l'attention qu'elle y mit la détourna de cette stupeur qui l'engourdissait, mais elle sentait bien que lentement son esprit comprenait que l'annonce la concernait, et quand elle sortit de l'hôtel et se retrouva au milieu des autres, ceux qui allaient dans la ville pareille à la veille, pareille à tous les jours, elle sut que cette mort brutale, c'était la sienne.

C'était impossible qu'elle ait dormi autant. Midi vingt était une heure qui n'existait pas en dehors de la fac, la bibliothèque, le labo. Si le téléphone n'avait pas sonné, Hélène dormirait encore. L'épidémie de grippe avait commencé. Si seulement ça pouvait être la grippe, un virus identifié et sur lequel on mettrait un nom, car il fallait mettre un nom sur toute chose, vérifier, classifier, étiqueter, inscrire, ranger, il fallait connaître et reconnaître, or elle ne se reconnaissait plus et elle détestait cela. Depuis le début de l'année ses cours lui apparaissaient comme des monuments immenses, elle était au pied de ces monuments, effrayée par eux et obsédée aussi. Le matin elle se levait tôt pour réviser avant de partir à la fac, et rentrée chez elle elle apprenait encore. Elle ne dormait pas pour se reposer. Elle dormait dans l'espoir d'intégrer dans son sommeil ce qu'elle avait révisé dans la soirée, et quand elle rêvait il lui semblait réviser encore, son esprit toujours immergé dans les réactions, les combinaisons, les composés, les théories, les théorèmes… tout cela enflait et vibrait en elle, le monde dévoré par l'écriture des chiffres et des symboles, et devant cette invasion de formules et d'énigmes, de découvertes, de probabilités et d'erreurs, elle craignait de tout mélanger et se demandait avec angoisse ce qu'elle allait retenir : ce qu'elle avait appris ou ce dont elle avait rêvé ? La frontière entre ces deux mondes finit par se brouiller, le jour et la nuit, la science et le songe, et aujourd'hui si le téléphone n'avait pas sonné à midi vingt… elle dormirait encore. C'était ahurissant. Pire que d'avoir oublié de prendre un avion ou de se rendre à son propre mariage. C'était comme être sortie de sa vie, avoir dérapé et être tombée. Midi vingt. Toutes ces heures qui lui avaient échappé, elle avait la sensation de les avoir perdues et que cette perte creusait un trou dans toute son existence, comme un tissu brûlé. Elle savait bien que depuis quelque temps elle avait du mal à comprendre un autre langage que celui des cours, mais personne ne s'en rendait compte, personne ne tentait de la retenir. Arthur et elle se voyaient rarement, se téléphonaient certains soirs, pour s'excuser, aucun d'eux n'avait le temps ni l'énergie de se déplacer vers l'autre, et au-delà de la déception ils éprouvaient une rassurance à vivre dans le même tempo, absorbés par les études. Était-ce Arthur qui venait de l'appeler ? À cette heure-là, impossible… Elle tenta de se rappeler ce qu'elle avait fait la veille, ce qui avait pu la précipiter dans ce sommeil, est-ce qu'elle avait bu, est-ce qu'elle était rentrée tard, est-ce qu'elle avait fumé une saloperie ? Non. Son bureau était rangé, comme chaque soir après ses révisions, et son sac de cours préparé à l'avance ainsi que ses habits, cette habitude d'écolière prévoyante. À côté des cahiers et des livres il y avait le courrier administratif en retard, le relevé des compteurs, la Sécu, la réunion de colocataires, toutes ces obligations minables qui avaient bizarrement tant d'importance. Elle n'avait pas non plus envoyé sa lettre à Mariette. Elle ne l'avait même pas terminée :

La souris,

Il y a quelques jours j'ai fait un rêve. C'était la nuit, nous étions ensemble et nous regardions le ciel, il était plein d'étoiles et d'un noir presque bleu, puis il s'est obscurci et il s'est mis à pleuvoir, les étoiles se détachaient pour tomber jusqu'à nous, mais quand nous nous sommes baissées pour les ramasser, nous avons vu que le sol était recouvert de poissons et que ces poissons étaient morts. Je ne me souviens pas de ce que nous avons éprouvé alors. Je crois que je me suis réveillée.

En septembre, Roger Heim est mort. Ce nom ne te dit sans doute rien. C'était un vieux monsieur, ancien directeur du Muséum d'histoire naturelle et président de l'Académie des sciences, et nous avons tous été si tristes, comme si un de nos pères disparaissait et avec lui quelque chose de sensible et de savant qui nous protégeait un peu d'un monde obsédé par le profit, un monde d'industriels en liberté. Il a tenté de nous alerter sur le mensonge organisé et la destruction des espèces, mais qui l'a entendu ?

Est-ce qu'elle avait vraiment écrit cela à Mariette ? ce faire-part de deuil ? Elle avait simplement voulu mettre sa sœur en garde contre les pesticides de Marius qu'elle trouverait dans sa cabane à outils. Elle n'avait fait qu'écrire un requiem. Sabine avait peut-être raison, elle était une sorte d'oiseau de malheur, annonçant catastrophe sur catastrophe, et elle savait que tous en avaient assez de ces alertes lancées par les scientifiques, il était plus confortable de croire ceux qui, payés par Monsanto, signaient des articles pour les services commerciaux. Peut-être fallait-il garder pour soi ce que l'on savait et ne voir que ce qui était visible à l'œil nu, ne plus penser à l'intérieur des choses, au cœur de la réalité, peut-être fallait-il continuer à se comporter comme les maîtres du monde ? Fermer les yeux. Fermer sa gueule. Garder secrètes les évidences. Elle déchira sa lettre, de toute façon la souris avait l'habitude de lui écrire sans recevoir jamais de réponse.

Elle prit une douche brûlante, l'eau réveillait ses muscles comme un massage, elle inclina la tête pour qu'elle prenne sa nuque, sans répit, un martèlement de chaleur sur son cou, et les tensions se relâchaient, elle bougeait un peu la tête de droite à gauche, son cou craquait doucement, délivré de la crispation il s'assouplissait sous la vigueur du jet brûlant, la salle de bains était couverte de vapeur, elle se laissa glisser sur le carrelage de la douche, recroquevillée, le visage contre ses genoux pliés, et sous cette pluie fervente elle entendit la chanson *Heroes*, lointaine, saccadée, et par-dessus le bruit de l'eau le cri de Bowie, *We can be us just for one day* ! Elle posa fermement sa main sur sa nuque, comme l'avait fait Éléonore ce soir-là pour qu'elle se retourne, une main qui prenait et savait ce qu'elle voulait. Elle serra fort ses doigts contre son cou, ses ongles dans sa peau rougie, elle ressentait une peine qui la soulageait, une peine comme une vérité, et maintenant elle savait. Elle avait besoin que quelqu'un pose, vraiment, la main sur elle.

Agnès s'était immergée dans la routine du monastère, un temps lent et ordonné, le sens de chaque heure vouée à celui que certains appellent *Dieu*, et ce monde émietté, misérable, ce gâchis, paraissait soudain digne de respect. Elle ne suivait pas la liturgie des heures, n'assistait pas aux vigiles, n'était jamais témoin de l'éveil du monastère, mais plus tard, quand sa journée commençait et qu'apparaissait le matin prudent de décembre, emmitouflée dans sa couverture, elle regardait au-dehors. Elle savait que sous sa léthargie apparente la nature se préparait à revivre. Elle savait que chaque animal, du plus inoffensif au plus puissant, cherchait patiemment, dangereusement, et jusqu'au soir, sa nourriture. L'ordre immuable des choses était un apaisement.

Elle connaissait maintenant tous les chemins forestiers, leur odeur acide et gâtée, et depuis le haut de la colline, la vue des bourgs noyés dans le brouillard, des champs neigeux désertés par les vaches mises à l'étable, tout semblait au bord de la disparition, et elle aimait ce ciel sans soleil, ce dénuement, les couleurs retenues, la neige ternie, la déclinaison des gris délavés, c'était une vie sans éclat mais enracinée, immuable dans ce qu'elle offrait aux humains, la possibilité du désastre bien sûr, la famine, les guerres, les épidémies, mais par-dessus tout l'attachement inébranlable au pays de sa naissance. Il y avait là quelque chose de tenace qui la touchait comme si elle avait connu les vies d'ici, comme si elle en avait fait partie dans un lointain passé, et elle avait pour ces lieux une nostalgie hasardeuse. Elle aimait le bruit de ses pas sur le bois mort, la mousse spongieuse, les feuilles macérées, les gravillons de la cour. Elle aimait que la porte en bois de la chapelle grince un peu, que l'intérieur en soit austère, l'obscurité presque totale. Elle aimait s'asseoir et écouter le chant monodique des moines. Elle aimait ce monde dans lequel on parlait peu. Les premiers repas pris en silence avec les autres retraitants l'avaient mise mal à l'aise, puis elle avait aimé cela aussi, l'absence des codes habituels, et elle écoutait à peine ce qui leur parvenait par un micro, depuis le réfectoire des moines, la lecture sainte et la prière universelle. Elle perdait le sens des mots. Pourtant, le jour avançait où elle se retrouverait face à eux, à leur signification la plus noire. Elle pensait à Bruno et Mariette. Elle n'avait pas pris le risque de leur écrire ni de leur laisser un message sur le répondeur, ils auraient pu savoir où elle se trouvait, d'où elle appelait. Elle avait acheté à la boutique un canif qui portait l'inscription de l'abbaye, et chaque après-midi dans sa chambre minuscule et sombre si tôt elle sculptait le bois ramassé pendant ses promenades. Elle était malhabile mais voulait faire quelque chose de ses mains, et devant ses ratages au début elle avait pensé, Tu es nulle décidément, Oh c'est vraiment minable, et puis elle s'était dit que pour accomplir ce qu'elle avait à accomplir il lui faudrait tellement de courage qu'elle devait, aussi étrange que cela paraisse, avoir un peu de considération pour elle-même, et elle apprit que la bienveillance est une arme. Un matin elle réalisa qu'elle était là depuis plus de trois semaines et qu'elle ne pouvait plus se demander si elle était prête. Il fallait l'être. Elle fit sa promenade rituelle, et ce paysage qu'elle allait quitter lui parut plus pâle que d'habitude, il avait une odeur surie et tout semblait mouillé, traversé de bruine. Elle sut que rien ici ne se souviendrait d'elle. Elle était pressée maintenant, elle avait hâte. À quatorze heures elle se présenta au frère portier, qui la conduisit au prêtre. Elle entrait pour la première fois dans l'abbaye. Le cloître était traversé par une lumière qui tremblait un peu, des silhouettes encapuchonnées allaient d'un pas élastique, le bruit de leurs sandales comme des ventouses sur les dalles. Elle était essoufflée par l'appréhension. Le frère ouvrit une porte latérale, lui signala la petite marche et disparut. La pièce était froide, elle sentait la bougie et le champignon. Le prêtre lui parut un géant. Il lui fit signe de s'asseoir, d'un geste lui désigna la chaise près de la sienne. C'était la première fois qu'Agnès allait se confesser hors de l'abri d'un confessionnal. Il fit un grand signe de croix. Elle regarda le sol, les pierres disjointes sur lesquelles la poussière flottait. Puis elle dit :

— J'ai mis au monde une petite fille mongolienne et je l'ai abandonnée aussitôt.

Mariette avait vécu ce mois de décembre avec une attention nouvelle en classe, ne séchant plus les cours mais faisant preuve au contraire d'assiduité et de sérieux. Les remarques acerbes des autres élèves, la litanie mauvaise des *Petit génie*, elle n'y prenait plus garde. L'ennui des cours, le découragement des profs, elle s'en fichait bien. Elle avait besoin d'ordre, au collège et à la maison. Elle cuisinait tous les soirs pour Bruno et le rassurait, Agnès reviendrait bientôt, les gens ne disparaissent pas comme ça, les gens ne s'en vont pas pour ne jamais revenir, n'est-ce pas ? Chacun d'eux savait que c'était faux. Un amour, un ami, un enfant, on peut tout perdre, du jour au lendemain. *Ça arrivait.* La brutalité d'un lien qui se rompt, aussi sec qu'un cou qui se brise, un mur qui s'effondre, cette violence-là à laquelle on ne s'attend pas, Mariette et Bruno en faisaient l'expérience, et ce *plus jamais* au goût scandaleux de mort, ils le respiraient chaque soir, seuls dans l'appartement.

Mariette attendait de plus en plus souvent Joël à la fermeture du magasin, qui à l'approche de Noël ne désemplissait pas. Un soir elle lui annonça que sa mère était partie. C'était bon de pouvoir le dire à quelqu'un, elle eut l'impression de faire une passe au ballon. À lui de jouer, maintenant : Est-ce qu'il pensait qu'elle reviendrait un jour ?

— Écoute, elle est vivante. Et c'est le plus important.

Cette réflexion à la fois fataliste et pleine d'espoir lui fit réaliser qu'elle ne s'était jamais intéressée à sa vie. Elle venait toujours le voir pour qu'il lui donne quelque chose, d'une façon ou d'une autre. Elle le regarda différemment, il aurait pu être son grand frère après tout. Elle dit :

— Tu ne devrais pas te cacher derrière tes cheveux, c'est dommage qu'on ne voie pas tes yeux.

Elle approcha doucement la main pour repousser la mèche qui cachait son regard. Il recula un peu. Elle demanda :

— Tu fais quoi pour Noël ?

— Je vais à Langogne, chez mes parents… enfin, dans ma famille d'accueil.

— Ils sont devenus tes parents, je veux dire, tes vrais parents.

— Non. Ne me regarde pas comme ça, je les aime beaucoup, mais non. Ils étaient payés pour m'avoir, et on était nombreux à leur rapporter des sous, à travailler aux champs, alors même si c'étaient de braves gens et que je les aime beaucoup, je ne les ai jamais considérés comme mes parents.

Elle allait lui parler d'Hélène, mais ne sut comment formuler la chose. David Tavel payait pour l'avoir. Ses parents recevaient de l'argent pour ne pas l'avoir. Oh c'était trop compliqué.

— Ta mère va revenir, Mariette, ne t'inquiète pas. Tu dois lui manquer terriblement.

— Merci.

— Parfois, il faut juste un peu de temps pour s'apercevoir à quel point une personne vous manque.

Tout comme elle préparait les repas pour Bruno, Mariette préparait Noël, elle avait fait la crèche, le sapin, et les magasins avec son père, et quand on leur demandait où était Agnès ils répondaient qu'elle était au chevet de sa propre mère. Il n'était pas difficile de mentir aux gens alentour, c'était comme remplir d'excuses bidon les mots d'absence sur le carnet de correspondance, mais il était difficile de cacher la vérité sur Xmas à Bruno, et plus d'une fois Mariette eut ce désir de lui avouer que le bébé vivait, elle avait six mois à présent, mais cela aussi elle l'avait appris, tenir une promesse. Répondre à ses sœurs au téléphone, user avec elles du mensonge d'Agnès au chevet de Mamie, l'emplissait de gêne, et elle était déçue qu'elles la croient. Joël restait la seule personne qui portait comme elle le poids du secret, ce qui faisait de lui un complice en silence. Bruno n'ouvrait pas les courriers administratifs au nom d'Agnès Malivieri, inspection du travail, lettres recommandées, des sanctions, peut-être une radiation, et ce monde de menaces paraissait, face à l'absence terrible de sa femme, ironique et décalé. L'administration, comme un dieu obsessionnel, cherchait la suprématie, mais rien n'était plus fort que le chagrin. Chaque matin il se levait et faisait sa journée, et chaque soir dans son lit il crevait de solitude. Il n'avait jamais vécu sans elle. Il ne savait pas le faire. La seule chose qu'il savait, c'était qu'il n'avait pas été là. Elle avait accouché seule et puis…

Et puis les vacances de Noël arrivèrent, et ils allèrent Mariette et lui attendre Sabine et Hélène à la gare Saint-Charles. Leur duo était l'aveu du non-retour d'Agnès auquel il allait bien falloir donner une véritable raison, mais laquelle ? Bien sûr ils n'évoqueraient pas la grossesse qu'elle avait cachée à ses aînées, et Bruno comprit que sa femme avait marché seule au bord d'une falaise pendant de longs mois, jusqu'au choc le plus solitaire, la vie et la mort au même instant, la naissance et son deuil simultané, comprit qu'elle ne le lui pardonnerait pas.

Descendues du train, Sabine et Hélène leur faisaient des signes, et Mariette éprouva instantanément ce sentiment qu'elle croyait avoir perdu, l'émotion violente de retrouver ses sœurs. Elle courut vers elles, paniquée, comme si elle pouvait les perdre dans la foule, et déjà elle sentait qu'elle usait ses dernières forces, ses derniers bobards, son dernier courage.

Elles se prirent dans les bras toutes les trois et restèrent ainsi les unes contre les autres, on ne voyait plus leurs visages, rien que leurs manteaux et leurs bonnets penchés, Bruno les regardait et il les trouvait si grandes, quand avaient-elles grandi ainsi ? Il pensa, Mes filles… Et il rit comme un con, tout seul au bout du quai.

Sabine et Hélène comprirent dès leur arrivée qu'Agnès n'était jamais allée au chevet de leur grand-mère. Un matin elle avait simplement fait sa valise et elle était partie. La honte qu'elles ressentaient à avoir été absentes si longtemps ne leur autorisait aucun reproche et si peu de questions. Elles décidèrent du menu du réveillon et le préparèrent des jours à l'avance, les sept plats maigres du Gros Souper et les treize desserts, il y en avait dans le frigidaire, dans chaque placard et jusque sur le balcon, des légumes, des poissons, des mendiants, des friandises, des bouteilles de vin, de champagne, c'était comme préparer un énorme gâchis car l'angoisse leur nouait l'estomac. Elles épluchaient et coupaient des fruits et des légumes, des odeurs de pain cuit, de chou et d'anis prenaient l'appartement et l'étouffaient lentement, plein jusqu'à la gueule cet appartement demeurait désert, et Agnès régnait sur cette solitude. Qui était-elle cette femme qui soudain avait lâché tout ce qui avait fait sa vie ? Qu'est-ce qui, en elle, s'était perdu ou s'était révélé ? Qu'est-ce qui en elle n'était pas elle ? Ces questions affleuraient lentement, comme une maladie qui s'annonce, la prémonition d'une affection à venir, sévère et imparable.

Un soir où Bruno était absent, un soir qu'elles étaient assises sur le petit balcon, face aux fenêtres des immeubles alentour, aux lumières brouillées de télévision, Mariette demanda une cigarette à Sabine. Sabine ne s'en offusqua pas, elle comprit qu'il se passait quelque chose, comme un changement de tempo, une autre mélodie. Mariette écouta ce silence qu'elle allait déchirer, ce silence familier comme une bête que l'on a laissée entrer, qui s'est installée chez vous, a guetté vos repas et s'est couchée dans votre lit. Quand tout cela avait-il commencé ? Comment avait-on pu être si généreux et si négligents ? Elle aspira la fumée, la regarda trembler puis disparaître dans la nuit, et dit :

— Maman a eu plusieurs vies, je veux dire, plusieurs vies sans nous. En dehors de nous.

— Scoop…, murmura Sabine.

Hélène posa sa main sur son bras, pour qu'elle se taise.

— Avant toi Sabine, elle a perdu un bébé, un petit garçon.

Sabine et Hélène eurent envie de rire. Elles ne comprenaient pas de quoi Mariette parlait. C'était comme un délire, une confusion de leur sœur, la souris et ses histoires de petite sœur. Mariette connaissait ce silence-là, un peu froissé et grésillant, qui précède l'émotion. Elle allait parler encore, mais des mobylettes au pot d'échappement troué venaient de surgir sur le parking, les garçons parlaient fort par-dessus ce fracas, avec des mots grossiers qui dérangeaient la nuit.

— C'est pas les fils Manard ? demanda Sabine en regardant par-dessus le balcon.

Hélène se pencha avec elle.

— Putain ils ont mal tourné, les minots.

— Je lui ai changé ses couches au petit brun, là, comment il s'appelle déjà ?

Subitement elles se tournèrent vers Mariette, comme si ce qu'elle leur avait dit leur parvenait à l'instant, avec un petit retard.

— Qu'est-ce que t'as dit ? Hein ?

— C'était quoi le truc, déjà ?

Et Mariette leur dit ce qu'elle savait sur ce petit frère qui était leur grand frère et que leur mère avait mis au monde sans le voir, ni le toucher, ni le nommer. Il n'y avait rien à répondre à cela et elles ne répondirent rien. Elles restèrent ensemble sur ce balcon ouvert sur la nuit commune, le bruit des autres, et tout s'embrouillait, quel rapport entre un bébé mort vingt-cinq ans auparavant et l'absence de leur mère aujourd'hui ? Agnès leur paraissait à la fois très vieille, chargée d'une vie ancienne, et trop jeune, une gamine de dix-huit ans dans un lit ensanglanté. Leur père aussi devenait un autre, celui qui avait choisi de « sauver la mère et non l'enfant », celui qui avait eu ce pouvoir-là, à vingt ans. Mais les âges de leurs parents étaient faux et elles se disaient qu'*à l'époque*, cette époque qui avait été la leur, dix-huit et vingt ans étaient autre chose que réellement dix-huit et vingt ans. Ça pouvait plus ou moins correspondre à vingt-huit ou trente ans, aujourd'hui. Il fallait convertir ces chiffres, comme ceux des francs, les nouveaux et les anciens, ou les multiplier comme l'âge des chiens.

— Papa ne sait pas que je sais... pour le petit frère, dit Mariette.

Et elle écrasa le mégot de sa cigarette sous son pied, le tournant dans un sens, puis dans l'autre, comme si elle cherchait à l'incruster dans la pierre. Elle sentit l'odeur un peu humide du pull d'Hélène et la froidure de ses cheveux, sa sœur venait de prendre son visage contre elle et ne le lâchait pas, elle étouffait un peu sous cette protection, pourtant ce qui se passait était très doux, comme si elle avait glissé dans une eau tiède, lentement et de tout son corps, elle entendit battre le cœur de sa sœur contre son oreille, et elle aima cela. Elle pensa qu'ainsi tenue ce serait plus simple de parler de Xmas, il était temps de le faire. Elle entendit l'allumette, le grésillement du papier, le souffle de Sabine. Elle entendit le sanglot bref qui venait de la poitrine d'Hélène et qui avait bousculé un instant le rythme régulier de son cœur. Elle entendit la clef dans la serrure, le tremblé de la porte qui s'ouvre, le frottement des souliers sur le paillasson, et elle enfonça la tête contre la poitrine d'Hélène, agrippa son pull et ferma les yeux plus fort. Un air brûlant s'échappait depuis la porte ouverte, une puissance lointaine comme un vent venu de la mer, un phénomène auquel on n'échappera pas. Cette façon de s'essuyer les pieds deux fois de suite avant d'entrer, elle la connaissait bien. Elle entendit la porte d'entrée se refermer et son écho contre les murs nus. Elle pensa, Voilà, ça arrive. Puis elle entendit le sac d'Agnès tomber à terre, ses pas dans la cuisine, le bruit du placard, du verre heurté contre l'évier, de l'eau qui coulait trop fort et éclaboussait la vaisselle mise à sécher. Alors elle se détacha d'Hélène pour regarder sa mère. Elle ne voyait que son dos. Elle buvait lentement comme après une soif dangereuse, un long désert. Elle retrouvait la place qui avait si longtemps été la sienne, cette cuisine jaune dans laquelle jour après jour elle les avait nourries, posant ses paniers, rangeant ses placards, faisant les comptes au dos des papiers qui emballaient la viande, nouant son tablier, épluchant et coupant plus de légumes qu'elles-mêmes n'en auraient jamais épluché et coupé en des centaines de Noëls. Il leur semblait que leur mère n'en finissait pas de boire, remplissant son verre dès qu'il était vide, et peut-être n'était-elle venue que pour cela, boire et repartir, elles étaient simplement sur sa route et elle allait la continuer, marcher tout droit sans jamais se retourner, leur laissant à jamais le souvenir de son dos robuste, de ses épaules généreuses, et de cette eau qui ne la désaltérait pas.

VI

LE RYTHME ORIGINEL

Sabine et Hélène avaient repris le train gare Saint-Charles, avec cette impatience d'arriver à Paris et ce cafard pourtant, comme si ce départ n'était qu'un avant-goût de ce qui les attendait, des allers-retours Paris-Marseille de plus en plus fréquents, de plus en plus dérangeants, car être avec leurs parents n'était pas seulement les retrouver mais *se retrouver* elles-mêmes telles qu'elles avaient été un jour, et au fond de chacune d'elles se tenait une petite fille patiente qui attendait elle ne savait quoi, mais attendait, comme si quelque chose lui avait été promis qu'elle n'avait pas reçu. Elles rentrèrent à Paris avec la sensation désagréable de n'être pas toute la vie d'Agnès et Bruno, ils ne les avaient pas attendues pour être père et mère, et cette vie sans elles était une vie secrète, des années qu'ils gardaient pour eux, comme des années de guerre, elles n'osaient s'avouer qu'au-delà de la peine que cela leur faisait pour eux elles étaient un peu vexées. La famille ne s'était pas constituée à l'arrivée de Sabine, sa naissance n'était pas une victoire, mais un remplacement. On commençait en trébuchant.

Dans le souffle obstiné du train, son odeur de poussière chaude et de pluie, elles regardaient les paysages qui allaient se transformant comme une image qui se distord, traversant les champs, les fleuves, les petites villes et les banlieues, pour que surgisse sur le mur de pierre noire juste avant la gare de Lyon l'inscription à la peinture rouge *Paris*, et leur émotion fut la même que lorsqu'elles l'avaient vue la première fois, Sabine se rappelait cela, ce choc à sept ans lorsqu'elle avait lu ce mot rouge sur le mur encrassé, cette laideur qui annonçait tant de beautés. Le train ralentissait. Les lumières du quai brutalisaient les visages des passagers qui s'affairaient, et déjà se bousculaient, déjà se parisianisaient. La voix au micro annonçait que Paris était le terminus. Il n'y avait rien après Paris.

Arthur attendait Hélène au bout du quai, et sans doute parce qu'elle était là, Sabine vit comme ils se retrouvèrent prudemment, s'embrassant à peine puis se tournant vers elle, voulait-elle dîner avec eux ? Elle refusa et ils en furent soulagés. Elle les vit quitter la gare pour aller dîner à Bastille, ce quartier populaire où ils avaient apparemment leurs habitudes. Arthur portait la valise d'Hélène, et il eut ce petit geste vers elle de passer sa main dans ses cheveux, est-ce que tout le monde est amoureux pareil, se demanda Sabine, est-ce que tous les couples dans la gare de

Lyon vivent le même instant, avec la même trouille, les mêmes espoirs, et la joie profonde à sentir que c'est là et uniquement là que la vie les attend, dans cette espérance amoureuse, et que rien ne vous donne plus de valeur que le regard de l'autre, celui qui connaît votre visage dans la jouissance, votre visage dans le rêve, connaît la peau de votre dos, la courbure de vos reins, le goût de votre sexe, votre voix, votre haleine, la façon dont vous dormez, dont vous mangez, tout ce que vous ne savez pas et ne saurez jamais de vous-même. Et que vous lui avez donné. Sabine restait là, dans les vibrations diffuses de ceux qui marchaient l'un vers l'autre et repartaient ensemble, et Mathieu lui manquait à un point inadmissible, lui manquait comme si sans lui elle n'était que la partie molle d'elle-même, qui se forçait en permanence à l'oublier, et aussi à *faire des choses*, aller seule au cinéma, passer seule une soirée, manger des bouchées à la reine avec Robert, regarder avec lui *Les Dossiers de l'écran*, aller faire une petite promenade histoire de prendre l'air, comme les enfants, survivre à un après-midi ensoleillé qui fait surgir les amoureux, ne pas pleurer un après-midi de pluie, et bien sûr sortir, les premières des copains dans des théâtres inaccessibles, les avant-premières de films dans lesquels elle ne connaissait que des figurants, se montrer toujours au mieux de sa forme car rien n'est pire pour une comédienne que de ne pas être d'une vitalité éclatante, et il fallait demeurer désirable mais pas allumeuse, disponible mais mystérieuse, libre mais pas inoccupée, sans travail mais pleine de projets, accessible mais pas idiote, célibataire mais pas frustrée. Pas dangereuse pour les autres femmes. Mais comme il lui manquait, ce garçon qui avait été son homme ! Il lui manquait tout le temps, et de façon sournoise, dans des recoins et des détails de sa vie qu'elle n'aurait jamais soupçonnés, il lui manquait quand elle lisait dans *Le Monde* qu'Aragon avait participé à la manifestation contre les missiles américains en Europe, quand elle lisait dans *Libé* une annonce dans laquelle un type recherchait une inconnue qui lui avait souri dans le RER A, ils avaient cette habitude avec Mathieu de poser le journal sur la table pour le lire ensemble, et maintenant les nouvelles n'avaient plus d'importance, rien ne donnait plus envie de se battre ni de s'amuser. Mathieu lui manquait dans l'amour et après l'amour, quand ils restaient au lit et chuchotaient pendant des heures tandis qu'inlassablement elle caressait son dos. Il lui manquait la nuit quand il dormait en tenant ses cheveux. Il lui manquait le matin quand elle avait la flemme de se lever et qu'il préparait le thé qu'il ne savait pas faire mais qu'elle buvait avec un bonheur indulgent. Il lui manquait quand elle choisissait un vêtement dans un magasin et qu'il restait dehors, la forçant à se poster devant la vitrine, et que par des gestes démesurés il lui signifiait que c'était grandiose ou minable. Il lui manquait dans sa façon d'allumer une cigarette. De renverser la tête en arrière après la première bouffée, le léger surgissement de sa pomme d'Adam et ses doigts qui ôtent un peu de tabac sur le bout de sa langue.

Ses fesses dans son jean usé, qu'elle tapait en passant, Ça va cow-boy ? La façon qu'il avait de murmurer, J'adore… quand elle montait les escaliers et qu'il la suivait de si près. Ses mots glissés sous l'oreiller, ou écrits à même sa peau, sa voix quand il chantonnait, timidement, et toujours si faux, son impossibilité à dire des mots d'amour, à avouer ses peines, et même ses désirs d'autres femmes lui manquaient, car parfois cela l'excitait quand ils faisaient l'amour de penser à toutes celles qui jouissaient par le sexe de son homme, cela décuplait son plaisir. Sa peau lui manquait, les imperfections, les grains de beauté, les cicatrices, les rugosités, tout ce qu'elle connaissait mieux que lui. Sa chaleur contre la sienne, le bleu de ses yeux assombri dans le plaisir, et sur sa poitrine et son sexe les poils humides à l'odeur de bruyère, sur lesquels elle aimait poser son visage, fermer les yeux et se reposer. Tout lui manquait. Et surtout l'avenir. Elle avait une vie minuscule à présent, comme ratatinée sur un palier, une vie qui n'allait nulle part et n'envisageait rien. Il y avait demain, après-demain, et plus tard. Elle ne voyait rien d'autre que ce qui était posé concrètement devant elle, des évidences, de hauts murs d'évidences et d'exactitude. Elle ne rêvait plus qu'un jour Mathieu serait fier d'elle, qu'un jour elle l'éblouirait, l'éclabousserait et le noierait dans sa lumière, elle ne rêvait plus à rien. Elle s'étonnait d'avoir passé son séjour à Aix mue par une telle obstination, d'avoir dansé, d'avoir cuisiné, d'avoir parlé avec ses sœurs, d'avoir embrassé sa mère le soir du réveillon, Joyeux

Noël ! en levant son verre comme s'il ne s'était rien passé, mais là encore elle avait pensé à Mathieu, pensé que cela, justement, elle ne le lui raconterait pas. La brutalité avec laquelle sa vie se dissociait entièrement de la sienne, cette étanchéité létale, elle ne l'avait pas anticipée. Quand il l'avait quittée durant son sommeil dans la chambre où l'on entendait la mer, elle ignorait ce phénomène, et aujourd'hui, elle apprenait la disparition. La syncope du plus jamais. Elle pourrait être orpheline, ou avoir eu dix frères nés avant elle, il ne le saurait pas. Elle pourrait avoir été approchée par Marguerite Duras ou Jean-Luc Godard, il ne le saurait pas. Elle pourrait n'aimer que lui, vouer sa vie à son souvenir, il ne le saurait pas. Et qui le préviendrait si elle mourait ? Et elle ? Comment apprendrait-elle sa mort ? Par qui ? Elle se demandait ce qu'il resterait, dans sa vie, de cette douleur qu'on appelait un chagrin d'amour, un nom de chanson pour un sentiment cru et sans poésie. Lorsqu'elle serait vieille, quelle serait la partie de sa vie qui lui semblerait avoir de l'importance, la partie de sa vie qu'elle chérirait, la partie de sa vie où elle aurait été totalement elle-même ? Pour l'instant elle était une fille paumée gare de Lyon, le 29 décembre 1979, et il faisait étonnamment froid, un froid inlassable qui se glissait sous les vêtements, sous la peau, et brûlait vos os. Elle avait suffisamment de monnaie pour téléphoner et appeler Charlène, qu'elle n'avait pas revue depuis le tournage mais qui, elle le savait, ne se couchait jamais avant l'aube.

Charlène avait vingt-trois ans, elle était ce qu'on appelle une fille sans états d'âme, et Sabine l'enviait un peu. Elle n'était pas du genre à avoir des insomnies, à pleurer en écoutant une chanson de variété, à s'attendrir à la vue d'un couple de vieillards marchant main dans la main, à être bouleversée par les pleurs d'un enfant injurié par sa mère, un handicapé peinant à descendre la haute marche du bus, un clochard dégagé par un commerçant, un chien timide à l'arrière-train appareillé, une fille laide insultée par un groupe de collégiens, un nid d'oiseau à terre, ses petits œufs écrabouillés. Non. Ça n'était pas ce genre de fille. Charlène ne connaissait ni l'attendrissement ni la peur, elle intriguait les femmes et attirait les hommes, ils voyaient d'instinct ce que certaines prenaient pour de la nonchalance mais qui était une sensualité vive qui courait sous sa peau, filtrait dans son regard, ses gestes, son long corps fin, brun et libre, et ils étaient sûrs qu'elle pourrait « leur en apprendre ». Ou mieux, qu'elle saurait leur faire croire qu'ils savaient tout.

Ce soir-là Charlène ne s'étonna pas que Sabine l'ait appelée si tard, n'envisagea pas qu'elle ait pu avoir un problème, et Sabine ne s'abaissa pas à le lui avouer, elle dit simplement, après la première gorgée de bordeaux, Putain Mathieu m'a quittée, le con ! et dit comme ça, c'était presque juste, car après tout il fallait être bien con pour quitter une fille avec qui vous vous entendiez si bien, et « sur tous les plans ». Mais Charlène prit la chose très au sérieux, et après un moment de silence attentif elle fit une annonce : elle allait se marier. Sabine osa demander :

— Te marier ? Mais pourquoi tu ne te fais pas avorter ?

— Avorter ? Mais de quoi ?

— Pardon… Mais tu n'es pas… tu n'es pas enceinte ?

— Faut être stupide pour tomber enceinte de nos jours, non ? Et je ne vois pas le rapport avec le mariage ?

— Mais sauf en cas de grossesse, plus personne ne se marie, Charlène…

— Plus personne sauf moi.

— Non mais c'est super, félicitations ! Non mais vraiment tu dois être très heureuse, c'est tout à fait…

— Tu devines avec qui ?

— Je le connais ?

— Ben oui, je l'ai rencontré sur le tournage.

— Oh…

Sabine n'osait avancer un nom, toutes les combinaisons lui semblaient absurdes, elle imaginait Charlène et François, Charlène et Gaspard, Charlène et Herbert, le perchman, le premier assistant… personne ne correspondait, ce mariage précipité ressemblait à une blague.

— Non mais c'est vrai tu te maries ? Tu me fais pas marcher ?

Charlène alluma une cigarette, Sabine vit ses longs doigts nus, ses poignets délicats et son sourire discret sur ses dents du bonheur, ses pommettes parfaitement dessinées caressées par ses cheveux d'un noir brûlant, et elle comprit que ce qu'on disait devait être vrai : l'amour physique était pour elle un acte engagé dans lequel elle mettait beaucoup de savoir-faire, et une élégance profonde. Charlène dit d'une voix étrangement basse :

— J'épouse Henri Montmartin, le producteur. Ne prends pas cet air ahuri, je sais qu'il a l'âge de mon père. Oh, bien sûr je pourrais coucher utile sans me marier, mais ce serait une perte de temps assez dégradante. Il ne faut pas coucher avec un vieux de cinquante-cinq ans. Il faut lui appartenir. Ce genre de type n'a pas besoin d'une nouvelle maîtresse cachée, tu comprends, il a besoin d'une conquête publique. Sans ça où serait sa fierté ?

— Mais tu l'aimes ?

— C'est nouveau, ça ?

— Quoi ?

— Depuis quand le mariage serait une question d'amour ?

— Bien sûr, bien sûr, tu as raison ! Non, je voulais simplement savoir si tu étais heureuse parce que…

— Parce que ?

— Parce qu'on dit que les vieux… enfin, il paraît qu'ils ont des problèmes…

— Des problèmes d'érection ? Un peu qu'ils en ont ! Et alors ? Il suffit de le savoir et de composer avec. La première fois en général ils te disent que l'émotion les empêche de bander, que ça ne leur était jamais arrivé avant toi, ou bien ils te disent que c'est la fatigue, et puis finalement avec beaucoup de stimulation ça s'arrange, mais c'est pas ça l'important, l'important c'est pas ce que le type te donne, ce mec qui bande mou, qui a du ventre, pas de cheveux et des poils dans les oreilles, ce qui compte c'est où toi tu l'emmènes. Et ça, crois-moi, ça peut être assez excitant, enfin moi ça m'excite. Avant moi, Henri n'avait jamais fait l'amour à plusieurs, n'avait jamais regardé deux femmes ensemble, il ne savait pas que le sexe pouvait être une telle aventure, il avait plus de quarante ans en 68, tu imagines ? Ça le concernait pas du tout, la révolution, il gueulait après son fils qui étudiait à la Sorbonne et copinait avec Cohn-Bendit !

Sabine ne comprenait pas l'enthousiasme de Charlène, elle aurait aimé pourtant le partager, y puiser quelque chose, un soutien, un espoir. Mais faire l'amour avec un vieux, le stimuler (elle imaginait les fellations interminables, décevantes, épuisantes), le flatter, le charmer… tant d'efforts…

— Tu souffres pour Mathieu, hein ? Tu crânes, mais tu souffres, ça se voit.

— Il me manque…

— S'il te demandait en mariage, tu dirais oui ?

— Il est contre le mariage.

— Tu dirais oui, j'en suis sûre. Tu te vois vivre avec un prof qui ne gagnera jamais assez d'argent pour habiter ailleurs que dans des apparts minuscules et mal fichus ? Tu te vois avoir peur toute ta vie de ne pas trouver de rôles ou que l'intermittence te lâche ? Sans parler de la maternité obligatoire qui te mettra illico sur le banc de touche ?

— Tu ne veux pas d'enfant ?

— Là n'est pas la question. J'ai vingt-trois ans, je ne sais pas. Mais j'ai promis à Henri et ça arrivera sûrement plus tôt que prévu, seulement dans mon cas c'est différent, le but d'Henri en m'épousant est d'avoir un enfant je le sais, il veut retrouver à cinquante-cinq ans ce qu'il a été capable de faire à vingt. Le mariage et la paternité sont des signes extérieurs de jeunesse, tu comprends ?

Elles vidèrent la bouteille de bordeaux et en ouvrirent une autre, Sabine était tellement étourdie qu'elle souscrivait à tout ce que disait Charlène, se demandait même comment cette vérité ne lui était jamais apparue, car au fond, qu'est-ce qui l'attendait ? L'humiliation et rien que l'humiliation. Celle des castings et des bouts d'essai, celle des scènes de cul minables, de la drague permanente, du chômage et des compromis, de la ringardise, de la reconversion et des regrets. Et tout cela pouvait être évité si on se faisait imposer sur les tournages par son producteur de mari et respecter par une profession entière qui finirait par vous regarder comme celle qui avait su rendre heureux « comme jamais » un type dont tout le monde penserait que s'il était avec vous, c'est qu'il est un bon coup. « Bref, tu fais d'un vieux un homme neuf. » Sabine voulait vivre son rêve de toujours : jouer. Sans plus se demander comment y arriver ni par quel biais. Elle voulait faire partie de la grande famille. Rejoindre le cercle. Il restait toutefois un souci, et comme si elle avait soulevé un lièvre, elle demanda à Charlène :

— Et quand mon vieux mari aura soixante-cinq ans, soixante-dix ans, je ferai quoi ? Hein ? Je divorce et je perds tout ?

— D'abord, le divorce t'apporterait un max de fric, surtout si tu as un enfant, mais tu n'auras aucune envie de divorcer, tu seras habituée à cette vie, et crois-moi tous les Mathieu du monde ne seront pour toi que des souvenirs aussi lointains que celui de tes premières boums ou de tes premières règles. Et du moment qu'elles seront secrètes, ça fera bien longtemps que ton vieux mari aura fermé les yeux sur tes aventures extra-conjugales. Tant que la société continue à penser qu'il est un jeune homme marié à une jeune femme, le deal est respecté.

Sabine regarda son verre vide avec une concentration abstraite, le posa doucement sur le tapis, bascula sur le canapé et s'endormit en ronflant. Charlène la déchaussa, la recouvrit d'un plaid et sortit de la pièce en laissant une lumière allumée, car Sabine était le genre de fille à ne pas pouvoir dormir dans le noir. Ça se voyait.

— C'est pas raisonnable, non, c'est pas raisonnable du tout… J'ai ma première session d'examens dans quinze jours !

— Oh mais tais-toi, dans deux heures on est arrivés.

— Je devrais être en train de réviser, là.

— De dévisser tu veux dire, tu es au bord de l'épuisement, je te connais, je te vois, hein, je vois ta petite mine.

— On rentre pas trop tard ce soir ?

— Tais-toi et écoute ça. C'est parfait pour la route…

David augmenta le son du radiocassette.

— C'est Harry Nilsson, dit-elle, ça a au moins dix ans ! Vous le découvrez à peine ?

— N'oublie pas que maintenant je suis grand-père, j'ai donc un petit retard sur toute chose et surtout en musique. Joseph m'a offert la cassette, je pourrais conduire toute la journée et toute la nuit avec ça…

— La BU est ouverte pendant les vacances de

Noël, je devrais y être… Qu'est-ce que vous faites ? Pourquoi on s'arrête ?

David avait garé le van au bord de la route. Avant d'ouvrir sa portière, il avait ôté sa casquette et l'avait posée sur la tête d'Hélène en disant :

— Conduis, si tu es un homme !

Et il était sorti du camion. Elle savait qu'il ne servait à rien de lui dire que la route était verglacée, qu'elle n'avait jamais conduit un van, et accessoirement qu'elle n'avait pas son permis camion, elle regarda le misérable levier de vitesse, le large volant, le fauteuil défoncé, le pare-brise moucheté de neige boueuse et de fientes, et parce qu'elle ne voulait pas décevoir David, elle enleva sa veste, la posa sur le siège pour s'en faire un coussin et prit place. Il s'assit côté passager sans la regarder, elle comprit qu'il ne lui indiquerait rien, les vitesses, le contact, les rétros, elle allait se débrouiller avec ça, et tapotant le tableau de bord il jouait les impatients, alors elle tira un peu sur la visière de sa casquette et démarra. À l'arrière, le pur-sang cogna en hennissant, c'était un coureur de trois ans, stressé, fougueux, magnifique, Pablo Du Lac. Ils roulèrent sans se parler, écoutant la musique qui les réchauffait un peu, et quand le cheval soupira ils surent qu'enfin il s'apaisait. Il faisait froid dans le camion, dehors une neige glacée se mêlait par rafales à la pluie, Hélène était concentrée sur la route, ses longues montées, ses descentes abruptes, elle se forçait cependant à se détendre pour conduire souplement, elle pensait au cheval, cette responsabilité à la hauteur de la confiance que lui faisait David.

Ils arrivèrent à Crèvecœur-en-Auge pour déjeuner, David avait réservé une table à l'auberge du Cheval blanc, le patron accueillit avec une gaieté démonstrative cet hôte de marque qu'il était fier de connaître. David était un homme respecté dont la simplicité restait empreinte d'un léger sentiment de supériorité, il s'enorgueillissait de sa propre spontanéité, la savourait avec une joie gamine, il avait alors l'œil rieur et la blague facile. Il savait qui il était et ce qu'il valait.

— On se croirait dans un film de Chabrol…, dit Hélène en regardant la salle, nappes blanches amidonnées, serviettes en éventail, chaises Restauration, et cette ambiance toujours un peu endimanchée des restaurants à la campagne, les représentants esseulés, les retraités à la serviette nouée autour du cou, l'odeur de viande grillée au beurre, et sur les fenêtres aux petits carreaux, la buée de chaleur derrière les plantes vertes.

— Ah oui… tout à fait Chabrol ou Simenon, dit David. Une ambiance d'avant meurtre.

— Ou de post-adultère.

— C'est la même chose.

— Si vous le dites !

— On est bien, non ?

— Oui, on est bien.

— La pension est à une dizaine de kilomètres, on sera vite de retour, tu auras le temps de réviser ce soir.

— Quelle pension ?

— Pour Pablo Du Lac.

— Le cheval va en pension ? Mais pourquoi vous ne le gardez pas au club du bois de Boulogne ?

— Il est trop fatigué. Il a saigné des poumons et il a des microfractures dans les os des jambes. Il lui faut du repos.

— Il a commencé la compétition trop tôt, c'est ça ?

— Tous les pur-sang commencent la compétition avant d'avoir fini leur croissance, là n'est pas la question.

— Vous ne m'aviez pas dit qu'on allait le laisser dans une pension à deux heures de Paris.

— Tu ne m'avais pas demandé où on allait, tellement obnubilée par tes révisions… ! Il sera bien là-bas, il sera au pré vingt-quatre heures sur vingt-quatre, il aura des copains, peut-être même des flirts, qui sait ?

Elle rit un peu et il se renversa sur sa chaise, soulagé de passer à autre chose. Il lui demanda comment ça allait en cours, quelle était l'ambiance, comment étaient les professeurs, il était fasciné par ce monde qu'il ne connaissait pas, les scientifiques.

— On dit qu'ils sont fous.

— Qui ?

— Les vrais scientifiques, les génies.

— Je sais pas, je suis étudiante en troisième année…

— Oh, ne fais pas ta modeste. Est-ce que c'est vrai qu'ils sont fous ?

— Les grands mathématiciens… un peu…

— Paranoïaques ?

— Hum… Paranoïaques, maniaques, errants, anorexiques…

— Et on critique le monde de la finance !

— Ils ont gardé un côté très… enfantin, parfois.

— Comment ça ?

— Ben, par exemple, ils font des blagues nulles. Ils adorent les blagues nulles…

— Comme ?

— Eh bien… « Le sexe c'est comme les équations, à partir de trois inconnues ça devient intéressant. »

Il apprécia tellement qu'elle continua :

— Ou alors : « Et Dieu dit : que Darwin soit ! »

— Moins drôle.

— Ah bon ?

— Oui, beaucoup moins drôle.

David s'était marié à l'église, avait fait baptiser ses fils et assistait aux messes de Noël et de Pâques. Sa foi était solide, comme un dossier bien rangé et qui ne vous tracasse pas. Le monde avait un créateur et ce créateur s'appelait Dieu. David était ce qu'on appelle un « catholique non pratiquant ». Pour relancer la conversation sur un sujet plus léger, il dit avec humour :

— Il faudra quand même que tu le passes ton permis camion, un jour tu vas nous attirer des ennuis.

Elle éclata de rire et il rit aussi, alors le patron leur lança :

— Ah ! Je vois que tout se passe comme vous voulez, monsieur Tavel !

David se pencha vers Hélène.

— Il doit te prendre pour ma jeune conquête !

Elle haussa les épaules et le regarda avec une indulgence ravie.

David conduisait. Hélène aurait préféré que la pension soit beaucoup plus loin, ils seraient restés ensemble dans le van, avec le cheval à l'arrière et Nilsson qui chantait *Without You.* Elle remit trois fois la chanson, David râlait, J'en peux plus ! mais elle voyait son sourire heureux. Avec qui d'autre étaient-ils l'un et l'autre aussi bien, aussi naturels et comme à égalité ? Tout compte fait, Hélène aimait ne pas être sa fille biologique. Toujours elle s'était demandé combien de temps ça allait durer, si elle aurait des remplaçants, il avait tant d'autres neveux et nièces, et aussi des petits-enfants, mais soudain, alors que le camion cahotait sur un chemin de terre défoncé, que la musique suivait ses secousses, elle comprit qu'il ne l'avait jamais choisie. C'était elle qui l'avait voulu. C'était elle, la petite, qui avait cherché le regard de cet oncle-là, qui avait tout fait pour qu'il lui ouvre sa porte, il n'avait pas eu le cœur à refuser et il avait trouvé après coup cet alibi du chèque mensuel pour ses parents, la faillite du grand-père paternel et ses caravanes pliables qui ne s'étaient jamais ouvertes.

Arrivé à la pension, David stoppa le camion et, avec l'arrêt du moteur et de la musique, le paysage sembla soudain offert. Des champs à perte de vue, des chevaux lointains, courbés sur l'herbe rare ou debout deux par deux, saisis parfois d'un petit trot qui s'arrêtait vite, c'était comme un tableau animé, ancien et doux. Hélène s'approcha des enclos, David la suivit très vite et avant qu'elle ait pu comprendre il lui dit :

— La pension fait refuge, aussi.

Elle ne répondit pas. Elle s'éloigna vers les prés.

— Hélène !

Elle lui fit signe de se taire. Elle marchait dans la boue, lentement, et plus elle avançait, plus cela devenait réel, et impossible pourtant. Qu'on leur ait fait ça. Qu'ils soient si maigres que leur peau ne soit plus leur peau mais une couverture usée posée sur des côtes parfaitement dessinées, et leurs yeux fermés sous les abcès, leurs rotules ulcérées, leurs flancs ensanglantés, leur encolure brûlée, leur bouche tailladée, et plus loin, à genoux pour toujours, celui qui marchait sur ses chevilles, les deux pattes avant fléchies, près de s'effondrer mais ne s'effondrant pas, et ce poney aux sabots recourbés longs de vingt centimètres, qui tentait d'avancer mais que la boue retenait. Les petits ânes étonnés et vieillis. Hélène les regardait, résignés sous les nuages suspendus, des bêtes sauvages domptées par l'homme, sa plus belle conquête et sa plus grande honte. Il ne pleuvait plus et quelques oiseaux chantaient, mais les chevaux, dans leur douceur lointaine, n'entendaient plus rien car plus rien ne pouvait les surprendre.

Quand elle revint à la pension, David l'attendait pour reprendre la route, elle évita son regard inquiet, salua la propriétaire, Mme Jouvin, et partit dire au revoir à Pablo Du Lac. Elle n'avait pour ce cheval aucune affection particulière, elle l'avait simplement vu deux ou trois fois commencer les entraînements aux premières heures du matin, c'était un pur-sang très émotif qui se couvrait de boutons dans les courses et qu'il fallait masser longuement après, et apaiser. Elle caressait son chanfrein et recevait sur ses doigts la chaleur de ses naseaux, elle lui parla doucement, comme si elle s'adressait à lui mais aussi à tous les autres, les plus prestigieux vendus aux enchères à Deauville, l'orgueil des émirs, les chevaux de course et les chevaux de guerre, les chevaux d'obstacles et les chevaux paysans, ceux de la mine et ceux du cirque, les chevaux sauvages et ceux des labos, ceux de la Garde républicaine, les trotteurs, les coureurs, les reproducteurs, les champions, les militaires. Tous ceux qui un jour pourtant étaient tombés. Que l'on avait réformés. Vendus. Les chevaux au couteau. Que l'on avait découpés en pleine conscience. Quels que soient leur âge, leur sexe et leurs petits en gestation, les chevaux de vingt ans et les poulains de dix-huit mois, tous vendus abattus et mangés pareil.

— C'est un émotif, hein ?

Mme Jouvin, une femme à la poitrine large, au corps trapu, au visage résolu, se tenait derrière Hélène.

— Votre père vous attend.

Hélène lui tendit la main et la remercia, elle eut un air étonné.

— Vous savez, sans David ça fait longtemps que le refuge… parce que c'est dur hein… et lui, il est généreux… Ça oui.

Ils roulèrent sous la pluie fine, sans autre musique que le frottement poussif des essuie-glaces contre le pare-brise, derrière eux l'odeur chaude du cheval s'évanouissait lentement, la paille gardait une acidité humide, désagréable. De temps à autre Hélène regardait David, son profil aigu sous sa casquette de gentleman-farmer, ses lunettes fines, ses lèvres pincées, et elle se demandait, en dehors du cercle familial, en dehors du travail, des lieux où il assumait ses responsabilités de fils et d'époux, où il dirigeait des équipes et signait des contrats, elle se demandait quelle était sa vie. Il se tourna vers elle.

— Qu'est-ce qu'il y a ?

Elle fut si gênée qu'elle bafouilla en vitesse :

— Je crois que je n'aime pas Arthur.

Il ne comprenait pas de qui elle parlait, puis soudain il s'exclama :

— Ah ! Arthur !

Puis consterné, il ajouta :

— Oh mon Dieu… Arthur…

Elle fixait maintenant la route pluvieuse derrière le ballet des essuie-glaces. Elle n'en revenait pas d'avoir dit ça, une autre avait parlé à sa place et maintenant c'était trop tard. Elle s'en voulait mais elle pleurait, son existence minable, son impuissance, ce refuge plein d'animaux torturés, mais qu'est-ce qu'elle avait cru ? Qu'en apprenant des théorèmes et des formules chimiques elle lutterait contre la barbarie ? Elle ferait mieux d'aller changer la paille dans des refuges, et tant pis s'ils étaient dépassés par le nombre incessant et croissant de tous ces éclopés en fin de vie. David gara le camion sur le bas-côté et la prit maladroitement contre lui en murmurant, Oh là là oh là là, et Hélène gémissait, Mais qu'est-ce qu'on peut faire mais qu'est-ce qu'on peut faire ? Il demanda, Pour Arthur ? Pas grand-chose. L'effet fut immédiat, elle éclata de rire, éclaboussant de morve sa parka et son foulard de soie, Pardon, dit-elle, You're welcome, dit-il avec élégance. Puis il fixa la route immobile devant lui et alors elle sut qu'il ne l'avait pas emmenée au refuge par hasard, il avait voulu cette journée en tête à tête. Il respirait comme un homme qui veut se donner du courage, un homme qui va plonger dans l'eau froide. Son souffle lançait une petite buée dans le camion glacial. Enfin il dit :

— Ce n'est pas très grave je crois mais j'ai un petit cancer j'ai commencé la chimio trois fois rien une petite chimio de jour, ambulatoire ça s'appelle, mais si un jour je suis trop fatigué enfin si je meurs disons, ce qui arrive à des gens très bien, alors tu soutiendras le refuge à ma place j'ai fait tous les papiers Mme Jouvin est au courant ne t'inquiète de rien.

Puis il reprit la route, la départementale 613 bordée de champs au vert aussi pâle que le ciel et ses nuages. Quand ils arrivèrent à Paris il faisait totalement nuit, la nuit précoce de l'hiver, la nuit d'après-midi. Il leur semblait qu'ils étaient partis plus qu'une journée, qu'ils avaient fait un voyage tellement long qu'ils ne pourraient jamais le raconter aux autres. Et les autres, de toute façon, n'y comprendraient rien.

Mariette était assise au bord de la piscine vide, ses jambes pendaient par-dessus bord, elle les bougeait en rythme, accordé au son heurté, régulier et presque nu du piano qui lui parvenait depuis le salon ouvert. Elle regardait le soleil de mars sur les plants de lavande qu'elle devait rempoter, sur la pierre jaunie du bassin, la table en fer rouillée, son bleu outremer qui n'avait plus d'éclat, le tilleul gonflé de bourgeons qu'elle ne verrait pas fleurir, l'arbre dont elle ne connaîtrait plus ni l'ombre ni l'odeur. Le mari de Laurence avait demandé le divorce, il allait se remarier, la propriété avait été confiée à une agence immobilière et la poésie du lieu s'était faite argument de vente, un « mas provençal dans son écrin de verdure », qui serait sûrement divisé en bureaux, cabinets d'avocats et de médecins. Fin de la bohème.

Mariette écoutait Laurence jouer les notes obsédantes d'Arvo Pärt. S'y mêlaient les bruits du dehors, celui étouffé et constant des voitures sur la nouvelle portion d'autoroute, les chants d'oiseaux éparpillés, les aboiements lointains, et des silences furtifs comme une respiration sauvée. Elle fermait les yeux et cherchait à savoir qui avait le dessus, du piano ou du monde, elle imaginait Laurence penchée sur le clavier, la femme mûre qu'elle était devenue, son âge apparu d'un coup, une autre peau sous la peau qui, après avoir absorbé les années de tracas, de rires et de soleil, émergeait soudain et recouvrait tout. Sa tristesse passait dans ce qu'elle jouait au piano, on aurait dit qu'elle la creusait, mais elle avait tenu à rassurer Mariette, elle était triste et elle voulait l'être, à fond, ensuite ça passerait et elle s'habituerait, on s'habitue à tout. Elle lui avait demandé de soigner les abords de la piscine, Plante de l'agapanthe et de la lavande, du bleu dans de jolis pots de terre cuite, ensuite tu tailleras les massifs et les arbustes les plus en vue. Mariette avait besoin d'argent, elle devait lui donner des choses à faire, et la bastide, même vendue à d'autres, devait garder sa beauté. Mais Mariette n'avait pas envie de fabriquer un jardin de façade, elle aurait aimé le laisser reprendre ses droits, la pelouse se marier aux mauvaises herbes, les feuilles du tilleul pourrir au fond du bassin, la mousse surgir entre les pierres, le bougainvillier grimper contre les volets fermés, le lierre dans les gouttières et des loirs dans les soupentes. Puisqu'il fallait rendre les clefs du royaume, autant lui rendre sa liberté avec.

Le morceau que jouait Laurence était autre maintenant, une peine oppressée, portée avec indulgence, domptée. Elle pensa à Joël. Quelques jours plus tôt une fille était venue le voir, une petite brune à l'allure sage, il avait dit « presque incolore ». Elle avait dix ans de plus que lui et lui avait demandé s'il se souvenait d'elle, elle s'appelait Corinne et elle était sa sœur. Il avait pensé à tous ces enfants avec qui il avait vécu chez Geneviève et Maurice à Langogne, et tandis qu'il regardait la jeune femme incolore en essayant de se souvenir d'elle, elle avait précisé, Ta sœur biologique. Quand Joël lui avait raconté cela, Mariette s'était instantanément imaginé Xmas faisant un jour la même démarche. Le même miracle. Mais l'histoire était différente. Par Corinne, Joël apprit qu'à la mort de leurs parents dans un accident de voiture il avait deux ans, le conseil de famille avait estimé qu'il n'avait conscience de rien, et si sa sœur avait été confiée à une tante, lui avait été placé. La famille est un corps morcelé, s'était dit Mariette.

Il devait y avoir un embouteillage maintenant sur la nouvelle portion d'autoroute, les klaxons résonnaient dans une discordance agressive, envahissante. Elle rejoignit Laurence à l'intérieur. Elle avait l'air d'une femme comblée par sa fatigue. Elle lui demanda :

— Tu veux essayer ?

— Je n'ai jamais joué. Je ne connais même pas le solfège.

— Tu pourrais commencer par quelques accords. Pour t'accompagner.

— M'accompagner à quoi ?

— À chanter, par exemple. La main gauche, c'est pour l'harmonie et le rythme, et la droite, pour la mélodie. Ça s'apprend assez vite, tu vas voir.

Elle fouilla dans les partitions empilées sur le piano, en posa une devant elle et joua.

— Tu reconnais ?

— Véronique Sanson, *Vancouver.*

— *Aller de ville en ville / Ça je l'ai bien connu, / Je mène ma vie / Comme un radeau perdu*… Tu veux essayer ?

— Non.

— Alors va rempoter la lavande.

Et elle joua Pärt encore, de mémoire, les yeux fermés. Mariette sentait monter en elle un désir vivant, nouveau, virulent. Joël lui avait dit qu'après la fanfare de Langogne c'était son amiral à l'armée qui lui avait fait découvrir les grands compositeurs. Ils s'étaient rencontrés par la musique, la musique était l'entremetteuse. Elle demanda à Laurence :

— Bob Dylan, c'est possible ?

— Je ne suis pas un juke-box, Mariette.

— Je veux dire… je veux bien apprendre… à condition que ça existe, les partitions pour chanter Bob Dylan.

Sur le conseil de Laurence, Mariette révisa son solfège, les cours de musique de Mlle Chef servirent enfin à quelque chose, elle apprit des accords, fit ses gammes, et sentit très vite que sous sa maladresse palpitait une chose importante, qu'elle avait du mal à définir. C'était la possibilité d'une vie vouée à autre chose qu'aux contraintes et à la discipline ordinaire, une vie avec un but, tendue vers la beauté. Laurence eut la sagesse de faire ses cartons pendant ses exercices, les montées et les descentes de gammes, les premiers arpèges, les enchaînements sur lesquels Mariette commença à fredonner sans même s'en rendre compte, puis la musique, maladroite et hardie, l'entraîna malgré elle, elle ne chantait pas Dylan, elle chantait ses propres mots. Elle s'en grisa d'abord avec l'insouciance orgueilleuse des débutants, s'affirma, se lança tout à fait, les phrases jaillissaient vite, s'imposaient. Elle se tut quand elle réalisa que ce qu'elle chantait était d'une violence dans laquelle elle ne se reconnaissait pas. Elle, la tendre souris, confidente muette, petite sœur et bonne élève… elle crachait crapauds et serpents dès qu'elle ouvrait la bouche. Elle regarda le clavier comme si les touches d'ivoire étaient des traîtresses qui vous laissaient venir doucement puis lisaient dans le bout de vos doigts comme dans un livre ouvert, et alors de votre petit cœur s'échappait un sang aussi noir que la nuit. Elle referma le piano, s'efforça de ne plus penser à ce qu'elle avait chanté et alla travailler dans la partie du jardin la moins entretenue, massacra quelques massifs de buis, À la française ! disait-elle en les rasant sans pitié, dessinant des buissons de travers et des massifs pleins de trous. Elle fit des feux de joie avec les dernières feuilles mortes et quelques chaises en rotin usées, tondit la pelouse tellement ras que Laurence ne pouvait y marcher pieds nus sans hurler, le jardin était hostile à souhait, uni à son humeur, et elle eut le cran de ne pas pleurer quand elle en franchit pour la dernière fois les hautes grilles, qui grincèrent inévitablement. C'était le printemps, un printemps qui lançait en plein ciel des bouquets d'odeurs généreuses et charnelles, et quand elle fut dans la rue, elle sentit glisser et disparaître le temps d'avant, quatorze années et plus encore, son temps à elle et celui des autres qu'elle portait sans le savoir, le mythe de la perfection, la famille unie et indestructible. Elle l'avait déposé là, ce mythe, dans le jardin et la maison de l'enfance. Elle avait aimé y croire, mais il était inventé, maintenant elle le savait, et elle comprit avec une fierté émue qu'elle avait grandi. Elle traversa la rue et ne se retourna pas, ignorant que derrière elle le jardin gardait, enraciné et fier, le souvenir de son passage.

Alors ça n'en finira jamais, pensait Sabine, nous serons toujours soumises aux hommes d'une façon ou d'une autre, nous serons toujours cette marchandise espérant qu'on l'achète, les noces ou la misère, ce troc auquel aujourd'hui encore on se prête, désirant le mariage et le plus tôt possible avant notre date de péremption, et d'ailleurs quelle est-elle ? Vingt ans ? Vingt-cinq ? Trente ? Sabine aurait-elle trente ans un jour ? L'âge des mères... Elle ne voulait jamais l'avoir. Elle voulait aimer un homme et être aimée par lui. Se donner et rien d'autre en échange. Pas de mariage ni de procréation et aucune ascension sociale. Elle voulait se consacrer à l'amour comme à la plus haute cause, car sans amour à quoi servait de vivre ? Elle avait besoin d'aimer parce que aimer ridiculisait toute autre préoccupation, sociale, matérielle, familiale, et la réalité ça n'était pas un mariage avec Henri Montmartin en attendant le bilan sanguin pour la prostate, la réalité c'était le décollage, le *transport amoureux*. Elle adorait cette expression. Aimer était le seul endroit où aller, le seul endroit où vous pouviez être puissante, déraisonnable, égoïste et, même, superficielle, car lorsqu'on aime, la vie est sacrée mais pleine aussi de préoccupations futiles et de détails ridicules, la vie est transfigurée, elle circule dans l'échange des fluides, des odeurs et des promesses, elle se vit avec l'autre et sans l'autre que vous portez en vous, et vous aimez jusqu'à l'épuisement de cette double existence. Il faut être capable d'endurance et de souffrance pour aimer. Sabine savait faire cela, et elle ne renoncerait jamais à la folie de l'amour pour avoir, grâce à un mari producteur, non pas le premier rôle au cinéma, mais celui de la femme ou de la maîtresse du premier rôle. Le faire-valoir. Elle en voulait aux filles comme Charlène qui perpétuaient le cycle de la domination en se félicitant de faire une bonne affaire. Pourtant, ce futur mariage l'arrangeait bien : Charlène lui avait cédé son appartement, et Sabine en ressentait un tel soulagement qu'il lui sembla que jusque-là elle n'avait fait que manquer d'air. Elle avait dit au revoir à Robert en lui promettant de lui rendre visite, elle savait qu'elle ne le ferait pas, elle y penserait et puis n'y penserait plus, et elle s'en voudrait à peine lorsqu'on lui annoncerait la mort du vieux chirurgien, celui qui parlait d'amour à une femme à l'esprit égaré, une folle qui ne savait pas qu'elle était aimée. Finalement ils se ressemblaient, Robert et elle, ils vivaient en solitaires des histoires d'amour à deux. Mathieu l'avait-il aimée ? Il l'avait quittée avec effroi, son corps bleui semblable aux taches de pourriture sur la peau d'un fruit. Plus que l'aimer, il l'avait surtout goûtée.

Au fil du temps il lui manqua moins, mais la fille qu'elle avait été avec lui, la fille amoureuse, lui manquait terriblement, et elle s'ennuyait à n'être la femme de personne. Quand elle emménagea dans l'ancien appartement de Charlène, elle retrouva un temps ses insomnies de bonheur et d'exaltation. Elle était fière d'avoir une adresse personnelle, une inscription d'elle-même dans la ville, il lui semblait toucher là quelque chose d'idéal et de concret, la réalisation d'un rêve enfantin qui ne s'était jamais trompé. Elle devait vivre à Paris, toujours. Elle aimait tout de sa rue, le bar où elle prenait son petit déjeuner, comme le faisaient les gens ici, elle disait au téléphone, Je te laisse, je descends petit-déjeuner… car elle avait un téléphone, et elle adorait rentrer chez elle et l'entendre sonner, se dépêcher d'ouvrir et décrocher, essoufflée, Non j'étais sortie tu ne me déranges pas, et avancer comme on le voyait dans les films, en tirant le fil, le combiné contre son visage penché, pour fermer d'un coup de pied la porte d'entrée restée ouverte. Elle voulait être une habituée de Paris, habituée à son rythme, à ses heures sans retranchements, elle faisait ses courses tard, achetait à minuit des bières chez l'Arabe, et la nuit lorsqu'elle était couchée, la circulation incessante dans sa rue la ravissait, elle se disait, C'est le bruit et la rumeur de Paris, et les ombres des phares sur le mur passaient comme des nuages sur un ciel ouvert, tout était grand, élargi, la nuit comme le jour. Elle fit de nouveaux papiers d'identité sur lesquels était inscrite son adresse : Sabine Malivieri, 88, rue Blanche, Paris IXe. Son adresse était son aimant, chaque soir elle aimait y revenir, retrouver l'odeur vieillotte de son appartement, le soleil couchant sur le mur du salon, l'empreinte de ses derniers gestes, la tasse dans l'évier, le lit défait, le livre renversé sur la tranche. Pourtant au début, malgré la joie, ou à côté de la joie, dans ce lieu elle avait beaucoup pleuré la mort de l'amour. Elle avait eu un âge très ancien, fait de désillusions et d'usure, la souffrance avait creusé jusqu'aux traits de son visage et elle voyait ce qu'il serait plus tard, certains matins il apparaissait dans la glace comme un double patient. Elle avait eu des soirées de solitude totale, sa vie comme asséchée, stérile. Elle s'ennuyait, et il lui semblait qu'il en serait toujours ainsi, les autres travailleraient, s'amuseraient, s'aimeraient, tandis qu'elle serait toujours cette femme aux deux visages, seule dans son appartement chéri et bruyant. Elle buvait un peu trop. Fumait un peu trop et s'habituait à cela. Elle lisait toujours les journaux pour se sentir comme avant, concernée par le monde, mais le monde était trop vaste et elle savait que son indifférence ne blesserait personne. Elle avait promis à un ami d'aller avec lui à Plogoff, ce dimanche de mars, elle apporterait son soutien aux habitants de ce petit village qui se battaient contre l'installation d'une centrale nucléaire à la pointe du Raz, et si elle n'y était pas allée ce dimanche-là, ça n'était pas par soudaine indifférence pour le danger du tout-nucléaire, mais parce que dans la nuit une chose étrange s'était passée. Sur une feuille de papier elle avait écrit : *J'ai voulu mourir d'aimer et je me suis ratée.* Alors les images s'étaient mêlées aux mots, les mots aux émotions, elle avait écrit en cavalcade jusqu'à l'aube, et tout avait déboulé en vrac, ses parents chuchotant dans la cuisine le scandale Gabrielle Russier, les valises d'Hélène, les toux de Mariette, la chambre minuscule, dépouillée et extravagante de son enfance. Elle revivait le chaos de ses sentiments d'alors, son désir de choses nouvelles, la peur de la trahison et l'appréhension de l'échec, mais plus fort que tout, le nécessaire départ. En se mariant avec un vieux, Charlène ne lui donnait pas seulement les clefs de son premier appartement, elle lui redonnait le goût de la révolte. Sabine était cette amante qu'un homme avait abandonnée dans une chambre d'hôtel parce que son corps soudain le décevait. Elle était cette provinciale qui avait laissé un metteur en scène la tripoter avant de confier le rôle à une autre. Elle était cette comédienne à qui on avait demandé une mauvaise scène de cul pour appâter le spectateur. Et pas une fois elle n'avait donné son sentiment. Trop habituée à obéir et trop préoccupée à plaire, à creuser encore et encore le sillon féminin de la soumission et de la gratitude.

Quand elle relut ce qu'elle avait écrit, elle ne sut qu'en faire. C'était trop intime pour être joué comme elle avait joué *Une vie*, et elle n'était pas Maupassant. Elle mit les feuilles dans une jolie pochette et la pochette dans un carton et le carton sous son lit, avec une valise et quelques boîtes à chaussures.

— C'était juste avant la Grande Guerre. En 1912. Des safaris étaient organisés sur les côtes bretonnes par les chemins de fer de l'Ouest, et chaque dimanche les chasseurs débarquaient pour tirer sur les macareux moines venus nicher en France. Le soir ils repartaient et laissaient derrière eux des oiseaux plombés, des poussins affamés et des œufs explosés. Un homme, le lieutenant Hémery, a décidé de stopper ce massacre. Il a créé la Ligue pour la protection des oiseaux, et la chasse dans les sept îles au large de Perros-Guirec est devenue illégale. Aujourd'hui la LPO compte plus de deux mille cinq cents membres, et je vous remercie d'être venus ce soir pour écouter mon exposé. Je remercie également Seb d'avoir mis le bar à ma disposition.

Hélène venait d'apercevoir Éléonore entrer dans le café, Arthur lui avait fait un signe et en se faufilant elle était allée s'asseoir à ses côtés, un peu au fond. Elle ne voyait qu'eux au milieu de ces étudiants qu'elle avait eu du mal à rassembler, collant des affichettes sur les panneaux en liège de la cafétéria et tractant à la sortie de la fac, comme le faisait Léo devant le lycée Cézanne, cinq ans auparavant.

— Depuis quatre ans, les sept îles sont classées réserve naturelle et les oiseaux affluent de partout, le pingouin torda, le guillemot de Troïl, le fou de Bassan et tant d'autres. C'est leur seul point de nidification en France, et la plus grande réserve d'oiseaux de mer française.

Elle pivota un peu et appuya sur le bouton du projecteur. La diapositive montrait un couple de macareux moines, leurs petites têtes de clown en alerte, leurs longs yeux maquillés et leurs becs colorés ponctués de deux taches d'or. Elle laissa le public admirer les oiseaux et dit avec une pointe de regret :

— J'aurais aimé vous faire écouter le chant du macareux moine. J'aurais aimé savoir l'imiter, quand il se mêle au bruit du vent ça fait un peu… Voyons… Vous avez déjà entendu une porte grincer ?

L'assemblée rit. Éléonore devait être soulagée, elle avait dit à Hélène, Ne fais pas comme moi avec la vivisection, ne les rebute pas surtout, fais-les rire si tu peux !

— C'est en mars que ces oiseaux des hautes mers reviennent sur l'île, se réapproprient leur terrier et retrouvent leurs partenaires. Ils sont fidèles et vivent pourtant longtemps (nouveaux petits rires dans l'assistance), jusqu'à trente ans parfois… Quand on les regarde voler on dirait un peu des pingouins dans le ciel, vous ne trouvez pas ? Et d'ailleurs… voici la photo d'un petit pingouin, l'oiseau le plus rare et le plus menacé de France.

Éléonore avait posé ses coudes sur ses genoux et son menton dans ses mains. Elle fixait Hélène avec une concentration encourageante, et soutenue par ce regard Hélène prenait plaisir à s'adresser aux étudiants, à les *tenir*, aurait dit Sabine. Malgré la gravité de son discours elle éprouvait cette sensation de maîtrise et de séduction.

Quand elle se tut, elle aurait presque pu toucher le silence. Les ondes qui se propageaient dans l'assistance avaient un poids et une énergie. Elle déclencha une autre photo : une petite île couverte de points blancs.

— Depuis 1930, l'île parce qu'elle est protégée attire les fous de Bassan. Ces milliers de points blancs, ce sont eux, en colonie, sur l'île Rouzic, que l'on surnomme l'île aux oiseaux. Ils l'ont choisie pour sa sécurité mais aussi pour les bonnes conditions du vent, de déplacement et de nourriture tout autour.

Dans l'assistance quelqu'un cria, Et comment chante un fou ? Il y eut des rires gênés, une attente un peu déplacée. Hélène renversa le cou en arrière et poussa des trilles saccadés, rythmés, sorte de rires enroués qui se répétaient en cadence. Elle n'en revenait pas d'oser cela, d'offrir avec sensualité ce qui aurait pu être comique. Ce qui l'était peut-être.

— C'est ainsi… à peu près… que chante le fou.

Il y eut de brefs applaudissements. Hélène laissa passer un temps. Regarda l'assemblée avec une sévérité qui annonçait l'épilogue, et la colère revenait, l'écœurement, le chagrin. Elle appuya sur la commande et une photo entièrement noire apparut.

— Voici une vague qui ne peut plus se briser.

Elle enchaîna les photos.

— Voici un oiseau qui ne peut plus voler. Voici un oiseau blanc devenu noir. Voici à quoi ressemble ce qu'on appelle la Côte de Granit rose. 1967. 1978. 1980. *Torrey Canyon. Amoco Cadiz. Tanio.* Nous oublierons peut-être les noms de ces bateaux et les dates de ces marées noires. Nous oublierons peut-être les noms de ces oiseaux mazoutés, le fioul du *Tanio* en a tué près de quarante mille, soit deux fois plus que l'*Amoco Cadiz.* Nous n'arriverons pas à sauver les macareux, et leurs œufs, maculés d'hydrocarbures, n'ont plus aucune chance d'éclore.

Elle arrivait maintenant au but. Et ça n'était pas, loin de là, la partie la plus facile :

— Mais je crains que ce que nous oubliions surtout, ce ne soient nos propres fautes. Je ne crois pas que nous valions mieux que ces pétroliers brisés, nous qui faisons des vidanges sauvages, balançons n'importe où nos sacs et nos bouteilles en plastique, ne remettons en cause ni notre agriculture ni notre industrie, ni les produits dans nos lessives et nos peintures, non, nous ne valons pas mieux que Shell et Total !

Dans la salle l'indignation avait fait place à l'étonnement, déjà certains se levaient et sortaient bruyamment, un homme cria, À bas les multinationales !

Certains contestaient faiblement ces départs, mais ils étaient désorientés et méfiants. Hélène éleva la voix pour dire ce qui lui tenait à cœur :

— Cinquante pour cent de nos eaux non dépolluées vont à la mer ! Nous sommes nos pires ennemis et les pires ennemis de la faune et de la flore ! Nous sommes les pires ennemis de la vie !

Et bas, comme pour elle-même :

— Je vous remercie.

Elle gardait les yeux baissés sur ses fiches qu'elle faisait mine de classer, ne voyait pas Arthur qui s'était levé et l'applaudissait, entraînant d'autres applaudissements timides. Personne ne lui demanda à adhérer à la LPO comme y invitait le petit panneau posé sur la table à ses côtés.

— Mademoiselle Malivieri, vous êtes sacrément courageuse ! dit Éléonore en l'embrassant.

— Ta conclusion était très professionnelle, bravo…, chuchota Arthur en passant la main sur sa joue.

On aurait dit deux parents à une fête de fin d'année, deux parents à la fierté inconditionnelle. Hélène sut que sans eux elle n'aurait rien osé, et peut-être ne s'était-elle adressée qu'à eux. Ils quittèrent le quartier pour finir la soirée dans un bar minuscule de la rue Francœur, derrière la butte Montmartre. Les tables étaient poisseuses, les lumières crues et les clients un peu esseulés, des hommes pour la plupart, qui paraissaient avoir tous le même âge, celui de ceux qui ont trimé dans des boulots difficiles et bu beaucoup chaque soir et parfois aussi le matin tôt avant le travail. Dans ce lieu qui lui ressemblait si peu, Arthur était joyeux. Encouragé par Éléonore, il avait imité Hélène imitant le fou de Bassan, il était désinhibé et cela le rendait drôle et sexy, le rire lui donnait un peu de canaillerie et d'audace. Épuisée par l'émotion et l'échec de son exposé, étourdie par l'alcool, face à Éléonore et Arthur, Hélène était bien. Leur gentillesse éméchée, les défis qu'ils se lançaient mutuellement (peut-être dans l'espoir de l'épater un peu ?), tout était savoureux, même les questions d'Arthur ne la gênèrent pas, alors qu'elles lui auraient en temps normal causé la plus grande honte. Il avait osé, regardant Éléonore dans les yeux et avec le débit rapide de celui qui se lance dans un interrogatoire un peu salace, lui demander si elle avait déjà fait de la prison, si elle voulait être fonctionnaire un jour, et si toutes les lesbiennes faisaient partie du MLF. En tant qu'étudiant en médecine il savait que l'homosexualité était une pathologie psychiatrique, mais il avait du mal à la classifier et il devait avouer qu'il comprenait mieux l'homosexualité féminine que masculine. Il lui épargna la question de l'âge de la maturité sexuelle pour les homos et les fichages policiers, mais Hélène vit Éléonore savourer ces questions naïves, comme si Arthur s'enfonçait lamentablement et qu'elle y prenait à chaque fois un avantage sur lui. Alors qu'il commandait une énième vodka, elle adressa à Hélène un long sourire, qui avouait un désir si profond qu'Hélène eut l'impression de tomber dans le vent.

Ils se dirent au revoir sur le trottoir, Éléonore descendait vers la rue Ordener, Arthur dormirait chez Hélène, ainsi qu'ils le faisaient toujours après une soirée ensemble. Ils descendirent la rue Francœur à pied, sous les réverbères les cerisiers en fleur faisaient des apparitions fulgurantes, les escaliers qui montaient à Montmartre creusaient dans la nuit un chemin clandestin, tout paraissait tenu par une beauté inépuisable, mais quand ils passèrent le pont Caulaincourt tout changea, ils enjambaient le cimetière et quittaient la partie haute de la ville, endormie dans sa poésie. Ils attrapèrent un taxi à la station de la place Clichy et rentrèrent à Neuilly avec le soulagement d'un couple de bourgeois qui après une soirée canaille va retrouver le confort de ses sentiments domestiques. Hélène posa sa tête contre l'épaule d'Arthur. Elle n'était pas sûre de ne plus l'aimer. Elle n'était pas sûre de pouvoir se passer de lui. Elle avait terriblement sommeil.

Agnès avait repris le travail. Elle avait reçu un blâme, des reproches virulents de sa hiérarchie, revu le médecin du travail, qui après un questionnaire bref et inaudible avait signé une fiche d'aptitude. Puis elle avait retrouvé ses collègues. Ça avait été comme se réveiller d'un long coma et trouver au pied de son lit des visages oubliés qui vous regardent comme une personne qui leur a manqué et que vous n'êtes plus. Fallait-il être cette personne-là pour que la vie reprenne avec évidence ? Dans la nuit froide du petit matin, poser sur son vélo les lourdes sacoches, pédaler contre le mistral, s'arrêter devant les portillons, pousser les portes des immeubles, des commerces, des bureaux, porter les bonnes et les mauvaises nouvelles, tenir dans ses mains la puissance inexorable des mots… *J'ai mis au monde une petite fille mongolienne et je l'ai abandonnée aussitôt.* Ses mots à elle. Prononcés et pardonnés. Mais ça ne s'était pas passé comme elle l'avait prévu. Dans le secret de la confession elle avait avoué son péché et reçu le pardon de Dieu, et c'était le but de son séjour à l'abbaye, se confesser et être absoute. Mais après le pardon venait la pénitence. Elle l'avait attendue ardemment, l'avait espérée sévère, elle voulait se purifier spirituellement. Mais au lieu de lui ordonner les prières habituelles, le prêtre lui avait dit de simplement rentrer chez elle et de dire la vérité à son mari. Le cœur d'Agnès avait cessé de battre un instant, comme s'il s'était cabré devant l'injonction, elle voulait crier, Jamais ! Jamais je ne ferai ça ! À quoi servait de se confesser si c'était pour repartir plus accablée qu'avant l'aveu ? Elle avait hésité à demander autre chose, à parler de l'affliction de la chair, elle accepterait de maltraiter son corps, de ressentir le froid, le chaud, la faim, la soif, elle obéirait à tout, mais elle ne dirait pas la vérité à son mari, jamais. Mais parce qu'elle avait reçu le sacrement de la confession, elle avait simplement baissé la tête et dit, Amen. À présent, elle était intoxiquée par cet ordre. Elle regrettait sa confession. Sa religion. Ses croyances. Mais elle ne regrettait pas l'abandon de l'enfant. Elle avait eu peur de son incompétence, et elle avait peur de l'enfant, son besoin d'affection, sa dépendance jusqu'à la fin de sa vie. Cette petite fille au visage de lune, elle n'avait rien à lui donner et elle serait bien mieux sans elle. Bruno cherchait à partager le deuil de l'enfant, et il la dégoûtait parfois, dans son ineffable gentillesse, cet amour pour elle qui l'aveuglait. Je m'en voudrai toute ma vie de ne pas avoir été là, ça me rend malade de penser que tu étais seule, encore, je t'imagine, je ne peux pas empêcher ça, je t'imagine tout le temps. Il avait chuchoté cela un soir, dans la pénombre de la chambre, et Agnès s'était demandé s'il ne savait pas tout. N'en parlons plus, n'en parlons plus jamais, c'est la seule façon pour moi de m'en sortir, avait-elle répondu, et il avait cru à sa clémence. Depuis elle avait repris le travail, et la vie de famille, comme avant. Elle avait simplement effacé un pan de sa vie, rien de ce qui appartient au passé n'existe, et bientôt ce malheur ne serait rien d'autre qu'un vieux chagrin, rien d'autre qu'un silence.

Avant de quitter la bastide, Laurence lui avait téléphoné, elle voulait la voir, et elles décidèrent de prendre un verre dans Aix. Il faisait doux, elles se retrouvèrent à la terrasse des Deux Garçons. Quand Agnès arriva, Laurence était déjà là, elle se leva pour l'embrasser et la serrer dans ses bras. Agnès sentit contre elle tout son être avec une précision surprenante, la forme de son corps, sa respiration, sa vie frémissante et loyale. Elle avait perdu l'habitude de ce geste, et elle restait les bras ballants, comme engoncée dans un vêtement mal taillé.

— Quel bonheur de te voir ! Tu m'as manqué.

Agnès sourit comme si ces mots étaient simple politesse.

— Toi aussi.

— Tu as repris le travail depuis longtemps ?

— Il y a deux mois, en février.

— Le mois le plus froid.

— Oui. Le mois le plus froid.

— Ça ne te fatigue pas trop ?

— Mais c'est justement pour ça que j'ai repris. Pour que ça me fatigue.

Des lycéens partageaient la table d'à côté, ils parlaient fort et employaient des mots vulgaires comme s'ils avaient été tout à fait ordinaires, les filles lançaient des injures qu'on avait l'habitude d'entendre dans la bouche des garçons. Laurence demanda :

— Aix a changé, ou c'est moi ?

— Les deux, je pense…

— Je me sens dépassée !

— Je crois qu'on l'est…

Elles l'étaient. Et auraient souhaité ne pas l'être. Laurence aurait aimé rester cette femme en phase avec son temps, mais un infime décalage se glissait déjà entre elle et le monde d'aujourd'hui. Elle n'en revenait pas de ce mouvement qui venait de se créer et qu'elle appelait « l'oxymore » : les jeunes giscardiens. Quand la jeunesse avait-elle cessé de demander l'impossible ?

— Le temps passe si vite, regarde-nous, j'ai l'impression qu'on s'est rencontrées hier au marché. Mariette était haute comme trois pommes.

— Et aujourd'hui comme quatre…

— Non, elle est belle, elle a un truc vraiment, un charme incroyable. Tu peux être fière de tes filles.

— Rose va bien ?

— Elle n'a pas réagi quand je lui ai dit que je quittais la bastide. J'avais espéré qu'elle vienne un peu avant le déménagement. Elle n'est pas venue.

— C'est la nouvelle génération. Je ne vois jamais mes aînées.

— Non, je crois que c'est son caractère. Ma fille est snob… Elle est heureuse d'avoir un mari riche. Comment est-ce possible ? Qu'est-ce que j'ai raté ?

— On a tout raté, je crois… Si on pense à ce qu'on avait rêvé. Mais finalement, nos filles font ce qu'elles désirent et c'est le plus important. Même si on n'y comprend rien.

— Eh bien… toi aussi tu as changé, mon Agnès. Et je ne l'ai pas vu venir.

— Non.

L'affirmation était si tranchante que Laurence en eut un petit mouvement de recul.

— Je n'arrive pas à me souvenir de la dernière fois où tu es venue à la bastide… C'était avec Mariette, mais quand précisément ?

— Ça n'était pas avec Mariette. C'était il y a plus d'un an, en février, j'étais venue à l'improviste, mais il y avait eu un règlement de comptes dans les quartiers nord de Marseille et tu partais en reportage.

Et soudain ce fut d'une précision désastreuse. Laurence revoyait clairement la scène, et son mensonge à Agnès. Elle ne partait pas en reportage cet après-midi-là. Elle avait rendez-vous avec un homme qui lui plaisait et qui venait de lui téléphoner pour lui demander de le rejoindre. Rien ni personne n'aurait pu l'arrêter. Maintenant elle se souvenait du visage d'Agnès, un visage qu'elle avait vu chez beaucoup de femmes comme coincées contre un mur, au fond d'une impasse. Elle l'avait vu et elle s'était dit, Tant pis je vais être un peu égoïste elle me racontera plus tard. Mais plus tard n'était jamais venu. Après avoir fui la consultation à la maternité de l'hôpital, Agnès était allée chez Laurence, à la bien nommée ambassade. Ce jour-là elle aurait tout accepté d'elle, n'importe quel conseil, n'importe quelle parole. Le lendemain c'était trop tard. Le lendemain c'était impossible. De toute façon, Laurence ne lui avait rien demandé.

Alors elle avait continué à être enceinte en secret, se laissant glisser dans le monde protecteur du mensonge et de la détresse, s'effaçant pour laisser la place au devoir.

Elles finirent leurs verres et payèrent l'addition. Au moment de se quitter, Laurence dit :

— Je voudrais une chose, j'espère que tu accepteras, que tu ne penseras pas que je me mêle de ce qui ne me regarde pas.

— Dis-moi.

— J'aimerais faire livrer chez toi mon piano droit. Je n'aurai pas la place dans mon appartement et je voudrais le donner à Mariette.

— À Mariette ?

— Oui, elle est douée.

— Au piano ?

— Oui, je crois qu'elle devrait prendre des cours. Je lui dois de l'argent pour le jardinage. Je le lui donnerai, ainsi que l'adresse du professeur qu'avait Rose. Ça ne t'ennuie pas ?

— Non. C'est bien.

— Je le ferai livrer samedi mais j'aimerais que ce soit une surprise, que tu ne dises rien.

— Je ne dirai rien.

Ce furent les derniers mots d'une amitié qui pendant dix ans les avait unies jusqu'au plus profond de leur être.

Sabine s'était assise au bord du trottoir, boulevard Raspail, parce qu'elle avait honte. Elle pleurait tellement, elle étouffait de sanglots et c'était trop, elle le savait, trop expansif, trop fort, trop impudique. Comment faisaient les autres pour marcher ainsi, silencieux et dignes, leur tristesse enfoncée en eux comme un pieu et vissée aux entrailles ? Paris était engourdi de chagrin, la ville était lente, presque deux heures que le cortège avait quitté l'hôpital Broussais tout proche, le cortège funéraire ressemblait à un animal pataud, énorme, cerné par des milliers et des milliers d'hommes et de femmes, d'enfants et de vieillards, qui portaient le deuil stupéfait de Jean-Paul Sartre. Le fourgon noir surmonté de hautes gerbes rouges allait escorté par des policiers aux gestes si doux qu'on ne reconnaissait pas ceux qui avaient si souvent arrêté l'intellectuel de son vivant. Il n'y avait ni service d'ordre ni barrières, pas même de déviation, l'ordinaire frénésie de Paris s'était simplement arrêtée pour faire place à l'engourdissement douloureux d'une foule d'inconnus qui partageaient le même deuil. Il se murmurait qu'il y avait Montand, Signoret, Sagan, Rocard, mais ça n'avait pas d'importance, personne n'était célèbre, tout le monde était meurtri et un peu ahuri. L'instant semblait fictif. Assise sur le trottoir, Sabine voyait les pieds de tous ces anonymes qui sans ordre ni cris de ralliement s'étaient rassemblés et avaient attendu des heures devant l'hôpital le cercueil de l'homme vaincu. Ils étaient maintenant rejoints par tous ceux qui débouchaient des métros, des rues, des immeubles, comme si l'aimant d'une boussole les attirait, eux qui perdaient avec Sartre un si haut repère. Paris honorait un philosophe comme on honore un roi. Sur les vitres des kiosques à journaux, la une géante de *L'Express* annonçait sous le portrait de l'écrivain : *Sartre face à son époque*, et Sabine se disait que ce qui se passait maintenant, les gens de l'hebdomadaire ne l'avaient pas prévu, car la foule dépassait la nécrologie, ce 19 avril 1980, Sartre était comme jamais *face à son époque*, face à ceux qui l'avaient lu, et aussi face à ceux qui ne l'avaient pas lu, qui l'avaient entendu, qui l'avaient vu devant les usines et dans les rues, les cafés, les tribunes, les manifestations, tous ceux qui l'aimaient pour un engagement ou un autre, une époque ou une autre, un livre, une pièce de théâtre, des erreurs, des revirements, les éblouissements sincères d'une si haute conscience. Sabine voyait les piétons de Paris et ne savait plus où était le convoi, mais cela avait peu d'importance, car Sartre n'était pas seulement ce mort allongé dans un cercueil nu, à côté duquel Simone de Beauvoir était assise, Sartre était comme répandu dans la ville, et toutes les autres, en France et dans le monde. Le petit homme qui se trouvait si laid, le penseur presque aveugle, était pleuré dans le monde entier, et Sabine se demandait si vraiment rien n'existait plus de lui-même ou s'il pouvait recevoir un peu de cet hommage universel, est-ce que les morts nous font l'honneur d'accueillir nos larmes, ou sont-ils déjà dans la grande glaciation de ce qui n'est plus ? Où était-il, cet homme qui avait traversé et interrogé une époque faite de guerres, de colonisation et de révolutions ? Par quoi serait-il porté à présent que tous allaient parler pour lui, l'interpréter, l'analyser, le contester, se le disputer, une chapelle et une autre, un courant et un autre, car il y aurait bien sûr des ruptures, des insultes et des accaparements ? Sabine ne pleurait plus, elle ressentait simplement la fatigue confuse que donne le chagrin. Elle marcha lentement, avec la foule qui se taisait, et arriva devant le cimetière sans même s'en rendre compte, et bien après le convoi. La foule semblait soudain moins anonyme, chacun comme frappé d'inquiétude face au mur inimaginable et concret du plus jamais, et les titres des livres résonnaient étrangement, *Le Mur*, *La Nausée*, *L'Être et le Néant*, il semblait que chacun y pensait, que ça devenait un cantique, une prière profane. Sabine comprit que ça n'étaient pas eux qui avaient accompagné le cercueil de Sartre, c'est lui qui une fois de plus les avait conduits au pied de l'évidence. En entrant dans les allées du cimetière que l'affluence rétrécissait, Sabine revoyait la photo à la une de *Libération*, qu'elle avait encadrée et accrochée chez elle, la photo en noir et blanc de Sartre qui marche contre le vent et que son ombre ne suit pas, mais devance, parce que c'est là qu'il va, dans le royaume des ombres.

Elle entendait la multitude agglutinée et désorganisée. On montait sur les tombes, on renversait des stèles, certains chutaient, se blessaient, un bébé hurlait, des hommes de télévision tendaient leur micro, des jeunes gens faisaient des photos. Effrayé par la mort, on revenait à des préoccupations tangibles, on l'esquivait, et il n'y avait plus de place pour le deuil, simplement pour la curiosité et la fièvre. Sabine sortit de l'immense cimetière dérangé.

Elle marcha au hasard dans la ville, longea le jardin du Luxembourg et arriva place Saint-Sulpice, ce paysage qui surgit toujours derrière les arbres, et étonne. Attirée par les couleurs et les hautes vitres aux lumières dorées, elle s'immobilisa devant la boutique Yves Saint Laurent. Elle devinait le magasin profond qui devait sentir le bois verni, le cuir et les fleurs, quelque chose de poudré, de piquant aussi, comme un citron ouvert, et c'était troublant de penser que la porte de ce lieu, elle ne la pousserait sans doute jamais. Debout devant la vitrine elle vit soudain, pris dans le flou des vêtements posés sur les mannequins laqués, son visage brouillé et si peu aimable, son corps engoncé dans un manteau mal coupé… et elle reconnut sa mère. Ce visage fatigué, cette silhouette ordinaire devant la vitrine du grand couturier, c'était Agnès, une jeune fille de vingt-trois ans, silencieuse et prudente. Alors, comme si elle l'avait surprise et que cette rencontre fût indiscrète, Sabine se détourna. Elle chercha de la monnaie dans son sac et entra dans la cabine téléphonique près du kiosque à journaux. Elle était émue en composant le numéro, elle ne savait pas comment ça allait se passer, si elle aurait la force de parler, mais elle avait besoin de dire que, malgré l'éloignement de ces derniers mois et tout ce qu'elle avait appris, sa tendresse était intacte. Peut-être même plus forte qu'avant.

Le téléphone sonna longuement avant qu'Agnès ne décroche. Elle avait la voix ensommeillée de celle qui a fait une courte sieste et ne sait plus, au milieu du jour, de quoi elle émerge vraiment.

— Allô ? Allô ?

— Maman, c'est moi, c'est Sabine ; écoute, je n'ai que trois francs, tu peux noter le numéro de la cabine et me rappeler ? Oui, oui, tout va bien ne t'inquiète pas, c'est juste que, tu sais, je reviens de l'enterrement de Sartre. Sartre ! Oui… Le philosophe. Bon, rappelle-moi s'il te plaît.

Elle lui donna le numéro et raccrocha, tendue, fébrile, comme si elle pouvait parler à sa mère uniquement depuis cette cabine et qu'il fallait faire vite. Des enfants jouaient autour de la fontaine, elle les voyait sans les entendre, dispersés et radieux ils s'éclaboussaient en trépignant, la lumière giclait et faisait autour d'eux d'étranges auréoles. Le téléphone sonna.

— Sabine ? Tu es allée à l'enterrement de Sartre ? Mais pourquoi ?

— Pour l'accompagner.

— Tu sais que l'Église condamne ses écrits ?

— Un bon point pour lui.

Agnès hésita et dit :

— C'est triste, les enterrements…

— Maman, ce que je voulais te dire…

Il fallait lui parler maintenant de ce qu'elle savait, la mort de son premier bébé, dans ce temps lointain de sa jeunesse.

— C'est que… j'ai le même âge que toi. En fait.

— Comment ça ?

— J'ai l'âge que tu as eu.

— Mais tu m'appelles pour me dire ça ?

Un groupe d'Asiatiques se faisait prendre en photo devant les marches de l'église, entre les colonnes massives. De quel pays venaient-ils ? Pourquoi ne voyait-on en eux que des sosies ?

— Maman, je voulais que tu saches… Mariette… elle nous a dit, à Noël, sur le balcon, enfin peu importe où… avant que tu reviennes, elle nous a dit pour le bébé…

— J'entends ton père qui rentre.

L'hostilité d'Agnès passait le long de la ligne téléphonique comme un long nerf palpitant.

— Ton père est arrivé.

Sabine fit un véritable effort pour continuer la conversation :

— Il y a une fontaine face à moi. Avec des enfants. Il y a une église aussi, pour les enterrements des gens célèbres…

Agnès parlait à Bruno :

— C'est Sabine au téléphone. Oui, elle va bien.

Il était inhabituel que Sabine appelle en plein après-midi, mais son père ne semblait pas avoir pris l'écouteur, Agnès lui parlait comme s'il était dans une autre pièce, allant et venant peut-être, déposant son cartable, sa veste, ôtant ses souliers. Sa voix lui parvenait en arrière-plan, une réverbération métallique.

— Embrasse papa pour moi.

Un type frappa à la porte de la cabine, puis tapota sur sa montre. Sabine sursauta, et le temps de ce sursaut, sa mère avait raccroché. Le type gueulait maintenant, comme s'il venait de rater un train par sa faute, il se sentait dans son bon droit, immortel et puissant.

Sabine s'assit sur un banc, imagina sa mère à ses côtés. Tu n'as pas froid ? Paris en avril, c'est comme ça. Mais les enfants s'en fichent, regarde ceux-là, ils sont trempés déjà, qu'est-ce qu'ils vont prendre quand ils vont rentrer… Ou peut-être pas, ce sont leurs jeux habituels après l'école. De vrais petits Parisiens. Je sais pourquoi j'étais si triste aujourd'hui. Ça m'angoisse, cette liberté dont Sartre parle, je voudrais en être capable et je ne le suis pas. J'ai beaucoup pleuré. J'ai froid, je vais marcher encore. Ne reste pas sur ce banc. Rentre dans l'église des gens célèbres, il y a des Delacroix noircis par le temps. *La Lutte avec l'ange*, tu verras, il est costaud cet ange, un athlète, mais on ne dirait pas qu'il lutte, on dirait qu'il comprend.

Elle quitta le banc. Et elle s'étonna de connaître cet épisode biblique qu'il lui semblait n'avoir jamais lu.

Mariette ne voulait pas du piano de Laurence. Je n'en veux pas ! C'est ce qu'elle avait dit spontanément, quand Agnès, rompant la promesse de la surprise, lui avait annoncé qu'on le livrerait samedi et qu'il fallait ôter un lit pour faire de la place et le mettre dans sa chambre.

— Pas question ! C'est la chambre de mes sœurs. Elles dormiront où quand elles viendront ? Dans un mois c'est l'été !

— Mais puisqu'elles ne viennent pas. Ou si rarement.

— Ce n'est pas ça qui compte. Ce qui compte, c'est de *pouvoir* venir. Je ne retirerai aucun lit.

— Si j'avais eu la chance, moi, qu'on m'offre un piano quand j'étais jeune ! Tout t'arrive tout cuit dans le bec et tu ne sais même pas l'apprécier. C'est triste et… décourageant et… décevant aussi. Oui, tu es tellement décevante !

— Prends-le pour toi ce piano, puisque c'est une telle merveille !

— Tu vas refuser un cadeau de cette valeur ? Un piano pour tes quatorze ans ?

— Mais je ne sais pas jouer, qu'est-ce que tu veux que je fasse d'un piano ?

— Je t'ai vue réviser ton solfège, c'était pour quoi ? Et Laurence m'a dit que tu étais douée. Donc, c'est qu'elle t'a entendue, c'est que tu as joué pour elle.

Comment Mariette pouvait-elle dire à sa mère que la musique venait facilement sous ses doigts, mais qu'alors s'enchaînaient des paroles menaçantes qui lui faisaient une peur froide, comme ces cauchemars dans lesquels on trébuche, avec sous nos pas le craquement d'une terre qui s'ouvre en deux ?

— Je n'aime pas la musique, dit-elle avec emphase. J'aime le silence.

Sa mère avait ri et s'était détournée, elle riait encore quand elle était partie dans le salon où elle avait allumé la télévision, et elle riait toujours face aux réclames pour les petits plats tout préparés de Bolino (*Bo-li-no ! Bo-li-no !*), qu'elle trouvait sûrement aussi stupides que sa fille. Mariette fit claquer la porte si fort en sortant que les clefs suspendues à l'accroche murale tombèrent sur le sol, dans un bruit désolé.

Quelle conne ! Connasse ! Pauvre connasse ! Mariette marmottait des insultes qui ne la soulageaient pas. Elle ne supportait plus sa mère et son nouveau rire misérable, son rire de menteuse, de fugueuse et d'abandonneuse, lancé pour camoufler ses souvenirs morbides et ses remords. Elle la voyait, immobile dans la cuisine, ressortant de la salle de bains sans s'être lavée, revenant des courses avec un filet à moitié vide, et fumant sur le balcon, le regard obstiné, en attente d'on ne savait quoi. Elle était perdue dans l'appartement comme si les soixante mètres carrés avaient été un dédale et qu'elle hésitait sur la direction à prendre. Mariette avait envie de remonter ses manches pour la défier franchement : Allez vas-y ! Vas-y cogne si t'es une femme ! Et elle lui aurait décoché des coups, des bien sentis et des directs, elle l'aurait explosée comme un fruit juteux et tendu, clac ! Connasse ! Pauvre connasse ! Comme je te hais ! Mon Dieu je ne savais pas que je pouvais te détester à ce point-là.

Elle avait marché longtemps et si vite, et maintenant elle allait à petits pas tendus dans les ruelles humides du vieil Aix, le souffle chaud, douloureux. Tout cela, pensait-elle, c'est à cause des accords qui viennent tout seuls, de mes chansons mal foutues, c'est à cause de Laurence, à cause de Joël aussi, à cause des poètes, à cause de mes sœurs, toutes mes sœurs, Sabine, Hélène et surtout Xmas, je les déteste tous, tous ceux que j'aime je les déteste, je les déteste, je les aime je les déteste je les aime je les déteste…

Au fil des semaines, des parois s'étaient fissurées au plus profond d'elle-même, libérant des tristesses d'une sincérité insoutenable. Elle faisait la découverte d'un monde injuste et sa peine était si haute qu'elle devait parfois la chérir pour ne pas en mourir. Elle cherchait ses armes, ses défenses, ses talents, et ne les trouvait pas. Elle s'assit sur les marches d'une bâtisse ancienne sur lesquelles roucoulaient des pigeons et prit son visage dans ses mains, Aide-moi je t'en supplie, je ne peux plus la supporter, aide-moi… Elle priait son ami de toujours et elle luttait pour retrouver ce sentiment perdu : aimer. Elle appuya son dos contre la porte en bois écaillé. Les pigeons aux yeux hagards lançaient des gloussements offusqués, elle savait qu'elle ne devait pas rester à côté des oiseaux, elle n'avait pas sa Ventoline sur elle, elle l'oubliait de plus en plus souvent, un oubli comme un affranchissement : de ce médicament *aussi*, elle pouvait bien se passer. Elle se releva, nauséeuse… et il lui sembla entendre la chanson de Bonnie Tyler. Elle l'avait oubliée, cette chanson magnifique qui n'avait aucun sens. Elle se souvenait de la cuisine un peu triste, de ce repas interrompu par l'annonce, *Habemus papam*, et toujours la chanson et le pape demeuraient liés, comme s'ils commandaient finalement la même chose, Aimez-vous ! Mais aimez-vous donc les uns les autres ! tout en sachant pertinemment que c'était impossible, une véritable chiennerie, un massacre programmé, et bien loin de vous aider à vivre, ce conseil vous assignait au découragement et à l'impuissance. Sur le cours Mirabeau elle s'approcha d'une petite fontaine recouverte d'une mousse ruisselante. Elle éclaboussa son visage de cette eau glacée, puis ses cheveux, son cou, ses épaules, elle était trempée, son tee-shirt collait à sa peau, elle avait presque froid maintenant, Bonnie Tyler chantait toujours, alors elle suivit son rythme et, détendue comme on peut l'être après une course ou une danse, les mains dans les poches, elle marcha jusqu'à chez Joël. Puisque tout était la faute de la musique.

Elle n'était jamais venue chez lui sans prévenir. Elle n'était jamais venue chez lui sans lui ; sans être passée le chercher d'abord au magasin. Elle avait appuyé longtemps sur la sonnette, et maintenant elle le regardait depuis le seuil avec l'air ravi de celle qui pense que voilà, elle devait venir c'était obligé, c'est drôle n'est-ce pas ? Il ne trouva pas cela drôle. Elle le dérangeait. Il était fatigué et un peu cafardeux ce soir-là. Il lui donna une serviette pour qu'elle se sèche et une chemise à lui, qui lui descendait jusqu'aux genoux et dans laquelle elle flottait comme un piaf égaré. La chemise était blanche et elle se mit à battre lentement des bras.

— Quand j'étais petite, j'avais une image de Jeanne d'Arc, une image pieuse évidemment, Jeanne d'Arc brûlait et la fumée lui donnait deux magnifiques ailes d'ange… Comme ça, tu vois ? Tu vois mes ailes d'ange ?

— Tes parents savent que tu es là ?

— Mais lâche-moi un peu avec mes parents, ça fait longtemps qu'ils ne se font plus de souci, et je viens de m'engueuler avec ma mère.

D'un regard il lui désigna le téléphone.

— Raison de plus pour lui dire où tu es.

— Hé ! Je sais ce que je fais, d'accord ? Y a pas besoin que je les appelle. Sers-moi plutôt à boire.

— Thé ? Jus de fruits ?

— Tu te moques de moi ?

— Non : toi, tu te moques de moi. Tu crois vraiment que je vais te servir de l'alcool ?

Elle se laissa tomber sur un fauteuil en soupirant :

— J'ai bu assez d'eau à la fontaine, merci bien !

Il laissa passer ce temps un peu faux où elle camouflait sa sincérité derrière une insolence maladroite, une décontraction forcée. Elle finirait bien par lui dire ce qu'elle avait sur le cœur, et par repartir. Alors il attendit, assis face à elle, les bras posés sur les genoux, le regard toujours un peu voilé par ses cheveux longs censés dissimuler ce visage qu'il n'aimait pas. Le temps passait et il la voyait petit à petit respirer différemment, relâcher ses épaules, fermer doucement les yeux, et puis serrer les lèvres quand l'émotion remontait et faisait vibrer la peau de ses joues, de son front, sur lequel les cheveux mouillés lançaient de toutes petites perles. Quand enfin elle parla, sa voix était si basse qu'il fit un effort pour l'entendre :

— Elle m'a appris des accords et puis moi je me suis mise à jouer et à chanter accompagnée au piano, et c'est là que c'est venu, tu vois, des paroles… horribles. Méchantes. Je suis pas méchante, je te jure. Et je n'aime pas vraiment la musique, je l'ai dit à ma mère, moi j'aime le silence, alors qu'est-ce que je vais faire de son piano ? Et mes sœurs ? Elles vont pas dormir ailleurs ! C'est difficile de dormir seule, de ne plus les entendre respirer, ça me manque de ne plus les entendre respirer. Donc, je ne peux pas prendre ce piano. J'ai pas la place.

Comme il n'avait pas tout compris, il dit simplement :

— Tu n'es pas méchante, ne t'inquiète pas.

Mais ce n'était pas cela qui devait la tracasser, car elle le regardait, attendant la suite, des paroles de soutien. Il dit :

— Et la musique… eh bien la musique… c'*est* le silence.

Il avait touché juste. Elle se redressa, et son corps minuscule pris dans la chemise trop large grandit d'un coup. Il baissa les yeux, regarda ses mains qu'il tordait un peu, comme s'il jouait avec. Elle demanda :

— Comment ça, la musique c'*est* le silence ?

— D'abord, si tu écoutes autant la musique, c'est que tu l'aimes, ensuite, et ça c'est très rare, c'est que tu sais entendre les silences qui font la partition. Pris dans un rythme, le silence est très actif.

— Ah bon ?

Elle se leva pour marcher dans la pièce. Elle réfléchissait à ce qu'il venait de dire et lui lançait des regards suspicieux, qui semblaient vérifier le sérieux de la chose : pouvait-elle le croire ? Soudain elle s'immobilisa.

— En fait je le savais ! La musique et le silence, j'ai toujours su que c'était la même chose, mais je ne savais pas comment le dire.

Il n'osait pas lui demander de s'en aller, il la connaissait, elle allait ressasser ses pensées, lui poser encore des questions, et il sentait monter en lui une fatigue profonde comme une faiblesse. Elle s'exaltait :

— Ça signifie – tu m'arrêtes si je me trompe – que je peux faire de la musique, enfin… dire des choses avec la musique, sans avoir besoin de paroles ?

— C'est ça…

Elle s'élança si vite dans ses bras qu'il la reçut sans comprendre ce qui se passait. En se jetant contre lui elle cogna son front.

— Oh, pardon, je t'ai fait mal !

— Ça va, ça va, je t'assure.

Il la repoussa doucement, se leva pour fouiller dans sa collection de disques, il avait besoin de faire quelque chose.

— Tu vas me faire écouter quoi ?

— Schubert. Le premier mouvement de la *Sonate D.960* interprétée par Brendel.

Elle s'assit sur le canapé. Il mit le disque et la rejoignit en murmurant :

— Chez Schubert, le silence est fondamental. Écoute… Le morceau fait quinze minutes. Écoute bien…

Et ils écoutèrent. La lutte entre l'allégresse et la fureur, la colère et la joie, tandis que dans les silences se tenait la menace. Ils n'étaient préparés à rien et la musique surgissait comme une eau furieuse, une chute splendide. Le silence alors devenait frustration. Ils avaient envie d'y crier. Et le jeu reprenait, leur offrant à peine un apaisement avant la tourmente la plus lucide. Ils écoutaient, tendus et intranquilles. Sous les doigts du pianiste aux innombrables mains – combien étaient-elles ces mains ? –, bouillonnait l'énergie du combat. Ils étaient deux voyageurs surpris par la tempête, et Schubert leur disait, Il faut vivre mais je vous préviens du danger. Quand cela fut fini, ils n'étaient plus vraiment les mêmes. Leurs doigts étaient enlacés, la tête de Mariette posée sur l'épaule de Joël, la musique les avait projetés l'un contre l'autre. Ils n'avaient pas envie que cesse cette halte dans leur vie, car il leur semblait que dans cette accalmie partagée, et malgré la tourmente de la sonate, ils se reposaient enfin, sentant l'odeur de l'autre monter doucement, étrangement familière. L'eau de la fontaine sur les cheveux de Mariette, et l'odeur de Joël, un peu poivrée, subtile et palpitante. Mariette approcha son oreille de sa poitrine. C'était le rythme d'une marche ou d'une danse un peu lente, le rythme originel. Elle écouta ce travail miraculeux, inlassable, le cœur prenait le sang et le purifiait, prenait le sang et le lançait dans le corps pour que vive la promesse. Je t'aime. Elle le dit à Joël, en tremblant de joie. Elle aimait. Ce sentiment revenait enfin, avec une facilité surprenante, presque dérangeante. Il posa sa main ouverte sur ses cheveux, elle prenait presque tout son crâne. Il sentait palpiter les veines de Mariette, le clignement de ses yeux contre sa poitrine, le bruit de sa gorge lorsqu'elle avalait sa salive, il sentait tout, comme si elle avait tenu dans sa paume. Elle était puissante et minuscule.

Acharnée et instinctive. La vie même. Il avait envie de la prendre contre lui et de l'embrasser, de soulever la chemise trop grande et de respirer sa peau. L'aimer longuement, tendrement, des heures entières, des jours et des nuits. Elle avait à peine quatorze ans. Il lui dit, Va-t'en. Reprends tes habits et rentre chez tes parents.

Elle se leva doucement, sans parler, sans rien déranger, et quand elle sortit, il entendit le petit bruit sec de la serrure, qui ne fermait pas une porte, mais scellait un pacte.

VII

LA PROMESSE

Hélène avait pensé que passer le week-end à Villers était une bonne idée, cela l'aiderait à ne plus être obnubilée par l'attente des résultats de la session de mai. Et comment refuser à David de venir à ses cinquante-cinq ans ? Il n'avait jamais aimé fêter son anniversaire, mais cette fois il avait cédé au désir de Michelle, et il y avait dans cette concession une docilité nouvelle. Il ne parlait jamais de son cancer et menait la même vie qu'avant et au même rythme. À Hélène il avait dit que ses journées de chimio en ambulatoire, dans cette pièce où il côtoyait d'autres malades, étaient des moments précieux. Il admirait ces gens. Leur courage, le récit de leurs vies, si différentes de la sienne. Elle avait senti qu'il aurait aimé se confier un peu plus, mais comme elle se taisait, il s'était tu aussi. Elle avait été gênée qu'il lève un pan du voile sur ce qui était la partie faillible de sa vie. Il avait toujours été pour elle celui qui tient la barre et impressionne. Elle se rappelait, quand elle avait une dizaine d'années, être allée le voir au siège de son entreprise à La Défense. Très imposant dans son costume-cravate, grand et mince, il marchait à vive allure dans un couloir, sa secrétaire lui parlait tout en trottinant derrière lui et lui avait tendu un papier qu'il avait signé *en marchant*. Hélène en avait été stupéfaite. Il lui avait lancé un regard amusé : il l'avait épatée, n'est-ce pas ? Alors elle avait compris qu'il avait fait cela pour elle, non pas de signer *en marchant*, ce qu'il devait faire chaque jour, mais d'y avoir mis une telle désinvolture. Presque une grâce. Elle ne l'aurait pas plus admiré s'il avait marché sur les flots.

Elle était arrivée à Villers la veille de l'anniversaire, et le lendemain matin tout le monde débarquait. Il y avait longtemps qu'elle ne les avait pas revus, ses cousins, leurs épouses, leurs enfants, et les copains, ces garçons et ces filles qu'elle avait connus à l'âge qu'elle avait aujourd'hui, et tant admirés. Ils vivaient à l'époque leur jeunesse de gosses de riches avec une joie puissante et indiscutable. Ils avaient vingt ans et elle les trouvait beaux. Les filles étaient pleines d'une sensualité joyeuse, ouverte, elles feuilletaient des magazines dans lesquels elles choisissaient les vêtements qu'elles achèteraient à la prochaine saison. Hélène ne savait pas alors que cela se faisait, choisir ses habits dans un journal, trouver dans une boutique ce que portaient les mannequins sur les photos. Les filles qui flirtaient avec Vincent et Joseph la chargeaient de leur passer des mots, des commissions, l'appelaient « la petite messagère » en riant, tout en appréhendant les réponses qu'elle leur rapporterait. Elle leur avait parfois menti. Mais c'était si facile de mettre le désordre dans ces couples qui se formaient qu'elle ne l'avait pas fait souvent. C'était un pouvoir effrayant pour une si petite fille, et elle se demandait comment les amoureux pouvaient changer d'avis si vite. Chez elle l'amour n'était pas un jeu. Chez elle, on était soit très vieux, soit petit. Mais jeune, jamais.

Maintenant elle les regardait arriver, les amoureux d'alors n'étaient pas tous les mariés d'aujourd'hui, mais tous étaient contents de se retrouver, et de fêter David. Lui se forçait un peu, les accueillait à bras ouverts mais semblait les compter mentalement, comme un acteur face à la jauge, Alors ? Combien sont-ils finalement ? Ah, il va falloir composer avec ça… À Hélène bien sûr, et encore une fois, on dit qu'elle avait grandi qu'elle avait changé et « comment ça allait à Marseille ? », on regardait si elle avait une bague de fiançailles, on hésitait à lui poser franchement la question du célibat, car elle n'était plus la petite messagère, et eux ne tombaient plus amoureux, ou en tout cas n'en parlaient pas. Soit on aimait son conjoint. Soit on gardait ses secrets. Passé trente ans on ne vivait plus en bande mais en couple, on ne traînait plus ensemble sur la plage ou dans les écuries du club, on s'invitait à dîner. Cela n'empêchait pas que la complicité revienne, celle de leur jeunesse, ces derniers instants de liberté avant de rentrer dans le rang (on disait « prendre ses responsabilités »). Se marier.

Avoir des enfants. Gagner sa vie pour les élever. Et l'essentiel semblait accompli. On marchait dans les pas de son père, ou de sa mère, et on marchait droit. Les chutes viendraient un tout petit peu plus tard, des délivrances et des déchirures, et c'est là peut-être que leurs vingt ans leur paraîtraient le plus bel âge.

Aujourd'hui ces filles étaient des jeunes femmes mariées, riches et soignées, à qui la maturité avait apporté une sensualité autre, plus affirmée, comme un parfum musqué, elles savaient ce qu'elles valaient. D'une certaine façon, elles avaient pris les commandes. Elles avaient obtenu dans les plus grandes écoles des diplômes qui ne leur servaient pas, elles tenaient leur maison, y faisaient faire des travaux, des aménagements, la déco et l'ameublement leur prenaient tout leur temps, quand c'était fini, elles déménageaient. Pour recommencer ailleurs. Une fois la femme de Vincent avait dit à Hélène en lui ouvrant la porte, Désolée pour le bruit, il y a des ouvriers chez moi, je ne sais pas ce qu'ils font. C'était le comble de la richesse et de la décontraction. À présent ces filles n'en revenaient pas de ces enfants qui étaient les leurs, les submergeaient d'amour et d'inquiétude, et surtout leur montraient chaque jour à quel point le temps passait. « À deux ans je l'habillais déjà en quatre ans. — Mais chérie, il *avait* quatre ans ! » « Elle tombait tout le temps, tu te souviens ? Oh la honte quand on est rentrés chez Jacadi ! Il manquait trois pointures aux chaussures que je lui mettais. Les pieds, c'est ce qui grandit le plus vite. » Et puis elles se complimentaient, se demandaient où elles avaient déniché cette robe et ce sac absolument dingues, se refilaient des adresses, Les meilleurs manucures sont à Manhattan, on est bien d'accord ?, et passaient sans transition à des sujets plus graves, des désarrois sincères qui se chuchotaient, elles avaient envie de se confier, les filles se confient si vite, c'est presque une politesse, se disait Hélène qui les observait comme elle le faisait à quatre ans. La fumée du barbecue envahissait le jardin sur la falaise et des nuages odorants filaient vers la plage, dispersant dans le ciel une odeur virulente. David et Michelle avaient vu les choses en grand et on poussait des cris d'admiration devant le cochon embroché qui grillait en tournant lentement au-dessus des flammes. Chacun y allait de son conseil sur le temps de cuisson et les braises, l'air tout autour se réchauffait, comme les visages quand on se tenait trop près du barbecue. David demanda :

— Tu vas en manger tout de même, Hélène ? Vous savez qu'Hélène est végétarienne ?

Hélène sourit comme on s'excuse. Une fille lui envoya un regard désolé. Joseph dit en riant, Ah ces écolos ! Quelle bande de peine-à-jouir ! Michelle dit, Non mais elle goûtera quand même. Elle avait gardé l'autorité de celle qui a toutes les cartes en main et parlait d'Hélène comme d'une petite fille à qui l'on demande de goûter avant de refuser, de ne pas dire « Ce n'est pas bon », mais « Je n'aime pas ». Hélène ne lui obéissait plus, mais elle savait qu'en ne se montrant pas en couple, mais « non accompagnée » comme une enfant dans un avion, elle prêtait le flanc à ce genre de remarque. Elle n'exposait pas Arthur aux jugements de la famille Tavel, à l'hostilité de David, et seule, elle manquait de légitimité. Il arrivait encore que Michelle lui demande de faire la jeune fille de la maison. Elle la désignait ainsi pour ce qu'elle était : ni leur servante ni une des leurs. Vincent proposa un apéritif, ce qui changea le cours de la conversation, et ils parlèrent indifféremment des bienfaits de la loi Sécurité et liberté, des prochaines courses à Deauville, du dernier mitraillage d'Action directe, de la transmission intégrale de l'Audi Quattro. Le cochon n'en finissait pas de cuire, les enfants avaient faim. Ils s'approchaient de la bête en criant, « Ah dégueu ! ». Certains lui tiraient la langue, une petite fille demanda en sanglotant s'il était mort. On lui expliqua que bien sûr il était mort, sans ça le pauvre il souffrirait beaucoup. « Mais pourquoi on voit sa tête alors ? — Tu vois bien qu'il a les yeux fermés, tu vois bien qu'il est mort, ne fais pas ta bêtasse. » La petite pleura de plus belle et sa cousine vacilla à son tour, sous l'effet de la contagion. Les adultes regardèrent le cochon empalé avec rancune, c'est vrai qu'il n'était pas agréable à voir, le corps et la gueule traversés par la broche, les pattes recourbées et liées. On décida d'installer les enfants sous les arbres avec un paquet de chips et du Coca, tant pis, ils mangeraient mieux le soir.

Après le repas, on fit la sieste, tandis que Michelle

aidait Marylin, l'employée de maison, une jeune étudiante de Lisieux, à débarrasser et à ranger convenablement l'argenterie et les verres en cristal. C'était le moment le plus doux, chacun s'était retiré et paressait après ce repas qui s'était merveilleusement passé et à la fin duquel les enfants étaient revenus pour porter le gâteau de David en chantant *Happy Birthday*. Vers dix-sept heures on décida d'une promenade. La marée était basse, la plage immense et déserte. Le paysage était à eux et contenait tant de souvenirs qu'ils s'étonnaient de voir leurs enfants courir et brouiller les images du passé. Des couples se prenaient la main, saisis d'une tendresse nostalgique. D'autres s'évitaient et surjouaient leur rôle de parents, chahutant bruyamment avec des enfants qui n'en demandaient pas tant. On finit par s'asseoir sur le sable. La mer revenait. On ne la voyait pas encore mais au bout de l'horizon, ce scintillement argenté qui frémissait, ça ne pouvait être qu'elle. Hélène s'allongea sur le sable, le soleil de juin était léger comme un voile, il battait dans le vent, elle entendit le cri des mouettes qui perdait de son harmonie quand elles étaient nombreuses. Tout paraissait un peu distendu et dispersé. Elle parla tout haut, pour elle-même, pour les autres, gardant les yeux fermés et recevant toujours le souffle du vent empli de soleil :

— Zola ne savait pas pourquoi la souffrance des bêtes le bouleversait. C'est une souffrance difficile à formuler et, même, un peu honteuse. J'ai beaucoup étudié les cochons. Celui que vous avez mangé, issu de différents croisements, était un Large White, et je connais son histoire.

Il lui sembla que l'on riait. Des adultes ? Des enfants ? Elle ne savait pas. Sa propre voix résonnait entre ses côtes, elle avait l'impression en parlant de frapper un tambour. Elle aimait cela. Elle continua :

— Pour qu'il naisse, un porcher a masturbé son père, une femme a chevauché sa mère, ne riez pas, il faut bien accélérer la venue des chaleurs quand on est pressé, et toute cette histoire n'est rien d'autre qu'une histoire de temps, je veux dire : de rentabilité. *Time is money*, n'est-ce pas ? Et puis la saillie est impossible à nos nouveaux cochons, leur cœur lâcherait. La sélection génétique les a rendus extrêmement fragiles, leurs muscles sont faibles, ils ont plus de viande que d'os, on a sacrifié leurs organes vitaux et on leur a ôté le gène de la sensibilité au stress, qui acidifie la viande…

Elle sentait qu'on se déplaçait autour d'elle, le sable crissait un peu. L'écoutait-on encore ? La brise se levait, l'air devenait un peu plus sauvage, cette odeur de varech, sèche et salée, plus forte sous la chaleur, comme macérée.

— Revenons à notre Large White. À ses géniteurs. Après l'insémination la truie a été entravée quelques jours, afin de ne rien perdre de la semence. Elle est dans le noir depuis qu'elle est née, mais elle n'est pas seule. Grâce aux hormones toutes les truies, plusieurs centaines, sont pleines en même temps et mettront bas en même temps, recevant les mêmes injections pour accélérer les contractions et accoucher de plus de quinze porcelets. La truie n'est pas programmée pour ce nombre, on l'aide un peu, si on ne les sort pas assez vite, les derniers vont mourir, on y met la main, on fouille l'utérus, on ramène des porcelets, certains malformés, d'autres asphyxiés, mais là encore, les pertes sont prévues. Si la truie est vraiment trop faible, elle a droit à une césarienne. On l'assomme, on l'ouvre en deux, et on récupère ce qui reste. Si elle est incapable d'allaiter, elle est envoyée à l'abattoir. Souvent ses tétines s'infectent, on lui donne de nouveau des antibiotiques, des anti-inflammatoires, au bout de vingt jours les gorets sont sevrés et on remplit de nouveau la truie. Les injections d'hormones ont réduit ses cycles, elle est hyperprolifique. À ce rythme-là elle ne vivra pas plus de deux ou trois ans. Elle aura, tout comme les mâles, reçu un nombre impressionnant d'hormones, de vaccins, de médicaments, dont pas mal d'antidépresseurs, que nous retrouvons dans nos assiettes. À force d'antibiotiques, les porcs ont développé des bactéries résistantes, qu'ils nous offrent également. Bon appétit ! À la vérité, aucun animal ne reçoit autant de médicaments que le porc. Je ne sais pas ce que Zola aurait pensé de tout ça…

Hélène entendait le ressac. La mer, notre sang malade, revenait. Elle pensa aux cochons entravés dans des tonnes de merde et d'urine, glissant sur les caillebotis, à ce qui se déversait chaque jour dans cet océan. Elle pensa aux marées noires. Aux marées vertes. Elle entendait les enfants chanter une ronde, *Dansons la capucine / Y a pas de pain chez nous / Y en a chez la voisine.* La même qu'elle chantait petite. Elle n'avait pas besoin d'ouvrir les yeux pour savoir qu'elle était seule. Et comme souvent dans ces moments-là, il revenait. Silencieux. D'une tendresse fanatique, gémissante, attentive. Ce chien qui l'avait aimée et guidée vers le monde animal, vers la souffrance dont les hommes revendiquent l'exclusivité. Enfonçant ses doigts dans le sable, elle eut l'impression de toucher la douceur des poils de Caprice, si fins, un peu piquants sur la peau frissonnante. Il faut faire plus, pensa-t-elle, il faut parler aux enfants. Pas seulement dans des revues pour abonnés avertis. Il faut aller voir les enfants. Dans les écoles. Les colonies. Les bibliothèques. Partout où ils sont, leur parler. Et les emmener dans les réserves naturelles, les parcs, leur apprendre la nature et les bêtes. Il faut avertir les adultes de demain. *Dansons la capucine / Y a pas de pain chez nous…* Elle se redressa. La mer était toute proche à présent, elle s'étalait sur la plage et le soleil baissait, bientôt tout deviendrait orange, gris, obscur. Elle regardait les enfants danser dans des reflets éblouissants qui les déformaient un peu. Et elle trouva étonnant qu'ils puissent tourner si longtemps sans avoir mal au cœur.

Sabine marchait si vite dans la rue Boissière qu'elle avait l'impression que ses deux pieds parfois se soulevaient en même temps, comme dans la course. Elle avançait ainsi par petits bonds, portée par l'énergie que donne la colère, mais maintenant elle allait retourner le poignard de l'affront et l'enfoncer dans d'autres ventres que le sien, avec le sourire, le culot, l'hystérie artistique nécessaires. Elle allait s'imposer, occuper le terrain, décrocher d'autres rôles. Elle était une actrice et n'avait peur de rien, d'aucun mépris et d'aucune barrière, elle savait encaisser les vexations, les dédains, les regards salaces, et le désintérêt, aussi. Elle pouvait tout. C'est ce qu'elle se répétait pour aller passer cet essai dans la boîte de production qui cherchait une actrice de son âge pour jouer la fille de la voisine de Marlène Jobert. Elle avait deux scènes, l'une devant l'ascenseur, l'autre devant la boîte aux lettres. Et elle connaissait son texte par cœur.

Il était presque dix-huit heures trente, la rue se grisait lentement, un apaisement après l'agitation de la journée. On était vendredi soir, et dans ce XVIe arrondissement à la beauté surannée des femmes sortaient des boulangeries avec des paquets enrubannés qui semblaient contenir des objets de valeur. Tout paraissait plus imposant, plus massif qu'ailleurs, et parfaitement organisé. La tour Eiffel n'avait pas encore fait son entrée dans la nuit, elle attendait le noir total pour qu'on allume ses projecteurs. Sabine était toujours émue d'être près d'elle, et près de Chaillot à jamais lié à sa rencontre avec Mathieu. C'était en octobre, trois ans auparavant, exactement. Elle égrenait déjà dans Paris des souvenirs vieux de plusieurs années, des repères de six ans… Six ans qu'elle vivait ici. Ce qu'elle avait rêvé et ce qui était arrivé… Elle tenait contre elle son book agrémenté de photos du tournage de *Filles de paroles*, regard intense sur l'une, sensualité à fleur de peau, et puis d'autres plus provocantes, la fille qui n'a peur de rien, l'actrice qui peut *tout donner.* Des photos de plateau ! Elle allait les montrer à la directrice de casting pour qui elle allait passer les essais, elle en était fière, malgré la méfiance qu'elle avait envers ce film qui sortirait en salles dans quelques semaines. Dix jours plus tôt avait eu lieu la projection de presse. Dans la salle, aucun innocent. Des journalistes qui connaissaient les ficelles du métier et guettaient un cinéma surprenant mais identifiable, références discrètes aux maîtres mais liberté de ton, élan créateur soutenu par une équipe technique irréprochable et des acteurs singuliers et beaux. Mais le film semblait une déformation de ce que Sabine avait tourné, une parodie sans le sou. Elle avait guetté ses scènes, mais ne les avait pas vues. Elles avaient toutes été coupées au montage, sauf celles avec Gaspard, et sur l'écran Sabine devenait une femme-mur, une femme-palissade, la peau et rien que la peau d'une poupée démesurée, à la voix lourde, aux seins étalés, au dos massif. Elle ne s'était jamais vue de dos, c'était celui d'une guerrière, coriace et gauche. Elle avait senti tout autour d'elle l'attente et l'agacement, les critiques en avaient vu d'autres, les scènes de sexe maintenant étaient aussi inévitables que le générique, il aurait fallu aller plus loin. Ou moins loin. Tout sauf cet entredeux racoleur, avec cette actrice de fête foraine… !

Elle essaya de ne plus y penser, garder son énergie mais perdre sa colère, et se presser encore, car elle allait être en retard pour son essai. Il faisait presque nuit à présent, elle aimait ce changement de décor, cette plongée nocturne qui ouvrait sur un paysage retranché. *Bonjour, Non je ne l'ai pas vu, Oh il est encore en panne, Au revoir madame Martin, Il est bloqué au sixième je crois, Oui, bonne journée, Bonjour. Oh il pleut.* Elle répétait son dialogue, il l'accompagnait comme une petite chanson, et elle entra dans la rue Yvon-Villarceau au rythme de ces mots répétés, *Bonjour, Non je ne l'ai pas vu, Oh il est encore en panne…* Les souvenirs se mêlaient à la récitation.

Chaillot. *La Classe morte.* Mathieu assis à ses côtés. Sans se connaître. Sans se voir. *Au revoir madame Martin, Il est bloqué au sixième, je crois*, deux corps inconnus, *Oui, bonne journée, Bonjour. Oh il pleut*, la salle et la scène respirant ensemble, *Bonjour, Non je ne l'ai pas vu…* Le bruit fut d'une puissance irréelle, inconnue et tétanisante. Ce fut comme si l'air partait et revenait, comme si la Terre vacillait et changeait d'axe, les bâtiments explosèrent, le verre jaillit du ciel pour retomber en fines lames transperçant les vêtements et s'incrustant dans la chair, recouvrant le sol et se mêlant au feu, au sang, à la neige étrange et carbonisée qui chargeait le ciel et le changeait en apocalypse, une neige de cendre et de métal. Sabine ne comprit pas ce qui se passait. Elle était prisonnière de la peur, le souffle coupé, le regard arrêté, incapable de décision. De hautes flammes noires, épaisses, barraient l'horizon, et l'odeur carbonisée étouffait les passants. Les cris se mêlaient à la stupeur, la rue était ahurie et défigurée. Des vitrines, des voitures, des motos, des fenêtres, ne restaient que des éventrations, des carcasses calcinées, des plafonds effondrés, des sols soufflés, des volets arrachés, et déjà on marchait sur des ruines. Des passants hurlaient en courant, la poussière recouvrait leurs silhouettes effarées. Très vite, les sirènes des pompiers, des ambulances, et celles des voitures de police, de l'EDF et du gaz se mêlèrent aux bourdonnements des hélicoptères invisibles. Il y avait sous les pas un crissement incessant, comme une mâchoire qui grince. C'étaient les bouts de verre répandus sur le sol et piétinés par la foule. Il faisait tout à fait nuit à présent, une nuit de cauchemar, une prison. Sabine n'arrivait plus à avancer. Immobile au milieu de la chaussée, elle se faisait bousculer par tous ceux qui cherchaient à s'échapper de cette souricière, sans savoir comment. De la rue Copernic à quelques mètres, montaient des cris plus féroces encore, des lamentations, des ordres, des coups de sifflet et des sanglots. Sur le trottoir, une femme tenait contre elle un bébé et suppliait Sabine, C'est mon bébé ! Mon bébé ! Sabine ne pouvait ni bouger ni lui répondre, son corps était arrêté, et plus rien ne semblait pouvoir le ranimer. Un homme prit la femme par les épaules et l'emmena vers les secours ; les pompiers et les médecins improvisaient des soins un peu partout dans la rue massacrée. Sabine, son book serré contre elle, voyait cette vie défigurée, les réverbères jetaient au sol des fragments d'une réalité insoutenable. Elle attendait que tout se remette en place pour continuer son chemin, mais le chaos semblait se nourrir du chaos, le drame se déroulait sans rémission. Elle se demandait si les gens de la production étaient aux fenêtres, si certains étaient blessés, si elle pourrait quand même passer son essai, un jour. Est-ce qu'elle se souviendrait de son texte ? Est-ce qu'on allait faire des films, encore ? Est-ce qu'on allait vivre ? Il y avait de plus en plus de monde dans la rue malgré les barrières que la police érigeait, des gens en cherchaient d'autres, des gens voulaient rentrer chez eux, téléphoner, un vieil homme demandait si quelqu'un avait vu son chien, un labrador très beau très gentil avec un collier, et il l'appelait en titubant, Énarque ! Énarque ! Quel drôle de nom pour un chien, pensa Sabine, et l'homme s'approcha d'elle. Elle ne voulait pas qu'il lui parle, elle fit non de la tête, Ne me parlez pas je n'ai pas vu votre chien je n'ai rien vu je ne sais pas ce qui se passe. Elle ne faisait pas partie du désordre. Elle n'était absolument pas concernée par tout ça. L'homme posa sa main sur son front, Mademoiselle, il faut vous faire soigner, et il lui montra ses doigts ensanglantés. Alors, comme si en posant la main sur elle il l'avait réveillée, elle sentit la douleur, une crampe dans tout le corps, il lui sembla qu'elle venait seulement d'ouvrir les yeux. Et qu'elle ne les refermerait jamais. Quand elle vacilla, le vieil homme la retint par le bras, et c'est là qu'elle la vit, tandis que son corps lentement se pliait et chutait sur le sol de verre pilé : elle était étendue de tout son long sur le trottoir, dans son grand drap rouge. Comment était-il possible, puisque Sabine vivait, que la mort soit si proche ? Qui était sous ce drap ? Qui avait pris cette apparence ? Comment pouvait-on mourir si vite ? Dans la rue. Au milieu de la foule. Où étaient les bombes et les fusils, où étaient les soldats ? Elle ne les voyait pas. Elle se demanda si on avait allumé les projecteurs sous la tour Eiffel, est-ce qu'il y avait le feu là-bas aussi ? Où était Hélène ? Est-ce que c'était la guerre ? Est-ce que Paris se consumait ? Et, regardant toujours la mort allongée sur le trottoir, elle s'évanouit.

Ils n'étaient que tous les deux maintenant le dimanche sur les bancs de l'église, Bruno et elle. Agnès se souvenait de cette famille qu'ils avaient formée et dont elle avait été si fière, deux jeunes parents et leurs trois fillettes bien tenues et sages. Elle ignorait si ses filles avaient la foi, pourtant c'est dans cette église qu'elles lui manquaient le plus, ce lieu de la représentation familiale, de la prière et du repos. Avant, le dimanche était le jour du Seigneur et du pique-nique, qui était déjà dans la voiture. Sitôt la messe terminée ils passaient tous les cinq la journée à la campagne et rentraient au soir, heureux d'avoir pris « un bon bol d'air ». À peine arrivée à l'appartement, Agnès faisait couler un bain dans le tub pour les trois filles et ne se mettait pas en cuisine. Elle avait surnommé le repas du dimanche soir « Banania pain beurre lait », et en guise de dîner elle sortait simplement du frigidaire le beurre et le lait, les filles trempaient leurs tartines dans du chocolat chaud. Pour Bruno bien sûr elle préparait autre chose, charcuterie, camembert et vin rosé, un peu comme au pique-nique de midi. Il s'en contentait. Il était bien, puisqu'elle l'était aussi, puisqu'elle se détendait et oubliait son rôle de mère et d'épouse nourricière, un rôle imposé, qu'on avait fini par penser choisi par elle. Et maintenant ils étaient là tous les deux. Un couple tout seul. Debout à ses côtés Bruno chantait les cantiques avec une ferveur de jeune scout. Quand il s'agenouillait et prenait son visage dans ses mains, elle se demandait à quoi il pensait et il lui arrivait d'être jalouse de ses espérances. Elle aurait aimé prier, elle aussi, s'adresser à quelqu'un. Comme avant. À présent elle assistait à la messe comme à un spectacle vu des centaines de fois et dans lequel les seules nouveautés n'avaient pas lieu sur scène, mais dans la salle, l'assemblée se modifiait au gré des déménagements, des naissances et des décès. Agnès regardait la nuque inclinée de son mari, elle l'avait si souvent agrippée quand ils s'aimaient silencieusement, quand ils finissaient par rire de leurs efforts pour ne pas faire de bruit. Elle était encore belle cette nuque, solide, carrée, avec déjà quelques cheveux gris, comme tombés là par hasard, poussés par le vent. Fiancés, il l'emmenait sur sa moto, elle tenait sa taille et regardait son cou, ses cheveux étaient coupés en brosse à l'époque, y passer la main à rebours piquait un peu, elle aimait cela. Mais elle n'insistait pas. Il ne fallait pas que la sensualité les emporte et que ça aille trop loin. Un jour, dans un virage, la moto avait dérapé. Elle en avait gardé une cicatrice au genou, et ce regret qu'il n'ait pas su la protéger. Il avait fait, comme tous les adolescents, des choses dangereuses, lui avait-il dit, une nuit avec un cousin ils étaient, depuis l'extérieur d'un train en marche, passés de wagon en wagon, s'accrochant à la poignée des portières, prenant appui sur les marchepieds. Il se vantait peut-être un peu, pour faire du garçon sage qu'il paraissait un être plus attirant, qui avait de la fantaisie et du culot. L'été de ses seize ans, il avait parcouru toutes les plages de la Côte d'Azur à dos de chameau, vantant le pastis Ricard dont la publicité s'affichait sur un tissu accroché aux flancs du camélidé. Sur les photos en noir et blanc au bord dentelé, elle voyait un garçon en costume-cravate, beau et souriant, nonchalamment adossé au chameau assis à ses pieds. Oui, il était beau. Un acteur américain, Cary Grant, ou Gary Cooper dans *Le train sifflera trois fois*. Jeunes mariés, il lui chantait la chanson du film, *Si toi aussi tu m'abandonnes / Ô mon unique amour / Il ne me restera plus rien…* Plus tard, il avait chanté pour ses filles. Et maintenant seulement pour les prêtres. Ou pour lui tout seul. Il chantait dans l'appartement, en passant d'une pièce à l'autre, en mettant le vin en bouteilles, en essayant malheureusement de bricoler. Elle pensait à tout cela, ce dimanche-là, quand il y eut dans l'assemblée ce petit remue-ménage que provoquait toujours le geste de paix, après l'injonction du prêtre : « Dans la charité du Christ, donnez-vous la paix. » Agnès n'avait jamais aimé cela, se tourner vers les autres, leur serrer la main en murmurant, *La paix du Christ*. Les membres d'une même famille bien sûr s'embrassaient, «le baiser de paix». Le dimanche quand Bruno l'embrassait, *La paix du Christ*, elle était gênée, comme s'il pouvait soudain changer la formule et murmurer, *Dis-moi la vérité*. Mais pourquoi lui demanderait-il la vérité, puisqu'il pensait la connaître ?

À moins que la vérité justement ne se soit trouvée dans cette église, ce dimanche-là. Elle savait bien qu'elle vivait, cette petite fille qu'elle avait donnée à l'adoption il y avait dix-sept mois et onze jours exactement, et elle avait le droit de vivre où elle le voulait. Ce jour-là au moment du geste de paix, alors qu'elle s'était tournée vers les paroissiens du banc derrière elle, Agnès l'avait vue, dans les bras d'un homme qu'elle ne connaissait pas. Ils avaient lui et sa femme la quarantaine. Cinq autres enfants étaient à leurs côtés, entre quinze et huit ans. Et puis elle. Dans les bras de son père. Adoptif ? Biologique ? *La paix du Christ*. L'homme lui tendait la main, et comme elle ne détachait pas ses yeux de l'enfant, la petite après lui avoir souri avait enfoui brusquement son visage dans le cou de son père. Elle s'amusait à la regarder puis à se réfugier de nouveau contre lui, cachant quelques secondes son visage, qui revenait alors, plus surprenant, plus lunaire, plus souriant aussi.

Agnès était sortie de l'église sans avoir serré la main de cet homme. Bruno l'avait rattrapée sur le parvis, bousculant ceux qui se déplaçaient pour l'eucharistie, le corps et le sang du Christ. Elle marchait à petits pas étonnés et soufflait si fort qu'on aurait pu croire qu'elle fredonnait. Il la suivait, comme un homme en retard, et soudain il l'avait prise contre lui. Elle s'était raidie, bouche fermée, poings serrés. Et c'est lui qui avait pleuré, des pleurs d'homme qui n'a pas l'habitude, un grincement et des spasmes comme s'il implosait. Elle s'était dégagée de son étreinte et avait marché dans les rues de cette ville dont on faisait si vite le tour, et qui lui renvoyait de mur en mur, de place en place, tous ses âges, ses souvenirs, ses fantômes, et il lui semblait qu'en marchant dans la ville elle marchait sur elle-même.

Plus tard, ils s'étaient retrouvés à l'appartement, comme si de rien n'était. Agnès avait lu dans la chambre, Bruno avait corrigé ses copies et préparé ses cours dans le salon, Mariette les avait rejoints pour le dîner. Elle répondait distraitement à leurs questions, ils l'écoutaient tout aussi distraitement, oui elle avait bien répété toute la journée, non encore une fois, ça ne gênait pas le disquaire qu'elle ait installé le piano chez lui, ses voisins étaient vieux et sourds pour la plupart. Elle avait maintenant cette habitude agaçante de taper sur tout ce qu'elle trouvait, une table, un tabouret, une boîte en carton, elle travaillait, disait-elle, son rythme et l'indépendance de ses mains, et elle affirmait travailler encore lorsqu'elle quittait la cuisine à la hâte pour s'enfermer dans sa chambre, s'allonger sur son lit et mettre son walkman à fond dans les oreilles, elle avait même le toupet de dire, Ne me dérangez sous aucun prétexte, je fais comme Alfred Brendel, j'apprends en écoutant les grands pianistes.

Ce soir-là, pourtant, ils la dérangèrent. Bruno lui dit qu'il partait le lendemain pour Paris, il prendrait le premier train. Agnès s'assit sur son lit et la serra contre elle, un geste qu'elle n'avait plus eu depuis longtemps.

— Sabine vient de téléphoner, dit Bruno.

— Hélène va bien ?

— Sabine a été… légèrement blessée. Dans l'attentat, rue Copernic, vendredi dernier.

Ils étaient restés tous les trois à se regarder, comme s'ils se découvraient. Quelque chose venait de les prendre ensemble, brutalement, de les réunir. Ainsi, ils avaient beau s'éviter, il y avait en eux la mémoire de l'autre, père, mère, sœur, fille, c'était inscrit, et il suffisait que le téléphone sonne et qu'il y ait une annonce pour qu'à leur insu chacun soit projeté dans une famille dont il se croyait affranchi.

— Quand je pense, dit Bruno, qu'on s'est fait du souci pour tellement de choses depuis que les filles sont nées, et jamais, jamais on n'aurait pu penser… Une synagogue ? Sérieusement ? Qui aurait pu imaginer… Une synagogue ?

Mariette éclata de rire, malgré elle.

— Oh papa ! La vie te joue des tours, hein ?

Il hocha la tête, perdu entre sa douleur de père et son incompréhension.

Après son blâme et sa réintroduction récente au sein de l'administration, Agnès ne pouvait se permettre d'être absente à son travail. Bruno n'avait jamais manqué au collège, pas une seule fois en plus de vingt ans. Il était donc logique que ce soit lui qui parte voir leur fille. Mais Agnès aurait voulu le retenir. Elle se souvenait soudain de ce que Sabine lui avait dit au téléphone, le jour de l'enterrement de Sartre. Que savait-elle exactement ? Elle parlerait à Bruno. C'était une telle angoisse qu'Agnès finit par penser qu'après tout ce serait peut-être mieux. Que tout soit dit, enfin. Elle était toujours incapable d'accomplir la pénitence ordonnée par le prêtre, et si elle commençait à voir la petite face à elle, comme ce matin à l'église, jusqu'où cela pourrait-il aller ? Bruno était un peu étonné de faire sa valise et de partir seul. Il avait noté l'adresse de l'ami chez qui Sabine se reposait, 8, Cité Debergue, métro Picpus. Le lendemain il quittait La Petite Chartreuse avec la sensation qu'enfin on attendait quelque chose de lui. Et il se sentit coupable : en la circonstance, était-il normal d'être heureux ?

Il était curieux de voir surgir dans Paris ce père qui venait de la ville immuable de l'enfance. Sa présence dérangeait l'ordre du temps, comme une petite erreur, un coup de pied distrait dans une construction bien établie. Hélène lui avait fait la surprise de l'attendre gare de Lyon, et elle avait vu s'avancer cet homme étonné, avec sa vieille valise et son imper mal taillé, bien trop léger pour la saison. Il s'était assis dans le métro en lançant un vigoureux, Bonjour ! aux autres passagers, puis il avait parlé fort, appelant Hélène « ma petite Parisienne ». Elle, parlait bas, espérant qu'il s'accorde à son ton, mais il avait continué sur le même volume, Ta mère ne va pas mieux, je ne sais plus comment l'aider. Elle allait pour lui demander d'être plus discret, et puis elle se dit que tous ces gens autour n'existaient que si elle le décidait. Il était facile de les faire disparaître. Elle était émue d'être avec son père, Bruno Malivieri, qui vingt ans auparavant l'attendait à l'aéroport de Marignane avec sa carte d'identité, et même sa carte de réduction famille nombreuse, sait-on jamais. Sûrement il ne serait pas venu si vite si c'était elle qui avait reçu un éclat de verre dans le front, il aurait pensé qu'elle n'avait pas besoin de lui, qu'un autre père prenait soin d'elle. Il était peut-être temps qu'elle lui explique à quel point il se trompait.

Hélène l'avait accompagné chez Paul où l'attendait Sabine. Bruno avait été rassuré quand il l'avait vue. Il s'était attendu à autre chose, sa fille alitée, la tête bandée, quelque chose de plus dramatique. Elle avait un énorme bleu sur le front et quelques points de suture, mais elle paraissait bien, et heureuse de le voir. Il hésitait à lui poser la question qui l'embarrassait depuis qu'elle avait téléphoné : ce Paul, chez qui elle logeait, c'était qui pour elle ? Est-ce qu'ils vivaient en concubinage ? Est-ce qu'ils pratiquaient ce qu'on appelait aujourd'hui « l'amour libre » ? Mais il n'osait pas et il appréhendait le soir, quand il se coucherait et les saurait tous les deux dans la même chambre. Avant de repartir à la fac, Hélène avait recommandé à son père de ne pas parler de l'attentat si Sabine n'en parlait pas d'elle-même, et il ne savait trop quoi dire.

— J'adore Paris.

— Comment ça papa, tu adores Paris ?

— Quand j'étais à l'armée, j'étais chauffeur ici, pour mon colonel. Je l'emmenais partout, le service c'était dix-huit mois à l'époque.

— Mais tu connaissais Paris ?

— Pas du tout.

— Alors, tu devais te perdre.

— Je me repérais aux monuments et à la Seine, et

quand je prenais une mauvaise direction, mon colonel m'indiquait le chemin. Il ne m'a jamais renvoyé. Je crois qu'il m'aimait bien. Et moi, j'adore conduire.

— Mais papa, tu ne m'avais jamais dit que tu aimais Paris.

— J'avais peur que ça te donne envie d'y vivre... C'est idiot...Tu avais envie d'y vivre, de toute façon... Je pensais que c'était trop dangereux pour une fille seule... enfin... Bref... Parlons d'autre chose.

— Hélène t'a dit de ne pas me parler de l'attentat ? On peut si tu veux.

— Mais qu'est-ce que tu faisais dans ce quartier ?

— J'allais passer un essai, pour un film.

— Tu l'as passé ?

— Non, c'est arrivé juste avant, et de toute façon le cinéma je m'en fous, je ne veux plus en faire.

— Ne dis pas ça.

— J'aurais pensé que ça te ferait plaisir.

— Tu sais, quoi que tu fasses, je serai inquiet. De toute façon le pire arrive au moment où on s'y attend le moins. Qui aurait pu prévoir que tu ferais partie des victimes innocentes de la rue Copernic ?

— Innocentes ?

— Non juives, je veux dire.

— Ah... tu parles comme Raymond Barre... c'est terrible... terrible d'écouter ces hommes-là...

— La bombe ne t'était pas destinée. C'est vrai ou c'est pas vrai ?

— C'est vrai. Elle était destinée aux centaines d'enfants qui faisaient leur bar-mitzvah.

Il savait ce qu'elle pensait. Mais enfin ils n'allaient pas se disputer maintenant. Il leur fallait être d'accord sur tout, ils n'avaient pas le choix.

— Je suis content d'être venu, ça me rassure, je te trouve… pas si mal… Hein ?

Elle lui sourit. Et on aurait dit qu'elle souriait de très loin, comme si elle avait été sur un bateau qui partait.

— Tout à l'heure, si je peux emprunter le téléphone, je rassurerai ta mère. Elle était tellement inquiète ! J'appellerai quand elle sera rentrée de sa tournée.

— Bien sûr. Et puisque tu aimes Paris, sors donc un peu. Ça t'ennuierait de me rapporter des cigarettes, je n'en ai plus et je vais devenir folle je crois…

— Oui, ça va me faire du bien de marcher… Découvrir ton quartier.

— Ce n'est pas mon quartier. Je vis dans le IXe. Il y a un bar-tabac juste en face, rue du Rendez-Vous.

— Quel nom incroyable…

— Ton colonel ne t'a jamais demandé de le conduire rue du Rendez-Vous ?

— On était la plupart du temps près de l'École militaire et des Invalides. Je guettais toujours, le soir, le moment où on éclairait la tour Eiffel.

— Je comprends.

Une demi-heure plus tard, Sabine téléphona à Paul, il fallait qu'il rentre tout de suite. Le temps de fermer l'agence et de prendre le métro, il était là. Il la trouva en boule sur le canapé, le chat serré contre elle, qu'elle caressait brutalement, ce que l'animal supportait sans broncher.

— Je ne comprends pas ce qu'il fait, je lui ai simplement demandé d'aller me chercher des cigarettes !

Paul lui tendit son paquet, elle en alluma une aussitôt.

— Mais qu'est-ce qu'il fout ? Une heure qu'il est parti !

— Il découvre le coin. Il se balade. S'il se perd, il demandera son chemin.

— Jamais mon père ne se « balade », on voit que tu ne le connais pas !

— Il prend peut-être un café…

— Et il devait téléphoner à ma mère, pour la rassurer !

— Parfait. Il aura trouvé une cabine téléphonique.

— Je t'en supplie, Paul, va le chercher !

— Mais je le reconnaîtrai comment ?

— Mais écoute, c'est mon père, il se reconnaît.

— Tu as une photo ? Tu peux me dire à quoi il ressemble ?

— Je ne sais pas moi, je suppose qu'il me ressemble, à moi…

— À toi ?

— Écoute, Paul, fais un effort d'imagination ! C'est mon père, il a un vieil imper démodé, les tempes grisonnantes, et… et il a l'air catholique, voilà ! Ne me dis pas que tu n'as jamais vu un catholique !

— Alors il est entré dans l'église de l'Immaculée-Conception… il… il prie…

— Peu importe où il est entré, va le chercher !

— Je veux bien, Sabine, mais ça risque d'être sans fin. Je vais partir le chercher, il va revenir, tu vas t'inquiéter pour moi, lui demander d'aller me chercher, il va sortir, je vais rentrer, il sera parti…

— Et ça te fait sourire ? Je ne vois pas ce qu'il y a de drôle, vraiment.

— Non, Sabine, je souris parce que… je m'aperçois que je te tutoie. Et ça me semble tout à fait naturel…

— Je veux que mon père revienne !

Elle éclata en sanglots. Il lui ôta la cigarette des mains et il la prit contre lui, la berça doucement, comme s'il dansait un peu. On avait toujours l'impression qu'il avait un petit air dans la tête et qu'il suivait une mélodie que lui seul entendait.

Bruno était arrivé peu de temps après, avec les cigarettes. Sabine ne lui dit pas son inquiétude, ni combien elle avait peur de la rue, de l'absence, et du soir qui vient. Elle ne se reconnaissait plus. Ce manque de courage, cette couardise. Elle qui avait tant aimé les héroïnes de Racine, la puissance de leurs chagrins, leur imprudence passionnée… Il lui semblait qu'elle n'oserait plus jamais mettre un pied dehors, que Paris qu'elle avait tant aimé ne l'attendait plus mais la guettait, comme une ennemie.

Le soir, Paul prépara un de ces repas rudimentaires dont il avait le secret, des pâtes et du vin. Il avait mis un disque de Carlos Gardel, et sous cette musique lente, déchirante et grésillante, Sabine le regardait parler avec son père et ne savait lequel des deux avait l'air le moins contemporain. Elle voyait les efforts que faisait Bruno pour écouter Paul sans l'interrompre et lui poser la seule question qui lui tenait à cœur : Ma fille, vous l'épousez quand ? Si elle lui avait dit que Paul n'était pas son fiancé mais un ami, il n'aurait pas compris. Puisqu'ils s'entendaient bien, que cet homme avait une situation, un logement, et de l'amour pour elle, cela se voyait, Sabine serait bien avec lui. Elle aurait aimé penser la vie ainsi, avec une simplicité honnête et des convictions claires.

— Vous avez aimé le quartier, Bruno ? Le XIIe est l'un des plus beaux arrondissements de Paris, plein de petites impasses, de jolies maisons, et je suis au bois de Vincennes en un quart d'heure. À pied !

— Je ne connaissais pas du tout, j'ai flâné un peu, c'était agréable.

— Papa ?

— Ma fille ?

— Qu'est-ce que tu as au bras ? Ce bleu, au pli du coude ?

Gêné, il rabaissa vivement la manche de son pull.

— Papa ? Tu crois vraiment que c'était raisonnable, après la fatigue du voyage ?

— Vous voyez, Paul, comme je me fais gronder par ma fille ?

Paul n'y comprenait goutte, il sentait simplement passer entre eux une connivence et une tendresse qu'il n'avait jamais connues. Son père, malgré son éternel sourire, était l'homme le plus triste qui soit. Et jamais il n'aurait osé lui faire une remontrance.

— Je flânais… ainsi que je vous l'ai dit… et il y avait une camionnette… Juste là, devant moi ! J'y suis allé.

— Tu as encore donné ton sang ?

— Écoute, Sabine, je venais de passer devant cet hôpital pour enfants, derrière chez vous…

— Ici, ce n'est pas chez moi, papa, je te l'ai dit. L'hôpital Trousseau ?

— Oui… peut-être. Et une ambulance du SAMU pédiatrique est arrivée aux urgences, et oh… ça m'a brisé le cœur et j'ai pensé à ce que tu m'avais dit…

— Qu'est-ce que je t'avais dit ?

— Mais ces enfants, là, ces jeunes juifs qui allaient passer leur… comment tu dis ? Bar je ne sais quoi… ?

— Bar-mitzvah.

— Ne parlons plus de cet attentat, je suis désolé, Sabine. C'est qui ce chanteur, Paul ? Il a dû avoir beaucoup de malheurs dans sa vie.

— Gardel ? Il a surtout eu beaucoup de succès, même si sa fin a été tragique, je vous l'accorde. Je peux mettre autre chose.

— Non, c'est très gentil à vous, je vais m'habituer.

Quand ils furent couchés tous deux dans le même lit, en pyjama et suffisamment éloignés l'un de l'autre pour ne pas se toucher, Paul osa demander à Sabine si son père avait l'habitude de donner ainsi son sang. Elle lui dit qu'il était donneur universel, qu'il avait même reçu une médaille et collé sur le pare-brise de sa voiture l'autocollant « Soyez sport, donnez votre sang », aux couleurs de la France. Quand elle était petite, elle l'accompagnait parfois, il y avait dans Aix un lieu dédié à la collecte, un vieux bâtiment aux tomettes effondrées et aux murs désolés. Elle y voyait son père allongé au milieu d'autres adultes qui donnaient leur sang, il avait toujours un mot gentil pour les infirmières, et toutes l'adoraient. Elles savaient qu'il ne respectait pas toujours le délai des huit semaines entre les dons, mais les demandes étaient si fortes qu'après l'avoir sermonné un peu elles le piquaient quand même. Et je pense, dit Sabine, que c'était là l'un de ses rares moments de désobéissance.

Puis très vite, comme chaque soir, elle fit semblant de dormir. Cela rassurait Paul et évitait qu'il ne soit tellement aux petits soins qu'elle manque s'asphyxier sous ses prévenances. Elle avait essayé de dormir seule, ça n'était pas possible. Hélène lui avait proposé de l'accueillir chez elle, mais elle la connaissait suffisamment pour savoir qu'elle n'en avait pas du tout envie. Et se retrouver comme avant, dans la même chambre qu'elle, être cette aînée devenue fragile, ayant peur du noir comme une enfant… ! Quand Paul était endormi, parfois elle se levait, allait s'asseoir sur le canapé. Le chat la rejoignait. Elle ne le chassait plus, elle le tenait contre elle et ne le lâchait pas. Cette nuit, elle ne le ferait pas, son père dormait dans le canapé-lit. Elle avait toujours pensé que lorsqu'il viendrait la voir à Paris, ce serait avec sa mère et Mariette, toute la famille se serait déplacée pour elle, elle aurait mis leurs noms au contrôle et demandé les meilleures places, et ils auraient été comme des rois, l'applaudissant avec la fierté de ceux qui ont éteint la télévision et savourent en direct, comme de vrais Parisiens, une pièce de théâtre. Et la victoire de leur fille.

— Un deux trois, un deux trois, est-ce que tu m'entends ? C'est Mariette. Coucou, Sabine ! Comme je n'ai pas d'argent pour venir te voir, comme tu n'as pas de piano chez toi… enfin je ne pense pas… je vais faire une cassette. Quand j'étais à l'hôpital, tu sais, après mon accident, tu m'avais envoyé l'enregistrement de ton spectacle, *Une vie.* Je l'avais beaucoup écouté, ça m'avait bien fait passer le temps, enfin je veux dire, ça m'avait aidée. Beaucoup, même. Bref. Assez parlé ! J'ai écrit une petite musique pour toi. Je vais poser le micro sur le piano et te la jouer. C'est pas grand-chose, hein, je débute… bon j'arrête de parler… Ça s'appelle *Pour Sabine.*

Mariette ferma les yeux. Elle avait tant répété ce morceau qu'elle avait composé pour sa sœur, qu'elle le connaissait par cœur, il lui était inspiré en partie par les exercices de Czerny, et plus sensiblement par la stupeur dans laquelle l'avait plongée l'assassinat de John Lennon. Elle voulait pourtant qu'il y ait de l'espérance, de la force, et aussi, évidemment, des silences. Elle savait qu'un jour elle composerait vraiment, et qu'elle pourrait s'exprimer. Pour l'heure, elle devait apprendre, et elle se demandait jusqu'où on pouvait aller dans la connaissance, les découvertes et le progrès, est-ce qu'il y avait un accomplissement final à cela, un point au-delà duquel on n'apprenait plus ? Si un jour c'était le cas, alors ce serait comme mourir. Pour l'heure elle faisait ses exercices avec endurance et ambition. Son professeur de musique, en lui enseignant le piano, lui apprenait à se servir de son corps, pas seulement à muscler ses mains ou délier ses doigts, mais aussi à se balader, marcher, revenir vers le piano et jouer debout, effleurer une touche par des glissandi, apprendre la sensualité du jeu, le caressant, le rond, le plein, le tapé, le cogné, l'arraché, l'écorché aussi. L'exercice qui lui paraissait le plus difficile était celui où elle devait prendre conscience du poids de son bras, l'imaginer tenu par un fil, et ce fil soudain rompu, « la chute libre », disait le professeur. Et elle pensait, J'apprends la chute libre, si mes parents savaient ça…

Elle n'avait envie que de cela, tomber, et indéfiniment, que tout soit neuf, possible, dangereux, inconnu, et même cette attente délicieuse, cette promesse de Joël, c'était comme respirer sous un soleil trop fort, elle le regardait quand il ne le savait pas, elle l'écoutait quand il allait et venait dans l'appartement, elle lui parlait quand il n'était pas là. Il était dans sa vie. *Sa vie.* Elle avait eu l'impression, jusque-là, d'avoir été ligotée et posée quelque part, dans une chambre, une salle de classe, une famille. Et ses sœurs, pendant quatorze années elle s'était appliquée à grandir pour les rejoindre… ses pensées la déconcentraient et elle improvisait maintenant, abandonnant le morceau écrit pour Sabine, elle jouait, ou plutôt il *se* jouait, une autre mélodie, plus libre, moins appliquée. Elle avait désiré grandir pour se rapprocher d'Hélène et de Sabine, et elle était restée si petite, un mètre soixante à peine, quelle ironie… Une souris, une petite sœur, avec les confidences des uns et des autres, Xmas Xmas Xmas, la musique allait plus vite qu'elle ne l'aurait voulu, l'entraînant comme un courant brutal, son père et elle seuls dans la cuisine, l'attente, les mensonges, Xmas Xmas Xmas, la musique allait maintenant avec des accords maladroits et d'autres à la beauté directe, mais sans pauses, ni blanches, ni silences, sans contrôle ni maîtrise, Xmas Xmas Xmas, elle était emballée, tirée par quelque chose de plus puissant qu'elle. Puis soudain ce fut fini. Elle cessa de jouer. Éteignit le magnétophone. Elle restait face au clavier, mains sur les genoux, le regard fixe. Dehors il faisait presque nuit, l'orage qui se préparait avait changé la couleur du ciel, on se serait cru le soir alors qu'il n'était pas quatorze heures.

— Tu dois garder ce morceau.

Joël était rentré, depuis combien de temps l'écoutait-il ?

— Tu dois le transcrire et le garder, Mariette.

— Ce n'est pas pour moi, c'est pour Sabine.

Le ciel grondait mais la pluie ne venait pas. Le vent soufflait sur les toits des ruelles serrées, on voyait la poussière qu'il déplaçait, l'agitation des décorations de Noël suspendues aux arbres. Le ciel avait des éclairs vibrants qu'on n'entendait pas, et puis soudain des bruits sourds de pierres qui s'effondrent, de montagnes fendues, très loin d'ici.

— Je n'aime pas ça, dit Mariette. Je vais attendre un peu avant de partir.

— Tu n'avais pas cours à quatorze heures ?

— Gym. J'ai une dispense. C'est vrai. Tu ne me crois pas ?

— Tu n'as plus d'asthme.

— Ben justement… je ne veux pas risquer une rechute…

— Je comprends…

— Ça va ?

— Hum…

Noël n'était pas une bonne période pour Joël, et ne l'avait jamais été. La foule au magasin, le réveillon à Langogne, et depuis que Corinne, sa sœur, s'était fait connaître, il avait envie de tous les oublier, la famille d'accueil et la famille biologique, de tirer un trait sur tout ça. Corinne lui avait envoyé une photo du mariage de leurs parents, cela l'avait ravagé pendant des semaines. Depuis il achetait des carnets sur lesquels il notait des extraits de chansons, des projets. Il espérait que ce flot de mots submerge le passé, mais son écriture serrée et nerveuse prouvait qu'il n'y arrivait pas.

— Hé ! Tu peux imaginer que quelqu'un avait affiché ça au bahut ?

Mariette lui tendait un papier, qu'il ne prit pas. Alors elle le lut :

— « J'appelle les fainéants, les crasseux, les drogués, les alcooliques, les pédés, les femmes, les parasites, les jeunes, les vieux, les artistes, les taulards, les gouines, les apprentis, les Noirs, les piétons, les Arabes, les Français, les chevelus, les fous, les travestis, les anciens communistes, les abstentionnistes convaincus, tous ceux qui ne comptent pas pour les hommes politiques, à voter pour moi, à s'inscrire dans leur mairie et à colporter la nouvelle ! » et il termine par : « Tous ensemble pour leur foutre au cul ! » C'est pas génial ? C'est Coluche. On aurait presque envie d'en faire une chanson, tu ne trouves pas ?

Il rit. Elle repoussa doucement la mèche qui cachait son visage. Il la laissait faire maintenant, il n'avait plus ce mouvement de recul. Elle disait, J'apprivoise un chat sauvage. Il répondait, J'apprivoise le code pénal, et la prenait dans ses bras. Serrés l'un contre l'autre, ils respiraient mieux, la détente montait avec le désir, un désir doux comme la paresse, et qu'ils laissaient passer avant de se quitter sans avoir enfreint la loi. C'était bon aussi, cette envie et cette appréhension de ce qu'ils vivraient bientôt. L'appartenance. La jouissance. Mariette aurait quinze ans dans six mois à peine. Quand il y pensait, Joël avait le cœur prêt à éclater. Est-ce qu'il saurait faire avec elle ? Elle avait beau lui dire, Juliette n'avait même pas quatorze ans quand elle aimait Roméo, il voyait bien qu'elle crânait un peu. Il la désirait comme une femme. Mais il n'était pas très sûr de lui. Et s'il la blessait ? S'il lui prenait son adolescence ? Il la désirait comme une femme qu'il ne quitterait jamais, et avec qui il fonderait une famille, et si elle ne voulait pas, si elle ne voulait que lui et le piano, ça lui allait aussi. Il avait souvent en tête la chanson de Ferré, qu'il comprenait mieux que jamais. *Ah ! Petite Ah ! Petite / Je t'apprendrai le verbe aimer / Qui se décline doucement / Loin des jaloux et des tourments / Comme le jour qui va baissant...*

— Mon père a lu dans le journal que Coluche avait seize pour cent d'intentions de vote, juste après Giscard, Mitterrand et Marchais. Avec ma mère ils sont obsédés par les élections, ils disent qu'avec les communistes au pouvoir les chars russes seront place de la Concorde et qu'on fermera les églises. Tu crois que c'est possible ?

— Non. Et de toute façon la gauche ne passera jamais. Je vais t'accompagner au lycée avant qu'il pleuve, je sais que tu as peur de l'orage.

— C'est de toi que j'ai peur ! Tu fais une tête...

— Mais non...

— Mais si ! Tu es très grincheux, tu sais, en période de fête. Ça n'a pas l'air de te réjouir beaucoup, la venue du Sauveur sur terre !

— Mais au contraire, pour un commerçant c'est du pain bénit !

— Si Jésus voyait ça, il serait écœuré, j'en suis sûre et certaine.

— Eh bien voilà un point commun entre lui et moi ! Sortons avant l'orage.

— Tu m'embrasses ?

— À une condition.

— Dis toujours.

— Promets-moi de retranscrire ton impro avant de l'envoyer à ta sœur.

— Mais ça va me prendre une éternité !

— Promets-moi… !

— D'accord. Je le ferai. Alors, tu m'embrasses ?

Il ne savait pas si elle était provocante ou innocente, si elle jouait parfois avec lui ou si elle désirait lui appartenir, si elle comprenait ce que cela signifiait. Demandait-elle un baiser parce qu'elle l'aimait ou pour ne pas aller en cours ? Sa jeunesse était une attirance et une énigme.

Hélène n'en revenait pas de toutes ces couleurs, de vêtements, de peaux, ces déclinaisons de pays, d'horizons, cette vie panachée elle ne l'avait jamais vue auparavant. Aujourd'hui elle recevait l'énergie puissante de ce quartier qui avait ses codes, ses frontières, ses complicités, ses transgressions, d'une façon plus apparente qu'ailleurs. On vendait de tout partout, sur des cartons posés sous le métro aérien, sur des bouts de trottoir, à la sauvette, dans des boutiques étroites, des locaux obscurs, des magasins à étages. On vendait des fruits, des tours Eiffel miniatures, des herbes magiques, des sacs en skaï, des tissus. On vendait des filles, aussi. Que ce soit boulevard de Clichy ou avenue du Roule, Hélène n'était pas dupe de ce que l'exotisme pas cher ou l'opulence pouvaient dissimuler de trafics et d'oppression. Mais à présent, elle vivait ici. Et elle y respirait mieux qu'à Neuilly. Elle avait l'impression d'avoir changé de pays, et elle avait été étonnée que le trajet entre les deux adresses se fasse si simplement en métro. Éléonore lui avait parlé de cet ami, Raphaël, danseur dans la compagnie de Joseph Russillo, qui était rarement à Paris. Il y avait dans son appartement, rue Germain-Pilon, une chambre vacante… et un nombre impressionnant de plantes à arroser. En échange de quoi, Hélène ne payait qu'une somme modique pour le loyer. La maison sur cinq étages au fond d'une cour arborée datait de la Restauration et était divisée en une vingtaine d'appartements. En pousser la grille d'entrée était comme faire tomber dans l'oubli le bruit et la cohue du boulevard, trouver l'ombre soudaine après un soleil de midi.

Hélène avait obtenu une bourse, et en plus de ses articles pour la revue destinée aux juniors elle donnait des cours particuliers de physique-chimie à des élèves de seconde. Elle était donc, et pour la première fois de sa vie, indépendante. David avait insisté pour verser encore de l'argent sur son compte. Elle avait refusé. Il lui avait demandé si elle l'aimait toujours, et, devant ses yeux au ciel et ses soupirs exagérément las, il lui avait dit qu'à la vérité il trouvait ça tout à fait bien. Il n'était pas habitué à ce qu'on ne lui demande rien, un travail, un prêt, un don, un piston, une maison ici ou là pour les vacances, un appartement. Il était celui qui aide. Et à qui on en veut toujours un peu pour cela. Mais Hélène ne voulait rien. Et parce que cela le tracassait tout de même, il avait demandé avec l'air goguenard de celui qui blague :

— Dis-moi, tu n'es pas devenue comme ta sœur aînée Sabine, hein ?

— C'est-à-dire ?

— Tu ne chantes pas *L'Internationale* en levant le poing quand tu passes devant une banque ?

— Ma sœur n'a jamais fait ça !

Elle avait ri. Son affranchissement n'avait rien à voir avec une quelconque idéologie, jusqu'ici elle avait profité sans remords de l'argent de David. La vie était plus gaie avec de l'argent, et elle savait à quel point le manque en était cruel et rabaissant. L'argent permettait de ne pas se poser de questions, il résolvait les problèmes avant même qu'ils ne se posent. Mais aujourd'hui elle voulait simplement ne plus rien devoir à personne, ne jamais avoir besoin de l'argent d'un autre, père, oncle, ami ou mari. Par cet affranchissement pécuniaire, elle s'en autorisait un autre, et avec son indépendance financière elle acquérait sa liberté sexuelle. Plus jamais David ne serait autorisé à donner son avis sur Arthur. Ou sur un autre. Plus jamais on ne chercherait qui « lui allait bien ». Elle n'aimait pas Arthur au sens que tous donnaient à l'amour, il ne remplissait pas les vides, il n'était pas sa moitié, car elle n'avait en elle aucune part manquante. Elle ne voyait en lui ni son destin ni son âme sœur, « *the one* », comme disaient les Anglais, non, elle ne cherchait pas « l'unique ». Elle voulait « les deux ». Lui et elle. Éléonore fut sa première invitée rue Germain-Pilon, la première à qui elle ouvrit sa porte et son lit, dans cet appartement que son amie connaissait déjà, qui n'était pas vraiment le sien mais marquait son entrée dans une vie « privée », privée du regard des autres.

Vivre ce qu'elle avait si souvent imaginé était aussi bouleversant que changer d'époque. Elle était surprise par ce qu'elle osait, il lui semblait qu'elle décidait pour la première fois d'une chose personnelle, qu'elle s'autorisait sa vie. Elle était exactement là où elle devait être. C'était aussi simple que cela. Elle n'avait jamais pleuré après l'orgasme, elle ignorait que c'était brutal, irrépressible, violent. Cela se produisait souvent après l'amour avec Éléonore, et elle ne comprenait pas d'où lui venaient ce chagrin, ces sanglots qui attendaient comme des poches d'eau qu'on les fracasse contre un mur pour exploser. Après l'amour Léo allumait une cigarette et débouchait une bouteille de champagne, Je ne connais rien de plus beau que deux coupes de champagne sur une table de nuit. Hélène avait rempli son frigidaire de bouteilles pas trop chères et bientôt ce goût-là fut celui de cet hiver 1981 froid et neigeux, qui donnait à Paris l'aspect d'une ville vêtue de blanc et de nuit, un ciel laiteux et des soirs précoces arrosés de vin clair qui laissait dans la bouche un goût de fruit, de peau et de paresse.

En dix minutes à peine Hélène était chez Sabine, et sans doute le choix de vivre rue Germain-Pilon n'était-il pas étranger à cette proximité. Elle avait besoin de savoir sa sœur toute proche, et elle sonnait régulièrement chez elle avec l'impression parfois de la déranger, comme si Sabine depuis qu'elle était revenue de chez Paul se sentait bien dans ce repli solitaire. C'est dehors qu'elle souffrait. Le bruit d'une moto, un cri, une bousculade la faisaient encore sursauter, l'avancée de la nuit la mettait mal à l'aise. Elle avait dit à Hélène, Je ne regarderai plus jamais les vieilles femmes comme avant. Je sais ce que c'est d'être vulnérable au milieu de gens pressés, et malade au milieu de tant de bien-portants. Je n'aime plus les vaillants, les vainqueurs et les ambitieux, j'aime ceux pour qui traverser la rue est une victoire. Elle s'était toujours étonnée de tout ce qui s'éveillait au même instant dans Paris, les artistes bien sûr, avec leur univers fictif, narcissique, flamboyant, et les scientifiques comme en rencontrait Hélène, les chercheurs, les génies, les savants, mais aussi les gens ordinaires dans les bureaux, les usines, les écoles, ceux qui étaient au travail depuis l'aurore ou finissaient leur nuit de garde, les nettoyeurs invisibles dans les entreprises, les étrangers derrière les barrières de la Préfecture, les malades prêts pour le bloc, les emprisonnés de la Santé, les jeunes aveugles de l'Institut, les chasseurs des palaces, les prostitués de la porte Dauphine, les carmélites de Montmartre, les filles du Lido… ces milliers d'existences en fragments, Sabine les sentait, quand le jour se levait sur Paris, et leur énergie conjuguée souvent lui avait donné de la force. Aujourd'hui elle en éprouvait un cafard retenu, inavouable. Elle les savait tous prêts pour la mort. Mais est-ce qu'ils le savaient ? Est-ce qu'ils y pensaient de temps à autre ?

Ce dimanche-là elle avait confié à Hélène la lecture du cahier sur lequel elle s'était remise à écrire. Elle restait à ses côtés, faisant mine d'être occupée à autre chose mais guettant ses réactions, le moindre de ses gestes, de ses silences, et quand elle rit, cela fut comme une sanction.

— Je peux savoir pourquoi tu ris comme ça ?

— Mais Sabine… est-ce que tu te rends compte ?

— De quoi ?

— Mais à quel point c'est drôle !

— Ça n'est pas drôle ! C'est engagé.

— Écoute, écoute seulement.

Hélène lut à haute voix :

— « Ils étaient dans la cuisine comme deux cambrioleurs pris sur le fait, et je comprenais, en les regardant, que leur baptême n'avait servi à rien, mes parents portaient le poids du péché originel comme le vieillard son fagot de bois, une charge inévitable et constante. Ève était l'empoisonneuse éternelle, tout comme la Bonne Mère, dont la virginité condamnait chaque femme, car de quoi était-il question ce jour-là pour mes parents dans la cuisine de La Petite Chartreuse ? D'apprendre avec stupeur que dans la ville où ils vivaient on tombait amoureux sans demander la permission au pape et on soulevait ses jupes sans l'autorisation d'un avocat. »

— C'est l'affaire Gabrielle Russier, Hélène, pas un sketch ! Tu le lis exprès d'une façon ironique, mais si tu le lisais avec sérieux…

— Eh bien ce serait drôle quand même.

— Tout à fait l'humeur dans laquelle je suis en ce moment.

— Ça s'appelle un clown triste… Et arrête de serrer ce chat comme ça, tu vas l'étouffer.

— Il a l'habitude, il supporte.

— Décidément tu n'auras jamais rien compris aux animaux.

— Lui me comprend, c'est l'essentiel.

— Et Paul, il en dit quoi ? Il n'a pas envie de le reprendre ? Il ne lui manque pas, son chat ?

— Paul, c'est Paul…

— C'est-à-dire ?

— Un jour je te le présenterai.

— Oh ! C'est sérieux alors… Quoi ? J'ai dit une connerie ?

— Paul, c'est un sauveur. Il a un brassard sur lequel est écrit *SOS Sabine.* C'est tout. Bon. Je vais faire des madeleines.

— Encore ?

— Encore.

— Je peux rester un peu ?

— Tu es si curieuse que ça de lire la suite ? Je croyais que tu préparais ton mémoire, ta maîtrise, tout le tintouin, et que, pour changer un peu, tu n'avais pas une minute à toi.

— Je reste, j'aime tellement te voir t'affairer dans ta cuisine, on dirait une pub pour Moulinex, je pensais pas que ça t'allait si bien.

— Heureuse que tu reconnaisses enfin mes qualités.

C'était un dimanche soir de février, clos sur lui-même et doux, Paris était délassé, chaque quartier ressemblait à la province, vidé de ceux qui y travaillaient en semaine, il n'y restait que les habitants, des gens ensemble et qui traînaient un peu. Hélène s'allongea sur le canapé, elle aurait volontiers dormi, une petite sieste de dix minutes, réparatrice et sans rêves, mais la curiosité la tenaillait, une envie de savoir et une légère appréhension de ce qui allait suivre, une curiosité malsaine, aurait dit Arthur.

« Les vacances au camping de Ramatuelle étaient les seuls moments d'insouciance dans cette existence inquiète que nous vivions le reste de l'année. Mes parents étaient méconnaissables. Ils paraissaient tellement jeunes que plus d'une fois je me suis retenue de les inscrire au club Mickey. Mon père avait inventé une nage, à mi-chemin entre la nage indienne et la sieste, "une nage corse", disait-il, et j'adorais me baigner avec lui, même si inévitablement, lorsque nous avions dépassé les bouées et nagé loin, il me disait, Est-ce que tu sens ces requins frôler nos jambes ? Est-ce que tu sens leurs nageoires, leur gueule énorme ? J'avais peur et j'aimais avoir peur avec lui, j'aimais sa joie, son insouciance. Les vacances terminées, il me semblait aussi gris que sa blouse d'instituteur, et il filait à l'aéroport de Marignane chercher Héloïse, aussi tendu que si la police des frontières l'avait convoqué. »

« Ma sœur avait toujours quand elle rentrait de là-bas un air suspicieux, comme si nous n'étions pas aux normes, et je m'attendais à ce que le service d'hygiène vienne vérifier la fraîcheur des aliments dans le frigidaire et la taille du tub dans lequel nous prenions notre bain, la même eau pour trois, il est vrai que la dernière qui passait n'avait pas de veine, c'est pourquoi chaque dimanche, dans la voiture au retour du pique-nique, on entendait soudain l'une de nous crier, victorieuse : "Prem's au bain !" Elle avait gagné l'eau toute propre. Les deux autres hurlaient "Deuz !" souvent en même temps, alors notre père en bon chef de famille arbitrait la chose. Je crois pouvoir dire sans me tromper qu'aucune de nous ne tenait jamais rigueur à celle qui gagnait. Et nous étions libres de tenter notre chance le dimanche suivant. »

« Souvent je me suis retenue de dire à Héloïse ce que j'avais vu ce jour-là dans les écuries, j'avais tellement envie de souffler sur son joli château de cartes. Je ne lui enviais pas la sonnette pour se faire servir à table, ni le lit aux cent quarante oreillers, encore moins les pets de son affreux chien à poil ras, non, je lui enviais l'amour sans condition qu'elle recevait, le regard de notre oncle sur elle. Il voyait en elle quelqu'un que nous ne connaissions pas. Mais notre cousin baisait avec le palefrenier, et je l'avais regardé. Peut-être ne l'ai-je jamais dit à Héloïse simplement pour garder en moi quelque chose qu'elle ignorait, et avoir pour une fois le dessus chez les Tavel. »

Hélène reposa le cahier et rejoignit Sabine dans la cuisine. Les madeleines étaient déjà au four, l'odeur était délicieuse, presque écœurante. Sabine passait l'éponge sur la table avec l'air concentré de celle qui est absente à ce qu'elle fait. Elle demanda sans lever la tête :

— Tu as lu ? Ça t'a plu ?
— Beaucoup.
— Tu crois que je dois continuer ?
— Bien sûr.
— Tu en es où ? Tu as lu jusqu'où ?
— Le début.
— Tu trouves toujours ça drôle ?

— Oui, il y a de l'humour, mais c'est… c'est engagé, aussi.

— Je ne sais pas ce que je vais en faire… Un livre, une pièce, ou… puisque c'est si drôle…

— Je n'ai pas dit que c'était drôle, j'ai dit qu'il y avait de l'humour.

— Puisqu'il y a « de l'humour », je pourrais peut-être faire une sorte de… stand-up.

— Pourquoi tu as dit ça en grimaçant ? « Stand-up » ?

— Écoute, Hélène, peut-être que ça te fait rire toi, parce que tu reconnais les parents, mais ça ne fera sûrement pas rire les autres…

— Alors tant mieux.

— Pourquoi tant mieux ?

— Je dis tant mieux, parce que tu n'as apparemment pas envie de faire rire, c'est tout.

— Les madeleines seront bientôt prêtes, tu en voudras ?

— Je vais y aller, Arthur m'attend.

— C'est nouveau ce rituel du dimanche soir ?

— Le restau ? Oui, Arthur trouvait qu'on ne se voyait pas assez, alors… j'ai proposé ça.

— Et le reste de la semaine, c'est chacun chez soi ?

— Oui. Bon, alors tu vas continuer à écrire, hein, tu me le promets ?

— Mais tu es sûre que ça n'est pas trop…

— Non.

— Tu ne sais pas ce que j'allais dire.

— Écris, Sabine, et ne te pose pas de questions.

— Ah…

Au moment de sortir, Hélène hésita à lui dire qu'elle ne savait pas, pour la bisexualité, ou l'homosexualité, de Vincent, que cela lui faisait un petit choc de l'apprendre, mais aussi qu'elle se sentait proche de lui, encore plus. Elle hésitait aussi à lui dire que la fille qu'elle dépeignait, cette « Héloïse », n'avait rien à voir avec elle. Mais elle n'avait pas attendu de lire ces lignes pour savoir que personne ne pourrait dire avec précision, et avec des mots simples, qui vous êtes. Mais à qui avons-nous vraiment ouvert notre cœur ? Quand avons-nous osé dire les tourments, les détresses, les pensées les plus sombres, les éblouissements, la solitude ? Ces protections successives avaient tissé au fil du temps un long manteau qui, en nous protégeant, faisait de chacun de nous un être méconnu.

Cela arriva au moment où ils s'y attendaient le moins. Depuis quelque temps les élections à venir étaient leur principale frayeur et leur éternel sujet de discussion. Heureux d'être enfin d'accord, Bruno et Agnès étaient intarissables sur le sujet, et ce cauchemar partagé était une pause dans leur vie conjugale minée. Alors que d'autres se rassuraient (la rupture entre socialistes et communistes quatre ans auparavant avait affaibli la gauche), eux avaient senti tout de suite le danger. Aujourd'hui, la victoire de Mitterrand paraissait plausible, même si certains pariaient encore sur le « réflexe de l'isoloir » où le bon sens reprendrait ses droits. Eux avaient la sensation qu'on tirait le tapis sur lequel ils se tenaient depuis toujours, droits et loyaux, et leur chute paraissait aussi inévitable que celle du franc. Ils ne faisaient évidemment pas partie des fortunés qui envisageaient de s'exiler en Suisse en cas de malheur, mais quand ils imaginaient des ministres communistes au gouvernement, ils avaient envie de fuir. Ils ne savaient où. Ils n'avaient jamais voyagé.

Ce fut dans cette atmosphère à la fois pleine d'appréhension et d'entente que la vérité éclata. Un geste simple. Administratif. Le genre de corvée que l'on remet toujours au lendemain. La carte d'identité de Bruno était périmée, et ça n'était pas le moment de n'avoir pas tous ses papiers à jour. Alors il chercha le livret de famille, ce petit carnet que le maire d'Aix lui avait remis vingt-huit ans auparavant, et même si pour Agnès et lui le véritable mariage était le religieux bien plus que le civil, cette remise avait été le signe de la confiance qu'on leur faisait, ils étaient adultes, et sur ce carnet allait s'inscrire leur vie. Il y avait les noms de leurs parents respectifs, et ils avaient ri de tous ces prénoms que chacun portait, « Lucien Léopold Pierre Marius », « Marie Blandine Marthe Aimée », puis leurs prénoms à eux, soudain liés par le patronyme de Malivieri, et enfin les pages blanches pour les enfants à venir.

Ce jour-là Bruno avait pris le livret dans le tiroir de son bureau, à côté du chéquier et des quittances de loyer, les photos d'identité qu'il venait de faire, et il était parti à la mairie. Il ne savait pas qu'il tenait entre ses mains le malheur du monde. Il y avait trois personnes avant lui dans la salle d'attente du service de l'état civil, et il patientait, assis sur une de ces chaises en plastique minables. Après avoir fumé une cigarette, il avait lu distraitement le bulletin municipal posé sur la table basse, et puis il avait ouvert son livret de famille, sans y penser vraiment, tracassé qu'il était par le délai de remise de sa nouvelle carte d'identité, même si son permis de conduire était à jour et que pour voter ce serait… Il avait écarté plus franchement la tranche du livret… ses mains tremblaient… il n'arrivait pas à tourner les pages… il sentait monter en lui une angoisse et un chagrin aussi violents qu'un passage à tabac… Il entendait qu'on appelait son numéro… Il tournait les pages, encore et encore, des fois qu'ils se soient trompés à l'hôpital, qu'ils l'aient inscrite au mauvais endroit… Il entendait un numéro sans comprendre si c'était encore le sien… Il ne la trouvait pas… Elle était où bon Dieu elle était où ? Il gémissait maintenant en tournant les pages, il râlait comme un gamin malade… Elle était blanche… la page était toute blanche… Il avait du mal à respirer… On lui parlait, Monsieur ? Vous allez bien, monsieur ? Mais où était l'enfant ? Où était l'enfant ? Bon Dieu, où était sa fille ? Il releva la tête, montra son livret de famille à la femme penchée au-dessus de lui et qui parlait d'apporter un verre d'eau, d'appeler un médecin, et lui brandissait toujours ce livret sur lequel n'était pas inscrit le nom de sa petite, celle qui était morte à la naissance plus d'un an auparavant, elle n'y était pas, il avait regardé toutes les pages et dans tous les sens, le carnet était sali maintenant, les feuilles froissées, la petite fille n'y était pas, la femme pouvait regarder si elle voulait, il n'avait pas soif non… il voulait dire…

il n'arrivait plus à parler… il voulait dire… Il voulait dire qu'il s'agissait d'une bonne, d'une merveilleuse nouvelle, et de la chose la plus atroce qui soit.

Lorsque Agnès était rentrée ce soir-là, elle avait sursauté quand elle avait allumé la lumière et l'avait trouvé assis dans l'entrée sur un tabouret, comme un homme qui la carabine dans les mains guette un voleur. Le voleur, c'était elle. Alors elle regarda cet homme qu'elle avait tant aimé, il était pâle, presque laid pour la première fois, défiguré par la souffrance. Elle vit sa vie passer lentement devant elle et disparaître, elle sentit presque le petit vent que ce mouvement faisait naître, c'était précis, fatal, sans aucun retour en arrière possible.

— Tu disais, Il a une âme, l'embryon a une âme… Tu disais, On peut se remettre d'une naissance, mais pas d'un avortement, tu disais que c'était ton bébé, qu'on n'était sûr de rien, et que de toute façon tu l'aimerais, même s'il y avait un… un problème, que tu l'aimais déjà…

— C'était vrai.

— Oui, c'était vrai. Mais moi je savais que quelque chose n'allait pas. Et j'avais raison…

— Tu avais tort. En tout.

— Toi… quand je t'ai dit que j'étais enceinte, tu étais… tu étais…

— J'étais heureux, comme toi. On l'avait désiré tous les deux.

— Oui… Et quand je t'ai dit que j'étais enceinte, tu as posé ta main sur mon ventre, longtemps, très longtemps, tu te souviens ? Sans parler, heureux et confiant, et c'était comme avant… Avec le petit garçon.

— C'était une bénédiction.

— Non… C'était l'inverse.

— Mais tu es folle !

— Ce bébé quand je l'ai vu… Parce que je l'ai vu… Ce bébé n'avait pas menti. Il était ce que j'avais appréhendé pendant neuf mois. Je l'ai regardé et… oh mon Dieu… Je n'ai pas pu… Je n'ai pas pu, non… Je ne sais pas pourquoi, mais c'était… Impossible. Crois-moi.

— Impossible ? Mais qu'est-ce qui peut être plus impossible que d'abandonner son propre enfant ?

— Le garder.

Elle était celle qu'il n'aimerait plus jamais. Celle qu'il n'avait jamais connue. Qu'il ne pourrait plus ni croire, ni regarder, ni comprendre. Elle lui avait volé sa fille. La chair de sa chair. Cet enfant tendre, vivant, qui portait autant que les autres ses gènes, sa généalogie, ses projets, une Malivieri laissée sur le bas-côté, mise au rebut, reniée comme une bâtarde. D'une voix basse, rendue presque vulgaire par le dégoût, il demanda :

— Elle est où ?

Elle eut un rire pris dans un sanglot. Quelle question ! Est-ce qu'elle savait ? Dans les bras de quelqu'un sûrement. Quelqu'un qu'elle appelait papa, ou maman, et qui un jour peut-être lui déchirerait le cœur en lui expliquant qu'il y avait dans son histoire deux êtres cachés, deux embusqués.

— Elle… promets-moi qu'elle… je t'en supplie… dis-moi que…

— Elle a été baptisée.

Il prit sa tête dans ses mains et pleura si longtemps qu'elle pensa qu'il allait en mourir, et après tout ça serait peut-être bien, sa vie à lui s'arrêtait en même temps que la sienne, voilà. Est-ce qu'on pouvait s'en tenir là ? ne pas vivre la suite ? Oui, le mieux était que tout s'arrête ici, à cette seconde précise. Pour cela, il fallait donner le coup fatal :

— Mariette est au courant. Elle l'a toujours été. Elle est venue me voir à la maternité.

Elle venait de le rendre aphone. Et il ne pleurait plus. Il avait levé vers elle un visage stupéfait, la bouche ouverte, les yeux écarquillés devant cette femme monstrueuse qui était la sienne. Il était aussi fatigué qu'un boxeur massacré, il se sentait pénétrer dans un monde à la lumière grise, un monde sans horizon, une boîte. Il se leva. Il marcha lentement vers sa chambre, les bras le long du corps, comme un homme qui marche en dormant. Agnès entendit une chaise grincer, du bruit, un remue-ménage. Elle décida d'aller le regarder, pour s'en souvenir. Et c'est ce qu'elle fit depuis le seuil de leur chambre conjugale. Il avait pris la valise sur le haut de l'armoire. Ainsi il la quittait. Il avait raison de le faire. Elle était soulagée qu'il le fasse. Elle le trouvait laid et courageux, et elle espérait qu'il partirait sans autres questions, sans un reproche ni aucun mot d'aucune sorte, elle espérait qu'il n'éprouve plus rien pour elle, ni haine, ni dégoût, pas même un peu de pitié. Elle voulait qu'il soit aussi vide, aussi minable et aussi vieux qu'elle.

C'était un temps instable. Rien ne changera, affirmaient nombre d'adultes, habitués de la vie, connaisseurs. Tout peut changer, clamaient la plupart des jeunes. La majorité avait été abaissée à dix-huit ans, ils étaient donc nombreux et n'avaient plus le temps de devenir raisonnables avant de voter. Et petit à petit, ils effrayaient. La droite était au pouvoir depuis vingt-trois ans, alors quoi ? Est-ce que le monde pouvait s'effondrer du jour au lendemain ? la France devenir rouge sang en une soirée ? Les affiches du candidat Mitterrand avaient beau offrir un visage paisible devant une église, « La force tranquille », certains voyaient très bien le couteau qu'il tenait entre les dents. L'abolition de la peine de mort, la contraception gratuite, l'impôt sur la fortune, les trente-cinq heures, l'égalité salariale entre les hommes et les femmes, la hausse du Smic, du minimum vieillesse et des allocations familiales, la cinquième semaine de congés payés, c'était la faillite morale et financière assurée, disaient les uns. La justice, disaient les autres.

Et on voyait s'affronter sans se convaincre des êtres acharnés, et se creuser dans les amitiés les plus vraies des fossés de rancune que rien ne viendrait jamais combler.

Pour la famille Malivieri, le temps avait déjà tourné, à La Petite Chartreuse, la solitude s'était confortablement installée, comme si elle reprenait sa place originelle. Le reste, les années en famille, n'avait été qu'une parenthèse aussi fugace qu'une poignée de secondes. Depuis que Bruno habitait chez des amis, Agnès vivait sans lui dans le trois-pièces-cuisine, un lieu parfait pour une famille de cinq, une famille de six, une famille de sept… mon Dieu, combien avaient-ils été, combien auraient-ils dû être ? Quand Mariette rentrait le soir, qu'elle avalait en quelques minutes son dîner, les yeux baissés sur son assiette, cela se voyait qu'elle avait en tête une mélodie qui semblait enfreindre la loi de cette maison, et ce sourire malgré elle… Pensait-elle que sa mère était tellement innocente ? qu'elle était incapable de reconnaître une fille amoureuse ? Agnès la regardait et se demandait ce qu'elle deviendrait, cette souris qu'elle avait tenue contre elle des nuits entières au-dessus du lavabo, et quand la vapeur embrumait le miroir elle avait aimé cette impression de disparaître avec son enfant fantôme dans les bras. Elle se sentait légitime alors, presque légère malgré l'inquiétude. Aujourd'hui elle devrait emmener Mariette chez un gynécologue, lui faire prescrire la pilule, mais elle doutait qu'elle ait besoin d'elle pour quoi que ce soit. Elle faisait partie d'une génération sauvée, une génération pour qui faire l'amour ne se résumait pas à « faire attention ». Sa fille était née libre.

— Si tu avais l'âge de voter, Mariette, tu voterais pour qui ?

Elle lui avait posé cette question un matin en la croisant dans le minuscule couloir. Mariette avait marqué un temps d'arrêt, puis lui avait répondu, Je vais boire mon chocolat sur le balcon, tu viens ? Agnès avait trouvé cela étrange, on ne prenait jamais son petit déjeuner sur le balcon, on s'y tenait la plupart du temps debout, les uns derrière les autres quand on posait pour une photo, un jour de communion ou d'anniversaire, un jour de visite des grands-parents.

Mariette tenait son bol des deux mains, assise sur un tabouret, les yeux plissés vers le soleil prometteur de ce 1er mai.

— Je ne voterais pas au second tour. Ni Giscard ni Mitterrand, oh non…

Agnès se retint de lui dire qu'elle était inconsciente, irresponsable, et qu'elle aille donc vivre dans une dictature, qu'elle aille donc en Union soviétique ou en Tchécoslovaquie.

— Et si le vote était obligatoire, au premier tour j'aurais voté pour Arlette Laguiller, parce qu'elle a raison, ils mentent tous quand ils parlent des femmes, ils les dédaignent, mais sans elles, sans leur travail salarié, sans leur travail gratuit, la société s'effondrerait. Toi par exemple, tu pourrais gérer le budget de l'État bien mieux qu'eux.

— Moi ?

— Oui, tu saurais qu'il ne faut pas mettre l'argent dans les armes, mais dans la vie, les hôpitaux, les crèches, les écoles…

— Les pouponnières.

Mariette n'avait pas peur des temps sans mots, souvent justes. Celui-ci était pareil à un fil qui casse dans un mouvement précis. Elle regardait sa mère, sa chemise de nuit bleue, un peu transparente dans le contre-jour, ses longues jambes, son sexe, son ventre. Son visage affolé. Elle dit :

— Oui maman, les pouponnières.

Agnès battait des cils très vite, Mariette la voyait se débattre comme un oiseau tenu dans les mains, ignorant si on le protège ou le piège. Le bien. Le mal… Mais peut-être y avait-il quelque chose entre les deux ? Peut-être avions-nous le droit d'être parfois monstrueux, et parfois exemplaires. Peut-être avions-nous même le droit de détester les autres par instants, sans cesser de les aimer. Peut-être était-il possible d'accepter cette confusion. Agnès s'assit par terre, dans une minuscule tache de lumière et dit très bas :

— Si j'étais président… présidente… ou ministre, je ferais quelque chose pour les enfants abandonnés. Une petite lettre de la part de leur maman, quelques mots pour dire… je ne sais pas… Oui, voilà ! Pour dire qu'on ne sait pas. Mais qu'on sent que c'est mieux de ne pas vivre ensemble. Et peut-être que c'est à l'enfant qu'il faudrait demander pardon, pas à Dieu.

Mariette se leva, elle allait rejoindre Joël, elle était

en retard. Avant de sortir du balcon, elle passa la main dans les cheveux de sa mère, qui laissa son visage tomber sur ses bras enlaçant ses genoux. Mariette espérait qu'elle se détende un peu. Et puis qu'elle sorte. Qu'elle profite de ce jour de repos, l'un des derniers avant le second tour.

C'est un compte à rebours, comme pour le lancement d'une fusée. Quelques secondes décomptées par des millions d'hommes et de femmes, le cœur en arrêt, les mains devant la bouche, se préparant au choc, devant la télévision allumée. Cinq. Quatre. Trois. Deux. Un. Un dessin lumineux, violemment coloré, apparaît lentement. Le haut d'un crâne d'homme. Cheveux rares. Puis le front, les yeux, ceux de François Mitterrand, et alors il y a les cris et les larmes d'un pays tout entier. Le bonheur et l'effroi, venus du plus profond du ventre, du plus vrai de soi.

Vingt heures le dimanche 10 mai 1981. Agnès est seule devant le poste de télévision. L'immeuble tremble. L'immeuble hurle. Comme lorsque l'OM marque un but. On n'a pas besoin de regarder pour savoir. Elle prend le téléphone, elle va appeler Bruno, que vont devenir leurs filles, qu'est-ce qui va leur arriver ? Mais elle raccroche avant d'avoir composé le numéro, elle sort, et tout a changé déjà, les gens sont dehors comme après un bombardement, le visage ahuri de ceux qui sortent des caves et ont besoin de se rassembler pour y croire vraiment. Les jeunes dansent sur le parking, la musique à fond, les bières à la main, qui éclaboussent leurs tee-shirts, leurs bras et leurs visages, les filles et les garçons s'embrassent à pleine bouche, Agnès respire difficilement, elle passe au milieu d'eux qui ne la voient pas, elle a l'habitude, depuis quelque temps on ne la voit plus. Il fait chaud comme en pleine journée, et très clair, on entend les pétards, c'est le présage de ce qui va se passer maintenant, un pays bruyant, désordonné, sans pudeur. Agnès a presque quitté la résidence et elle se retourne. Est-ce qu'ils vont incendier les voitures, comme ils le font à Marseille dans les quartiers nord ? Elle pense à Laurence. Elle est sûrement contente, ce soir. Elle n'a peur de rien, jamais. Il y a beaucoup d'adultes maintenant en bas des immeubles, qu'est-ce qu'ils espèrent ? Elle pense à son chef, celui qui vient de Paris et leur fait vivre un enfer, bien assis derrière son bureau. Elle pense à la retraite misérable à laquelle elle aura droit. Elle pense au prix des livres et des cahiers, des compas, des calculettes. Elle pense au prix de la viande, au prix de l'essence, au prix des vacances. Elle pense aux allocations familiales si minables qu'il fallait toujours compléter avec l'argent de Tavel. Elle pense à Tavel. À la stupeur qui doit être la sienne, ce soir. Hier encore Michelle n'y croyait pas, elle lui avait téléphoné, la Bourse ne cessait de monter, il n'y avait rien à craindre, Les marchés sont confiants. Et Agnès avait ri intérieurement, imaginant à Aix les cris des maraîchers « confiants » comme des banquiers parisiens. Maintenant elle ne rit plus, elle imagine les chars. Les camps. Les églises condamnées. L'école Sainte-Catherine privée de subventions. Elle marche vite, elle se sent en retard, et cette sensation la parcourt comme un jet d'eau froide, elle *éprouve* quelque chose et, malgré la douleur, c'est bon. C'est bon d'être pressée et d'avoir quelque chose à faire.

Elle traverse sa ville qu'elle ne reconnaît plus. Des gens se baignent dans les fontaines. Il y a des embouteillages partout et les klaxons sont incessants. Elle a toujours eu peur de la foule. Elle est née trois ans avant la guerre. Elle se souvient du désordre, de l'incohérence et de la faim. Ce soir Aix est en liesse. Mais toutes les foules se ressemblent, elles suivent le même mouvement et leur puissance est sans limites ni conscience. Agnès profite pourtant de l'émotion commune, du désordre qu'engendre la joie, pour s'autoriser une part de folie.

« Je te promets de te rester fidèle, dans le bonheur et dans les épreuves, dans la santé et dans la maladie, et de t'aimer tous les jours de ma vie. » Le serment du mariage, ils l'ont prononcé et ils s'en souviennent à jamais. Et maintenant ça lui plaît que ce soit difficile de rejoindre son mari. Un chemin de croix. Elle surmonte sa phobie de la foule et va vers lui comme on remonte le temps, elle se revoit en fiancée. C'était la première fois que quelqu'un était tendre avec elle, et comme on les regardait alors ! Leur joie, l'espérance si forte qu'ils portaient. Puis ils s'étaient mariés et on les avait accusés d'avoir seulement ondoyé le bébé mort. Être parent, elle se dit en marchant dans cette ville transfigurée, c'est être accusé, tout le temps. Un passant lui offre une rose. Ce soir on la voit. Ce soir elle va tenir sa promesse. Son mari, elle l'aimera toute sa vie. Qu'a-t-elle d'autre à donner ?

Elle est devant sa porte. Il n'est pas seul et elle le sait. Mais ils pourraient être cent autour de lui qu'il serait seul encore, puisqu'il l'attend. Elle sonne. Ce soir tout est permis. C'est comme un carnaval, on peut tout oser. Elle sonne encore. Elle se rend compte qu'elle a gardé la rose qu'on lui a offerte. Que va-t-il penser ? Il y a beaucoup de bruit à l'intérieur de l'appartement. Les voisins cavalent dans les escaliers. Elle sonne toujours. Il finira bien par l'entendre. Elle a tout son temps. Elle est venue le chercher.

Hélène espère, elle se dit que ce sera peut-être mieux, on va peut-être prendre au sérieux ceux qui depuis des dizaines d'années crient dans le désert. Non, c'est faux. Pas des dizaines d'années. Tyndall, le physicien, Arrhenius, le chimiste, avaient prévenu : la Terre, sous l'effet de la combustion des énergies fossiles, allait dangereusement se réchauffer. C'était au XIXe siècle. Est-ce que le temps des adultes est enfin venu ? Est-ce que cet homme, François Mitterrand, va faire ce qu'il a promis, cette charte de l'environnement pour garantir la protection des sites naturels, des espaces verts, des rivages marins, des forêts, des cours d'eau ? Il ne parle pas des animaux, personne ne parle des animaux, pas même Brice Lalonde le candidat écologiste, pas un mot, on dirait que les animaux n'existent pas, ou qu'ils sont simplement posés là pour nous, à notre entière disposition. Lui, Mitterrand, on dit qu'il aime les oiseaux et qu'il les mange, les ortolans surtout, et elle l'imagine, sa grande serviette blanche sur la tête, ses petits yeux qui doivent cligner de plaisir, est-ce qu'il conviera David à ses chasses présidentielles ? Elle imagine David et Michelle ce soir, devant la télévision. Elle se souvient de Lip, Je rentre demain à Paris, et le coup de fil à Franz Tavel, à Genève. Elle a envie de voir David, elle en a un besoin d'autant plus violent qu'elle sait que c'est impossible, elle ne s'imagine pas vivre cette soirée lugubre avec lui, son mépris pour ceux qui ont voté à gauche, comme un crachat sur ses années de labeur, ses ambitions, et les emplois qu'il a créés. Neuilly doit être silencieux ce soir, on y partage l'indignation des civils face à l'envahisseur, aux voleurs, aux bandits. Demain les valises seront remplies d'autre chose que de costumes en lin et de robes en soie. On partira, l'héritage au bout des bras. Elle a envie de voir David. Elle l'a surpris l'autre soir en ouvrant la porte de son bureau sans avoir frappé auparavant, une visite à l'improviste, ratée… Il avait sursauté et levé vers elle un visage qui n'était plus le sien. C'était le masque jaune et crispé de la souffrance. Et à ses côtés, la boîte de médicaments renversée. Elle était repartie aussitôt, sans rien dire, sans l'approcher, le souffle coupé. Elle le sait depuis toujours : tout peut s'arrêter du jour au lendemain. Elle le sait depuis que David l'a sauvée de la noyade et qu'elle a gardé en elle ces petits fragments de mort et d'angoisse. Mais lui, qui le sauvera ?

Arthur a hurlé de joie quand il a vu le haut du crâne de Mitterrand à la télévision, il l'a reconnu avant tout le monde, il l'avait étudié, a-t-il dit sans peur du ridicule. Hélène ne le savait pas si engagé à gauche. Elle a peu parlé de politique avec lui, elle a peu parlé de politique en général. Les diamants de Bokassa offerts à Giscard, l'invasion soviétique de l'Afghanistan soutenue par Marchais, Mitterrand à Vichy, l'ambition et l'orgueil, les arrangements secrets, les trahisons habiles, cette soif de puissance… PSU, LO, MRG, UDF, PS, PCF, RPR, LCR, FN, MEP, qu'est-ce que ça veut dire ? Elle pense au savant Théodore Monod, anarchiste et chrétien, marchant dans le désert, manifestant dans Paris pour toute forme de vie. C'est une voix trop humaine, on ne l'écoute pas. Ce soir elle boit avec Arthur une des bouteilles de champagne destinées à Éléonore. Ils trinquent, ils s'embrassent, et puis Arthur dit :

— Ça m'inquiète, toutes ces bouteilles dans ton frigidaire. Tu n'es pas devenue alcoolique, dis-moi ?

— Bien sûr que non.

— Non mais tu sais ce qu'est un alcoolique ? Ce

n'est pas, comme on le croit, le poivrot du quartier. Un alcoolique, c'est quelqu'un qui est dépendant, qui ne peut pas s'en passer.

— Je ne suis pas dépendante.

— Deux petits verres chaque soir en rentrant du boulot, *c'est* de l'alcoolisme.

— Oh regarde ! C'est Annie Girardot !

— Quoi ?

— Rue de Solférino, c'est Annie Girardot ! L'affaire Gabrielle Russier ! Tu ne peux pas comprendre. Je vais téléphoner à Sabine.

Annie Girardot, en apparaissant à l'écran, au siège du Parti socialiste, vient de la sauver. Elle a oublié d'appeler Sabine, qui doit être si heureuse ce soir. Soudain, elle voit le regard d'Arthur. Le bon élève conciliant lui paraît depuis quelque temps tatillon. Mais au moment où elle s'approche du téléphone, ce « tatillon »-là apparaît avec, en plus, une pointe de suspicion. Une petite flamme, mauvaise, quelque chose de pincé et d'aigu. La ligne de Sabine est occupée. Elle espère que sa sœur est en train de parler avec ses amis gauchistes, qu'elle n'a pas décroché pour avoir la paix, que le bruit dans les rues envahies ne l'effraye pas trop.

— Il faut qu'on aille chez Sabine, je suis inquiète.

Il lui sourit, répond que c'est une bonne idée, et elle culpabilise de sa relation cachée avec Éléonore. Chaque jour elle se dit qu'elle va la lui avouer, et chaque jour elle s'accorde un répit.

Dans la rue il sautille comme un ado, parle avec des inconnus, on le croirait prêt à payer sa tournée au quartier tout entier, sa seule voix a fait pencher la balance à gauche et tous lui doivent cette victoire, il est heureux comme un champion. Il y a quatre ans, c'était touchant ces manières de garçon naïf, si vite contenté. Aujourd'hui, Hélène y voit quelque chose d'un peu écœurant, elle n'a jamais aimé les vainqueurs d'un soir. Elle a hâte d'arriver chez Sabine, mais Arthur prend son temps, le voilà qui chante maintenant, sur le terre-plein du boulevard de Clichy qui empeste la merguez, les bras posés sur les épaules de jeunes beuglant comme lui, il danse une ronde interminable. Hélène lui fait des signes en hurlant, Rejoins-moi chez Sabine ! Il ne l'entend pas. Il ne la regarde pas. Elle est furieuse et elle s'en va. Elle avance tête baissée, elle fend la foule comme un petit bélier, marche sur des roses à terre, ça sent la viande grillée, la poudre des pétards dont le bruit se perd dans le fracas des klaxons, pourquoi les gens ont-ils pris leurs voitures ? Ils se penchent par la portière en faisant le V de la victoire, d'autres montent sur les capots, il y a des enfants sur les épaules de leurs pères, des adolescents accrochés aux lampadaires, et même aux bâches des restaurants, comme si tous voulaient contempler le peuple rassemblé. Soudain une main agrippe son bras, si fort qu'elle se retourne en criant.

— Tu pouvais pas m'attendre, non ?

Arthur la tient comme s'il allait la secouer, la faire tomber. Elle le regarde avec tout le dédain dont elle est capable, et il s'excuse, lui dit que c'est effrayant de perdre quelqu'un dans la foule. Elle lui prend la main et il retrouve sa docilité d'enfant sage. Il a eu peur. Il a donné à la cohorte d'inconnus tout ce qu'il pouvait d'énergie et d'alliance, et il en a assez. Ils descendent la rue Blanche, et Hélène garde sur son bras cette petite douleur.

Il y a du monde chez Sabine, une dizaine de personnes, d'anciens camarades du cours Cochet, des gens de cinéma, des voisins, et Paul. Cela surprend Hélène, mais qu'avait-elle cru ? Sa sœur, parce qu'elle avait été victime de l'attentat sept mois plus tôt, n'avait plus d'amis ? Elle vivait seule avec un chat et ne sortait jamais ? Elle est aimée. Elle pense cela, avec surprise. Elle est aimée par des gens que je ne connais pas. Et c'est comme à un enterrement, lorsque se succèdent au micro des personnes qui parlent du mort dont vous croyiez connaître la vie et dont vous vous rendez compte que vous ne connaissiez qu'une infime parcelle. Sabine présente sa sœur avec la même fierté qu'au lycée Cézanne, sept ans auparavant, et Hélène se rend compte que personne, à part Paul, n'a jamais entendu parler d'elle.

Sa mère ne répond pas. Mariette a appelé son père, ses sœurs aussi. Personne n'a décroché. Où sont-ils tous ? L'appartement de Joël semble suspendu dans le ciel, la fête résonne contre les murs de la ville, eux sont pareils à ceux qui ne fêtent pas la nouvelle année et se sentent soudain, aux douze coups de minuit, un peu mis de côté. Ils sont dépassés par cette exaltation qu'ils ne partagent pas. Quelque chose a changé, si brutalement. La gauche est au pouvoir, comme avec Léon Blum dans les livres d'histoire, est-ce que ce soir est un soir de livre d'histoire ? Ils se penchent par la fenêtre et regardent en bas ce grand bal improvisé, ces inconnus qui se prennent dans les bras en criant, et les drapeaux agités dans la nuit qui vient et permet aux lumières de créer des places, des rues et des arcades pleines d'attente, comme si soudain allait surgir un spectacle. Mais rien de plus ne peut arriver.

Maintenant ils sont dans la rue, main dans la main pour ne pas se perdre, ils marchent lentement, on les bouscule, on les dépasse, Joël passe son bras autour des épaules de Mariette, la tient contre lui. Ils sont au milieu de la foule, personne ne les voit, eux voient tout le monde. Mitterrand n'a pas eu cinquante-deux pour cent des voix, mais on dirait que tout le monde a voté pour lui. Où sont les autres ? Les giscardiens, où se cachent-ils ?

Ils descendent les rues Matheron et de Montigny, qui ce soir paraissent plus longues et qu'ils mettent tant de temps à parcourir. Arrivés sur la place des Prêcheurs, Mariette demande à Joël de la porter sur ses épaules, elle veut tout voir depuis le ciel. La place du marché, du collège, de l'église, du palais de justice, la place de Verdun, c'est petit et ça contient son monde. Si un jour on lui demande d'où elle vient elle ne dira pas le nom de sa ville, elle dira, Je viens de la place. Et elle entend, comme avant, monter l'hymne de la lutte, *L'Internationale* entonnée le poing levé, la tête dans les étoiles. Elle est enveloppée par ce chant qui porte de pays en pays, de siècle en siècle, la voix et l'ardeur de ceux qui n'ont plus rien à perdre. Elle pose sa bouche contre les cheveux de Joël, ils ont la fraîcheur de la nuit, elle met ses mains sur son visage, ces cicatrices qu'il n'aime pas, les caresse comme une aveugle, et elle a mal du désir qu'elle a de lui, il a peur de la briser elle le sait, ce soir elle fera le premier pas, c'est décidé, c'est le soir idéal, et elle l'amènera à ne rien voir d'autre en elle qu'elle-même. Elle tangue un peu sur ses épaules, trop de passants les heurtent, et au moment où elle va lui demander de rentrer chez lui, de faire demi-tour, elle les voit. Si différents des autres, comment ne pas les remarquer. Ils offrent l'image nette de ceux qu'ils deviendront plus tard, un homme et une femme fatigués, empreints d'un amour éternel, inévitable. Son père est de l'autre côté de la chaussée, mais il la voit, sa fille perchée sur un homme, prise dans la lumière des rues. Agnès voit Mariette elle aussi, et elle voit l'homme.

Est-ce que chacun manquait à ce point de câlins et d'embrassades ? Il semble à Hélène que cela n'en finira jamais, pour un oui pour un non on se jette dans les bras les uns des autres en hurlant. Elle boit maintenant (comme une alcoolique, qui sait ?), elle boit pour trouver le courage de leur dire à tous à quel point elle les envie. Mitterrand fait sa première apparition publique depuis son élection, et ils crient à l'unisson à chacune de ses paroles, « Cette victoire est celle des forces de la jeunesse » et ils sont la jeunesse, « Forces de création et forces de renouveau », c'est eux, « C'est à l'Histoire qu'il appartient maintenant de juger chacun de nos actes », ces derniers mots les transportent littéralement, ils scandent *Mi-tter-rand-Mi-tter-rand-Mi-tter-rand*, comme si c'était là le nouveau rythme de leur vie. Hélène se souvient, à La Petite Chartreuse, lorsque Sabine lui avait dit qu'il était temps qu'elle choisisse son camp, Tavel ou Malivieri. Elle n'avait pas su répondre à ce qui la blessait tant, elle avait quinze ans et elle était simplement sortie de l'appartement. Aujourd'hui elle connaît la réponse, et elle va la dire. À Sabine et à tous les autres. Mais pour l'instant, sa sœur est occupée. Elle parle avec Charlène, qui trouve que l'appartement est bien mieux que lorsqu'elle y vivait elle-même, Sabine l'a si bien aménagé, elle, ne faisait qu'y passer, elle travaillait déjà beaucoup. Et elle sourit d'un air entendu, désigne du menton son amant, Adam, un jeune réalisateur « complètement fou ». Après avoir vécu avec Henri Montmartin, elle l'a quitté quasiment la veille de leur mariage, Je m'entendais très bien avec son ex-femme, mais alors, ses enfants ! Au secours ! Et lui qui s'endormait chaque soir en lisant un scénario, ses lunettes demi-lunes glissant sur son nez… Oh quel ennui ! Quel ennui ! Sabine se réjouit en silence, c'est savoureux, elle pense, Je vais tout prendre, tout écrire, je n'en jetterai pas un mot. Cette fille qui se place en permanence avec un homme ou un autre n'est rien qu'une cocotte. Elle se croit affranchie, elle est dépendante, toujours sous protection masculine. Charlène lit dans le sourire de Sabine ce qu'elle prend pour une admiration envieuse, qui la remplit d'une joie sensuelle. Elle murmure :

— C'est bien qu'Adam t'ait rencontrée, il n'a pas l'air mais il t'observe, il observe tout, tout le temps, il a une caméra intégrée dans le crâne. Bon, on va y aller maintenant qu'il t'a vue, hein ? Il y a une petite fête chez Gérard Depardieu, je ne sais pas s'il sera là mais nous, il faut absolument qu'on y soit. Je t'appelle demain pour te dire si tu as tapé dans l'œil de mon chéri, ne t'inquiète pas, dans *Filles de paroles*, au-delà du ridicule de ta scène, il a tout de suite senti que tu en avais sous le coude… si je puis dire !

Et elle éclate de rire, elle a trop bu, ou bien elle est trop heureuse, trop amoureuse, quelque chose lui tourne la tête et elle déborde de sentiments. Hélène attend que cette fille soit partie pour faire son annonce, dire qu'elle refuse, elle refuse totalement de choisir son camp, de justifier sa vie. On lui a demandé de choisir entre deux familles, on lui a demandé de choisir entre la souffrance des humains et celle des animaux, on lui a demandé de choisir entre aimer les hommes ou aimer les femmes. Elle a le cœur vaste. Elle prend tout. Comment faire pour être entendue dans cette petite assemblée éméchée ? Monter sur une chaise ? sur une table ? Sabine, le combiné du téléphone à la main, lui fait signe et lui crie, Hélène ! Téléphone ! Elle sait qui c'est. La seule personne qui connaisse le numéro de sa sœur. La seule personne avec qui elle ait des transmissions de pensée. Pas besoin de monter sur un meuble pour que tous comprennent. Elle regarde Arthur, passe devant lui en heurtant son épaule, Oh pardon je dois répondre au téléphone. Elle prend le combiné, elle sourit comme seuls sourient les gens qui aiment, un sourire qu'on ne peut retenir, osé et timide, plein de sous-entendus. Elle se détourne, passe sa main sur son crâne encore et encore, un geste impatient, électrique, car elle a envie de courir maintenant, de la rejoindre là où elle l'attend, place de la Bastille, devant le coiffeur de l'ancienne gare de Vincennes ! Léo crie pour se faire entendre, elle dit qu'ici l'ambiance est incroyable et Hélène demande, Tu ne m'en veux plus alors ? Quoi ? hurle Éléonore. Et en riant d'émotion, Hélène crie plus fort, Je dis : tu ne m'en veux plus de ne pas t'avoir accompagnée à la marche des homosexuels ? Éléonore crie, Avec Mitterrand tout va changer pour nous, tu comprends pas ? Mais viens ! Viens tout de suite !

Sabine voit la chose arriver dans un long ralenti, la trajectoire du geste, sa précision, mais elle est engluée. Elle est rue Copernic. Figée dans le désastre. Arthur s'est approché d'Hélène en un seul mouvement, il lui arrache le combiné des mains si brusquement qu'elle vacille, tente de se rattraper à lui, mais quand il fait un bond de côté, le visage d'Hélène heurte son bras lancé en avant. Elle tombe sans un cri.

Joël pose ses mains sous les épaules de Mariette, la soulève, incline le buste et la dépose à terre, aux pieds de ses parents, comme s'il se prosternait devant eux. Sans le regard mauve de ce garçon, son embarras, Agnès et Bruno auraient pu croire qu'il n'était qu'un ami de leur fille, mais tout en lui le désigne comme... Bruno ne peut même pas envisager le mot. Il regarde Mariette et tente de l'accoler à son enfant, il se débat avec ce mot et cette douleur-là, et comme Mariette le regarde bien en face, avec des yeux nouveaux de colère et d'affranchissement, oui, à cause de cet affranchissement, il la gifle, et aussitôt le regrette, et aussitôt il est trop tard. Ce type est peut-être son... amant... quatorze ans, bon Dieu, un bébé, quatorze ans... ce type est peut-être son amant, et il ne fait même pas le poids ! Il reste là, les bras ballants, après la gifle, c'est incroyable, ce lâche, ce pervers, ce salaud. *L'Internationale* tremble contre les murs du palais, les escaliers, les colonnes, le ciel immense. Mariette hurle des choses à son père, des choses qu'il n'entend pas, Agnès la prend contre elle, l'éloigne de la foule, et bientôt ils sont tous les quatre dans le passage Agard qui résonne comme un puits et pue la pisse et les fleurs écrasées. Ce n'est pas le lieu des explications. Ce n'est pas ici que l'on rendra des comptes. Bruno demande ses papiers à Joël, Agnès pose la main sur son bras, mais Bruno veut protéger sa fille, la sauver du prédateur, et personne ne lui ôtera ce courage-là. Mariette l'a grugé, comme les autres, elle lui a toujours menti, l'a dépossédé de ses droits de père, mais ce soir il reprend sa place. Joël lui tend sa carte d'identité, Bruno apprend par cœur le nom le prénom l'adresse, et la date de naissance qui lui donne envie de vomir et de frapper encore, qu'est-ce qu'ils font de lui, qu'est-ce qu'il devient, ce père aimant, on disait « le père pélican » ?, et il se demande, Est-ce que tous les enfants font de nous des monstres ? Joël remet sa carte d'identité dans sa veste et regarde Mariette, il voudrait lui dire que tout s'arrangera, ils n'ont rien fait de mal, est-ce qu'elle peut lire cela dans son regard, la confiance ? Elle se détourne pour suivre ses parents.

L'appartement a retrouvé son calme. Le chat assis et grave les observe de ses yeux tranquilles. Lentement il se déplace, évite sans les regarder les bouteilles au sol, les mégots, les chips écrasées, donne une légère impulsion et monte sur le canapé où est allongée Hélène, se couche sur elle, dédaigneux et paisible, aussitôt ronronne. Hélène le caresse, une douceur moussue, fournie, des vibrations secrètes et une chaleur inlassable. Sabine s'assied à ses côtés, un livre à la main, elle dit :

— Je trouve qu'elle va trop loin, mais bon, j'ai pensé à toi en le lisant. Et puis la première femme élue à l'Académie française, s'il vous plaît ! Paul ! Ferme les fenêtres, j'en peux plus de ce boucan, je vais lire une histoire à ma sœur.

Et en riant elle ajoute :

— Hélène a toujours aimé lire des horreurs.

Elle ouvre *L'Œuvre au noir* à la page cornée.

— « La viande, le sang, les entrailles, tout ce qui a palpité et vécu lui répugnaient à cette époque de son existence, car la bête meurt à douleur, comme l'homme, et il lui déplaisait de digérer des agonies. »

— Je connaissais déjà, dit Hélène. Mais tu lis bien.

— Oh merde ! J'ai vraiment plus rien à t'apprendre, alors !

— Yourcenar pense qu'il faudrait filmer les abattoirs, les montrer à la télévision pour que les hommes comprennent. Elle pense aussi que si on a laissé advenir le pire, si on a laissé des humains partir dans des wagons à bestiaux, c'est parce que, déjà, on s'était habitués. Avec les bêtes. Si les hommes tuaient moins d'animaux, ils se tueraient moins entre eux, la violence entraîne…

— Stop ! Stop ! Je voulais juste te montrer que les écrivains sont aussi percutants que tes fameux scientifiques ! Et maintenant, on passe à autre chose, tu te lèves, et on sort !

— Mais tu veux aller où ?

— Rejoindre ton amie, à la Bastille.

— Mais c'est trop tard maintenant, je la retrouverai jamais.

— Hélène a raison, dit Paul, on le voit à la télé, ils sont des milliers à la Bastille. En plus il commence à pleuvoir.

Elles le regardent, consternées. Il a trouvé cet argument de la pluie parce qu'il sait que Sabine aura peur de la foule, du bruit et de la nuit. Et elles rient bien sûr. Il fait mine de rire aussi. Il dit qu'il va rentrer, et il embrasse Sabine, frémissante d'une joie qu'il respire comme un parfum. Il embrasse Hélène, évitant l'ecchymose sur sa joue. Dehors, la foule qui descend la rue Blanche le renvoie à sa solitude. C'est une bonne compagne, l'alliée de sa liberté. Il n'a pas envie de rentrer chez lui. Il a envie de la nuit, de la pluie, de cette ville soulevée par l'espérance. Il esquisse quelques pas de tango, retrouve sa partenaire imaginaire, et fredonne tout bas, pour eux deux.

Ils rentrent à pied lentement, avec la peur que « la petite » ait une crise d'asthme, ils ignorent quelle est la pharmacie de garde et ils sentent la menace dont une fois encore ils sont responsables. Bruno voudrait demander pardon pour la gifle, il n'a jamais frappé ses enfants, ses parents le jugent faible pour cela, féminin. De temps à autre il regarde Mariette, elle est livide, il voit son visage dans la lumière des phares, il ne s'était pas imaginé rentrer chez lui comme ça un jour, une défaite et si peu de pitié. Avec la gauche au pouvoir il ignore ce que deviendra l'école privée. Tout paraît si fragile, ce qu'il a bâti, ce en quoi il a cru. Aujourd'hui, que peut-il espérer ? Il marche lentement pour ne pas fatiguer Mariette, malgré sa hâte d'arriver chez eux et qu'elle ait la Ventoline à portée de main, la chimie miraculeuse. Ils sont avenue De-Lattre-de-Tassigny, le supermarché Casino, le centre de radiologie, tout est fermé et semble l'être pour toujours. Les sirènes des voitures de police le rassurent. Ils ne sont pas tout à fait seuls. Agnès avance sans le regarder, sans le toucher, mais entre eux se glissent les ondes familières de ceux qui se sont aimés, ignorant si cet amour est leur malédiction.

Dans l'appartement la télévision est restée allumée, Mitterrand, acclamé, est sur la terrasse d'un restaurant, rejoint par sa femme. Elle se tient à ses côtés, un tout petit peu en arrière, à la place de l'ombre. Bruno éteint le poste. Il entend la porte de la chambre de Mariette claquer avec colère. Il ferme celle de l'entrée à clef, met la clef dans sa poche. On ne sait jamais. On lui parlera demain, dit Agnès, elle a besoin d'être seule, viens te coucher. Les mots ordinaires, les mots d'hier, quand on souffrait sans doute, mais ensemble, sans méfiance ni hostilité.

On dirait que rien n'a eu lieu. Rien n'est arrivé, jamais. Aix est endormie et peut-être tout a-t-il été imaginé, une de ces hallucinations collectives qui purgent les hommes habitués à trop de servitude. Mariette est sortie sur le balcon, Anne ma sœur Anne ne vois-tu rien venir ? Il n'y a ni sœur, ni horizon. Il y a elle et la nuit. « Le rythme de base est pour moi le rythme du cœur », lui avait dit son professeur de piano, à la première leçon. Le sien est un muscle qui fonctionne, rien de plus. Elle écoute le silence indéfini. La veille, elle avait fait ce jeu avec Joël, de décrire les silences des grands compositeurs, elle imitait Lucien Jeunesse, Chers amis, bonjour ! puis elle avait demandé à Joël quelle était la fonction du silence chez Schubert, il n'avait pas hésité, Dramatique. Un coup de théâtre ! Le silence chez Chopin ? Un silence très rempli, je dirais… accompagné, oui, un silence de transition. Elle avait proposé le Banco et demandé le silence qu'elle comprenait le moins, celui de Schumann. Il avait réfléchi, il jouait sérieusement, elle comptait sur lui, Je ne parlerais pas de silence, chez Schumann. Je parlerais plutôt de respiration. Elle pose la main devant sa bouche, comme on le fait pour les morts, est-ce qu'elle respire encore ? Elle n'entend plus la nuit, l'espace est un simple trou. Elle prend la rambarde de fer dans ses mains, elle veut sortir d'ici, cette vie qu'on lui impose et qui ne lui va pas. Elle se penche un peu, cinq étages, des mètres d'opacité, être tout près de la cime des arbres, et puis se coucher dessous. Il y a un animal sur le balcon des voisins, quelque chose remue dans le noir, Mariette sursaute. Ça s'ébroue, sous des tissus, avec des bougonnements essoufflés… Une silhouette est debout. C'est une vieille femme, la grand-mère sans doute. Elle dort peut-être là, elle a trop chaud à l'intérieur. Son visage est laid, pris dans des reflets de lune qui dessinent une peau tavelée, exagérément vieillie. Elle fixe Mariette avec ses yeux de chouette, elle ne sourit pas, elle l'observe sans bouger. Mariette détourne le visage mais les yeux de la grand-mère ne la lâchent pas, deux lucioles immobiles. De quoi je me mêle, pense Mariette. On n'est jamais tranquille. Elle a l'impression que la vieille ne sent pas très bon, un mélange de tabac froid et de citronnelle. Elle agrippe de nouveau la rambarde, se balance d'avant en arrière, la vieille la regarde sans broncher, elle se balance de plus en plus vite, comme un enfant sur une balançoire. Est-ce que Dieu est le silence ? Et puis elle lâche tout et rentre. La rambarde tremble un peu, comme un diapason.

Elle s'assied dans le salon désert. Elle ignore la vie qui sera la sienne, maintenant que son père l'a surprise. Il y a cette salissure, toujours, lorsque les autres posent les yeux sur ce qui vous est le plus cher, et comment effacer cela ? Elle écoute l'appartement, le fauteuil en osier qui craque, la chaudière, le frigidaire, le bois du buffet, la vie des objets sans nous. Elle devine la laideur muette de la télévision au dos bossu, énorme. La longue table du salon autour de laquelle ils récitaient le bénédicité, avant que Sabine et Hélène s'en moquent et qu'on ne le récite plus. Elle aimait bien remercier pour le pain. Elle aimait bien les clins d'œil amusés entre sœurs, le sérieux appliqué de leur père, le soupir de leur mère qui savait qu'ils avaleraient en quelques minutes ce qu'elle avait mis des heures à préparer. Elle se souvient de son père inscrivant sur le mur à la tapisserie décollée : « Ici ont vécu des gens », puis recouvrant ces mots avec la colle et le nouveau papier peint qu'il posait toujours si mal qu'il en crevait les boursouflures avec une aiguille. Ses doigts pianotent sur ses cuisses, elle entend la mélodie, cela l'angoisse toujours quand ça vient, la peur qu'elle a de rater, ne pas être à la hauteur, elle écoute et répète en écho, chantonne, tente de retenir à l'oreille, et la sonnerie du téléphone la fait sursauter. Elle décroche vite, le téléphone la nuit signale le danger, mais c'est peut-être Joël. Elle demande tout bas, comme une supplique :

— Allô ?

Ça hurle de l'autre côté de la ligne, elle entend des tam-tams, des chants, elle s'éloigne un peu avec l'appareil, s'assied par terre, dos contre le mur.

— Allô ?

Hélène crie :

— Alors, la souris ? Comment ça va ? Comment ça se passe à Aix ? Ici ils sont tous fous !

C'est la voix d'un autre monde, ses sœurs prises dans les bras tentaculaires de Paris.

— Je t'ai pas réveillée ?

Place de la Bastille, Hélène n'a pas retrouvé Éléonore, mais elle la sait tout près, dans cette foule sous la pluie, et cela lui suffit. Sabine a voulu venir. Sabine est sortie pour elle, pour qu'elle aille au rendez-vous. Elles ont pris le métro, elles ont traversé les tunnels, la multitude, la nuit, le fracas, et maintenant Hélène ne la quitte pas des yeux, depuis la cabine enfin libre. Elle danse le rock avec ce garçon immense et qui se penche, ce garçon rapide et heureux, et elle entend la voix étouffée de Mariette qui parle bas, comme elle le faisait la nuit, dans leur chambre :

— Il y avait une vieille sur le balcon des voisins, alors je suis rentrée, elle voulait que je rentre je crois. Un vrai flic…

C'est toujours compliqué de comprendre ce que dit

la souris, Hélène pense qu'elle fait bien d'écrire de la musique, elle composera de mieux en mieux et un jour, sûrement, on la comprendra.

— Écoute ! Écoute-les !

Elle ouvre la porte de la cabine et les cris s'engouffrent, « Mi-tter-rand ! du soleil ! Mi-tter-rand ! du soleil ! ».

— Quand je te dis qu'ils sont fous ! Les parents ne sont pas trop effondrés ? Comment ils prennent ça ?

— Mal. Ils prennent tout mal. Ils sont heureux comme ça.

— Il faut que tu viennes nous voir, on a pensé ça avec Sabine, on a tout planifié, c'est quand les vacances ?

Mariette entend son cœur dans sa gorge, son ventre, ses oreilles, elle est envahie par ce rythme, inondée de sang, elle est perdue, elle a envie de l'être, elle veut dériver, se laisser guider. Exploser de vie.

— Tu passes le BEPC cette année ? Oh, je n'ai plus de monnaie, je te donne le numéro, rappelle...

Et merde, pense Hélène. Elle sort de la cabine. Elle a envie de mendier, Une pièce s'il vous plaît, pour téléphoner à ma sœur. Soudain un éclair griffe la nuit, illumine la place comme le flash géant d'un appareil photo, et Hélène voit toute la foule colorée, mouvante, exultant. Et puis le tonnerre gronde, hurlement souverain. Le sol tremble. La pluie tombe plus fort, comme lâchée d'un coup, transformant la foule en minuscules brins d'herbe assaillis. Sabine cesse de danser. Le garçon penché fouille dans ses poches, trouve un stylo, cherche encore, Sabine lui tend la main, il hésite, renverse la tête en arrière et semble encore plus grand quand il rit. Le visage tout près de la main de Sabine, il écrit, puis s'en va à reculons, disparaît. Sabine s'avance vers Hélène, brandissant son poing fermé.

— Tu as son numéro ? Génial ! Il s'appelle comment ?

— Merde, j'ai oublié de lui demander !

— C'est bien. Tu as toute la nuit pour lui inventer un prénom. Un métier. Un destin.

— Je n'invente pas tout tout le temps !

— Non. Tu changes juste un peu la réalité, tu es la meilleure brodeuse que je connaisse.

La pluie s'apaise, il est deux heures du matin, elles sont faites d'eau et de sang, de froid et de vie. Elles rentrent à pied, *L'Internationale*, *La Marseillaise* chantent dans leurs têtes, elles les fredonnent par moments, et puis oublient. La ville se repose mais ne dort pas, la force des révoltes passées, le courage aveugle de ceux qui affrontèrent la mort pour sauver l'espoir ont été réveillés ce soir. Les blessures ouvertes coulent comme le fleuve, et la trace en est partout, si on y prend garde.

— Regarde, Hélène, même dans le noir, même sous la flotte, on dirait qu'il fait beau. Tout va changer, pour tout le monde, les femmes, les chômeurs, les agriculteurs… Bastian va retrouver ses terres !

— Ah oui, sûrement…

— J'aimerais aller voir où il vit, voir leur victoire.

— J'y suis allée, moi.

— Au Larzac ? Et tu me l'as pas dit ?

— Tu aurais voulu camper dans le causse pour observer les vautours ?

— Certainement pas, ça me répugne, les vautours !

— Pour certains ils sont répugnants. Pour d'autres ils sont sacrés.

La fatigue les prend soudain, comme un sort lancé. S'il ne pleuvait pas elles s'allongeraient sur un banc, elles dormiraient à la belle étoile et elles seraient réveillées par le premier soleil. Elles se prennent le bras, et elles marchent en silence. Elles ignorent combien de temps il leur faudra pour arriver chez elles. Combien de temps elles dormiront. Et surtout, comment elles se réveilleront, comment ils se réveilleront tous, demain.

REMERCIEMENTS

Merci à mon éditrice Véronique Ovaldé.

Merci à Ariane Ascaride, Dana Ciocarlie, Antoine Gessain, Marina Moroli Zingraff, Vesna Pacail, Marion Vaqué-Marti.

Table

Découvrez le début du nouveau roman de Véronique Olmi disponible aux Éditions Albin Michel :

Le Gosse

Pour Julia, Aurélien, Bonnie et Iris.

« Un jeune chante fort dans le noir sans pitié :
je suis vivant, je suis vivant. »

Pier Paolo Pasolini, *L'Église*

« Je parle de ce ciel que je me crée
et auquel je me voue corps et âme. »

Jean Genet, *Miracle de la rose*

Il est né le 8 juillet 1919 à Paris et il en est fier. Paris, ce n'est pas seulement la ville, c'est la plus grande des villes, belle de jour comme de nuit, enviée dans le monde entier, il est un titi, un gosse de sept ans, maigrelet mais robuste, on ne croirait jamais à le voir, la force qui est la sienne. Sa mère et sa grand-mère le surnomment « le roseau » car il siffle souvent, comme le vent quand il traverse les herbes, et quand il est tout seul il se regarde dans le miroir, les mains dans les poches il sifflote les yeux à demi fermés et l'air menaçant, comme les bandits sur les affiches de cinéma ou à la une des journaux, il teste son autorité, il est le petit homme de la maison, il l'a entendu dire une fois.

Il aime regarder les mains de sa mère, rouges et bleues, jaunes et vertes, ça dépend des jours, et les entailles au bout des doigts, ce sont des mains rugueuses et habiles, qui ne se posent jamais. Il aime regarder son visage qui rougit si vite, le bleu de ses yeux avec les paupières trop lourdes, et ses cheveux dorés qui sont bouclés à cause de la vapeur. Sa mère les préférerait lisses, mais la vapeur de l'atelier les décolle en petites mèches qui s'entortillent, des dizaines d'accroche-cœurs, elle dit : « J'ai les cheveux libres et désordonnés comme moi » et elle rit de son rire aigu de Parisienne, car elle aussi est née à Paris, toute une lignée, oui ! Il n'a jamais connu son père, et son père ne lui manque pas puisqu'il n'en a aucun souvenir. Il regarde la photo du mariage, sur le buffet, elle, si petite à côté de lui, un grand moustachu solide, tout droit dans son costume qui le serre de partout, il se dit que cet homme-là n'a jamais dû courir, il est trop raide, mais il sait que c'est faux. Le visage aussi est faux. Son père n'avait plus du tout ce visage-là quand il est rentré de la guerre, on le lui a dit, un soir où il n'avait rien demandé mais où la grand-mère visiblement avait besoin de parler, ses larmes coincées au bord des yeux. Il était fasciné par ces larmes qui ne tombaient pas, à chaque fois qu'elle clignait des yeux il se disait qu'elles allaient enfin couler, mais rien à faire, et à cause de cela il n'a pas vraiment écouté l'histoire du visage de son père, Paul Vasseur, troisième fils de la grand-mère, qui n'est pas mort au champ d'honneur comme ses deux oncles qu'il n'a pas connus, mais a survécu à toutes les batailles. Quand il en est rentré, il n'était plus un soldat et pas encore son père, et c'est comme un rendez-vous qu'ils auraient eu tous les deux : « Je ne meurs pas à la guerre, je reviens sans visage et sans joie, mais je tiens ma promesse d'homme : j'offre un enfant à mon pays, un fils c'est mieux, et si c'est toi, c'est encore mieux. » Il a du mal à imaginer le joli visage de sa mère à côté de celui de cet homme blessé, un visage « comme un dessin abîmé par la pluie », dit la grand-mère, « une gueule cassée », disent les autres. Paul Vasseur, ancien poilu, lui a permis de naître, et tout de suite après, comme s'il était allé au bout de ses forces, il est mort dans une chambre d'hôpital d'une grippe qu'il avait ramenée du front, un virus espagnol qui flottait dans l'air pendant qu'il faisait ce qu'on lui demandait de faire : tenir son fusil et tirer le plus longtemps possible sur les gars d'en face, qui respiraient le même virus sans y prendre garde, occupés eux aussi à tuer le plus grand nombre de gars en face. C'étaient tous des hommes obéissants et qui avaient l'amour de la patrie, du drapeau et de Dieu, même si de ces trois amours les anciens soldats ne parlaient pas, et quand ils se croisaient on n'aurait jamais dit qu'ils avaient partagé cette passion, ils se regardaient muets, pleins de confusion, ou bien buvaient ensemble et riaient tellement fort qu'on aurait dit des sauvages, des hommes furieux et pas du tout des amoureux.

À tout ça, Joseph ne pense guère. Sa mère, Colette, est gaie pour deux, il est impossible de vivre à ses côtés sans avoir envie de la suivre, d'écouter ce qu'elle raconte, ce qu'elle ramène avec elle quand elle rentre le soir, toutes ces histoires d'oiseaux, de théâtre et de chapeaux, ces choses qu'elle ne dit à personne, des secrets de plumassière, qui se gardent :

— Tu comprends Joseph, chaque maison a ses secrets, c'est pour ça qu'on ne change pas de maison. Ce que je t'ai dit, tu n'en parleras jamais à personne, tu me le promets ?

Il imagine sa mère dans cette maison aux secrets,

entourée de tant d'autres filles, presque cinquante, et de très peu d'hommes, parce que plumassière, c'est pour les filles, il faut de toutes petites mains, habiles, légères, et patientes aussi, elles font tout le beau travail et laissent aux quelques hommes de la maison le tri des plumes, la teinture, les livraisons et l'entretien des machines, et il imagine que ces hommes ressemblent à son père sur la photo du mariage, ce sont de gros gars engoncés et pataudss, qui obéissent aux filles habiles et pleines de secrets. Son père était mécanicien à l'usine Farcot, très loin, à Saint-Ouen, aux ateliers de forge et d'ajustage. Quand ses collègues et lui sont partis à la guerre, avec cet amour de la patrie, du drapeau et de Dieu, qui les faisait chanter jusque sur le quai de la gare de l'Est, des femmes avec des mains moins fines que celles de sa mère sont venues les remplacer à l'usine et ont fabriqué de gros chars qui ont suivi les ouvriers dans la Somme. Quand il pense à ces femmes fabriquant des chars, il en a presque du dégoût. Elles étaient sûrement pleines de limaille de fer, de gras et de cambouis, tandis que sa mère, même si elle a parfois du duvet dans les cheveux, et jusque dans le nez, même si ses mains sont abîmées et colorées, sa mère, initiée à quatorze ans par une ancienne de quatre-vingt-deux ans, il y a longtemps qu'elle ne balaie plus l'atelier ou ne prépare plus les plumes. Elle frimate. Il adore ce mot. Elle frimate ! Elle met les plumes ensemble pour donner au chapeau sa beauté, elle les coud et ça fait comme un bouquet de printemps, il y a de quoi frimer, oui !

– Si tu avais été une fille, je t'aurais appris le métier, ça t'aurait plu, Joseph ?

Quand sa mère lui demande ça, il lui montre ses mains maigrichonnes et les bouge dans tous les sens pour qu'elle voie comme elles sont souples, mais elle fait non de la tête avec un air désolé qui n'est pas si désolé que ça, et pour le consoler elle lui dit :

— Tu as des mains d'artiste, mon Joseph, on a ça dans le sang dans la famille !

Et elle embrasse ses paumes, après avoir passé un doigt le long de sa ligne de vie.

— Et tu vivras très longtemps !

De la même autrice :

ROMANS

BORD DE MER, Actes Sud, 2001.
NUMÉRO SIX, Actes Sud, 2002.
UN SI BEL AVENIR, Actes Sud, 2004.
LA PLUIE NE CHANGE RIEN AU DÉSIR, Grasset, 2005.
SA PASSION, Grasset, 2007.
LA PROMENADE DES RUSSES, Grasset, 2008.
LE PREMIER AMOUR, Grasset, 2010.
CET ÉTÉ-LÀ, Grasset, 2011.
NOUS ÉTIONS FAITS POUR ÊTRE HEUREUX, Albin Michel, 2012.
LA NUIT EN VÉRITÉ, Albin Michel, 2013.
J'AIMAIS MIEUX QUAND C'ÉTAIT TOI, Albin Michel, 2015.
BAKHITA, Albin Michel, 2017.

NOUVELLES

PRIVÉE, Éditions de l'Arche, 1998.
LA PETITE FILLE AUX ALLUMETTES, Stock, 2004.

Théâtre

Le Passage, Éditions de l'Arche, 1996.
Chaos debout, les nuits sans lune, Éditions de l'Arche, 1997.
Point à la ligne, la jouissance du scorpion, Éditions de l'Arche, 1997.
Le Jardin des apparences, Actes Sud-Papier, 2000.
Mathilde, Actes Sud-Papier, 2001 et 2003.
Je nous aime beaucoup, Grasset, 2006.
Une séparation, Triartis, 2009, Albin Michel, 2013.
Des baisers, pardon, Avant-scène, 2014.
Un autre que moi, Albin Michel, 2016.

PAPIER À BASE DE FIBRES CERTIFIÉES

Le Livre de Poche s'engage pour l'environnement en réduisant l'empreinte carbone de ses livres. Celle de cet exemplaire est de :
450 g éq. CO_2
Rendez-vous sur www.livredepoche-durable.fr

Composition réalisée par MAURY-IMPRIMEUR

Achevé d'imprimer en février 2022, en France sur Presse Offset par
Maury Imprimeur – 45330 Malesherbes
N° d'impression : 260737
Dépôt légal 1re publication : mars 2022
LIBRAIRIE GÉNÉRALE FRANÇAISE – 21, rue du Montparnasse – 75298 Paris Cedex 06

76/0554/8